HEYNE
ENCORE

CHARLES HODGES

Alte Schule

ROMAN

Aus dem Englischen
von Andrea Kunstmann

WILHEM HEYNE VERLAG
MÜNCHEN

Der Verlag weist ausdrücklich darauf hin, dass im Text enthaltene externe Links vom Verlag nur bis zum Zeitpunkt der Buchveröffentlichung eingesehen werden konnten. Auf spätere Veränderungen hat der Verlag keinerlei Einfluss. Eine Haftung des Verlags ist daher ausgeschlossen.

MIX
Papier aus verantwortungsvollen Quellen
FSC
www.fsc.org
FSC® C083411

Verlagsgruppe Random House FSC® N001967

2. Auflage

Vollständige Erstausgabe 08/2016

Neumarkter Straße 28, 81673 München
Redaktion: Tamara Rapp
Printed in Germany
Umschlaggestaltung: Johannes Wiebel, punchdesign, München,
unter Verwendung von Motiven von © shutterstock.com
(Chris Sargent, Eric Isselee,vvoe, Scottchan)
Satz: Satzwerk Huber, Germering
Druck und Bindung: CPI books GmbH, Leck
ISBN: 978-3-453-27076-3

www.heyne-encore.de

Für Gervase Bradford, meine Inspiration zu Tom Knight.

Er war ein wahrer, vollkommener, nobler Ritter.
Geoffrey Chaucer

Ich möchte folgenden Menschen danken, ohne deren unbezahlbaren Rat und Unterstützung dieses Buch womöglich nie das Licht der Welt erblickt hätte: Harry und Chris Duffin, Jo Evershed, Lucy Fawcett, Michael Fishlock, Andrew Gordon, James Greenwood, Ben Hodges, Nick Hodges, Soraya Khan, Felicity Maidens, Kate Malone und Richard Phillips, Dr Julie Trew, Chrissie Warren, Roland Wilmer and Marie Wright. Mein besonderer Dank geht an Andrea Kunstmann für ihre wunderbare Übersetzung, an meine Agentin Gaia Banks für ihre Wärme und Weisheit und vor allem an meine Frau Kate für ihre Geduld, für ihren Glauben an mich und für ihre rückhaltlose Unterstützung.

1

Um drei Uhr konnte er sich kaum mehr konzentrieren. Er marschierte am Ufer entlang der Sonne entgegen, das Meer zu seiner Linken, und füllte bei jedem achten Schritt seine Lunge mit warmer Luft. Um ihn herum aalte sich Eastbourne zufrieden in der Hochsommerhitze.

Natürlich hatte er für seinen Umzug hierher einigen Spott geerntet. Es stimmte ja, dass ältere Herrschaften in Scharen herkamen, um Urlaub zu machen oder hier zu leben und zu sterben. In Dover geht's Richtung Kontinent, in Eastbourne Richtung inkontinent – den alten Spruch hatte er von seinem Sohn mehrfach zu hören bekommen. Aber wenn man beim Pier am Strand stand und die Augen halb zukniff, gingen die Hotels an der Strandpromenade glatt für Südfrankreich durch. Auch wenn man die Augen wieder öffnete, strahlten die Gebäude eine gewisse Würde, eine unaufdringliche Selbstsicherheit aus, die tröstlich und beruhigend war. Doch die Stadt hatte auch schäbige Ecken, versteckt in manchen Seitenstraßen, die Touristen und Ausflügler nie betraten. Wenn Brighton ein lärmender Teenager war, dann war Eastbourne eine nette alte Tante, die hinter der wohlanständig-gutsituierten Fassade ein paar finstere Geheimnisse bewahrte.

Doch an diesem Nachmittag dachte Knight nicht an derlei Dinge. Seit Tagen schien etwas tief in ihm Schlummerndes zu gären und feurige Substanzen auszuströmen, die seinen Körper und Geist langsam, aber sicher vergifteten. Roz' Tod lag nun zwei Jahre zurück, zwei Jahre, die er wie betäubt, wie im Winterschlaf verbracht hatte, in denen seinem Körper scheinbar jegliche Triebe abhandengekommen waren. Doch nun waren sie plötzlich wieder da, wie gute Freunde von früher, die nach langer Abwesenheit johlend zur Tür hereindrängen, mit dem festen Entschluss, heute so richtig einen draufzumachen.

Als er beim Grand Hotel ankam, fuhr eine ältere Dame mit ihrem Elektromobil an ihm vorbei. Die Meeresbrise wehte ihr das üppige silbergraue Haar aus dem Gesicht, ihr Profil mit der Adlernase war streng auf das Pflaster vor ihr gerichtet. Sicher war sie früher einmal sehr schön gewesen. Welche Verfallserscheinung des Alters hatte sie an dieses Gefährt gefesselt, mit achtzig, vielleicht fünfundachtzig? Ein Schlaganfall? Die Hüften? Und was würde es bei ihm sein? Wie um schon einmal Ansprüche geltend zu machen, meldete sich sein rechtes Knie, und er stützte sich noch etwas fester auf seinen Stock.

Mit dem Begehren waren auch die Zweifel gekommen. Würde er es noch bringen? Je näher der Tag gerückt war, desto mehr Angst hatte sich unter seine Erregung gemischt. Also hatte er einen quälenden Vortrag zum Thema Safer Sex über sich ergehen lassen, um einer Ärztin ein Rezept für Viagra zu entlocken. Sie hatte ihm zugezwinkert, ermutigend gelächelt und ihm Glück gewünscht. Dass sie ihn ganz familiär mit Tom statt Mr. Knight angesprochen hatte, hatte seine Verlegenheit noch verstärkt, vor allem angesichts der Tatsache, dass sie selbst durchaus nicht unattraktiv war.

Als er die Straße überquerte, brachte ihn ein hupendes Auto dazu, sich wieder auf das unmittelbar vor ihm Liegende zu konzentrieren.

Sein heutiger Auftrag war Colin Boyle, der noch bis vor Kurzem Gast in einer Justizvollzugsanstalt gewesen war, weil er einem rivalisierenden Zuhälter ein Ohr abgerissen hatte. Dass Boyle die Taubheit des Opfers als mildernden

Umstand angeführt hatte, war nicht besonders gut angekommen und hatte ihm siebzehn Monate Haft eingebracht, seinen bisher längsten Aufenthalt. Er hatte mehrere Tausend Pfund Schulden wegen eines Autos, das er betrunken zu Schrott gefahren hatte, und nun wollte die Bank ihr Geld zurück. Knight brauchte eigentlich nur den Vollstreckungsbescheid auszuhändigen, ein nur scheinbar einfacher Job, der schon zwei Ermittler vor ihm verschlissen hatte. Knight war klar, dass Boyle nicht scharf darauf war, in allernächster Zeit ins Gefängnis zurückzukehren, aber ebenso wusste er, dass ein von Kokain befeuerter Wutausbruch höchstwahrscheinlich ernsthafte Verletzungen nach sich ziehen würde. Also hatte er das Grand Hotel gewählt, in der Hoffnung, dass dessen aristokratisches Ambiente Boyles Selbstsicherheit etwas untergrub.

Vom Gehweg bog er in die Auffahrt, die von glänzenden Audis und BMWs gesäumt wurde, was einen seiner gewohnten Neidanfälle auslöste. Nicht, dass er speziell auf so ein Auto scharf gewesen wäre, aber die Dinger führten ihm seinen in materieller Hinsicht extrem niedrigen Status vor Augen. Die Lobby war bevölkert von wohlhabenden Wochenendgästen und cleveren Großeltern, die mit ihren Finanzberatern Erbschaftsangelegenheiten erörterten. Er setzte sich an einen Tisch neben dem Haupteingang, um zu warten, während er seine Gedanken zu den kulinarischen Vorkehrungen für den heutigen Abend schweifen ließ.

Als er zum ersten Mal für Roz gekocht hatte, fing er mit einem Auberginensoufflé an. Schon damals umging er klug das billige Klischee, Austern aufzutischen, und beeindruckte sie stattdessen mit einem leichten Mahl, das belebte, statt schlapp und müde zu machen – was funktionierte. Roz war seine zweite Frau gewesen. Nach der Scheidung von seiner ersten hatte er zunächst gelernt zu kochen und dann, gut zu kochen, und mit Verwunderung festgestellt, welche Verbesserungen dies in seinem Liebesleben bewirkt hatte. Und nun kochte er für Fran.

Er hatte gefürchtet, zu weit zu gehen, als er sie bereits für das dritte Date zum Abendessen in seine Wohnung einlud. Aber sie hatte die Einladung angenommen, dabei gelächelt und eine Augenbraue hochgezogen, was ihn an Roz erinnerte, auch wenn beider Leben verschiedener nicht hätten sein können. Fran arbeitete in einem Altenheim, wo sie für einen Hungerlohn die gebrechlichen Bewohner wusch und bei Laune hielt, und das mit einer Anmut und einem Humor, die Knight verzauberten. Das und dass sie sogar noch jünger aussah als die 53 Jahre, die sie in der Anzeige angegeben hatte. Er fragte sich gerade, ob er wohl genug Spargel eingekauft hatte, als Boyle hereinkam.

Er war Mitte zwanzig, eine klapprige und in ihrer Verwahrlosung doch bedrohliche Erscheinung. Sein kümmerliches Gestell verhüllte ein langer schwarzer Ledermantel. Wäre Knight in seinem Alter gewesen, hätte er kurzen Prozess mit ihm gemacht, aber jetzt lag der Vorteil eindeutig aufseiten von Boyle. Begleitet wurde er von einer blassen jungen Frau, die sicher noch keine zwanzig war. Aller Augen richteten sich missbilligend auf die beiden Fremdkörper. Knights Recherchen hatten ergeben, dass Boyle seine Mädchen grundsätzlich zu Hotelbesuchen begleitete und das Geld vorab kassierte, um danach im Auto zu warten, während sie ihre Kunden bedienten. Am Telefon hatte Knight behauptet, er sei klein und Mitte vierzig, mit mittellangem schwarzem Haar, weswegen weder das Mädchen noch Boyle reagierten, als ein eins achtzig großer, kahl werdender älterer Herr sich auf sie zubewegte.

Knight war kaum mehr fünf Meter von seinem Opfer entfernt. Doch sosehr er sich auch bemühte, in solchen Momenten ruhig zu bleiben, jagte die Aussicht auf Beute auch jetzt wieder einen Adrenalinstoß durch seinen Körper. Völlig unnötig beschleunigte er seine Schritte, sein linker Fuß verfing sich in einer neben einem Sessel abgestellten Handtasche, er stolperte und landete hart auf seinem rechten Knie.

»Scheiße, Mann!« Boyle blickte auf den zu seinen Füßen hingestreckten Körper. Er war es nicht gewohnt, seinen Mitmenschen Hilfe zu leisten, doch da die Blicke sämtlicher Leute erwartungsvoll auf ihn gerichtet waren, half er Knight wieder auf die Beine, während von beiden Seiten Kellner herbeieilten.

»Alles okay, Mann?«

»Ich denke schon. Wie ungeschickt von mir, ich bitte vielmals um Verzeihung.«

Während ihn die Kellner noch stützten, griff Knight in seine Innentasche.

»Ach übrigens, das hier ist für Sie. Die beiden Herren können bezeugen, dass Sie es entgegengenommen haben.«

Boyle starrte auf den Vollstreckungsbescheid wie ein Kind, dem ein Partyclown überraschend eine Tarantel auf die Hand setzt. Er gab ein Schimpfwort von sich, das die Zuschauer erschrocken nach Luft schnappen ließ. Die körperlich Fitteren unter ihnen standen auf, um besser sehen zu können, während Boyle, das Mädchen hinter sich herzerrend, aus dem Hotel stapfte.

Knight humpelte zum nächstbesten Tisch und bestellte einen Wodka. Scheiß-Mulberry-Taschen, die waren teilweise so groß wie Seesäcke. Jeden Soldaten, der so was derart dämlich im Weg hätte stehen lassen, hätte er einen Kopf kürzer gemacht.

Später am selben Nachmittag war Fran dabei, Joan Baldwins Hose und Einlage zum dritten Mal an diesem Tag zu wechseln. Die alte Dame war aufgebracht und den Tränen nahe. »Es tut mir so leid, meine Liebe. Es kommt immer ohne Vorwarnung, und ich weiß dann nicht, wie ich es halten soll.«

Fran lächelte beruhigend. »Machen Sie sich keine Sorgen, dafür sind die Dinger ja da. Das Wechseln dauert nur eine Minute.«

Der Urin hatte einen stechenden Geruch. Joan brütete wieder eine Infektion aus, was ihre Demenz noch verstärken würde. Fran wusste nicht viel über sie, außer dass sie Tänzerin gewesen und mutterseelenallein auf der Welt war. Laut Mrs. Grayling hatte sie keine Kinder oder sonstigen Verwandten außer einem Neffen, der nie zu Besuch kam. Ihre Demenz hatte einzig den Vorteil, dass sie das nicht mehr mitbekam. Fran verpasste ihr eine neue Einlage und zog ihr den Slip hoch.

»So, jetzt können Sie wieder abrocken.«

Joan musste lachen. Von Fran ließ sie sich gern betreuen. Manch andere Pflegerin hätte sie vielleicht angeschnauzt, aber Fran schaffte es immer, diese erniedrigenden Situationen zu überspielen. Fran half ihr vom Bett in den Rollator, darauf bedacht, die kaputte Hüfte nicht zu strapazieren. Kaum vorstellbar, dass Joan eine Spielzeit lang im Royal Ballet getanzt hatte – vielleicht kam daher die ruinierte Hüfte.

Als sie sich auf den langen Weg zurück zum Speiseraum machten, wanderten Frans Gedanken zu dem vor ihr liegenden Abend. Die Kontaktanzeige war die Idee ihrer Tochter gewesen, und sie hatte Fran damit so oft genervt, dass es irgendwann leichter gewesen war, Ja zu sagen, als weiter darüber zu diskutieren. Ihre Tochter hatte sogar den Text verfasst, dem Fran schließlich zugestimmt hatte: »Lebhafte 53-Jährige, geschieden, schlank, optimistisch und bei guter Gesundheit, sucht liebevollen, lustigen und vertrauenswürdigen Mann zwischen 40 und 60, für eine Freundschaft und vielleicht mehr.«

Die einzige unwahre Behauptung war der Optimismus. Was Männer betraf, war Fran überhaupt nicht optimistisch, eine Haltung, die aufgrund vorangegangener Begegnungen mit Eastbournes erster Männerriege voll und ganz gerechtfertigt war. Zuerst ein verwitweter Verkehrspolizist, der eine geschlagene Stunde lang seine Prostataprobleme vor ihr ausgebreitet hatte, dann ein fünfunddreißigjähriger Bodybuilder mit einem Fetisch für ältere Frauen. Er war wie selbstverständlich davon ausgegangen, dass sie hochgradig scharf darauf war, mit ihm ins Bett zu gehen. In Gedanken verfolgte sie die gesamte trostlose Reihe unzuverlässiger Männer zurück bis zu dem Schlagzeuger.

Tom Knight jedoch war anders: Er war ganz sicher liebevoll und lustig und hatte sich bis dato als vertrauenswürdig erwiesen. Er sah zwar älter aus als die neunundfünfzig Jahre, die er angegeben hatte, aber sie schrieb das einem intensiv gelebten Leben zu. Als Armeeoffizier war er beim militärischen Nachrichtendienst und in einer Spezialeinheit gewesen, bevor er spät noch studiert hatte. Nachdem er zwei Jahre Lehrer gewesen war, hatte die Aussicht auf Reichtum ihn in die Welt der Wirtschaftsermittlungen gelockt, was, wie er offen zugab, auf Industriespionage hinauslief. Nun arbeitete er als privater Ermittler. Er war zweimal verheiratet gewesen, seine zweite Frau war bei einem Verkehrsunfall ums Leben gekommen, und er hatte drei erwachsene Kinder. Frans Tochter bezeichnete ihn als guten Fang. Aber wollte sie einen Fang? Wollte sie überhaupt angeln gehen?

Am Teetisch angelangt, setzte Fran Joan wieder auf ihren Platz. Joan gegenüber erklang eine vornehme Stimme: »Seine stark gebräunte Haut glänzte in der Mittagssonne, als sie das Öl in seine nackten Hinterbacken massierte.«

Ein Raunen der Missbilligung und Resignation kam von den etwa ein Dutzend Zuhörerinnen am Tisch. »Sie driftet wieder ab«, sagte jemand.

»Wessen Hintern war das denn?«, fragte Fran.

»Der ihres Liebhabers natürlich. Er war zwanzig, sie hat ihn im Badezimmer gevögelt.«

»Achte mal auf deine Ausdrucksweise, Brenda!«

»Was ist verkehrt an ›vögeln‹? Verdientes altes Wort.«

Brenda Newman hatte früher Fernsehfilme produziert. Auf ihr Konto ging eine Handvoll längst vergessener Serien, von der Kritik nicht sonderlich gewürdigt, die immerhin über das Sonntagabendpublikum hinweggeplätschert waren, ohne größere Schäden zu hinterlassen. Mutig war sie dann zum Romaneschreiben gewechselt und hatte damit, wenn schon keine Höhepunkte persönlicher Befriedigung, so doch hohe Verkaufszahlen erreicht, und zwar bei einem Verlag, der laut eigenen Angaben der zweitgrößte Player auf dem Liebesromanmarkt nach Mills & Boon war – in Wahrheit wohl eher vierter oder fünfter. Trotz mehrerer Bestseller hatte Brenda nur mickrige Honorare bekommen. Die Folge waren weniger komfortable Lebensumstände, als sie es sich vermutlich für diesen Lebensabschnitt erhofft hatte – daher ihr Aufenthalt im Wohnstift New Horizons. Ihre Demenz war ähnlich weit fortgeschritten wie Joans, äußerte sich allerdings in anderer Form: Wie Teile eines Puzzles geisterten durch ihren Kopf die zusammenhanglosen Fragmente ihrer Romanzen, die sie intensiv durchlebte, aber schnell wieder vergaß.

»Und was passierte mit ihm?«, fragte Fran.

Brenda runzelte ungehalten die Stirn: »Was passierte mit wem?«

»Na, mit dem Mann, der in der Sonne lag.«

Brenda sah sie entgeistert an. »Ich habe keine Ahnung, wovon Sie sprechen«, schnauzte sie und verstummte.

Fran wischte Joan einen Tupfer Sahne vom Kinn. Sie wünschte, die Küche würde nicht ständig diese Cremeschnitten servieren, denn die wenigsten Bewohner kamen damit zurecht, dass beim Hineinbeißen Sahne und Konfitüre hervorquollen. Neben Joan saß Susan, eine ängstliche, wie erstarrt wirkende Frau, die rund um die Uhr Handschuhe trug, um sich vor Ansteckung zu schützen. Ihr Sohn hatte sie vor vierzehn Tagen »probeweise« hergebracht und verlangt, sie ihren Wünschen gemäß möglichst allein zu lassen, weil intensiver Kontakt mit fremden Personen ihre Depression verstärke. Fran war damit nicht einverstanden, aber Mrs. Grayling hatte sie angewiesen, diesen Wünschen zu entsprechen. Also blieb Susan, abgesehen von den Mahlzeiten und den Tagen, an denen ihr Sohn sie ausführte, allein – eine Insassin im Gefängnis ihres Geistes. Sie ging langsam am Stock und konnte sich selbst waschen und ankleiden, was Fran zu schätzen wusste.

Im Verlauf der Teestunde schweiften Frans Gedanken ab. Sie hatte keinen Zweifel daran, dass Tom sich von ihr angezogen fühlte, selbst für ihre abgestumpften Antennen waren die Signale glasklar. Nicht, dass er je aufdringlich geworden wäre – im Gegensatz zur großen Mehrheit der Männer, die sie bisher getroffen hatte, war er der perfekte Gentleman. Aber fühlte sie sich von ihm angezogen? Ganz bestimmt nicht so wie von dem Schlagzeuger. Selbst wenn sie berücksichtigte, dass sie damals ein sorgloser Teenager gewesen war, hatte keiner danach an ihn herangereicht. Sein Abschiedsgeschenk nach einem Jahr fleischlicher Ausschweifungen war ihre Tochter. Adieu, Kunstakademie! Sie hatte dann noch zwei Kinder bekommen, beides Jungen, von zwei verschiedenen Vätern. Einen von beiden hatte sie geheiratet und sich dann wieder scheiden lassen. Darauf folgte eine ganze Serie unbefriedigender Verbindungen, bis sie die Männer schließlich ganz aufgab. Zehn Jahre lang war sie nun schon Single und enthaltsam und froh, dass sie ihren Seelenfrieden gefunden hatte. Sie bedauerte nur, dass sie ihre Jungs nicht öfter sah, tröstete sich aber mit dem Gedanken, dass es ihnen in Australien viel besser erging als in England.

Die Uhr bewegte sich auf sechs und das Ende ihrer Schicht zu. Sie fragte sich beiläufig, ob sie vielleicht nicht richtig tickte.

Knight unterzog sein Speisenangebot einer kritischen Würdigung: Er hatte letzten Endes gegen Sushi optiert, weil der Reis womöglich zu klebrig wurde, und sich stattdessen für Couscous mit gerösteten Tomaten, dazu geräucherten Thunfisch mit einer Marinade aus Olivenöl und Kapern entschieden. Außerdem gab es Manchego mit Feigen und Quittengelee, und im Ofen schmorten Auberginen in Sojasoße und Mirin. Hatte er es übertrieben? Selbst wenn – für derlei Überlegungen war es jetzt zu spät.

Vorhin hätte er beinahe vergessen, die Auberginen in den Ofen zu schieben. Nach der Aushändigung des Vollstreckungsbescheids hatte er bei Merv vorbeigeschaut und ein bisschen Gras geraucht, mit den vorhersehbaren Auswirkungen auf sein Denkvermögen. Vor ein paar Jahren, kurz nachdem er nach Eastbourne gezogen war, hatte er auf einem öffentlichen Parkplatz eine Schlägerei zwischen Merv und einem anderen Mann beobachtet. Der andere hatte behauptet, Merv habe angefangen, und Knight hatte das Gegenteil bezeugt, worauf die Anklage fallen gelassen wurde. Mervs betrunkener Gegner, ein Detective Constable namens Bullock, gehörte seither zu Knights Feinden, aber Knight und Merv hatten sich angefreundet und arbeiteten gelegentlich sogar zusammen. Merv, Mitte vierzig, Ex-Infanterist, verdiente sein Geld mit Geschäften, die sich eher am Rande der Legalität bewegten. Er war gewitzt und immer auf dem Laufenden, aber Romantik war definitiv nicht sein Metier.

»Also, du denkst, dass du sie heute Abend flachlegen kannst?«, hatte er gefragt.

Knight hatte mit seiner Geringschätzung für solche Ausdrücke nicht hinterm Berg gehalten: »Sehr charmant. Wenn da mal nicht Volkes Stimme aus Erfahrung spricht.«

»Schon möglich, aber wenigstens lauf ich nicht rum und gebe ein falsches Alter an.« Die neueste Wendung im Leben des alten Haudegens gefiel Merv ausgesprochen gut. Soweit er das beurteilen konnte, waren Leidenschaft, Lügen und komische Verwicklungen im Spiel, also alles, was er an einem Drama schätzte. »Wann willst du's ihr denn sagen, vorher oder nachher?«

»Geh mir nicht auf den Sack.«

Merv hatte einen Lachanfall bekommen, der mindestens eine Minute anhielt, während Knight sich zum wiederholten Male fragte, wann er es ihr tatsächlich sagen sollte. Eigentlich bestand doch zum jetzigen Zeitpunkt gar keine Notwendigkeit dafür, oder? Sie wollten schließlich keine Familie gründen … und überhaupt war es gar keine richtige Lüge, mehr eine Überlebensstrategie. Angesichts der in der Anzeige angegebenen Altersspanne von vierzig bis sechzig hätte sie sich doch gar nicht erst mit ihm getroffen, wenn er ihr die

Wahrheit gesagt hätte. Diese Hürde hatte er jetzt erst einmal genommen, damit war Phase eins abgeschlossen. Natürlich würde er ihr zu gegebener Zeit die Wahrheit sagen, wenn auch vielleicht nicht heute Abend.

Der Wind ließ nach. Knight befand, dass es warm genug war, um draußen zu essen, und trug die Speisen zum Tisch auf dem Balkon. Das Knie tat ihm bei Weitem nicht mehr so weh wie vorhin, wofür der Joint und das Codein gesorgt hatten, aber es ganz zu ignorieren fiel ihm schwer. Sein Stock war bei ihren ersten beiden Verabredungen nicht mit von der Partie gewesen und deshalb auch heute hinten in einen Schrank verbannt worden, wo sie ihn keinesfalls zu Gesicht bekommen konnte.

Neben dem Tisch standen zwei Businessclass-Flugzeugsitze mit verstellbaren Fußstützen und kleinen Tabletts, die man aus der Armlehne klappen konnte. Vor vielen Jahren hatte ein Kunde sie aus Gründen, die er nicht näher erklären wollte, schnell loswerden müssen, und Knight hatte sie ihm für ein Butterbrot abgekauft. Seither waren sie bei ihm geblieben, treue Begleiter durch gute und schlechte Zeiten.

Es klingelte an der Tür.

Sie trug eine schwarze Seidenbluse und einen Hosenrock, dazu leichte goldene Stöckelschuhe, die zu ihrem Haar passten. Um ihre Schultern lag ein cremefarbener Pashmina, der das Blau ihrer Augen unterstrich. Knight war hingerissen.

»Lässt du mich rein?«

Er hörte auf, sie anzustarren, und führte sie in sein geräumiges Wohnzimmer, das von einem großen Sofa und zwei alten Ledersesseln dominiert wurde. Den Boden bedeckten Kokosmatten, stellenweise schon etwas abgewetzt. Diese geschäftsmäßige Männlichkeit stand im Gegensatz zu den farbenprächtigen expressionistischen Drucken an der Wand.

Fran nahm im Vorübergehen eine tanzende Frau wahr, von Emil Nolde vielleicht? Befand sie sich in einer Heimstatt des kultivierten Geschmacks oder in einer teuren Junggesellenbude? Nicht, dass sich das gegenseitig ausschloss.

»Das Beste an der Wohnung ist die Aussicht, komm, schau sie dir an.«

Fran trat auf den Balkon und stand vor einer Wand aus Meer und Himmel, in der Mitte geteilt von der Horizontlinie. Über dem Pier tauchte ein Schwarm Stare auf und verschwand wieder, wie ein großer grauer Geist.

»Das ist wunderschön!« Sie sprach mit ungekünstelter, fast mädchenhafter Begeisterung.

Knight konnte ihr nur zustimmen. Kurz nachdem Roz gestorben war, hatte er die Wohnung von seiner Tante geerbt. Zuerst hatte er sie verkaufen wollen, um die Schulden loszuwerden, die sich mit den Schulgebühren angehäuft hatten, aber dann hatte ihn der beruhigende Anblick des Meeres verführt. Einem spontanen Impuls folgend, war er von London hierhergezogen, um einen neuen Anfang zu wagen.

»Und was ist das da?« Fran hatte die Sitze entdeckt.

»Die bequemste Art, den Ausblick zu genießen. Versuch's mal.«

Fran ließ sich in einen der Sitze sinken und war von seinem Komfort angenehm überrascht. »Und der Hebel?« Sie zog daran, und der Sitz klappte mit ihr nach hinten. »Du liebe Güte!« Ihr raues Lachen. Sie stellte den Sitz wieder hoch und entdeckte nun das Essen. »Was hast du gekocht?« Vor Freude machte sie ganz große Augen, stand auf und inspizierte die Köstlichkeiten, die Knight servierte. »Das ist ja großartig, Tom!«

»Ach, alles ganz unkompliziertes Zeug, sieht nach mehr aus, als es ist.« Als er den Wein einschenkte, verspürte er eine Woge von Optimismus und zugleich den spontanen Drang, in Sachen Alter reinen Tisch zu machen. Aber dann piepste der Ofen wegen der Auberginen, und der Augenblick war vorüber.

Gesättigt, aber überhaupt nicht schläfrig legte Fran ihre Füße aufs Sofa. Noch selten hatte sie solche Delikatessen vorgesetzt bekommen. Sie hatte vier Gläser Wein getrunken, das fünfte stand neben ihr auf dem Beistelltisch. Nie war sie so aufmerksam umworben worden.

Während des Essens, zwischen den Schreien der Möwen, hatte er ihr von Begegnungen mit Schlangen auf Borneo und mit Gangstern in London erzählt. Und von seiner ersten Frau, der Springreiterin, die er geheiratet hatte, als sie schwanger wurde, auch wenn sie einen Monat später eine Fehlgeburt erlitt. Das erinnerte Fran ein wenig an ihren Schlagzeuger.

Als der Verkehr unten nachließ, konnten sie hören, wie die Wellen weich an den Strand schlugen. Sie erzählte ihm davon, wie sie mit der Band unterwegs gewesen war, von den nächtelangen Partys in Amsterdam und auf Ibiza, sie ein Wildfang in einem Wohnmobil. Sie verglichen ihre Drogenerfahrungen. Zu seiner Zeit an der Universität Sussex hatte Knight großen Wert darauf gelegt, alles zumindest einmal zu probieren, denn wenn man auf der Welt war, um den eigenen Horizont zu erweitern, dann sollte man das auch mit der gebotenen Gründlichkeit tun. Sie lobte seine intellektuelle Stringenz, denn sie erkannte darin jenen Abenteurergeist, den sie verloren hatte. Oder verloren zu haben glaubte.

Knight war in der Küche, um Kaffee zu kochen. Irgendwo aus einem Lautsprecher ertönte eine kräftige brasilianische Stimme, eine Taube rief nach ihrem Gefährten, begleitet vom Rauschen des Wassers über den Kiesstrand.

Wie es wohl wäre, mit ihm ins Bett zu gehen? Er sah definitiv gut aus, das hatte sie schon in dem Augenblick gedacht, als sie ihn zum ersten Mal traf. Sie mochte den entschlossenen Zug um seinen Mund, und er hatte neugierige braune Augen, die zugleich Vertrauenswürdigkeit ausstrahlten. Jetzt in dem gedämpften Licht waren die Tränensäcke darunter kaum sichtbar. Soweit sie das beurteilen konnte, war trotz der Andeutung eines Hinkens sein Muskeltonus in Ordnung, sein Bauch nicht allzu ausladend, jedenfalls nicht schlimmer als ihrer. Seine Zähne hatte sie noch nicht inspiziert und nahm sich in Gedanken vor, das zu tun, sobald sich die Gelegenheit bot.

Andererseits war das erst ihr drittes Date. Gemessen an den Maßstäben ihrer Jugend, kannte sie ihn bereits eine Ewigkeit, auch wenn sie schon lange der Ansicht war, dass die Maßstäbe ihrer Jugend alles andere als erstrebenswert waren. Aber wie sagte ihre Tochter so gerne? Das Leben war kurz. Warum also warten, wenn sich etwas richtig anfühlte? Tom begehrte sie ganz ohne Zweifel, warum sollte sie ihn enttäuschen? Nachdem sie sich mehr als ein Jahrzehnt nicht mehr mit solchen Dingen beschäftigt hatte, fand sie es jetzt geradezu berauschend. Sie trank noch einen Schluck Wein.

In der Küche wartete Knight darauf, dass das Wasser kochte, und arrangierte währenddessen sorgfältig rosa und violettes Konfekt auf einem Silbertablett. Im nächsten Moment fand er, dass sein kompliziertes Muster irgendwie zu gewollt aussah, nahm die Pralinen und verteilte sie noch einmal willkürlich. Er verspürte, wie er sich gestehen musste, den wachsenden Drang, in Frans Leben zu treten, um sie vor weiteren Unbilden zu beschützen. Er wusste natürlich, dass das übereilt war, aber dieses Gefühl ließ sich nicht unterdrücken, und außerdem war da noch sein heftiges körperliches Begehren.

Sollte er sich neben sie aufs Sofa setzen? Er wollte ihr nicht zu sehr auf die Pelle rücken, erinnerte sich jedoch dunkel daran, dass eine gute Choreografie bei solchen Dingen eine Rolle spielte. Außerdem stellte sich die Frage, wann er die Viagra nehmen sollte. Nun, dieser Moment schien ihm nicht schlechter als ein anderer. Schnell schluckte er die Pille, die er strategisch geschickt in der Brusttasche seines Hemdes untergebracht hatte. Was würde wohl Roz denken, wenn sie ihn so sehen könnte? Knight glaubte nicht an ein Leben nach dem Tod, aber er meinte sagen zu können, dass sie sein Vorgehen wohlwollend beurteilt hätte. Er goss das heiße Wasser in die Kaffeekanne und ging ins Wohnzimmer.

Fran fragte sich, was er wohl als Nächstes tun würde. Er war nicht der Typ, der über eine Frau herfiel – die kannte sie zur Genüge, sodass sie in dieser Hinsicht sicher sein konnte. Sollte sie ihm auf dem Sofa Platz machen? Sie erhob sich genau in dem Moment, als er sich hinkniete, um das Tablett auf dem Tisch neben ihr abzustellen. Einen Augenblick lang waren ihre Gesichter auf gleicher Höhe, aber er schien unsicher. Vielleicht wäre es nicht schlecht, ihm ein wenig entgegenzukommen.

»Du bist ein sehr liebenswerter Mann, Tom. Vielen Dank für alles.« Sie legte eine Hand an seine Wange und gab ihm einen zarten Kuss.

Einen Augenblick lang sahen sie sich schweigend an. Immer noch auf Knien, zog Knight mit der Hand ihren Kopf sanft zu sich heran. Der Kuss war lang und intensiv. Als sich ihre Lippen voneinander lösten und er aufstand, um sich neben sie aufs Sofa zu setzen, spürte er einen stechenden Schmerz im Knie. Er legte einen Arm um sie, zog sie behutsam auf sich und begann, ihre Schultern zu massieren. Dabei stieß er mit dem Fuß gegen den Tisch, und die Kaffeetassen fielen klappernd um. Das entmutigte ihn kurz, aber dann schien sein Schutzengel die Sache in die Hand zu nehmen.

»Lass uns ins Schlafzimmer gehen«, flüsterte sie. Sie hatte entschieden, dass, wenn sie schon miteinander ins Bett gehen würden, es auch *im Bett* geschehen sollte. Mochte sein Sofa noch so groß sein, aber der Gedanke, darauf Sex zu haben, brachte Erinnerungen zurück, die sie nicht so gerne wiederbeleben wollte. Knight seinerseits konnte sein Glück kaum fassen.

»Ja«, antwortete er, seine Stimme kaum mehr als ein Krächzen.

Sie stand auf und legte ihm die Arme um den Hals, als er sich ebenfalls erhob. Eine Art Übermut befiel sie, vage dachte sie an eine Filmszene, die sie einmal gesehen hatte, und so hängte sie sich halb im Scherz an seinen Hals und schlang die Beine um seine Taille. Sie erwartete gar nicht, dass er sie tatsächlich hinübertrug, aber Knight interpretierte ihre Geste als Auftrag und machte sich pflichtgemäß mit ihr auf den langen Weg ins Schlafzimmer.

Ihr Gewicht war gerade so auszuhalten. Sein Oberkörper war recht kräftig, aber sein Knie meldete sich bei jedem Schritt mit einem bedrohlichen Stich und beschwor die katastrophale Vorstellung eines Sturzes herauf. Tapfer schob er Schmerz und Zweifel beiseite, wie er es gelernt hatte, und bewegte sich langsam vom Wohnzimmer in den Flur, während sie seinen Hals und sein Gesicht mit Küssen bedeckte. Zufrieden stellte er fest, dass die Viagra bereits wirkte, allerdings schlug sein Herz etwas zu heftig. Er schätzte seinen Puls auf hundertsiebzig, hundertachtzig, das war gefährlich hoch. Mit den letzten Resten von Willenskraft zwang er sich zu atmen, ohne zu keuchen. Sein Hals war furchtbar trocken, er brauchte Wasser, dringend.

Glücklicherweise sorgte sein Schutzengel für einen reibungslosen Weg zum Schlafzimmer und sogar für eine offene Tür.

»Einen Moment nur.« Knight setzte sie so sanft wie möglich auf der Schwelle ab und verschwand im Badezimmer gegenüber. Er schloss die Tür und stützte sich auf das Waschbecken, während er verzweifelt nach Luft schnappte und hoffte, sie würde es nicht hören. Er drehte den Wasserhahn auf und beugte seinen Kopf zum Wasserstrahl, verschätzte sich dabei mit der Entfernung und prallte mit dem Mund gegen den Hahn. Er bemerkte es kaum. Stattdessen konzentrierte er sich ganz darauf, seinen Atem wieder unter Kontrolle zu bekommen.

Fran bewunderte unterdessen das große, perfekt gemachte Bett. Sie beschloss, sich bis auf die Unterwäsche auszuziehen. Die lusttötende Prozedur des Öffnens von Haken und Ösen musste sie Tom nun wirklich nicht zumuten. Als sie zu guter Letzt in einem Meer aus knisternden cremefarbenen Laken versank, blieb ihr Blick an etwas auf dem Nachtkästchen hängen.

Knight atmete nun wieder regelmäßiger, obwohl sein Puls immer noch unangenehm hoch war. Egal. Er trocknete sich das Gesicht ab und ging zurück ins Schlafzimmer.

Der himmlische Anblick, der ihn hier empfing, währte nur kurz. Irgendetwas stimmte nicht. Warum starrte Fran ihn so wütend und voller Abscheu an?

»Du dreckiger Lügner!«

Knight erstarrte. Sie hielt seinen Ausweis in der Hand. Verdammt. Er hatte vergessen, ihn wegzuräumen, als er vorhin stoned von Mervyn zurückgekommen war.

»Du hast gesagt, du seist neunundfünfzig, und ich hab dir geglaubt. Wie konntest du mir das antun?« Sie war laut geworden, und ihre Wimperntusche war von Tränen verschmiert. »Du bist dreiundsiebzig, verdammt!«

Knight wollte den Mund öffnen und etwas sagen, aber alles, was herauskam, war die Krone seines Schneidezahns. Als sie lautlos zu Boden fiel, starrte er ihr wie ein zahnloses Monster hinterher. Fran stieß einen Schrei aus. Sie sammelte ihre Kleider auf und floh an ihm vorbei aus dem Zimmer.

Tom lief ihr nach. »Fran, bitte!«

»Bleib mir vom Leib!«, kreischte sie. Sie drehte sich noch einmal um und zeigte anklagend mit dem Finger auf ihn. »Weißt du, was du bist? Ein geiler alter Sack!«

2

Die Reparatur der abgebrochenen Krone kostete Knight mehr als zwei Monatsrenten. Er war zwar nicht so arm, dass er allein von der Rente leben musste, aber die Kosten rissen dennoch ein tiefes Loch in sein Budget. Als Roz gestorben war, hatte er alles verkauft, ihre beträchtlichen Schulden abbezahlt und das wenige, was übrig war, auf seine Kinder verteilt, von denen das jüngste erst letztes Jahr das Haus verlassen hatte. Ihm blieb eine kleine Pension von der Armee und eine noch kleinere von seiner alten Firma C.I.P. Im Nachhinein bedauerte er, nicht mehr eingezahlt zu haben, aber es hatte immer irgendeinen dringenderen Bedarf gegeben. Die Wohnung war ein Geschenk des Himmels. Ohne sie hätte er irgendwo in London ein überteuertes Einzimmerappartement mieten müssen. So hatte er immer gerade genug, um die Grundausgaben zu decken. Für alles, was darüber hinausging, die Vermögensvermehrung seines Zahnarztes eingeschlossen, musste er arbeiten.

Darum saß er nun hier in einem Strandcafé, einige Tische entfernt von einem liebenswürdigen Steuerberater mittleren Alters und einer in gleichem Maße gut gelaunten Dame Ende dreißig. Für den Job war er von einer Londoner Agentur empfohlen worden, der er in der Vergangenheit Aufträge verschafft hatte. Mit der Sache hier revanchierte sie sich, und dafür war er dankbar.

Der Steuerberater hatte seiner Frau gegenüber behauptet, er würde sich in Eastbourne mit einem potenziellen Kunden treffen. Sie hatte eine andere Vermutung, und damit lag sie nicht falsch. Knight hatte bereits herausgefunden, dass der Mann für den Nachmittag ein Zimmer in einem Hotel an der Strandpromenade gebucht hatte, und die beiden fotografiert, als sie eincheckten und zusammen zum Lift gingen. Er hatte keine Zeit gehabt, Vorkehrungen zu treffen, um die darauffolgenden Ereignisse im Hotelzimmer festzuhalten – ein guter Anwalt hätte also eine plausible Geschichte konstruieren können, mit der man in einem Scheidungsprozess durchkäme. Aber das Paar hatte die Freundlichkeit, sich jetzt zu küssen.

Der Anblick erinnerte Knight an sein eigenes Unglück und versetzte ihm einen Stich. Genau heute vor einer Woche hatte er aufgeregt wie ein Schuljunge auf Fran gewartet … Entschlossen lenkte er seine Gedanken auf die anstehende Aufgabe und öffnete eine briefmarkengroße Klappe am Griff seines Gehstocks. Der Griff selbst war aus massivem Stahl, hatte aber die Optik von Eichenholz. Wenn man den Stock wie einen Schläger schwang, wurde er zu einer sehr effektiven, wenn nicht gar tödlichen Waffe. Nicht wirklich legal, aber bis jetzt waren ihm die Hüter von Recht und Ordnung noch nicht draufgekommen.

Unter der Klappe befanden sich eine winzige Linse und ein Touchpad, das er jetzt drückte. Im Schaft des Gehstocks war eine Kamera versteckt, nicht größer als ein Stück Würfelzucker, die die enthusiastische Umarmung einfing und die Bilder sofort an das Telefon in seiner Tasche übertrug. Die zwei schienen wirklich glücklich miteinander zu sein. Welche zerstörerischen Folgen würde wohl die Aufdeckung ihres Verhältnisses haben? Knight spielte mit dem Gedanken zu behaupten, zwischen den beiden sei nichts vorgefallen, aber das wäre eine Lüge. Er hatte in seinem Leben oft gelogen, Täuschung war ein Teil seiner Arbeit bei C.I.P. gewesen. Aber er hatte selten aus Eigeninteresse gelogen und nie zuvor gegenüber einer Frau, in die er sich gerade verliebte. Dass er diese Grenze überschritten hatte, erfüllte ihn mit Scham. Natürlich hatte er versucht, Fran anzurufen, doch sie war nicht rangegangen. Nach vielen Anläufen hatte er ihr einen langen Entschuldigungsbrief geschrieben – ohne eine Antwort zu bekommen.

Das Paar erhob sich, vermutlich um für eine zweite Runde ins Hotel zurückzukehren. Knight folgte ihnen nicht, er hatte mehr als genug Material, um ihrem hübschen Arrangement ein Ende zu setzen. Mit hängenden Schultern ließ er sich in seinen Stuhl sacken. Merv saß ihm gegenüber. Knight hatte ihn für den Tag engagiert, um die Lauferei zu erledigen; einerseits aus der Sorge heraus, er würde das allein vielleicht nicht schaffen, andererseits, um Gesellschaft zu haben. Es war nicht viel Geld, aber Merv hatte gerade einen finanziellen Engpass und war froh über jede Kleinigkeit.

»Wann hörst du endlich auf, Trübsal zu blasen? Das wird allmählich nervig.« Knight hatte ihm seine Gefühle gar nicht in ihrem ganzen Ausmaß offenbart, dennoch hatte Merv seinen Freund noch nie zuvor in so mitleiderregendem Zustand gesehen. Er fand das beunruhigend. »Vergiss sie, Kumpel! Dann legst du eben eine andere flach, das ist doch ein Kinderspiel für dich.«

Knight zuckte zusammen. »Ich will nicht irgendwen ›flachlegen‹!«, fauchte er – etwas zu laut. Eine ältere Dame in Begleitung eines Mopses blickte auf, wie um anzudeuten, dass sie durchaus nichts gegen ein wenig Flachlegen hätte.

»Ich mein's nur gut«, sagte Merv ruhig.

Knight seufzte. »Tut mir leid. Ich kann nur immer noch nicht glauben, dass ich so bescheuert gewesen bin. Ich weiß einfach nicht, was in mich gefahren ist.«

Doch das wusste er ganz genau. Eine heftige, nicht zu zügelnde Leidenschaft, die besser zu einem Teenager passte als zu einem Mann seines Alters. Der Anblick von Fran in Unterwäsche hatte sich in seinem Kopf eingenistet und steigerte noch seine Qual. War er tatsächlich bloß ein geiler alter Sack? Vielleicht … Ein schockierender Gedanke.

»Ich müsste einfach nur mit ihr reden.«

»Wozu? Um ihr zu sagen, dass du dich wie ein Vollidiot benommen hast und eine zweite Chance willst? Vergiss es!«

Knight versank in Schweigen. Was konnte er sagen, und wo würde er es tun? Er wusste ungefähr, wo sie wohnte – in dem ruhigen Vorort zwischen Stadtzentrum und Einkaufszentrum –, aber er hatte ihre Adresse nicht. Natürlich war sie leicht herauszufinden, bloß was würde Fran sagen, wenn er unaufgefordert bei ihr auftauchte? Sie würde ihn beschuldigen, sie zu stalken. Ein geiler alter Sack *und* ein Stalker. Tolle Kombination.

Die andere Option bestünde darin, vor dem New Horizons zu warten, bis ihre Schicht zu Ende war. Sie hatte ihm gesagt, wo das Heim war, also konnte man ihm kaum vorwerfen, er würde seine dubiosen Spionagefähigkeiten einsetzen, um sie aufzuspüren. Außerdem wusste er, dass sie diese Woche Nachtschicht hatte. Aber Merv hatte schon recht. Konnte er irgendetwas sagen, was nicht alles noch schlimmer machte?

»Überleg doch mal: Wenn sie rauskommt und sieht, wie du dasitzt und auf sie wartest, dann dreht sie durch. Vergiss es, Mann, die Sache ist gestorben.«

Kurz nach elf machte Fran einen weiteren Kontrollgang. Sie hasste die Nachtschichten. Tagsüber konnte man mit den alten Damen plaudern, sie bei Laune halten und mit ihnen über die alberne Farce des Alterns lachen. Nachts dagegen kam ihr dieser Ort wie eine Gruft vor, wo man nur darauf zu warten brauchte, dass etwas schieflief.

Sie verließ das Büro, durchquerte die Diele und betrat einen schwach beleuchteten Flur, von dem die zwei Erdgeschosszimmer abgingen. Zuerst schaute sie bei Susan Hillfield vorbei, die ihr heute noch abwesender erschienen war als bisher. Fran hatte bemerkt, dass Susan sie heute ein-, zweimal angestarrt hatte, als würde sie darum flehen, dass jemand die Tür ihres Gefängnisses öffnete und sie aus der Dunkelheit befreite. Aber als Fran versucht hatte, mit ihr ins Gespräch zu kommen, hatte sie gemurmelt, dass sie lieber in ihr Zimmer ging, und war auf ihren Stock gestützt davongeschlurft. Wenigstens schlief sie nun friedlich. Fran fragte sich, was sie wohl träumte.

Als Nächstes kam Brenda. Sie war vorhin in Ungnade gefallen, weil sie dem Fußpfleger ihre nackten Brüste dargeboten hatte, als er ihr die Zehennägel schnitt. Er war ein gläubiger und wohltätiger Muslim, der den alten Damen nur einen Bruchteil seines normalen Tarifs berechnete, und die Erfahrung heute hatte nicht gerade dazu beigetragen, seine

Meinung über westliche Frauen zu verbessern. Männliche Bewohner gab es nicht. Bis vor einem Jahr hatte ein ehemaliger Matrose der Handelsmarine hier gewohnt, der an einem Herzinfarkt gestorben war – das war auf eine tödliche Begegnung mit einer Whiskyflasche zurückzuführen, die wiederum auf einen Überfall von Brenda folgte, ganz ähnlich dem heutigen.

Fran trat wieder auf den Flur und ging hoch in den ersten Stock. Seit ihrem Erlebnis mit Knight war sie zutiefst niedergeschlagen. Sie verwünschte ihre Tochter, weil diese die Idee dazu gehabt hatte, und sich selbst, weil sie so einen dämlichen Optimismus an den Tag gelegt hatte. Wusste sie immer noch nicht genug über Männer und ihre Maschen? Am meisten verwünschte sie Knight. Er hatte gelogen und damit alte Wunden aufgerissen, die sie verheilt geglaubt hatte. Genauso schlimm fand sie den Gedanken, dass sie beinahe mit jemandem geschlafen hätte, der fast so alt war wie ihre Schützlinge. Einerseits gestand sie sich ungern ein, zu einer Art Altersdiskriminierung zu neigen, andererseits fand sie die Vorstellung so ungeheuerlich, dass sie schauderte. Er war einfach *zu alt*.

Gerade als sie auf der obersten Stufe ankam, hörte sie unten die Dielen knarzen. Wahrscheinlich führte das Gebäude Selbstgespräche, oder Brenda war aufgewacht und wanderte herum. Fran nahm sich vor, bei ihr reinzuschauen, sobald sie wieder unten war.

Zimmer 3 bewohnte Lotty, eine ehemalige Schulleiterin, die zwar körperlich gebrechlich, aber geistig hellwach war und mit ihren über neunzig Jahren immer noch gern die Klassiker las. Ihre Nachbarin war Joan. Deren Blaseninfektion hatte sich zwar gebessert, allerdings hatte sie sich nun einen Husten eingefangen und schnarrte laut beim Atmen.

Und nach Joan kam Denise. All diese Existenzen, die Fran auf ihrem Rundgang passierte, mochten mehr oder weniger erfüllt sein – doch zumindest jetzt im Moment waren alle in sehr friedlichem Zustand. Fran begann sich zu entspannen.

Nachdem sie sich versichert hatte, dass Brenda und Susan nach wie vor in ihren Zimmern im Erdgeschoss schliefen, kehrte sie ins Büro zurück und ließ sich mit einer Aufbewahrungskiste als Fußstütze in ihrem Stuhl nieder. Zu ihrer Verärgerung ertappte sie sich bei dem Gedanken, dass dieses Provisorium lange nicht so komfortabel war wie Knights Flugzeugsessel. Das Büro war im Grunde ein großer Glaskasten, der eine bequeme Sicht zur Diele auf der einen Seite und zum Speiseraum auf der anderen gewährte. Wie schon so oft zuvor diente er ihr als Unterkunft für eine Nacht, die im besten Fall langweilig ausfallen würde. Sie griff nach ihrer Zeitschrift und trank ein paar Schluck Wasser, weil die heutige Hitze sie besonders durstig machte.

Eigentlich hatten sie immer zu zweit Nachtdienst, aber ihre Kollegin Jana war zu ihrem kranken Kind nach Hause gerufen worden. Sie hatten die strikte Anweisung, in solchen Fällen immer Mrs. Grayling zu benachrichtigen, aber Jana war innerhalb von vierzehn Tagen schon zweimal früher gegangen und hatte die Chefin damit gezwungen, kurzfristig einzuspringen. Jana hatte Angst, bei einem weiteren Mal ihren Job zu verlieren, weswegen Fran mitgespielt hatte. Ihrer Ansicht nach war die Gefahr, ertappt zu werden, sehr gering. Üblicherweise schaute Mrs. Grayling gegen 7 Uhr 30 vorbei, um den Schichtwechsel zu beaufsichtigen, und bis dahin wollte Jana längst zurück sein.

Fran mochte die junge Frau sehr. Sie stammte aus einem kleinen Dorf im Osten der Slowakei, einer trostlosen, nahezu verlassenen Siedlung, in der offensichtlich überhaupt nichts los war. Kaum mit der Schule fertig, war Jana nach England gekommen, um ihr Glück zu suchen, und glaubte es in Gestalt eines wohlhabenden, kürzlich geschiedenen Buchmachers gefunden zu haben. Er für seinen Teil hatte sich so von ihr betören lassen, dass er ihr eines Nachts vorschlug, ein Kind zu bekommen. Dass er schon Mitte fünfzig war, störte sie überhaupt nicht, sie war viel zu glücklich darüber, dass sie derart schnell auf ein gutes Leben zusteuerte. Mit etwas mehr Erfahrung hätte sie es vielleicht eigenartig gefunden, wie perfekt er ihre gemeinsamen Unternehmungen organisierte. Erst als sie schwanger war, zeigte er sein wahres Gesicht: das eines zwanghaften, dominanten Fantasten, für den der Babywunsch nichts anderes war als ein Ausdruck sexueller Eitelkeit. Die Aussicht auf ein reales Kind ängstigte ihn zutiefst. Als Jana eine Abtreibung ablehnte, drohte er, sie umzubringen, worauf sie in ein Frauenhaus floh. Nach der Geburt weigerte er sich, das Kind anzuerkennen, und sorgte mithilfe seines Steuerberaters dafür, dass sie nicht mehr als das Unterhaltsminimum und bevorzugt gar nichts bekam. Trotz alledem wäre es Jana nicht im Traum eingefallen, in ihr ereignisloses Kaff zurückzukehren. Seit zwei Jahren machte sie nun Nachtschichten, während ihr Kind in der winzigen Wohnung schlief, die sie mit ihrer Cousine teilte.

Fran trank noch mehr Wasser und schlug ihre Zeitschrift auf. Nach ein, zwei Seiten fing sie an zu gähnen, was sie zu einem so frühen Zeitpunkt sehr ungewöhnlich fand. Sie schob es auf Knight: Die Aufregung über seinen Betrug hatte sie völlig fertiggemacht.

Knight für seinen Teil hatte jede Hoffnung auf Schlaf aufgegeben. Als es dämmerte, saß er in seinem ans Schlafzimmer grenzenden Büro an einem großen, lederbezogenen

Schreibtisch und brachte seine Buchhaltung auf den neuesten Stand. So beschäftigte er sich wenigstens mit etwas Sinnvollem.

Das Internat und Sandhurst hatten ihm eine stoische Selbstdisziplin eingeimpft. Wenn er strauchelte, dann rappelte er sich gewöhnlich wieder hoch und machte so schnell wie möglich weiter. Sich zu verkriechen, um ausgiebig seine Wunden zu lecken, war gar nicht seine Art. Daher ärgerte es ihn, dass er Fran nicht aus seinen Gedanken verbannen konnte, wo Merv doch offensichtlich recht hatte. Die Wahrscheinlichkeit, sie durch einen unangekündigten Besuch gegen sich aufzubringen, war erschreckend hoch. Es jedoch zu unterlassen, kam ihm wie eine Kapitulation vor, und er war nicht der Typ, der verfrüht aufgab – auch wenn ihm durchaus bewusst war, dass das genauso gut eine Schwäche wie eine Stärke sein konnte. Genau aus diesem Grund war er schließlich unter unschönen Umständen aus der Armee ausgeschieden. Er war Zeuge gewesen, wie ein Verdächtiger in Nordirland zusammengeschlagen worden war, und hatte nicht den Mund gehalten, wie ihm ein vorgesetzter Offizier befohlen hatte. Nach einem Disziplinarverfahren hatte der Offizier gehen müssen, aber zugleich hatte man Knight mehr als deutlich gemacht, dass er jede Aussicht auf eine weitere Beförderung vergessen könne, worauf er empört den Dienst quittiert hatte. Gut, damals war es ums Prinzip gegangen, und nun handelte es sich lediglich um sein unwiderstehliches Bedürfnis, Fran wiederzusehen. Da musste er doch irgendetwas tun können.

Nachdem in seinem Kopf Argumente und Gegenargumente einander mehrfach abgelöst hatten, präsentierte sich schließlich so etwas wie eine Lösung: Er würde ihr eine Nachricht schreiben, dass er um acht Uhr morgens nach

Ende ihrer Schicht in seinem Auto auf sie wartete. Und dass er dankbar wäre, wenn sie sich bereitfände, sich seine Entschuldigung persönlich anzuhören. Wenn sie ablehnte, würde er sie in Zukunft nicht mehr behelligen.

Es ging jetzt auf sechs zu. Genug Zeit, den Brief zu schreiben und vorbeizubringen, bevor sie ging. Diese Handlungsoption war ein gewisser Trost, und so machte er sich ans Werk.

Fran wurde an einem finsteren Ort gefangen gehalten, von einem riesigen Ungeheuer, das seine fürchterlich schlechten Zähne fletschte. Das Monster hatte sie an den Schultern gepackt und schüttelte sie heftig.

»Fran, wach auf, was ist denn los mit dir?«

Das Ungeheuer verwandelte sich in Jana.

»Es ist zwanzig nach sieben, gleich wird Mrs. Grayling auftauchen.«

Fran setzte sich schnell auf. Beschämt stellte sie fest, dass sie die ganze Nacht durchgeschlafen und ihren letzten Rundgang versäumt hatte. Wie konnte das bloß passieren?

Sie beauftragte Jana, den morgendlichen Tee zu kochen, und eilte zu ihrem Kontrollgang bei den Damen. Brenda war schon wach und schilderte ein romantisches Stelldichein auf einem Autorücksitz in den lebendigsten Farben. Susan schlief noch – die Bettdecke hob und senkte sich sanft mit jedem ihrer Atemzüge. Fran stieg die Treppe hoch zu Lottys Zimmer.

Lotty lag auf dem Rücken und starrte friedlich Richtung Zimmerdecke.

»Guten Morgen, meine Liebe, tut mir leid, der Tee kommt heute ein bisschen später.«

Lotty antwortete nicht und starrte weiter zur Decke.

»Was sehen Sie denn da oben?«

Immer noch keine Antwort. Ihr Gesicht hatte einen abwesenden, aber zufriedenen Ausdruck, ihre Haut war blass und kühl, und sie atmete nicht. Fran tastete nach ihrem Puls, schon wissend, dass sie keinen fühlen würde. Tränen stiegen ihr in die Augen, obwohl sie zugleich froh darüber war, dass dieser guten Seele das Glück beschieden gewesen war, hier im Schlaf dahinzuscheiden und nicht auf einer Krankenhausstation. Erst dann kam ihr der Gedanke, dass sie, wenn sie ihren Rundgang gemacht hätte, vielleicht noch Hilfe hätte holen können. Sie hörte die Eingangstür und trat hinaus auf den Treppenabsatz. »Mrs. Grayling, könnten Sie bitte mal kurz raufkommen?«

Sie versuchte, ruhig zu klingen, aber Mrs. Grayling witterte sofort Ungemach. Kein besonders schöner Tagesbeginn angesichts der Probleme, mit denen sie sich sowieso schon herumschlug. Das Heim erwirtschaftete kaum Profit, und mit den teuren Renovierungen, die nach der letzten Inspektion gefordert worden waren, war sie im Verzug. Dennoch überfiel sie Traurigkeit, als sie das Zimmer betrat und den Leichnam sah; auch sie hatte Lotty sehr ins Herz geschlossen. »Ich hole den Arzt«, sagte sie ruhig.

Das gehörte bei Todesfällen zur Routine. Nach dem Arzt kam der Krankenwagen, und man hielt die Damen fern, während der Leichnam hinausgetragen wurde. Später, wenn alle am Tisch versammelt waren, würde dann die Mitteilung gemacht. Seit Fran hier arbeitete, waren schon einige Bewohner gestorben, aber sie war jedes Mal wieder bestürzt. Und heilfroh, dass sie nicht in einem Krankenhaus arbeitete.

»Können Sie weitermachen?«

Fran nickte und ging hinaus. Mrs. Grayling seufzte, als sie an den fehlenden Umsatz dachte.

Im Zimmer nebenan lag Joan mit dem Rücken zur Tür und schlief immer noch tief und fest. Sie war normalerweise die Letzte beim Aufstehen. Beruhigt registrierte Fran, dass das Keuchen aufgehört hatte. Sie ging durchs Zimmer, um die Vorhänge aufzuziehen, wovon Joan in der Regel aufwachte. Als sie sich Joan zuwandte, bemerkte sie zuerst den Fleck auf dem entblößten Arm, der an einer Seite aus dem Bett hing. Dann sah sie, dass ihr Gesicht genauso bleich und fahl war wie Lottys. Panik erfasste sie, als sie vergeblich nach Joans Puls tastete. Schrill rief sie nach Mrs. Grayling und rannte dann nach nebenan zu Denise.

Auch sie war tot.

Knight fuhr die menschenleere Strandpromenade entlang. Nun, da eine endgültige Entscheidung unmittelbar bevorstand, fühlte er sich wohler. Erschöpft, wie er war, entdeckte er das blaue Blinklicht erst, als das Polizeiauto direkt hinter ihm fuhr und mit der Sirene signalisierte, dass er Platz machen sollte. Abrupt lenkte er den Wagen zur Seite auf eine Reihe parkender Autos zu, bremste spät und kam nur wenige Zentimeter vor einem teuren Coupé zum Stehen. Knight selbst fuhr einen Skoda, ein praktisches und angemessen unauffälliges Gefährt, das von den Narben mehrerer kleiner Unfälle gezeichnet war, die zum großen Teil er selbst verschuldet hatte.

Er wartete, bis sein Adrenalinspiegel gesunken war, fuhr dann wieder los und bog landeinwärts in eine Straße mit bescheidenen Hotels und gediegenen Wohnblocks. Dank seiner nun erhöhten Wachsamkeit sah er rechtzeitig, wie das nächste Polizeiauto aus einer Seitenstraße schoss und mit quietschenden Reifen Richtung Bahnhof verschwand. Als er vom Stadtzentrum weg den Hügel hinauffuhr, überholte ihn ein Krankenwagen – wohl ein größerer Unfall auf der Schnellstraße weiter vorne, vermutete er. Aber dann bog dieser rechts in das Wohngebiet ein, nahm also genau den Weg, den auch Knight einschlagen wollte.

Selbst im hellen Tageslicht empfand er die blinkenden Blaulichter als beklemmend. Insgesamt versperrten fünf Polizeiautos und drei Krankenwagen die Straße und den Gehweg rund um das New Horizons. Ein sechstes Auto raste vom anderen Ende der Straße heran und spuckte zwei Polizisten in Uniform aus, die hineineilten. Knight fand eine Parklücke und ging dann Richtung Altenheim, während sein Adrenalinspiegel wieder anstieg. Er erkannte die junge Polizistin, die soeben ein Absperrband um die Kiesauffahrt zog. Eins der zwei dort geparkten Fahrzeuge gehörte Fran.

»Hallo Tom, du bist aber früh unterwegs.«

Bev war eine Verbündete. Ab und an tauschten Knight und sie ganz diskret Gefälligkeiten oder Informationen aus.

»Ich konnte nicht schlafen. Was ist denn passiert?«

»Leider sind drei alte Damen tot. Sieht so aus, als hätte man ihnen was gespritzt.«

Unter anderen Umständen hätte die surreal anmutende Szenerie Knight angesprochen, aber nun war ihm sehr mulmig zumute.

»Sieht so aus, als hätten wir die Täterin schon. Wir haben sogar eine Spritze und mehrere Beutel bei ihr gefunden.«

»Bei wem?«, fragte er mit einer Angst in der Stimme, die sich einfach nicht unterdrücken ließ.

Bevor Bev antworten konnte, ging die Eingangstür auf. Es war Bullock. Er starrte Knight an, als hätte er Dreck an der Sohle von ganz neuen, teuren Schuhen entdeckt, und steuerte direkt auf ihn zu.

»Darf ich fragen, was Sie hierherführt, Mr. Knight?«

Bullock war in gefährlicher Weise unsicher und außerdem feinfühlig wie ein Elefant im Porzellanladen. Die meisten hätten sich von seinem Ton einschüchtern lassen, aber Knight machte es Spaß, ihn auflaufen zu lassen. In der Armee hätte der Kerl keine paar Monate überlebt.

»Na, ich geh ein bisschen spazieren, Herr Inspektor. Darf ich meine Freude darüber zum Ausdruck bringen, einen treuen Staatsdiener zu so früher Stunde bei seiner harten Arbeit zu beobachten?«

»Versuchen Sie, witzig zu sein?« Bullock trat noch einen Schritt auf ihn zu, sodass sie nur noch Zentimeter voneinander entfernt waren. Normalerweise funktionierte diese Methode, aber Knight ließ es kalt, obwohl der Kriminalpolizist deutlich größer war als er. Er überlegte sich gerade, ob er Bullock noch ein bisschen mehr auf die Palme bringen sollte, als sich die Tür wieder öffnete und zwei Uniformierte herauskamen.

Zwischen ihnen hing Fran, die sich sträubte wie ein Tier, das den Schlachthof wittert.

3

Knight saß auf einer Bank am Ufer. Unter dem auch heute wolkenlosen Himmel glänzte die Wasseroberfläche metallisch. Normalerweise hätte der Anblick ihn beruhigt, aber heute empfand er ihn als Bedrohung. Welch unaussprechliche Taten fanden dort in der Tiefe statt, wo die Meeresbewohner sich gegenseitig jagten und verspeisten?

»Du hast sie auf einer Dating-Plattform kennengelernt?«

»Ja, na und?«

Bev hatte gar nicht so entgeistert, geschweige denn verächtlich klingen wollen. Sie biss wieder in ihr Sandwich, während sie diese höchst unwahrscheinliche Facette von Knights Liebesleben sacken ließ. Knight blieb stumm, weil er nicht wusste, wie sie die Neuigkeit bewertete: Hielt sie ihn nun für einen alten Narren? Für einen geilen alten Sack?

Nachdem Fran abgeführt worden war, war er zu seinem Auto zurückgekehrt. Dort saß er dann einige Minuten, für seine Verhältnisse ungewohnt verstört. Es erschien ihm nicht im Entferntesten wahrscheinlich, dass Fran diese drei alten Damen getötet hatte – aber wie gut kannte er sie letztlich, nach nur drei Treffen? War er am Ende haarscharf daran vorbeigeschrammt, selbst Opfer zu werden? Um etwas Klarheit zu gewinnen, war er zum Polizeirevier gefahren und hatte darum gebeten, sie in einer Vernehmungspause sehen zu dürfen, war aber brüsk abgewiesen worden. Schließlich hatte Bev Fran Bescheid gegeben, dass Knight da war und sie sprechen wollte. Die hatte sein Angebot entschieden abgelehnt, was ihn nicht überraschte.

»Wenn ich dich richtig verstehe, willst du jetzt Informationen von mir, damit du sie rausholen kannst?« Die Ungläubigkeit in ihrer Stimme hielt sich hartnäckig.

»Ich muss nur wissen, was geschehen ist, also nichts, was du nicht auch der Presse sagen würdest.«

Es war Bev klar, dass Knights Ansinnen unangemessen war. Doch dass er auf eine Kontaktanzeige geantwortet hatte, faszinierte sie. Das hatte sie nur ein Mal in ihrem Leben gemacht, mit sechzehn, als Mutprobe. Ein Mittdreißiger hatte sie mit Cocktails abgefüllt, und nur die Tatsache, dass sie in Sachen Alkohol völlig unerfahren war, hatte sie gerettet.

Nach drei Piña Coladas hatte sie sich direkt in der Bar heftig übergeben, wovon einen großen Teil ihr Date abbekam, dann verlor sie das Bewusstsein. Eine Polizistin, die gar nicht im Dienst war, griff ein und rief einen Krankenwagen. Als man Rohypnol in ihrem Blut fand, wurde der Mann verhaftet. Nach dieser Erfahrung hatte sie sich für den Polizeiberuf entschieden.

Obwohl Bev hier sehr deutlich Gefahr witterte, vertraute sie Knight, außerdem schuldete sie ihm gerade einen Gefallen. »Ich sag dir, was ich weiß, aber von mir hast du es nicht, okay?«

»Natürlich!«

»Also gut: Es waren drei Frauen mit Spuren von Einstichen. Bullock hat eine Spritze in der Tasche deiner Freundin gefunden, und unter dem Vordersitz ihres Wagens lagen Päckchen, die nach Heroin aussahen.«

»Woher wisst ihr, dass sie von ihr sind?«

»Weil überall ihre Fingerabdrücke drauf sind.«

Knight war hin- und hergerissen. Einerseits schien ihm die Wahrscheinlichkeit, dass er sich mit einer Psychopathin getroffen hatte, extrem gering, andererseits fand er die Beweise derart schlagend, dass er ins Zweifeln kam. »Wer war sonst noch da?«

»Eine Ausländerin, Osteuropäerin. Davor war sie allerdings die ganze Nacht mit ihrem Kind im Krankenhaus, das haben wir überprüft.«

Es überraschte Knight nicht, dass Bullock überzeugt davon war, seine Mörderin gefunden zu haben. Eine so schnelle Aufklärung war gut für die Statistik und noch besser für seine Beförderung, die er so sehr herbeisehnte. Das ausländische Mädchen musste Jana sein. Fran hatte ihm ein wenig von ihr erzählt.

»Du meinst also, sie hätte sich für die Arbeit mit Heroin zugedröhnt, dann drei Leute umgebracht und darauf gewartet, dass ihr sie dort abholt?«

Bev war es bislang nicht in den Sinn gekommen, die geltende Interpretation der morgendlichen Ereignisse infrage zu stellen. Die Beweise waren, nach allem, was sie gelernt hatte, schlüssig. »Nicht was ich meine, ist wichtig, sondern was Bullock meint. Er hat die Ermittlung schon abgeschlossen.«

Der Mann hatte es wirklich eilig. Das hieß, dass er einstweilen nicht vorhatte, noch gegen jemand anderen zu ermitteln. Was hilfreich sein könnte.

»Wie steht es mit Überwachungskameras?«

»Das Heim hat zwar welche, aber die waren ausgeschaltet.«

Jetzt reichte es ihm. »Verdammt noch mal, Bev, sogar Bullock muss kapieren, wie lächerlich praktisch diese ganzen Zufälle sind. Was soll denn ihr Motiv sein?«

»Beruhig dich mal, Tom, ich bin hier nicht im Zeugenstand!«

So aufgeregt hatte sie ihn noch nie erlebt. Zugegeben: Je mehr sie über alles nachdachte, desto seltsamer kam es auch ihr vor. Aber noch hatte der Dienst sie nicht zynisch werden lassen; sie glaubte an das System. »Ich weiß nicht, manchmal gibt es eben kein Motiv. Manchmal wird man einfach … « Sie wollte »bekloppt« sagen. »Hör mal, es tut mir leid, dass es deine Freundin ist.«

Knight hatte sie nicht in die Enge treiben wollen. Eine Zeit lang aßen sie schweigend. Schließlich konnte sich Bev eine Frage nicht mehr verkneifen: »Was ist eigentlich zwischen euch gelaufen?«

Knight war entrüstet. »Was heißt hier *gelaufen*? Nichts ist gelaufen.«

»Ich meine nicht *das*! Ich meine nur … wie stand es mit euch? Schließlich stellst du mir hier auch eine Menge Fragen.«

Damit hatte sie natürlich recht. Er erzählte von den drei Verabredungen und schloss knapp damit, dass Fran es sich dann anders überlegt hatte. Warum, sagte er nicht.

»Na ja, vielleicht ist es wirklich besser, dass du aus der Sache raus bist.«

Knight wollte schon wieder zu Frans Verteidigung ansetzen, aber dann nahm ein anderes Vorhaben in seinem Kopf Gestalt an. Es war gewagt, aber Bev konnte ihm bei den ersten Schritten helfen. »Meinst du, du könntest rausfinden, wer die nächsten Verwandten sind?«

Nun war Bev entrüstet: »Nein, und wenn, dann würde ich es dir nicht sagen. Denkst du, ich will, dass du rumschnüffelst und ich Ärger kriege?«

»Ach komm, das kriegt doch niemand mit.«

»Tut mir leid.« Sie stand auf. »Danke für das Sandwich. Das war ein sehr interessantes Gespräch, aber es hat nie stattgefunden, okay?« Im Gehen drehte sie sich noch einmal um: »Sei vorsichtig, Tom.«

Nach dem Ende der folgenden Nachtschicht wollte sich Jana gerade auf den Heimweg machen. Die letzten vierundzwanzig Stunden hatten ihre ohnehin düstere Stimmung noch weiter verschlechtert. Auf Beerdigungen in ihrer Familie hatte sie in offenen Särgen bereits Leichname gesehen, also hatte der Anblick der drei toten Frauen sie nicht aus der Fassung gebracht. Frans Verhaftung dagegen hatte sie in ihren Grundfesten erschüttert, aus ähnlichen Gründen wie Knight, und bei dem Verhör durch Bullock war sie in Tränen ausgebrochen. Zum Glück hatte er sie, gleich als sie zu weinen begonnen hatte, ziehen lassen, so als wäre damit irgendein Instinkt in ihm befriedigt worden. Obwohl sie sich richtig krank fühlte, wäre sie nicht auf die Idee gekommen, freizunehmen – in erster Linie wegen der unglücklichen Lage, in der sie sich befand.

Bullock seinerseits war früh zu der Überzeugung gelangt, dass eine eingehendere Befragung der überlebenden Bewohnerinnen wenig ergeben würde. Brendas Versicherung, sie habe ihm erst kürzlich am Strand eine Massage verabreicht, hatte diese Erkenntnis noch beschleunigt. Nachdem die Polizei verschwunden war, war im Heim der Anschein von Normalität eingekehrt. Bis zum Mittagessen hatten mehrere Bewohnerinnen bereits vergessen, was geschehen war, und registrierten nur vage, dass am Tisch mehr Platz war als gewöhnlich. Bis zum Tee waren die, die sich noch daran erinnerten, in einen Zustand stiller Verzagtheit verfallen, die nur die Erleichterung darüber milderte, dass sie verschont worden waren. Allerdings gab es auch einige, die das anders sahen. Susan hatte sich dauerhaft in ihr Zimmer verkrochen.

Aber all das lag in der Vergangenheit. Janas stille Befürchtungen bezogen sich auf die nahe Zukunft. Sie hatte hohe Schulden. Seit über einem Monat schon hatte ihr Brian kein Geld mehr geschickt, und sie war fest entschlossen, ihn zur Rede zu stellen. Es war ihm lange gelungen, seine Spuren zu verwischen, sodass sie keinen Kontakt zu ihm aufnehmen konnte, aber sie wusste, dass er heute Nachmittag beim Hunderennen in Brighton sein würde. Dort wollte sie ihn vor aller Augen mit ihren Vorwürfen konfrontieren und ihm drohen, so oft wiederzukommen, bis er alles bezahlte. Sie spekulierte darauf, dass er sich lieber von dem Geld trennen würde, als dem Rennen fernzubleiben.

Als sie aus der Eingangstür trat, wartete Knight bereits auf sie. »Verzeihen Sie, sind Sie Jana?«

Sie lebte nun lange genug in England, um aus seiner Stimme jene zivilisierte Höflichkeit herauszuhören, die es wettmachte, dass ein völlig unbekannter alter Mann sie einfach so ansprach. Er hielt ihr eine Visitenkarte hin. Darauf stand nur »Tom Knight – Ermittlungen« und eine Telefonnummer samt E-Mail-Adresse.

Zuallererst fiel ihm auf, wie schön sie war: dunkle Augen, hohe Wangenknochen, ein leichter Schmollmund, lange schwarze Haare – er konnte sie sich gut im Gothic-Look vorstellen, so wie seine Tochter eine Zeit lang herumgelaufen war.

»Ich bin ein Freund von Fran und möchte ihr helfen.«

Das Wort »Ermittlungen« auf seiner Karte beunruhigte sie – gegen sie war schon genug ermittelt worden –, aber der Mann erschien ihr gutartig. Seine gesittete Art erinnerte sie an ihren Großvater. »Ich muss nach Hause, ich werde erwartet.«

»Darf ich Sie begleiten? Wenn es Ihnen nichts ausmacht, ein bisschen langsamer zu gehen?«

Sie nickte, und zusammen zogen sie los, nach außen ein friedliches Bild: Vielleicht genossen da gerade Großvater und Enkelin einen gemeinsamen Spaziergang. Sie erzählte ihm, wie sie Fran schlafend angetroffen hatte, dann die Aufregung mitbekommen und die Leichen gesehen hatte. Sie war nicht im Büro, als Bullock Frans Handtasche zu inspizieren verlangte, Fran zustimmte und er aus den Tiefen der Tasche eine Spritze zutage förderte.

»Sah in dem Büro irgendwas anders aus als am Abend davor?«, fragte Knight.

Jana bemühte sich, die Szene heraufzubeschwören, als ihre Cousine angerufen hatte und sie daraufhin nach Hause geeilt war. »Tut mir leid, aber da fällt mir nichts ein. Warum wollen Sie das wissen?«

»Weil ich nicht glaube, dass Fran es war. Und Sie?«

Darüber hatte sie nicht wirklich nachgedacht. Wie Bev war sie der Ansicht, dass jemand mit einer Spritze in der Tasche sehr wahrscheinlich schuldig war. »Sie war die Einzige im Haus, abgesehen von den alten Damen.«

»Wie können Sie sich so sicher sein, wo Sie doch nicht da waren?«

Sie runzelte die Stirn. Da hatte er recht, sicher konnte sie nicht sein.

»Bitte, Sie sind der einzige Mensch, der mir helfen kann, oder vielmehr Fran, falls sie unschuldig ist.« Er zog einen USB-Stick aus der Tasche. »Wenn Sie das Laufwerk des Bürocomputers auf den Stick kopieren, zahle ich Ihnen fünfzig Pfund.«

Sie dachte einen Augenblick nach: Ihr Job hing an einem seidenen Faden, aber die Sache war einfach, und mit fünfzig Pfund konnte sie Essen für eine ganze Woche einkaufen. Die Wahrscheinlichkeit, dabei ertappt zu werden, war sehr gering, denn das gesamte Personal nutzte den Computer und es gab nur ein Passwort. Doch wenn sie im Leben etwas gelernt hatte, dann, wo immer möglich, hart zu verhandeln. Deswegen wollte sie zuerst das Honorar in die Höhe treiben – und hatte plötzlich eine bessere Idee. »In Ordnung«, antwortete sie, »aber wenn ich Ihnen damit helfe, müssen Sie auch was für mich tun.«

Auf dem Rückweg zu seinem Auto machte Knight der soeben abgeschlossene Handel Sorgen. Allerdings war das Mädchen nicht auf den Kopf gefallen, das musste er zugeben.

Irgendein Idiot hatte viel zu dicht geparkt. Er vergaß Jana über der lästigen Aufgabe, mehrfach vor und zurück zu rangieren, um seinen Wagen aus der Lücke zu bekommen. Zwangsläufig verlor er irgendwann die Geduld und schrammte das Auto vor ihm. Wenn es das hintere gewesen wäre, das seiner Ansicht nach schuld an dem Schlamassel war, wäre es ihm egal gewesen, aber das beschädigte Auto war gänzlich unbeteiligt – und abgesehen von der eben zugefügten Delle in tadellosem Zustand. Höchst betrübt über diesen neuerlichen finanziellen Tiefschlag, schrieb er einen Zettel und klemmte ihn unter den Scheibenwischer. Dann kam er noch auf den Gedanken, sich das Kennzeichen zu notieren, und fuhr endlich los.

Als er das New Horizons passierte, kamen gerade ein Mann und eine Frau heraus. Der Mann war mittleren Alters, hatte einen dunklen Teint und trug einen Koffer. Die Frau war alt und ging gebückt. Im Rückspiegel beobachtete er, dass sie sich in Richtung seines soeben verlassenen Parkplatzes bewegten, wobei sich die Frau auf den Arm des Mannes stützte. Es würde sich lohnen, schnell um den Block zu fahren, um einen genaueren Blick auf die beiden zu werfen.

Das an und für sich simple Vorhaben wurde gleich in der nächsten Straße zu einer Herausforderung, weil ein Müllauto den Weg versperrte. Nur ein paar Meter weiter hätte es in einer Lücke zwischen parkenden Autos Platz gefunden. Knight hupte, wurde aber ignoriert. Ein Müllmann starrte ihn an. Er hupte wieder und wollte schon aussteigen, als der Fahrer den halbherzigen Versuch unternahm, in die Lücke zu fahren.

Von der Sonne geblendet, drückte sich Knight in den schmalen Zwischenraum und erntete dafür vom Müllmann erneut Missbilligung. Zwischen dem über ihm dräuenden

Müllauto und einem Hindernisparcours aus Außenspiegeln arbeitete er sich millimeterweise voran, bis ein Range Rover all seine Bemühungen zunichtemachte. Sein eigener Spiegel blieb an dessen Heck hängen und wurde komplett nach hinten gedrückt. Der Müllmann brüllte etwas, es klang wie »alter Penner«.

Er konnte nicht mehr zurück. Selbst wenn es ihm gelungen wäre, den Hals weit genug zu drehen, um nach hinten zu sehen, hatte er kein Vertrauen in seine Fähigkeit, es bis hinter das Müllauto zu schaffen, dessen Fahrer ihn nun anhupte. Also fuhr er, dankbar für das Automatikgetriebe, weiter und stöhnte, als sein Spiegel an der Seite des Kolosses entlangglitt und eine feine Spur im Lack hinterließ. Knight verfluchte den Besitzer, der sich so eine aufgemotzte, überflüssige Karre hinstellte. Die Müllmänner lachten – augenscheinlich wenig interessiert am Schicksal des einen wie des anderen Wagens. Sie johlten, als das Gehäuse von Knights Spiegel knackte und herunterfiel. Diesmal würde er keinen Zettel schreiben. Er glaubte nicht, dass sie sein Kennzeichen notieren würden – und selbst das wäre ihm inzwischen egal gewesen.

Wenig überraschend, dass das Paar, als er um die Ecke bog, nirgends mehr zu entdecken war. Er haderte mit Gott und der Welt und war schon halb zu Hause, als ihm einfiel, dass er nicht nachgesehen hatte, ob das kleine Auto, das er geschrammt hatte, noch dort gestanden hatte.

Für einen Nachmittag mitten unter der Woche war das Hunderennen ziemlich gut besucht. Es waren immer noch Schulferien, Grund für die vielen Kinder auf der Tribüne. Knight saß in der ersten Reihe gegenüber den Wettbuden, die bei der Ziellinie die Rennbahn säumten. Wieder überlegte er, ob er sich zu leicht hatte rumkriegen lassen, so überzeugend die Geschichte des Mädchens auch gewesen war. Sie hatten sein Auto genommen und Milada in den Kindersitz geschnallt, den er für seinen jüngsten Enkel im Auto hatte. Für eine Zweijährige war sie erstaunlich ruhig und interessierte sich nur oberflächlich für die neue Umgebung. Nun standen Mutter und Kind Hand in Hand am Ende der Schlange vor einer der Buden, zwischen den vielen hartgesottenen Zockern, die ihr Glück mit Last-Minute-Wetten versuchten.

Der die Schlange vor sich hatte und gut gelaunt vom Andrang der Gutgläubigen und Verzweifelten profitierte, war Brian Denning. Er war über einen Meter achtzig, größer, als Knight erwartet hatte, dunkelhaarig und stämmig und wirkte, als könnte ihm so leicht keiner etwas anhaben. Als er Mutter und Kind in der Schlange entdeckte, erfasste seine Züge eine Panik, die unter anderen Umständen lustig gewesen wäre. Es entspann sich eine hitzige Diskussion, während enttäuschte Zocker zu den Buden nebenan wechselten. Schließlich wischte Denning die Gewinnquoten von seiner Tafel, um zu signalisieren, dass er geschlossen hatte, schnappte sich seine Geldtasche und entfernte sich mit Jana und Milada im Schlepptau. Jana blickte kurz in Knights Richtung und nickte ihm zu.

Innerlich vor Wut kochend, hatte Denning Jana glaubhaft versichert, dass ihr Geld in einem Umschlag in seinem Auto läge. Er habe es schicken wollen, sei aber zu beschäftigt gewesen, das sei doch kein Grund, ihn so zu bedrängen. Zu seiner Erleichterung hatte sie den Köder geschluckt, und nun würde er sie bestrafen. Vernünftig genug, um auch nur im Entferntesten an mögliche Konsequenzen zu denken, war er nicht.

Knight folgte ihnen, wobei er seinen Stock so ruhig wie möglich hielt, damit die Kamera die Vorgänge auf sein Telefon übertragen konnte. Er drückte sich eng an die Autos, um sich wegducken zu können, wenn Denning sich umsah. Da das Rennen schon in vollem Gange war, war der Parkplatz verlassen. Knight verfluchte sich. Er war davon ausgegangen, dass sie immer Leute um sich haben würden, und hatte es versäumt, Jana davor zu warnen, sich in eine menschenleere Ecke locken zu lassen. Denning drehte sich ständig um, als würde er etwas suchen. Neben einem hohen Lieferwagen blieb er stehen. Knight begriff, dass er eine Stelle gefunden hatte, an der ihn die Überwachungskameras nicht erfassten.

»Du willst also das, was ich dir schuldig bin?«

Als Jana endlich Gefahr zu wittern schien, war es zu spät. Er packte sie an der Kehle und schlug ihren Kopf mehrfach gegen den Lieferwagen. Milada begann zu kreischen.

»Wenn du das jemals, jemals wieder machst«, schrie er und stieß bei jedem »Jemals« ihren Kopf gegen den Wagen, während Jana vergeblich nach ihm trat, »wenn ich dich jemals wieder in meiner Nähe sehe ...«

»Denning!« Mit einem Brüllen, bei dem selbst ein Soldat in zwanzig Schritt Entfernung aus den Latschen gekippt wäre, rannte Knight auf sie zu. »Lass sie sofort los!«

Denning gehorchte instinktiv, als er Knights eindrucksvolle Stimme vernahm, doch dann erkannte er, dass sie von einem alten Mann mit Gehstock kam. »Scheiße, wer sind Sie denn?«

»Ich glaube, Sie schulden der jungen Dame etwas Geld«, sagte Knight, nun wieder in ruhigem Tonfall. Er hielt Denning sein Telefon hin, auf dem die Aufnahme seines Angriffs lief. »Sie sind gerade auf dem Gelände der Rennbahn gewalttätig geworden. Was, glauben Sie, wird die Direktion tun, wenn sie das zu sehen bekommt?«

Denning grapschte nach dem Handy. Geschickt tat Knight einen Schritt zur Seite, fasste Dennings Handgelenk, zog fest daran und streckte zugleich seinen Fuß aus. Denning stolperte und fiel hin, wobei er mit dem Gesicht am Seitenspiegel eines Autos hängen blieb. Als er sich wieder aufrichtete, tropfte Blut aus seinem Mund. Knight rückte näher an den Lieferwagen heran – er wollte die Überwachungskameras meiden, sollte er gezwungen sein, seinen Stock einzusetzen.

Offensichtlich war er das. Denning stürzte sich auf ihn wie ein wilder Stier, entschlossen, schonungslos Rache zu üben. Knight schwang den Stock zu früh, verfehlte die Kniescheibe und landete einen schmerzhaften, aber harmlosen Treffer auf dem Oberschenkel seines Gegners. Sie fielen beide hin und rollten auseinander. Nun kreischte auch Jana.

Denning war als Erster wieder auf den Beinen. Er grätschte seine Beine über Knight und packte ihn fest an der Kehle. Trotz der Kreise, in denen er sich bewegte, war er ein unerfahrener Schläger, vielleicht, weil er diese Arbeit normalerweise delegierte. So beugte er sein Gesicht ein bisschen zu weit hinunter, was es Knight ermöglichte, seinen Daumen, so tief es ging, in Dennings rechtes Auge zu rammen.

Denning stieß einen schrillen Schrei aus und stolperte rückwärts. In der nächsten Sekunde fühlte er einen vertrauten und höchst unwillkommenen Krampf im unteren Rücken, gefolgt von einem stechenden Schmerz, tausendmal schlimmer als kurz zuvor der in seinem Auge. Er heulte auf, dann wimmerte er nur noch und schnappte nach Luft, während er eine Körperhaltung suchte, die seinen Wirbel besänftigen würde, der sich boshafterweise ausgerechnet diesen Moment ausgesucht hatte, um wieder einmal herauszuspringen. Indem Knight sich losmachte, versetzte er Dennings gepeinigtem Rücken weitere Stöße.

»Helfen Sie mir, bitte! Ich kann mich nicht bewegen!«

Trotz dessen Hilflosigkeit konnte Knight für den Rohling kein Mitleid aufbringen. Wenn er sich ihn zusammen mit Jana vorstellte, wurde ihm schlecht.

»Sollten wir nicht einen Krankenwagen rufen?« Sie hielt das schluchzende Kind im Arm und versuchte es zu trösten. Knight schüttelte den Kopf. Genau jetzt war der Zeitpunkt, um hart zu bleiben. Er schnappte sich Dennings Geldtasche und reichte sie ihr. »Nein. Nicht bevor du hast, was er dir schuldet.« Dann zeigte er mit seinem Stock auf Denning, als wäre er ein Haufen Abfall auf einem Paradeplatz, und fügte an ihn gewandt hinzu: »Wenn du sie je wieder anrührst oder noch mal eine Zahlung versäumst, dann macht mein Film die Runde auf sämtlichen Rennbahnen des Landes. Kapiert?«

Denning nickte, und Janas Anblick, wie sie das Geld zählte, steigerte sichtlich noch seine Pein.

Am nächsten Tag übergab Jana Knight den USB-Stick.

4

Das Häufchen Fotografen, das sich vor dem Gerichtsgebäude von Eastbourne die Füße platt trat, verfiel beim Auftauchen des Gefängnistransporters in die übliche Routine. Alle sprangen herbei wie eine Horde Affen und richteten ihre Kameras wahllos auf die getönten Scheiben. An einem Tag mit niedrigem Katastrophen- und Skandalpotenzial war die Vorführung beim Haftrichter den landesweiten Mittagsnachrichten zumindest eine Meldung wert, in den lokalen Medien würde sie sogar wochenlang Stoff für Radiosendungen und Klatschspalten liefern.

Fran brauchte einen Augenblick, um zu begreifen, woher das eigenartige Blitzlicht kam, das ihre Zelle erleuchtete wie ein stummes Gewitter. Ihre Wirbelsäule wurde gestaucht, als der Transporter über den Bordstein rumpelte.

»Du bist berühmt, Schätzchen.« Die Stimme aus der Nachbarzelle war tief und rau. Auch wenn ausschließlich Frauen transportiert wurden, stellte sich Fran unwillkürlich einen breitschultrigen, tätowierten Türsteher dazu vor. »In Holloway wirst du ein Star sein, auf Mörderinnen stehen sie dort besonders.«

Noch eine Erschütterung. Kurz fürchtete Fran, sie müsse sich übergeben, aber das ging vorbei. »Ich war's nicht«, sagte sie ruhig.

»Nee, klar, hab ich auch nicht behauptet.« Das wurde mit einem verächtlichen Lachen geäußert, dann folgte ein längerer Hustenanfall. Fran hatte gehofft, der würde die Konversation beenden, aber nach einem Luftschnappen äußerte sich die Stimme erneut: »Der Bulle hat gesagt, sie haben eine hübsche Portion Heroin bei dir gefunden. Woher hast du das?«

»Ich weiß es nicht!«

»Is' nur so, dass ich von dem Zeug, das hier in der Stadt verkauft wird, in der Regel was weiß. Was irgendwie erklärt, was *ich* hier mache, wenn du verstehst.«

»Ich sag doch, dass ich es nicht weiß.« Diese Worte waren in den letzten achtundvierzig Stunden zu ihrem Mantra geworden.

»Na, dann formulier ich's mal so: Wenn's dir wieder einfällt, wüsst ich's gern, okay?«

Zu Frans Erleichterung verstummte die Stimme daraufhin, aber die Frage hallte nach: Wie *war* das Heroin in ihre Tasche und in ihr Auto gekommen? Der Anblick der Spritze war ihr zuerst völlig harmlos erschienen. Davon gab es unzählige im Altenheim, sie gehörten zum Arbeitsalltag; ganz abgesehen davon war sie noch völlig benommen von der Entdeckung der drei toten Frauen gewesen. Sogar als Bullock sie fragte, ob das ihre Spritze war, dauerte es noch einen Moment, bis sie kapierte, worauf er hinauswollte. In seiner Frage lag eine Aggressivität, wie sie sie nicht einmal von den durchgeknallten Egozentrikern in der Musikbranche kannte, sodass sie vor Schreck kaum sprechen oder denken konnte.

Einen Hauch von Hoffnung hatte sie geschöpft, als Mrs. Grayling einfiel, dass die interne Überwachungskamera aufgezeichnet haben musste, ob jemand ins Büro gekommen war, während Fran geschlafen hatte, aber der Schlüssel zum Schrank, in dem die Kamera untergebracht war, fehlte. Bullock brach ihn auf – nur um festzustellen, dass die Kamera abgeschaltet und die Festplatte entfernt worden war. Als dann eine gründlichere Untersuchung ihrer Handtasche den Schlüssel aus einer Innentasche zutage förderte, kam es Fran langsam so vor, als hätte sie sich von den Ereignissen völlig losgelöst, als sähe sie sich selbst in einem Traum. Bullock wollte ihr Auto durchsuchen, was sie widerspruchslos zuließ; als er ihr daraufhin mehrere Päckchen eines weißen Pulvers unter die Nase hielt, war sie völlig entgeistert.

Auf der Polizeiwache fand eine zweite Vernehmung statt, bei der ihr ein Pflichtverteidiger zur Seite gestellt wurde: ein verdrossener Typ, der zu seinem Bedauern noch ein paar Jahre bis zur ersehnten Pensionierung hatte. Es war offensichtlich, dass er Fran schon für schuldig hielt, bevor festgestellt wurde, dass die Fingerabdrücke auf der Spritze von ihr stammten. Nachdem er ihr bereits nahegelegt hatte, ein volles Geständnis abzulegen, klang seine Forderung nach Freilassung auf Kaution bestenfalls halbherzig, und so zögerte der Richter keine Sekunde, Untersuchungshaft anzuordnen.

Eins war jedenfalls klar: Es war völlig unvorstellbar, dass eine der Bewohnerinnen die Absicht gehabt hatte (geschweige denn über den Verstand verfügte), sich so einen skrupellosen Plan auszudenken, nur um sie als einzige Verdächtige dastehen zu lassen. Aber wer dann? Und vor allem warum? Stundenlang geisterten Hunderte Fragen durch ihr Hirn, von denen sie keine beantworten konnte. Mehrfach war sie fast eingeschlafen, bis irgendein Bild dieses Albtraums sie wieder hochschrecken ließ. Der Transporter kämpfte sich inzwischen nur noch im Schritttempo durch den dichten Londoner Verkehr, um nach Norden Richtung Holloway zu gelangen.

Als man sie schließlich aus dem Wagen in den Gefängnishof führte, war sie überrascht, dass sich die mitfahrende Zellennachbarin, die ebenfalls in Untersuchungshaft gebracht wurde, als kleine schwarze Frau mit eingesunkenen Wangen und Stoppelhaaren entpuppte. Im Oberkiefer fehlten ihr zwei Zähne, die restlichen waren nur noch nikotingelbe Stummel.

»Ich bin Cindy«, stellte sie sich auf dem Weg zur Aufnahme vor. »Egal, was du hier drinnen brauchst – ich kann's dir besorgen.«

Der Himmel an diesem Sonntagnachmittag war grau, als Knight an einer Reihe prächtiger Jugendstilvillen entlanghinkte. Doch der feine Nieselregen konnte seinem neu erwachten Optimismus nichts anhaben. Auch wenn er in seinem Leben selten Gefallen an Gewalt gefunden hatte, hatte der Triumph über einen jüngeren Mann in einer körperlichen Auseinandersetzung seine Stimmung merklich gehoben, und der mittägliche Joint mit Merv hatte ein Übriges getan. Nun war ein archaischer Jagdinstinkt in ihm erwacht: Er hatte eine Fährte aufgenommen, die ihn ohne Zweifel schnurstracks zur Beute führen würde.

Die ausgeklügelte Planung, die nötig war, um die Frauen umzubringen und den Verdacht auf Fran zu lenken, ließ auf Intelligenz und rationale Absichten schließen. Und zumindest in der zivilisierten Welt steckten hinter rationalen Absichten in der Regel monetäre Interessen. Finde das Geld, und der Rest wird sich finden – dieses Credo hatte ihn bisher selten in die Irre geführt. Als Ausgangspunkt drängten sich die nahen Verwandten der Opfer auf, und sei es nur, um sie als Verdächtige ausschließen zu können. Selbst Bullock hätte diese Strategie verfolgt, hätte ihn nicht die Aussicht auf einen schnellen Erfolg eingelullt.

In solchen Fällen wandte Knight immer eine sehr schlichte und in der Regel wirkungsvolle Strategie an: Setz die Leute unter Druck und bring sie dazu zu lügen. Wenn sie logen, hatten sie etwas zu verbergen, und sobald man wusste, was, konnte man sie bearbeiten. Doch zuerst braucht man das Druckmittel. Wie hatte sein Feldwebel auf Borneo immer gesagt: Bevor du zudrücken kannst, musst du sie erst mal an den Eiern haben.

Ganz oben auf seiner Kandidatenliste stand der Neffe von Joan Baldwin. Eine Stunde Schreibtischrecherche und ein paar Anrufe hatten ergeben, dass Harry Baldwin bis vor drei Jahren eine profitable Versicherungsagentur in London geleitet hatte. Mit Ende fünfzig war er schließlich nach Eastbourne gezogen, weil die Firma expandieren wollte, aber kurz darauf war sie von einer anderen geschluckt worden, und die neuen Eigentümer waren von Harrys Talenten nicht derart überzeugt, dass sie ihn zum Bleiben aufgefordert hätten. Laut offiziellem Geschäftsbericht war er mit drei Millionen Pfund abgefunden worden, was immerhin so bedeutsam war, dass der *Evening Standard* es mit einer kleinen Meldung würdigte. Für Knight war das ein schier unvorstellbar komfortables Ruhestandspolster, der Artikel hingegen deutete an, dass Harry sehr viel mehr gefordert hatte. Trotz seines nachweislichen Wohlstands wies nichts darauf hin, dass er seine Tante in irgendeiner Form unterstützt oder überhaupt mit ihr in Verbindung gestanden hatte. Die Gebühren für das New Horizons zahlte die Stadt, und für einen Kontakt zwischen ihm und dem Heim gab es auch keine Belege.

Antonia Baldwin war zwanzig Jahre jünger als ihr Mann. Ihr Facebook-Account dokumentierte eine geruhsame Mischung aus Verabredungen zum Mittagessen, Fitnessstudiobesuchen und Reisen. Nebenbei war von zwei erwachsenen Stiefkindern die Rede, deutlich mehr jedoch von ihrer Nussallergie, die sie schon mehrfach beinahe das Leben gekostet hätte. Sie beschrieb diese Vorfälle sehr plastisch, wie ein Melodram mit ihrer egomanischen Person in der Hauptrolle, so kam es Knight zumindest vor. Weitere Nachforschungen förderten eine Schauspielkarriere zutage, die in einer kleineren Rolle in der Serie »Eastenders« kulminierte, bevor sie schließlich in einem Katalog für Bademoden versandete. Da es keine Spur der vorigen Mrs. Baldwin gab, vermutete Knight, dass diese schlicht und einfach gegen ein jüngeres Modell ausgetauscht worden war.

Die Tür öffnete ein kahlköpfiger, rotgesichtiger Mann mit ausgeprägtem Doppelkinn. Verständnislos blickte er auf den älteren Herrn im Tweedjackett, der sich auf einen Stock stützte.

»Bitte verzeihen Sie, dass ich Sie behellige, aber sind Sie Mr. Harry Baldwin?«

Wie beabsichtigt, registrierte Baldwin die Nervosität und Unsicherheit des alten Mannes. »Ja. Und wer sind Sie?«

»Ich heiße Ronald Bowes.« Knight streckte seine Hand aus und nötigte Baldwin, sie zu schütteln, bevor er hinzufügte: »Ich bin Fran Haskells Onkel.« Baldwin entzog ihm seine Hand, so schnell das möglich war, ohne unhöflich zu wirken.

»Was wünschen Sie?« Nun lag ein Hauch Feindseligkeit in seinem Ton, aber Knight hatte auch keine Freundlichkeit erwartet. Er zögerte einen Moment, als müsste er erst Kraft sammeln.

»Ich weiß, dass Sie das vielleicht empörend finden, aber ich glaube nicht, dass sie die Täterin ist. Kann ich reinkommen und kurz mit Ihnen sprechen?« Baldwins Gesicht wurde noch röter, und Knight blickte ihm, so flehend er nur konnte, in die Augen. »Es dauert nur ein paar Minuten. Bitte, ich hatte eine lange Anreise.«

Eigentlich spielte er nicht so gern den erbarmungswürdigen Greis. Irgendwie beschlich ihn dabei die irrationale Angst, dass diese Rolle mit jedem Mal ein bisschen mehr zur Realität wurde. Zugleich war sie jedoch äußerst wirkungsvoll, wenn es darum ging, einen Fuß in die Tür zu kriegen. Nur heute schien die Methode nicht zu funktionieren.

Baldwin schüttelte den Kopf: »Tut mir leid, aber was wir zu sagen haben, haben wir schon der Polizei gesagt.«

»Was ist los, Schatz, stimmt was nicht?« Dass ihr Mann die Stimme erhoben hatte, rief Antonia Baldwin auf den Plan – und Knight musste sich ziemlich anstrengen, um sie nicht anzustarren. Sie war etwa einen Meter siebzig groß und steckte in einer knielangen Trainingshose aus Lycra und einem hautengen Oberteil, das nur die Hälfte ihres unglaublich flachen Bauchs bedeckte. Eine honigfarbene Bräune und strahlend weiße Zähne komplettierten das Klischee der

Trophäenfrau. In einer Hand hielt sie noch eine Hantel, und auf ihrer Haut lag ein feiner Schweißfilm. Am auffälligsten jedoch waren ihre grünen Augen, die ihn unverwandt anblickten. Dieser Blick war wie ein warmes, einladendes Streicheln, ein Versprechen geheimer Genüsse.

»Der Herr hier ist der Onkel von der Frau, die Tante Joan umgebracht hat. Er meint, sie war es nicht.«

»Es tut mir so leid, dass ich Sie belästigen muss«, keuchte Knight. Er atmete schneller und wackelte ein bisschen auf seinem Stock hin und her, was die gewünschte Wirkung zeigte.

»Bitte, kommen Sie doch herein.« Ihre Stimme war melodiös und hatte etwas Schmeichelndes, mit einem Hauch Südlondoner Näseln.

Zu Baldwins offensichtlichem Missfallen humpelte Knight an ihm vorbei und folgte Antonia einen Flur entlang, den Drucke unbedeutender Hafenansichten schmückten. Vergeblich versuchte er, die Augen von den scharfen Kurven in der Lycra-Hose abzuwenden, und fragte sich, was sie wohl mit einer Schnarchnase wie Baldwin anfing … bis ihm die drei Millionen Abfindung einfielen.

Sie betraten ein geräumiges Wohnzimmer, in dem zwei glänzende Ledersofas einen absurd großen Couchtisch einrahmten. Dankbar nahm Knight ein Glas Wasser entgegen und zog – scheinbar – eine Herztablette aus der Tasche, die er mit beträchtlich zitternder Hand in den Mund beförderte. Die Wahrscheinlichkeit eines Rauswurfs war jetzt nur noch sehr gering, da die wenigsten Leute an einem Herzstillstand schuld sein wollten.

»Wie können wir Ihnen denn behilflich sein?« Sie saß neben ihrem Ehemann und sah Knight über den Couchtisch hinweg an. Ihr Blick bearbeitete ihn, wie er zweifellos auch Baldwin bearbeitet hatte. Er musste sich nachdrücklich daran erinnern, dass sie sich ganz bestimmt nicht von ihm angezogen fühlte. Er seufzte, und mit einer Geste seiner Hand signalisierte er die Vergeblichkeit allen Strebens. »Ich weiß, die Frage klingt banal, aber können Sie sich vorstellen, dass irgendjemand anderes Ihrer Tante und den anderen Damen etwas antun wollte?«

»Natürlich nicht«, schnauzte Baldwin. »Sonst hätten wir das schon der Polizei gesagt.«

Antonia strich ihrem Gatten beschwichtigend über den Arm. »Harry, der arme Mann ist schwer mitgenommen.« Sie wandte sich wieder an Knight: »Um ehrlich zu sein, haben wir beide Tante Joan sehr selten besucht, weswegen wir nicht wirklich wussten, was im Heim vor sich ging.«

Etwas versöhnlicher fügte Baldwin hinzu: »Wissen Sie, Mr. Bowes, wir sind beide wirklich sehr beschäftigt. Wir waren sicher, dass sie gut versorgt wurde, sonst hätten wir sie in einem anderen Heim untergebracht.«

Knight nickte mitfühlend, wohl wissend, dass die beiden nie auch nur einen Finger für sie krumm gemacht und sie vermutlich auch nie besucht hatten. »Wann sind Sie ihr denn zum letzten Mal begegnet?«

Antonia rutschte unbehaglich auf dem Sofa herum: »Ich weiß nicht mehr genau … du, Schatz?«

Ihr Mann sah verärgert drein: »Wir standen uns nie sehr nahe. Ich war eben zufällig der letzte lebende Verwandte.«

Knight verspürte einen tiefen Widerwillen gegen den Kerl und war versucht, ihn weiter schmoren zu lassen. Aber es war ein Drahtseilakt – wenn er es zu weit trieb, würden sie Verdacht schöpfen und sich bei der Polizei nach ihm erkundigen. Diese Möglichkeit bestand sowieso, aber wenn es sich irgendwie vermeiden ließ, sollte Bullock ihm nicht schon in diesem Stadium dazwischenfunken. Andererseits verschwendete er seine Zeit, wenn er nicht genug nachbohrte. »Sie wissen also auch nicht, ob eines der anderen Opfer wohlhabend war?«

Baldwin zog ein empörtes Gesicht. »Wohl kaum. Aber wenn es Sie interessiert, Joan besaß fünfhundert Pfund, die sie irgendeinem Katzenheim vermacht hat.«

Eine Erbschaft war leicht zu recherchieren und eine Lüge von daher unwahrscheinlich.

Wieder strich Antonia ihrem Mann über den Arm und sagte in sanftem Ton: »Ich verstehe schon, dass das sehr hart für Sie ist, Mr. Bowes, aber soviel ich gehört habe, sind die Beweise gegen Ihre Nichte ziemlich erdrückend …«

Knight runzelte die Stirn und gab sich verwirrt. »Sie haben ja recht. Es ist nur so … sie sind fast *zu* erdrückend. Als wollte ihr das jemand in die Schuhe schieben.«

Baldwin schnappte nach Luft und sah dabei aus wie ein wütender Goldfisch, während Antonia Knight anlächelte, als wollte sie ein enttäuschtes Kind trösten. »Ich verstehe. Das muss furchtbar für Sie sein.« Sie zögerte. »Bitte verstehen Sie mich nicht falsch, aber haben Sie schon einmal überlegt, einen Therapeuten zu konsultieren?«

Nun wäre es an Knight gewesen, beleidigt zu sein, wenn auch nur in Vertretung für den vermeintlichen Mr. Bowes. Stattdessen erwiderte er: »Das sollte ich vielleicht. Und ich bin mir natürlich bewusst, wie schmerzlich das für Sie sein muss.« Er seufzte und schüttelte traurig den Kopf, um dann so beiläufig wie besorgt nachzuschieben: »Wo waren Sie denn, als es passierte?«

Er musterte die beiden genau: Würde einer von ihnen sich ans Gesicht fassen oder wegsehen? Würden ihre Augen nach links wandern, was üblicherweise als Zeichen für eine Lüge gedeutet wurde? Wenn auch nicht wissenschaftlich erwiesen, wäre das doch zumindest ein zusätzliches Puzzleteil. Doch seine Fähigkeit zu genauer Beobachtung ließ ihn im Stich, weil ihn schon wieder das Versprechen von Antonias grünen Augen lockte.

Sie zuckte mit den Schultern. »Ich vermute, hier. Wahrscheinlich haben wir ferngesehen.«

Knight merkte, dass ihn sein Besuch nicht mehr weiterbrachte. Harry Baldwin schien ein recht unangenehmer Zeitgenosse zu sein, und Antonia war vermutlich ganz klassisch nur auf sein Geld aus. Aber bei Joan Baldwin mit ihren fünfhundert Pfund war beim besten Willen nichts zu holen gewesen.

5

Es hatte nun schon den zweiten Tag in Folge über dreißig Grad. Knight beschirmte mit der Hand seine Augen gegen die grellweiß leuchtenden Fassaden einer Häuserreihe im viktorianischen Stil, ein paar Meter vom Ufer entfernt. Die Gebäude hier waren in zahllose winzige Appartements aufgeteilt, die von Singles und älteren Leuten bewohnt wurden. Die schrille, mädchenhafte Stimme hatte ihn am Telefon zu Hausnummer 57E bestellt und leitete ihn nun über eine Außentreppe in eine Souterrainwohnung. Das war seit zwei Jahrzehnten die Wohnhöhle von Carol O'Brien, der einzigen Tochter von Lotty Smith.

Ihre Stimme und die Hitze hatten Knight dazu verleitet, sich etwas Kleines, Knabenhaftes vorzustellen, doch an der Tür begrüßten ihn über neunzig Kilo Fleisch, gehüllt in eine

Tunika mit tiefem Ausschnitt und Leggings im Leopardenmuster. Eine Kette mit gezackten Perlen fiel über ihr Dekolleté wie ein dünnes Rinnsal über eine Bergflanke, und darüber thronte ein kleines, lächelndes Gesicht mit Hängebacken und Doppelkinn. »Mr. Richards? Wie schön, dass Sie da sind.« Der unangenehme Singsang in ihrer Stimme war ihm am Telefon gar nicht aufgefallen. Er folgte ihr über einen schäbigen Flur, wobei er registrierte, wie viel mehr die Dielen unter ihren Schritten knarzten als unter seinen. Der falsche Name war seine einzige Tarnung. Dank Janas Spionage kannte er nicht nur Carols Adresse, sondern auch ihr Betätigungsfeld, also hatte er einfach bloß einen Termin bei ihr buchen müssen. Sie betrat ein spärlich möbliertes Zimmer, in das so gut wie kein Tageslicht drang, und wies ihm einen alten Sessel zu, neben dem ein niedriger, in schwarzen Seidenstoff gehüllter Tisch stand.

»Haben Sie sich früher schon die Karten legen lassen, oder ist das Ihr erstes Mal?«

Knight gab zu, dass Letzteres zutraf, und behauptete, dass Tarot einem guten Freund durch schwere Zeiten geholfen habe und dass dieser ihn gedrängt habe, es auch einmal zu versuchen. Ihre Augen leuchteten auf bei der Aussicht auf einen unkomplizierten Kunden, der ihre Interpretation vermutlich nicht durch seine eigene infrage stellen würde.

»Machen *Sie* denn gerade schwere Zeiten durch?«, gurrte sie.

Er lehnte sich zurück und wandte den Blick ab, als fiele es ihm schwer zu sprechen. Nach kurzem Schweigen drehte er sich ihr wieder zu und sah sie direkt an. »Wissen Sie, ich habe von meiner verstorbenen Mutter geträumt.«

Ihre Augen weiteten sich ein bisschen, aber sie schien keinen Verdacht zu schöpfen.

»In meinen Träumen ruft sie nach mir«, sagte er mit stockender Stimme. »Und deswegen … ich weiß, das klingt dumm, aber ich frage mich, ob das bedeutet, dass ich bald sterben werde.«

Er hatte zuerst gezögert, einen so düsteren Einstieg zu wählen, aber falls sie Schuldgefühle hegte, konnte er sie damit vielleicht aus dem emotionalen Gleichgewicht bringen.

Sie holte hörbar Luft, hielt aber seinem Blick stand und antwortete: »Das ist gar nicht dumm, viele Menschen machen sich solche Gedanken. Wollen wir mal schauen, was die Karten sagen?«

Sie bat ihn, den Stapel durchzumischen, und legte die Karten dann auf dem Tisch aus, wobei sie sich vorbeugte und ihm einen Blick in die tiefe Schlucht ihres Dekolletés ermöglichte. Knight überlegte, ob das eine gezielte Einladung war. Die Faszination anderer Männer für üppige Brüste hatte er nie geteilt, große Fleischmassen erregten bei ihm vielmehr Abscheu. Er hatte schon einmal mit einer ähnlich gebauten Frau zu tun gehabt, eine Kommilitonin seines Gender-Studies-Seminars an der Uni Sussex, die steif und fest behauptete, Fett sei lediglich ein sexistisches Konstrukt. Im Dienste der Wissenschaft hatte er eine alkoholgeschwängerte Nacht mit ihr verbracht, weil er untersuchen wollte, ob seine Aversion durch rationale Überlegungen zu überwinden sei. Zu ihrer beider Glück hatte die Menge an Drinks, die er konsumiert hatte, die Durchführung des Experiments verhindert.

Carol erklärte ihm, dass die Karten nicht die Zukunft voraussagten, sondern ihm halfen, über Ängste und Zweifel hinweg seinen Weg zu Frieden und Harmonie zu finden. Ohne Zweifel hatte sie weitere Sitzungen im Sinn, als sie ihm empfahl, geduldig zu sein. Die erste Legung könne nicht gleich alles offenbaren, was für eine tiefe Einsicht vonnöten sei.

Sie drehte eine Karte um, auf der ein goldener Kreis mit Runeninschrift zu sehen war, den ein schlecht gezeichneter nackter Mann mit Pferdekopf durch ein Wolkenmeer trug.

»Das Rad des Schicksals«, sagte sie. Es klang so, als würde sie den Titel einer Geschichte vortragen. »Wenn es in dieser Position erscheint, kann das eine bevorstehende Veränderung bedeuten. Doch ebenso kann es dazu auffordern, das Bewusstsein zu erweitern und das Leben aus einer anderen, neuen Perspektive zu betrachten.«

Sie drehte die nächste Karte um, auf der zwei zerlumpte Kerle unterhalb eines schmutzigen Glasfensters schlotternd im Schnee standen. Auf dem Fenster waren fünf goldene Kreise zu sehen, die jeweils einen fünfzackigen Stern enthielten.

»Und hier haben wir die Fünf der Pentakel.« Der Singsang ihrer Erklärungen begann ihn zu nerven. Sie zögerte ein bisschen, als wäre sie besorgt, und wählte ihre folgenden Worte sehr sorgfältig: »Die Karte wird mit einer Verschlechterung der Gesundheit in Verbindung gebracht, aber das muss nicht automatisch bedeuten, dass Sie krank werden. Wie ich schon sagte, prophezeien die Karten nicht die Zukunft, sondern machen uns auf Dinge aufmerksam, vor denen wir uns hüten sollten.«

Knight hatte Okkultisten immer als Scharlatane abgetan, und doch schien sein Knie bei der Erwähnung von Krankheit unwillkürlich zu zucken.

»Hier jedoch haben wir die Neun der Kelche, die für Sinnenfreuden steht.« Dies äußerte sie mit einer gewissen

Erleichterung – die Knight teilte. »Das könnte sich auf Ihren Körper beziehen: Hören Sie denn auf ihn und geben Sie ihm, was er braucht?«

Gab er seinem Körper, was er brauchte? Er hatte darüber bisher nicht nachgedacht, vermutete aber, dass die Antwort Nein lautete. Er schob die Überlegung beiseite, ob die Karten vielleicht doch etwas zu sagen hatten, und ließ einen Versuchsballon los. »Wissen Sie«, erklärte er aufgeregt, »mir ist gerade eingefallen, was diese Träume ausgelöst haben könnte. Haben Sie von dieser grässlichen Geschichte mit den Morden im Altenheim gehört?«

Ja, das war eine sehr plumpe Masche, aber er vertraute darauf, bereits genug Glaubwürdigkeit aufgebaut zu haben, um keinen Verdacht zu erregen. Wenn sie etwas zu verbergen hatte, war es wahrscheinlicher, dass sie darüber hinweggehen und das Thema wechseln würde, um wieder zu den Karten zurückzukehren. Das konnte natürlich auch aus rein professioneller Routine heraus geschehen, dann musste er einen zweiten Test machen. Er war auf alles vorbereitet, nur nicht auf die Tränen, die ihr in die Augen stiegen.

»Entschuldigen Sie mich.« Sie stand auf, wandte sich ab und entfernte sich ein paar Schritte. Er hörte ein unterdrücktes Wimmern, als sie ihr Gesicht in den Händen vergrub. Ihr Körper bebte. Neugierig und beunruhigt zugleich erhob er sich und trat zu ihr hinüber. »Alles in Ordnung?«, fragte er freundlich.

Sie drehte sich um, ihre Mascara war verschmiert. »Meine Mutter war eine der Frauen!«, schluchzte sie und ließ ihren Tränen dann freien Lauf.

Knight war am Boden zerstört. Er hatte gewusst, dass er mit seinem Vorgehen möglicherweise Gefühle verletzen würde, aber so etwas hatte er nicht vorausgesehen.

»Es tut mir wirklich leid«, jammerte sie, »es ist ja nicht Ihr Problem.«

»Nein, mir tut es leid, ich hatte ja keine Ahnung.« Um wenigstens ein Mindestmaß von Mitgefühl zu zeigen, versuchte er, sie in den Arm zu nehmen, aber seine Arme reichten nur für ihre Schultern. Dennoch würdigte sie seine Geste, indem sie ihm die Arme um den Hals schlang, ihre Fleischmassen an ihn drückte und ihren Kopf an seinen Hals bettete. Sie roch nach Wein.

Das Schluchzen und Seufzen ließ langsam nach, und Knight kam es wie eine Ewigkeit vor, bis sie ihre Umarmung lockerte und einen Schritt zurücktrat. »Sie sind ein sehr netter Mann«, murmelte sie und gab dann ihre professionelle Distanz ganz auf. »Wollen Sie vielleicht einen Drink?«

Bei einer Flasche bulgarischem Weißwein aus dem Supermarkt erzählte sie ihm die Geschichte ihres Lebens. Er erfuhr, dass es einen Mr. O'Brien gegeben hatte, der sich um das Thema Kinder so lange herumgedrückt hatte, bis es zu spät war, und sie dann sitzen gelassen hatte. Dann war das Tarot in ihr Leben getreten und hatte sie durch dunkle Zeiten in ein neues Leben geleitet. Vor allem aber war da ihre Mutter Lotty gewesen, die einzig verlässliche Gefährtin, die sie früher vor einem betrunkenen Vater beschützt und ihr auch sonst bei jedem der vielen Nackenschläge des Schicksals beigestanden hatte.

Als eine Episode sich an die andere reihte, unterbrochen nur von innigen Lobpreisungen der Karten, wich Knights Mitgefühl allmählich Klaustrophobie. Es war sonnenklar, dass sie genauso wenig eine Mörderin war wie Fran. Als es ihm gelang, das Gespräch kurz zurück auf die Morde zu lenken, in der Hoffnung, doch noch eine neue Information aufzutun, endete das nur wieder beim Tarot. Nun war Knight wirklich erpicht darauf, die Sache zu einem Ende zu bringen, und nutzte einen Augenblick, als sie Luft holen musste, um darauf hinzuweisen, wie tröstlich es sei, dass die Schuldige schon gefasst war.

Sie hatte sich dank des Weins und ihres aufmerksamen Zuhörers beruhigt, aber nun flackerte nochmals ein wenig Erregung in ihren Zügen auf. »Das hoffe ich«, sagte sie leise.

Es war merkwürdig, dass sie Zweifel hegte. Für alle Welt war Frans Schuld mehr als offensichtlich.

»Ich habe nur kürzlich der alten Denise Brewer die Karten gelegt, wissen Sie, einer anderen der Damen, die gestorben sind.«

Kurz sah es aus, als würde sie schon wieder in Tränen ausbrechen, aber nach einem tiefen Atemzug sprach sie weiter: »Der Tod tauchte zweimal hintereinander in der gleichen Position auf. Ich dachte, das würde sie ängstigen, aber sie meinte, sie habe keine Angst vor dem Sterben, denn wenn es so weit sei, werde ihre Tochter ihr helfen, damit sie keine Schmerzen hat.«

Knight ließ sich nichts anmerken. »Haben Sie der Polizei davon erzählt?«

Sie schüttelte den Kopf. »Es fiel mir erst später wieder ein. Ich habe überlegt, ob ich zur Polizei gehen soll … aber die Karten haben mich nicht hingeführt.«

Knight fragte lieber nicht, warum, da die Antwort leicht eine weitere Stunde in Anspruch nehmen konnte. Er schob einen Arzttermin vor, verabschiedete sich, so schnell es die Höflichkeit zuließ, und trat blinzelnd hinaus ins Sonnenlicht. Er frohlockte: Nach zwei recht simplen Vorstößen hatte er schon eine exzellente Spur, mit einer gewissen Wahrscheinlichkeit sogar den Durchbruch, mit dem er Frans Freilassung bewirken könnte.

Carols Optimismus übertraf sogar noch den seinen. Es war lange her, dass ein männliches Exemplar der menschlichen Spezies, egal ob ansehnlich oder nicht, ihr Aufmerksamkeit geschenkt hatte, noch dazu so großzügig wie Knight. Tatsächlich hatte es seit Mr. O'Brien überhaupt niemanden gegeben, wenn man einmal von dem unseligen Experiment mit der Webcam absah. Und doch hatten die Karten immer wieder auf die Existenz eines Mannes hingedeutet, der sie umhauen würde. Zugegeben, sie hatte schon öfter Fremde im Bus oder in Kneipen mit diesem Mann verwechselt, aber im Rückblick immer genau sagen können, welches Zeichen sie missdeutet hatte.

Rasch mischte sie noch einmal die Karten, begierig zu erfahren, welche am Schluss kommen würde: Es waren Die Liebenden.

6

Barbara Dawson war Denise Brewers jüngste Tochter. Sie hatte einen älteren Bruder, der in Hongkong lebte. Nach seinem Facebook-Account zu schließen, hatte er in letzter Zeit keinen Fuß auf englischen Boden gesetzt.

Wie bei Knights letztem Einsatz lag auch hier der Vorwand für einen Besuch auf der Hand: Auf ihrer Website bot sie Massagen in ihrem Haus an, das etwas drei Kilometer von der Küste entfernt an einem Park mit viel Grün lag. Eine ganze Reihe von Zertifikaten belegte, dass ihre Dienste rein medizinischer Natur waren. Ein Foto zeigte eine Frau Mitte fünfzig, mit braunen Augen und durchschnittlicher Statur.

Ihr Mann war technischer Sachverständiger. Knight stieß auf ein Foto von ihm bei einem Dinner des Rotary Clubs: ein schmächtiger, blasser Mann mit lichtem Haar.

Das Bild auf der Website wurde der Dame, die ihm die Tür öffnete, nicht gerecht. Ihre braunen Locken glänzten, und ihre tiefe Bräune ließ auf Urlaube außerhalb Englands schließen. Andererseits war da so ein unzufriedener Zug um die leicht hängenden Mundwinkel. Ihm fiel ein, dass ihre Stimme am Telefon sehr geschäftsmäßig, fast schon schroff geklungen hatte, und so war es auch jetzt. »Mr. Atkins? Bitte hier entlang.«

Es handelte sich um eine perfekt restaurierte Jugendstilvilla mit hohen Decken über makellosen Stuckbändern. Die durchgehend weißen Wände wurden von diskret angebrachten Spots beleuchtet. Da und dort hingen Radierungen antiker Ruinen.

Sie führte ihn in einen spärlich möblierten Raum im Erdgeschoss, der auf einen kleinen Garten hinter dem Haus ging. Während sie zielgerichtet seine Krankengeschichte abfragte, sondierte er das Terrain. Sie saßen an einem Schreibtisch in der Ecke neben dem Fenster. Befriedigt stellte er fest, dass die Schubladen keine Schlösser hatten und ihr Handy neben einem geöffneten Laptop lag. In der gegenüberliegenden Ecke stand ein Aktenschrank, dessen oberste Schublade einen Spalt aufklaffte. Wenn es Knight gelang, sie für drei Minuten in ein Gespräch zu verwickeln, dürfte das genügen, kalkulierte er.

»Und wie lange macht Ihnen das Knie schon Probleme?«

Es erschien ihm nur vernünftig, aus diesem Besuch so viel Zusatznutzen wie möglich zu ziehen, weswegen er ihr von den gelegentlichen Problemen erzählte, die vor zwei Jahren begonnen hatten.

»Und erst jetzt haben Sie beschlossen, was dagegen zu unternehmen?«

Er dachte schon, sie wolle damit andeuten, sein Fall sei hoffnungslos, bis er die gleiche Missbilligung in ihrem Ton erkannte wie bei einem Zahnarzt, der konstatiert, dass man aus Schlamperei einen Zahn hat verrotten lassen.

»Wahrscheinlich ist das Gelenk geschädigt, und in dem Fall kann ich Ihnen nicht wirklich weiterhelfen.«

Er murmelte, dass er dankbar für alles wäre, was seine diversen Beschwerden linderte, worauf sie ihn anwies, sich bis auf die Unterhose auszuziehen und mit dem Gesicht nach unten auf den Massagetisch zu legen, der mitten im Raum stand.

Anfangs war es noch sehr angenehm, wie sie ihre leicht geölten Finger auf beiden Seiten der Wirbelsäule seinen Rücken hinauf- und hinabgleiten ließ. Das jedoch war bestenfalls die Ouvertüre und eine höchst skandalöse Irreführung, wie er bald feststellen musste. Denn da drückte sie ihre Daumen schon so schmerzhaft zwischen seine Schulterblätter, dass er protestierend aufstöhnte.

»Sie sind ja total verspannt, ein Wunder, dass Sie überhaupt noch Ihren Hals drehen können.«

Wieder diese Missbilligung in ihrer Stimme. Es stimmte ja, dass er seinen Körper vernachlässigt hatte. Über die Jahre waren eine Menge Rugbyverletzungen und Skiunfälle zusammengekommen, die er nie hatte untersuchen lassen, und so waren nicht nur sein Knie, sondern auch seine Knöchel und Hüften in einem Zustand, der ein Komplettversagen in naher Zukunft durchaus in den Bereich des Möglichen rückte. Unter anderen Umständen hätte ihn dieser Gedanke vielleicht deprimiert, aber in diesem Fall kam ihm das Thema des körperlichen Niedergangs sehr gelegen.

»Nun ja«, japste er zwischen unterschiedlichsten starken Missempfindungen, »ich vermute, das ist der Preis, den man für ein zu langes Leben zahlt.«

»Nein, das ist der Preis, den man zahlt, wenn man nicht auf sich achtet. Wenn Sie gute Gene haben, kann Ihr Körper problemlos hundert Jahre durchhalten.« Sie hatte sich nun seinem unteren Rücken zugewandt und bohrte mit ihren Fingern auf beiden Seiten seines Steißbeins und entlang seines Beckenknochens herum.

»Mag sein, aber wer möchte schon so lange leben? Was hat man davon, wenn der Körper durchhält, aber der Geist sich verabschiedet?«

»Dass der Körper keinen Schmerz empfindet – oder zumindest so wenig Schmerz wie möglich.« Als wolle sie ihrer Aussage Nachdruck verleihen, setzte sie – seiner Vermutung nach – ihren Ellenbogen ein, um in seinen Oberschenkel eine Furche hinunter bis zur Kniekehle zu pflügen.

Er verkniff sich ein Aufjaulen und antwortete so unverfänglich wie möglich: »Meiner Meinung nach ist die Hauptsache, das Ende kommt schnell, egal in welchem Zustand man sich befindet. Nehmen wir zum Beispiel die Frauen in diesem Altenheim. Die meisten würden sagen, was für ein grässliches Verbrechen, aber man könnte es auch so sehen, dass ihnen jemand einen Gefallen getan hat. In gewissem Sinne ist das doch ein Segen für sie.«

Er hatte nicht bedacht, dass er während der Therapiestunde vorwiegend mit dem Gesicht nach unten liegen würde, und bedauerte nun, dass er ihre Augen nicht im Blick hatte. Nun machte er sich bereit, auch den kleinsten Hauch von Anspannung in ihrer Stimme zu registrieren, doch sie schwieg. Er wartete kurz, um dann nachzuschieben: »Oder was denken Sie?«

Sie unterbrach ihre Massage. »Das ist eine von mehreren Sichtweisen.«

Er war sicher, dass sie verärgert klang. Er war auf persönliches Terrain vorgedrungen, und das schien sie zu irritieren. Einerseits konnte man aus der mangelnden Bereitschaft, über die Morde zu sprechen, nicht automatisch auf eine Schuld schließen. Im Gegensatz zu der Kartenlegerin konnte sie einfach strenge Prinzipien hinsichtlich Privatsphäre und Selbstbeherrschung haben. Wenn sie andererseits ihrer Mutter Sterbehilfe geleistet und auch die beiden anderen Damen getötet hatte, um ihre Spuren zu verwischen, musste sie wirklich knallhart sein. Zumindest oberflächlich betrachtet, schien beides auf sie zuzutreffen.

In der Zwischenzeit hatte sie ihre Anstrengungen verdoppelt, widmete sich wieder seinen Schulterblättern und knetete die zugehörigen Muskeln durch wie einen zähen Klumpen Teig. Knight hatte sich immer viel auf seine geringe Schmerzempfindlichkeit eingebildet. Einmal hatte er einen Tag und eine Nacht mit einer Kugel im Bein ausgeharrt, bevor sie das Feldlager erreichten, weil seine Einheit während des Scharmützels tief im Dschungel das Erste-Hilfe-Set verloren hatte. Vielleicht hatte die Zeit seine Erinnerung ja verklärt, aber selbst die damaligen Schmerzen schien er dem vorzuziehen, was er jetzt durchmachte.

»Versuchen Sie, sich zu entspannen.«

Reden war unmöglich geworden. Vielleicht bestrafte sie ihn ja dafür, dass er die Morde zur Sprache gebracht hatte, denn es war unvorstellbar, dass jemand regelmäßig derartige Höllenqualen verursachen durfte und dafür auch noch ein Honorar einstrich. Jegliches Zeitgefühl war ihm abhandengekommen, doch er war sicher, dass Merv längst hätte hier sein sollen.

Nach einer gefühlten Ewigkeit, tatsächlich aber zwei Minuten, läutete es an der Tür. Sie gab ein ungehaltenes Brummen von sich, entschuldigte sich und verließ den Raum. Benommen vor Schmerz, rutschte Knight von der Liege, brauchte einen Augenblick, um das Gleichgewicht wiederzuerlangen, und wankte dann zum Schreibtisch. Er stöpselte einen SIM-Kartenleser an ihr Handy und steckte einen USB-Stick an ihren Laptop, um ihre Daten zu kopieren.

Von der Tür waren laute Stimmen zu hören. Mervs Versuch, eine städtische Umfrage zum Recyclingangebot im Viertel durchzuführen, drohte jede Sekunde zu scheitern. Dem Klang nach zu schließen, war er von der Phase der Leutseligkeit bereits ins Stadium respektvoller Entschiedenheit übergegangen. Als Nächstes käme dann, falls nötig, der buchstäbliche Fuß in der Tür. Merv genoss derartige Einsätze. Er war sehr stolz auf die Sorgfalt, mit der er seine Rollen vorbereitete, und auf die gefälschten Ausweise, die allerdings selten einer Überprüfung standhalten mussten.

Die Schreibtischschubladen enthielten wenig Interessantes. Rechnungen, Büromaterial, ein Scheckbuch und einen Strafzettel für Geschwindigkeitsübertretung, den er schnell mit der Stockkamera fotografierte, bevor er sich dem Aktenschrank zuwandte. Barbara Dawson drohte nun damit, die Polizei zu rufen, wenn Merv nicht den Fuß aus der Tür nahm, während dieser ihr im abgeklärten Ton dessen, der schon viel erlebt hat, erläuterte, dass es keinen Grund gab, in diesem Ton mit ihm zu reden.

Die oberste Schublade des Aktenschranks beherbergte ihre Kundenkartei. Dafür hatte er keine Zeit; er konnte nur hoffen, dass das meiste auch auf ihrem Laptop gespeichert war. Außerdem stieß er auf ein paar zerknautschte Broschüren über Impotenz. Knight dachte an den dürren Sachverständigen auf dem Foto aus dem Rotary Club und überlegte, ob die Broschüren für ihn waren und, wenn ja, ob sie was gebracht hatten. Die untere Schublade war vorwiegend für die Buchhaltung und Lieferanten reserviert. In der allerletzten Mappe, die ganz hinten versteckt war, fand er allerdings eine gerahmte Urkunde des University College London, die einer Barbara Keller das Medizinexamen bescheinigte. Seltsam, dass sie keinen Ehrenplatz an der Wand einnahm. Und warum beschränkte sie sich auf Massagen, wenn sie eigentlich Ärztin war?

An der Tür rief sie gerade einen Passanten um Hilfe, was bedeutete, dass ihm bis zu Mervs Rückzug bestenfalls noch Sekunden blieben. Nur Augenblicke, nachdem Knight den SIM-Kartenleser und den USB-Stick abgezogen hatte, um sich wieder bäuchlings auf die Liege zu werfen, kehrte sie missgelaunt zurück, entschuldigte sich für die Unterbrechung und beklagte sich bitter über die Arroganz der Behörden. In diesem aufgebrachten Zustand konnte man sie möglicherweise aus der Fassung bringen. Also brachte er, nachdem er ihr versichert hatte, dass er für die kurze Atempause ganz dankbar gewesen war, die Sprache wieder auf die Morde. »Ich habe noch mal über diese Frauen nachgedacht, während Sie draußen waren. Können Sie sich vorstellen, wer es fertigbringt, drei alten Damen kaltblütig eine Überdosis Heroin zu verpassen? Ich meine, was für ein Ungeheuer muss das sein!«

Er lag nun auf dem Rücken, damit sie die Vorderseite seines Oberschenkels oberhalb des Knies bearbeiten konnte. Sie schien irgendwie betroffen, ließ sich jedoch sonst nichts weiter anmerken.

»Keine Ahnung. Warum interessieren Sie sich so für sie?«

»Mich interessieren nicht die Damen speziell, ich bin manchmal nur so wirr im Kopf. Das passiert mir in letzter

Zeit immer öfter.« Er brabbelte das so dahin, wie ein alter Mann, der nicht so recht weiß, womit er sich sonst beschäftigen soll. Höchste Zeit, dass er die Sache ein bisschen forcierte, um eine Reaktion hervorzurufen.

»Mein Gedächtnis ist auch nicht mehr das, was es mal war. Stellen Sie sich vor, ich weiß nicht mal mehr, wo ich an dem Abend war.«

Das war ein ziemlich abrupter, aber wirkungsvoller Themenwechsel, denn sie starrte ihn nun an, ganz offensichtlich erschrocken.

»Ich meine, das ist doch nicht normal. *Sie* wissen sicher noch, was Sie an dem Abend gemacht haben, oder?«

Ihr Mund öffnete sich leicht, und sie holte hörbar Luft. »Ich war mit einer Freundin im Kino«, antwortete sie ziemlich schnell. Sie wandte sich ab und ging zum Aktenschrank, wo sie so tat, als sähe sie etwas in einer Broschüre nach. Ihre Hände zitterten.

»Ach tatsächlich? Was für ein Film war es denn?«

»Ich weiß es wirklich nicht mehr. Vielleicht lässt mich mein Gedächtnis auch im Stich«, sagte sie mit leicht bebender Stimme. Obwohl Knight überzeugt war, dass sie ihn durchschaute, war er entschlossen, seine Tarnung bis zum Ende aufrechtzuerhalten, und plapperte fröhlich weiter, schwärmte von Filmen, die er irgendwann mal gesehen hatte, und beschwerte sich über die Eintrittspreise.

Sie mied immer noch seinen Blick, als sie zur Massageliege zurückkam und den Muskeln rund um seine Kniescheibe ein paar halbherzige Stöße verpasste, um dann knapp zu erklären, dass sie wirklich wenig für ihn tun könne. Minuten später stand er wieder auf der Straße, schon höchst gespannt darauf, seine Beute zu inspizieren.

»Und, Fall abgeschlossen?«

Knight lümmelte in seinem Flugzeugsessel, während Merv am Grill herumhantierte. Die Stare kreisten in der Frühabendsonne über dem Pier und änderten dabei beständig ihre Formation. Immer wenn sie sein Sichtfeld verließen, wurden sie zu winzigen Punkten, und dann verschwand der ganze Schwarm für den Bruchteil einer Sekunde, nur um wie von Zauberhand in anderer Gestalt wieder aufzutauchen.

»Sagen wir, ich bin verhalten optimistisch.«

Tatsächlich war sein Besuch bei Barbara Dawson über alle Erwartungen hinaus ertragreich gewesen. Der Name Keller stammte von ihrem ersten Mann, den sie noch während ihres Medizinstudiums geheiratet hatte. Kaum länger als diese Ehe dauerte ihre Karriere. Mit Ende zwanzig wurde ihr die Approbation entzogen, weil sie – angeblich mit Vorsatz – dem Leben eines todkranken Patienten durch eine Überdosis Heroin ein Ende gesetzt hatte. Sie war nur deshalb einer Verurteilung wegen Mordes entgangen, weil die Jury nicht in der Lage war festzustellen, ob eine geringere Dosis überhaupt ausgereicht hätte, um die Schmerzen des Patienten zu stillen. Der Fall hatte stark polarisiert, da allen voran die Boulevardzeitungen in ihren Schlagzeilen sie wahlweise als Engel des Todes oder Engel der Gnade dargestellt hatten.

Aber das war bloß das erste Juwel, das er aus der Schatztruhe gefischt hatte. Der Strafzettel für zu schnelles Fahren stammte von einer Radarfalle, die Knight nur allzu gut kannte, nämlich von der Hauptstraße, die zum New Horizons führte. Zuerst hatte er seinen Augen nicht trauen wollen, als er sah, dass als Zeit 21.30 Uhr am Tatabend angegeben war. Alle Kinos der Stadt lagen in entgegengesetzter Richtung.

Ihr Handy stellte allerdings beides noch in den Schatten. Er hatte angefangen, die Nummern aus dem Anrufprotokoll abzutelefonieren, und immer behauptet, er wolle ein Auto kaufen, das in Manchester angeboten wurde. Dem Einfaltspinsel, den er dabei spielte, brachten die Angerufenen so viel Mitgefühl entgegen, dass er sich zumindest ein grobes Bild des Orts und ihrer Identität machen konnte. Einmal war ein Mann mit orientalischem oder asiatischem Akzent dran, und im Hintergrund hörte Knight eine Frau nach ihrem Rezept fragen, woraus er schloss, dass es sich um eine Apotheke handelte. Als der Mann das Gespräch kurz unterbrach, um sie zu bedienen, vernahm er noch eine andere Stimme, männlich und weniger deutlich diesmal, aber verständlich genug, dass er irgendetwas von einem »Parkplatz« mitbekam. Er spielte die Aufnahme mehrfach ab und setzte so die Bruchstücke einer Tirade zusammen, in der es um stundenlanges Warten in der Krankenhausambulanz und die dadurch verursachten saftigen Parkgebühren ging. Plötzlich schoss ihm durch den Kopf, wie das örtliche Krankenhaus kritisiert worden war, weil es von den ständig steigenden Wartezeiten auch noch profitierte, indem es die Parkgebühren enorm erhöht hatte. Die Krankenhausapotheke, in der das Klagelied wahrscheinlich gesungen worden war, war eine ausgezeichnete Quelle für Heroin.

Bereits eine halbe Stunde später blickte er auf eine lange Schlange resignierter Patienten, die auf ihre Medikamente warteten. Hinter dem Tresen versuchte eine gestresste Frau, einem verständnislos lauschenden somalischen Paar mit kreischendem Baby Anweisungen für die richtige Dosierung zu geben. Die Stimme ähnelte der Frau in seiner Aufnahme. Hinter ihr suchte ein dunkelhäutiger, gut gebauter Mann, den Knight auf Mitte vierzig schätzte, in der Regalwand Medikamente heraus. Seine großen, kräftigen Hände steckten in weißen Handschuhen. Heimlich drückte Knight die Wahlwiederholung und konnte tatsächlich beobachten, wie der Mann in seiner Tasche nach seinem Telefon fummelte.

Er fühlte, dass sein Blut in Wallung geriet, wie immer, wenn sich die Lösung eines Falles anbahnte. Barbara Dawson hatte bereits einen Patienten getötet, dies auch ihrer Mutter angeboten und dann gelogen, als es um ihren Aufenthaltsort am Mordabend ging. Und nun stand er einer ihrer Kontaktpersonen gegenüber, die täglich Zugang zu Heroin hatten. Großartig!

»Sie wünschen?«

Neben Knight war eine stark schielende Frau mittleren Alters aufgetaucht, die ihn strahlend anlächelte. Ein Namensschild identifizierte sie als ehrenamtliche Helferin.

»Sie sehen ein bisschen verloren aus – kann ich Ihnen helfen?«

In seinem Eifer, ins Krankenhaus zu kommen, hatte er vergessen, sich zur Tarnung eine Geschichte auszudenken. »Nein, nein, alles in Ordnung, ich möchte nur …« Ihm fiel beim besten Willen nichts ein.

»Haben Sie denn einen Termin?«

Der Apotheker blickte in seine Richtung, und Knight drehte sich weg, damit sich der Mann sein Gesicht nicht einprägen konnte.

»Ich wollte nur jemanden besuchen. Aber danke.«

Er ignorierte weitere Hilfsangebote und verschwand schnell in eine Richtung, von der er hoffte, es sei die passende. Gern wäre er länger geblieben, um den Mann zu beobachten und ihm vielleicht nach Hause zu folgen, aber nun sah er in der Spiegelung einer Glastür, dass die verhinderte Samariterin mit einem Sicherheitsmann sprach. Er verfluchte alle Gutmenschen und machte sich durch einen Nebenausgang davon.

Über dem Pier flogen die Stare wieder ihre vergänglichen Formationen, und er fragte sich, ob sich die von ihm ausgeklügelte Lösung als ebenso wenig haltbar erweisen würde. Er streckte seine Glieder, die seit der Massage schmerzfrei waren, und verscheuchte den Gedanken. Dafür war die Logik der Geschichte einfach zu bestechend. Natürlich fehlten noch handfeste Beweise, aber er war überzeugt davon, dass es sie gab, und noch mehr davon, dass er sie auftreiben würde.

»Du glaubst also, wenn du die Nuss knackst, kommt sie zu dir zurückgelaufen?« Der Gedanke schien Merv zu amüsieren.

»Worauf willst du hinaus?«

»Na, dass du riskierst, dir einen Mordsärger einzuhandeln, nur um sie flachzulegen. Würdest du das auch tun, wenn sie eine fette alte Schachtel wäre?«

Knight war gekränkt, dass seine hehren Motive hier auf reine Fleischeslust reduziert wurden, aber das ging vorüber, als Merv ihm sein Steak servierte.

»Wenn sie eine fette alte Schachtel wäre, wie du es so galant formulierst, wäre es höchst unwahrscheinlich, dass ich mich überhaupt je mit ihr getroffen hätte. Der entscheidende Punkt ist, dass sie unschuldig ist.«

Er biss in das butterzarte Fleisch, die Belohnung für seinen Jagderfolg. Es mochte ja sein, dass in Mervs Überlegung ein Körnchen Wahrheit steckte. Er hatte mehr als genug Indizien, um zur Polizei zu gehen, und dann würde selbst Bullock zugeben müssen, dass genauere Nachforschungen angebracht waren. Wollte Knight selbst den Ruhm einheimsen, um als Held dazustehen? Nein, das ließ er nicht gelten. Vielmehr würde Bullock so ungeschickt agieren, dass die Täter reichlich Gelegenheit hätten, ihre Spuren zu verwischen. Dieser Fall erforderte eine lückenlose Beschattung und die

Bereitschaft, es nötigenfalls mit den Vorschriften nicht allzu genau zu nehmen.

All diese Überlegungen waren selbstverständlich keine Antwort auf Mervs Ausgangsfrage. Hoffte er Fran zurückzugewinnen, indem er ihre Unschuld bewies?

Nun, eine Woche zuvor hatte sie in ebendiesem Stuhl gesessen, und er konnte nicht leugnen, dass er alles Menschenmögliche tun würde, um sie wieder hier sitzen zu sehen.

7

Zwei Tage später saß Knight in Mervs Transporter, den er ein Stück von Barbara Dawsons Haus entfernt geparkt hatte. Er trug einen Overall und einen Schutzhelm sowie eine Schutzbrille auf der Stirn, die er über die Augen ziehen konnte, sollte sie aus dem Haus kommen. Dieses Klischeebild eines Handwerkers, der in seinem Lieferwagen auf bessere Zeiten wartet, wurde komplettiert durch ein Exemplar der *Sun,* das er auch als Sichtschutz einsetzen konnte, wenn sie sich näherte. Es war seine dritte Zwölf-Stunden-Schicht; Merv hatte sich breitschlagen lassen, abwechselnd mit ihm eine lückenlose Überwachung sicherzustellen.

Knight liebte Beschattungen. Er genoss die schützende Unsichtbarkeit und die Erwartung, dass jeden Augenblick etwas Bedeutsames passieren konnte. Es war, wie bei einem Kricketspiel zuzusehen, nur mit viel höherer emotionaler Beteiligung. Und Knight mochte die erstklassige Logistik. Hinten im Transporter befanden sich sämtliche Zutaten für einen Campingurlaub mit allen Schikanen: ein Zwölf-Volt-

Kühlschrank voller Lebensmittel, ein Gaskocher, eine chemische Toilette und eine Luftmatratze. An Dawsons Eingangstür hatte er einen Bewegungsmelder improvisiert, der ihn übers Handy alarmieren würde, falls sie sich in den frühen Morgenstunden aus dem Haus bewegte, während er gerade döste. Unten an ihrem Wagen hatte er sogar einen Sender installiert, falls er sie im Verkehr aus den Augen verlieren sollte.

Doch das Bedeutsame hatte sich bis jetzt stark in Grenzen gehalten. Diverse Politessen hatten ihn gelegentlich genötigt, um den Block zu fahren, aber die winzige Kamera am Laternenpfahl gegenüber ihrem Haus hatte dokumentiert, dass sie nicht herausgekommen war. Sie war einmal beim Friseur, einmal im Postamt und zweimal im Supermarkt gewesen. Kurz war er in Panik geraten, als er beim Aussteigen auf dem Supermarktparkplatz vergessen hatte, die Zeitung mitzunehmen. Ausgerechnet da hatte sie sich überraschend umgedreht und ihn so gezwungen, sich hinter ein Auto zu ducken, dessen Besitzerin gerade mit zwei kleinen Kindern zurückkehrte. Misstrauisch beim Anblick eines älteren Mannes in einem schmuddeligen Overall, der sich an ihre Fahrertür kauerte, hatte sie ihn zur Rede gestellt. Doch diesmal hatte er mehr Geistesgegenwart bewiesen als im Krankenhaus und behauptet, dass ihm eine Pfundnote heruntergefallen sei. Seine Notlage hatte ihr Herz erweicht, und sie hatte darauf bestanden, ihm behilflich zu sein. Als die gemeinsame Suche fruchtlos blieb, hatte sie ihm sogar ein Pfund geschenkt. Bei anderer Gelegenheit hatte eine Katze den Bewegungsmelder ausgelöst, als er gerade auf der chemischen Toilette saß, und in seiner Eile, nach vorne zu gelangen, hatte er sich das Knie an dem Nachtsichtgerät gestoßen, das zwischen den Vordersitzen lag.

Es war nach halb zehn, als Barbara Dawson die Tür öffnete und zu ihrem Wagen ging. Zum ersten Mal verließ sie nachts das Haus! Er wartete, bis sie um die Ecke gebogen war, bevor er den Motor anließ, und war froh, dass er sie auf dem Laptop verfolgen konnte und so nicht riskieren musste, von ihr gesehen zu werden.

Er hoffte, dass er aufs richtige Pferd gesetzt hatte. Weil er ungern wieder ins Krankenhaus wollte, hatte er beschlossen, sich ganz auf ihr Haus zu konzentrieren. Er hatte versucht, einen weiteren Termin bei ihr zu bekommen, mit der Absicht, eine Wanze zu platzieren, aber sie hatte ihn abschlägig beschieden. Einbrechen kam nicht infrage, dazu war das Haus nach vorne zu exponiert und nach hinten durch die umliegenden Gärten zu gut geschützt. Sie musste ihn schon selbst zu ihrem Komplizen führen – was vielleicht jetzt geschehen würde.

Bei früheren Touren war sie immer südlich Richtung Stadtzentrum gefahren, doch nun steuerte sie nach Norden Richtung New Horizons, wobei sie die Radarfalle passierte, die sie in der Mordnacht geblitzt hatte. Bei der Abzweigung fuhr sie heute geradeaus weiter und bog nach etwa eineinhalb Kilometern in die Downs ab. Die Straße stieg längs einer Reihe verschlafener stockdunkler Bungalows an, die nur das gelegentliche Flimmern eines Fernsehers erhellte. Beiläufig sah er einen Fuchs vorüberhuschen, der ihm ebenfalls nicht mehr als einen beiläufigen Blick schenkte.

Andere Autos waren hier nicht mehr unterwegs. Knight fuhr rechts ran und schaltete das Licht aus. Seinem Bildschirm zufolge bog sie ein paar Hundert Meter vor ihm in eine Sackgasse. Er stieg aufs Gas und raste, so schnell er es wagte, bis auf Höhe der Sackgasse, um gerade noch zu erkennen, wie sie ganz am Ende an eine Haustür trat, die sich prompt öffnete. Sein Nachtsichtgerät offenbarte, dass es sich um den Mann aus der Krankenhausapotheke handelte.

Er parkte den Transporter ein Stück entfernt und rannte zurück. Er hatte Merv versprochen, Bescheid zu geben, wenn er die beiden zusammen erwischte, aber Merv war nach seiner letzten Schicht, die er mit einem höllischen Kater absolviert hatte, sehr erschöpft gewesen. Knight sah sich auch allein absolut in der Lage, mit der Situation fertigzuwerden. Die Annahme, dass er Betreuung brauchte, fand er sogar ein bisschen kränkend. Seine Zuversicht wuchs angesichts der Tatsache, dass am Grundstück ein öffentlicher Weg vorbeiführte, von der Garage vor dem Haus bis nach hinten am Garten entlang. Weg und Garten trennte ein Holzzaun. Durch ein Loch konnte er blühende Sträucher und ein Büschel Rohrkolben neben einem kleinen Teich ausmachen. Dieses Haus wäre in Abwesenheit des Besitzers leicht zu verwanzen, aber er war fest entschlossen, sich noch heute Nacht hieb- und stichfeste Beweise zu verschaffen.

Der Zaun war etwas mehr als mannshoch. Wo der Weg auf die nächste Straße traf, stand eine verlassene Wertstofftonne, die er sich vorsichtig heranzog. Er hängte seinen Stock an den Zaun und stieg auf die Tonne. Hinter den Rohrkolben befand sich ein Wintergarten, durch dessen geschlossene Jalousien Licht nach außen drang.

Es würde ein Leichtes sein, dachte er, sich mit dem Oberkörper voran über den Zaun zu hieven und auf der anderen Seite herunterzulassen. Doch nachdem das linke Bein drüben war, verweigerte das rechte die Gefolgschaft, sodass er, statt geschmeidig herunterzuspringen, zappelnd oben auf dem Zaun kauerte. Was er auch versuchte, er brachte das widerspenstige Bein nicht dazu, sich zu seinem Partner auf der anderen Seite des Zauns zu gesellen. Es war, als hätte er einen unsäglich klapprigen Gaul bestiegen.

Er verfluchte seine arthritischen Gelenke und schwachen Muskeln, die sich seinem Flehen widersetzten. Als junger Offizier hatte er sich mit Begeisterung der brutalen Herausforderung von Hindernisparcours gestellt, sie in einem wahren Rausch absolviert und hinterher ein tiefes Gefühl der Befriedigung empfunden. Noch mit Mitte fünfzig hatte er auf der Jagd nach Industriegeheimnissen wenn nötig Mauern und Abwasserschächte bezwungen. Ein Gartenzaun stellte in seinen Augen kein ernst zu nehmendes Hindernis dar, obschon er nicht behaupten konnte, dass er in letzter Zeit einen überwunden hatte.

Irgendwann sah er ein, dass es auf einen Sturz hinauslaufen würde, bei dem er die Priorität unbedingt auf die Vermeidung oder Reduzierung von Verletzungen legen sollte. Zu seiner Erleichterung gab es in einem knappen Meter Entfernung einen Komposthaufen direkt am Zaun, der den Fall sowohl abkürzen als auch dämpfen konnte. Er setzte eine Hand vor die andere, presste die Knie fest an den Zaun und rutschte auf diese Art zentimeterweise vorwärts. Die kaum nennenswerte Strecke wuchs sich zur Marathondistanz aus, doch trotz des stechenden Schmerzes, den er jedes Mal spürte, wenn sein ganzes Körpergewicht auf seinen Schritt drückte, fasste er Mut. Im Geiste sah er sich in der Schule, wo er in tiefster Nacht über die hintere Mauer kletterte; auf Borneo, wo er unter einem Wasserfall hindurch über schlüpfrige Felsen zu einem Lager von Aufständischen kroch; in Armagh, wo er direkt über den Köpfen nichtsahnender IRA-Kämpfer ein Scheunendach entlangrobbte … dann endlich war er beim Komposthaufen. Durch eine Drehung des Unterleibs landete er sanft auf dem Rücken, unversehrt bis auf einen

Riss in der Hose, da, wo sein Bein an der Zaunkante entlanggeschrammt war. Er hatte gewagt – und gewonnen!

Rasch griff er sich seinen Stock und bewegte sich von den Sträuchern gedeckt durch den Garten. Beim Teich mit den Rohrkolben zog er einen Streifen Klebeband und ein Funkmikrofon in Form einer kleinen Metallscheibe aus der Tasche. Es konnte, an einem Fenster befestigt, ein Gespräch in sechs Metern Entfernung aufzeichnen und in brauchbarer Qualität auf sein Handy übertragen. Die Glasscheiben des Wintergartens waren ideal, wenn sich die Zielpersonen drinnen befanden – was ihm leises Lachen bestätigte.

Er zog die Folie vom Klebestreifen, um die Metallscheibe damit zu befestigen, doch seine Finger waren steif und ungelenk, und so merkte er erst, dass er das Mikrofon hatte fallen lassen, als es leise in den Teich plumpste. Die Ersatzscheiben befanden sich aus unerfindlichen Gründen nicht in seiner Tasche. Er erinnerte sich, dass er sie auf dem Armaturenbrett hatte liegen sehen und vorgehabt hatte, sie einzustecken. Nicht Wut packte ihn nun, sondern Angst, die immer kam, wenn er etwas sehr Wichtiges vergessen hatte. Seine Eltern waren beide dement geworden; bei seinem Vater hatte es angefangen, als er nur wenige Jahre älter war als Knight jetzt.

Im nächsten Moment verscheuchte er das Angstgespenst und zwang sich zum Nachdenken. Natürlich konnte er zum Transporter zurücklaufen, was aber bedeutete, dass er den Zaun noch zweimal überwinden musste. Das würde mindestens zehn Minuten dauern, in denen sich die Zielpersonen womöglich an einen anderen Ort im Haus begaben. Oder er konnte seinen Stock benutzen. Wenn er ihn an die Scheibe des Wintergartens lehnte, würde er zwar nicht auf dem Glas aufliegen, aber vielleicht dennoch brauchbares Material aufzeichnen. Er war dabei, die Optionen abzuwägen, als ihm auffiel, dass ein Glaselement des Wintergartens ein paar Zentimeter weit offen stand. Wenn er seinen Stock dort positionierte, wäre die Klangqualität exzellent, und eine Videoaufnahme hätte er obendrein.

Er überquerte den Rasen und presste an einer Seitenwand des Wintergartens sein Ohr an die Scheibe. Er hörte Stimmengemurmel, das allerdings durch die Jalousie stark gedämpft wurde. Eine Tür hinter ihm führte in die Garage. Es gelang ihm, trotz der steifen Finger den dünnen Metallspieß festzuhalten, mit dem er das Schloss erforschte, und er hatte sie binnen einer Minute auf. Na also, das Glück war wieder auf seiner Seite, bloß würde es anhalten, bis er hatte, was er suchte?

Die Leiter, die in einem Regal lag, erschien ihm wie ein kostbarer Grabschatz. Er trug sie leise aus der Garage und lehnte sie an die Ziegelmauer, wo das Haus an den Wintergarten stieß, unterdrückte seine Ungeduld und stieg vorsichtig hinauf. Auf der drittletzten Sprosse angekommen, konnte er sich von der Leiter hinunter auf das Flachdach des Bungalows schieben. Das Hausdach lag bestenfalls dreißig Zentimeter höher als der Wintergarten, dessen Dach sich leicht zum Garten hin neigte. Von hier aus war das offene Glaselement weniger als zwei Meter entfernt.

Er konnte nun Gesprächsfetzen verstehen, unter anderem, dass Barbara von der Notwendigkeit sprach, diskret zu sein. Er schaltete die Kamera ein und bewegte seinen Oberkörper über das Glasdach, ohne ihn abzulegen, aus Angst, es könne knarzen. Schließlich streckte er den Stock mit dem Griff voran aus, aber noch fehlten einige Zentimeter bis zum offenen Element. Immer weiter schob er sich nach vorne, nach wie vor bemüht, Abstand zum Glasdach zu halten, worüber sein Rücken sich bitter beklagte. Zu seiner Überraschung glaubte er plötzlich eine weitere weibliche Stimme zu hören – vielleicht war der Kreis der Komplizen größer, als er vermutet hatte.

Nun war er nur noch wenige Zentimeter entfernt. Wieder streckte er sich nach vorne und merkte im selben Augenblick, wie sein Rücken nachgab. Wider besseres Wissen musste er sich mit der freien Hand auf dem Holzrahmen abstützen. Kaum hatten seine Finger die abblätternde Farbe und das morsche Holz ertastet, sackte sein schmerzender Oberkörper auf das Dach des Wintergartens. Er hörte ein lautes Knacken, als die umliegenden Glaselemente unter ihm nachgaben.

Bilder huschten an ihm vorbei: eine Kerze auf einem Tisch, ein Whirlpool und – am verblüffendsten – viel nacktes Menschenfleisch. Ein Schrei gellte, bevor ihn das Wasser mit lautem Platschen auffing und umschloss. Beim Versuch, sich aufzurichten, sah er verschwommene Beine und Genitalien, dann hatte er die nackte Barbara Dawson vor sich, neben ihr der Mann aus der Krankenhausapotheke. Im Hintergrund flüchteten triefende nackte Gestalten aus dem Raum. Er konnte gerade noch einen Blick auf ihre ausgeprägte Bikinilinie werfen, bevor ihr Gefährte mit der Faust ausholte und ihn bewusstlos schlug.

Zuerst sah er nur ein cremefarbenes Rohr, einige Zentimeter von seinem Gesicht entfernt. Er streckte die Hand danach aus und fühlte hartes Metall.

»Er kommt zu sich.«

Das Rohr erwies sich als die Seitenstange eines Krankenhausbetts. Als Knight aufschaute, erkannte er zwei Schemen, die neben seinem Bett saßen, hinter ihnen ein hellblauer Vorhang. Das verschwommene Bild wurde scharf: Es handelte sich um seinen Angreifer und Barbara Dawson. Beide vollständig angezogen.

»Geht es Ihnen gut?«, fragte der Mann besorgt. Knight hievte sich mühsam auf einen Ellenbogen, um die Umgebung nach einer Waffe abzusuchen, aber die Anstrengung war so groß, dass er wieder heruntersackte.

»Bitte, der Arzt sagte, Sie dürfen sich nicht bewegen.« Er hörte eine Spur ehrlicher Anteilnahme, die ihn verwirrte. Barbara Dawson saß da wie versteinert und schwieg. Hinter dem Vorhang hörte er jemanden nach einem Wagen für oben fragen. Seine Gedanken rasten – genau genommen humpelten sie eher –, während er sich bemühte, die Situation zu interpretieren: Wieso hatten sie ihn in die Notaufnahme gebracht? Im Haus hätten sie doch mit ihm machen können, was sie wollten, sogar ihn töten und es wie einen Unfall aussehen lassen.

»Ich heiße Kemal Abduli. Bitte verzeihen Sie, dass ich Sie niedergeschlagen habe, aber ich habe Sie für einen Einbrecher gehalten.«

»Entschuldige dich nicht auch noch bei ihm«, wies Barbara ihn zurecht und wandte sich dann an Knight: »Ich vermute, Sie arbeiten für meinen Mann. Oder für irgend so ein Schmierblatt?«

Sie bluffte anscheinend. Er begriff nun, dass es ungeschickt gewesen wäre, ihn im Haus umzubringen. Sie hätten dann eine Leiche erklären beziehungsweise entsorgen müssen, was gleichermaßen unliebsame Risiken nach sich zog. Viel besser, wenn sie die Unschuldigen spielten, die sich um sein Befinden sorgten.

Knight fixierte Barbara mit seinem strengsten Blick. »In der Tat weder noch. Ich interessiere mich vielmehr dafür, dass Sie Ihre Mutter getötet haben und dann noch zwei weitere Frauen, um Ihre Spuren zu verwischen.«

Einen Augenblick sah sie drein, als wäre ihr ein Geist erschienen. Doch während er seine Ermittlungsergebnisse vor ihr ausbreitete, musste er mit wachsendem Unbehagen feststellen, dass die beiden sich entspannten. Am Ende wirkten sie alles andere als beleidigt oder schuldbewusst, sondern richtiggehend erleichtert.

»Mr. Atkins oder wie immer Sie auch heißen, lassen Sie mich ein paar Dinge klarstellen.« In ihrer Stimme war jetzt eine völlig neue Weichheit, die schon an Mitleid grenzte. »Es stimmt, dass ich meiner Mutter versprochen habe, ihr zu helfen, wenn es so weit ist. Vielleicht war sie schon an dem Punkt, wo es gut für sie gewesen wäre, das weiß ich nicht. Aber ich habe mich nicht getraut. Und mit meiner Vorgeschichte wäre ich damit auch nie durchgekommen.«

»Warum haben Sie dann gelogen, als ich Sie fragte, wo Sie am Mordabend waren?« Kaum hatte er die Frage gestellt, wurde ihm klar, wie dumm sie war.

Sie verzog genervt den Mund. »Muss ich es für Sie buchstabieren? Mein Mann kann keinen Sex mit mir haben, und ich will nicht darauf verzichten. Kemal und ich haben … eine Übereinkunft. Mein Mann weiß nichts davon.«

Abduli legte beruhigend seine Hand auf ihre, aber sie zog sie weg. »In der Nacht war ich bei Kemal, zusammen mit …« Sie zögerte. »Mit ein paar gleichgesinnten Freunden. Wenn Sie mir nicht glauben, können Sie ja die fragen.«

Aber Knight glaubte ihr. Er lehnte sich zurück und schloss die Augen.

»Mr. Atkins, lassen Sie uns eine Vereinbarung treffen.« Abduli klang versöhnlich, aber entschlossen. »Sie reden nicht über das, was Sie wissen, und wir gehen nicht zur Polizei. Wir fordern nicht einmal Schadensersatz von Ihnen. Bitte nehmen Sie das Angebot an.«

Knight nickte schwach. Es war ein faires, ja großzügiges Angebot. Als sie aufstanden, um zu gehen, warf Barbara Dawson ihm noch einen letzten vernichtenden Blick zu. »Übrigens, nur falls es Sie interessiert: Ich wollte den Patienten nicht töten.«

Knight versank in Selbstmitleid. Er hatte sich wie ein Trottel benommen, ein alter Trottel, der sich absurde Geschichten zusammenreimte und völlig unnötig haarsträubende Risiken einging. Merv hatte recht. Er war völlig von der Rolle, ein durchgeknallter seniler Wolf, der den Mond anheulte.

Eine Krankenschwester streckte den Kopf durch den Vorhang und kündigte ihm an, dass gleich ein Arzt käme. Knight hatte nicht vor, darauf zu warten. Er schnappte sich seine Kleider und zog sich mühsam an. Im Vergleich zu seinen bisherigen zahllosen Unfällen hatte er sich heute wundersamerweise nichts gebrochen. Er nahm ein Taxi zurück zu seiner Wohnung, der Transporter konnte warten.

Er schlief bis zum frühen Nachmittag. Erst nachdem er sich aus dem Bett gehievt hatte, fiel ihm auf, dass sein Telefon blinkte. Er hatte einen Anruf von Fran verpasst.

8

Einige Stunden vor Knights nächtlichem Abenteuer hatte Fran vor der viel ungefährlicheren Herausforderung gestanden, eine Lektüre auszuwählen: *Wege zur Seele* stellte ein Leben frei von der Tyrannei der Fleischeslust und materiellen Exzessen in Aussicht, während *Mach's mir in Manhattan* viel von beidem versprach. Es war ein eigenartiges Gefühl, sich so viel Zeit für die Entscheidung zu lassen, aber Zeit stand ihr reichlich zur Verfügung, und die Gefängnisbibliothek war eine Oase der Ruhe.

Die ersten Tage waren wie im Nebel an ihr vorbeigezogen, ein Albtraum, der mit der Entdeckung der Spritze begonnen hatte. Man hatte sie registriert, über ihre Rechte und Pflichten aufgeklärt und dann einer monotonen Routine aus Mahlzeiten, Sport, Fernsehen und Schlaf überlassen. Und Lesen. In ihrem alten Leben, wie sie es inzwischen betrachtete, hatte sie abends gerade mal ein paar Seiten geschafft, bevor sie wegdämmerte. Hier, wo die Zeit nicht verrinnen wollte, hatte sie schon drei Bücher in einer Woche verschlungen. Sie war außerdem sehr erleichtert, dass hier niemand auf ihrer Schuld beharrte. Bei der Polizei war sie einer Flut von Anschuldigungen ausgesetzt gewesen und hatte sich beschämt und schmutzig gefühlt. Im Gefängnis waren ihre Mitinsassinnen dagegen sehr mitfühlend, und das Aufsichtspersonal zeigte wenig Interesse für sie, wenn man mal davon absah, dass sie in den ersten Nächten wegen Selbstmordgefahr überwacht worden war.

Sie teilte sich eine Zelle mit Cindy, deren Lebensgeschichte sie inzwischen auswendig kannte. Sie handelte von ihrer Drogenabhängigkeit und ihren Kindern, die man ihr weggenommen hatte, und triefte vor Selbstmitleid. Fran selbst beschäftigte vor allem, dass es ihr bisher nicht gelungen war, ihren Rechtsanwalt von ihrer Unschuld zu überzeugen, und dass ihre Tochter völlig verzweifelt war und sie nichts dagegen tun konnte. Sie hatte Fran angefleht, Knights täglich eintreffende Hilfsangebote anzunehmen, aber schon das Öffnen seiner Briefe beschwor immer wieder den Anblick des zahnlosen Monsters herauf. Sie hatte keinen einzigen Brief beantwortet – und hätte sich sehr gewundert, wenn sie gewusst hätte, dass er gerade vor Barbara Dawsons Haus in einem Transporter saß.

Immerhin war ihr Kopf wieder klar, und das gab ihr Grund zur Hoffnung. Sie konnte ihr Verhängnis in aller Ruhe Revue passieren lassen, auf der Suche nach Schlüsselmomenten und Details, die verrieten, was wirklich passiert war. So hatte zum Beispiel ihr Wecker nicht geklingelt, der Mörder musste ihn also ausgeschaltet haben. Diesen Punkt hatte ihr Rechtsanwalt mit wenig Enthusiasmus notiert, da er nicht zu beweisen war. Auch schien es ihr möglich, dass sie unter Drogen gesetzt worden war. Normalerweise wachte sie lange vor dem Klingeln des Weckers wieder auf, und am Morgen nach den Morden hatte sie ihre Wasserflasche nirgends im Büro entdecken können. Doch für einen Bluttest war es zu spät; jegliche Droge musste sich in ihrem Körper längst abgebaut haben. Und die fehlende Wasserflasche fiel genauso in die Kategorie des Unbeweisbaren wie der nicht klingelnde Wecker.

Sie war sicher, dass sie irgendeinen anderen Hinweis übersehen hatte, irgendein Detail, das dazu beitragen konnte, das Netz zu entwirren, in dem sie gefangen war. Sie klammerte sich an diese Überzeugung und war zugleich entsetzlich frustriert, weil ihr dieses Detail einfach nicht einfallen wollte.

Fran blickte durch ein vergittertes Fenster auf einen dunklen Schacht zwischen zwei Gebäudeflügeln. Die Fensterscheibe reflektierte den Raum hinter ihr, und so sah sie, wie sich eine massige Silhouette näherte, die sich gleich darauf als Shaz entpuppte. Man hatte sie vor der Neunzehnjährigen gewarnt, die hier war, weil sie zu einem Schlachtermesser gegriffen hatte, als ein rivalisierendes Gangmitglied versuchte, ihre Cannabiszucht abzufackeln. Der Mann hatte das nicht überlebt, und dass sich Shaz dabei auf Notwehr berief, hatte das Gericht nicht bewegen können, sie auf Kaution freizulassen. Erschwerend hatte sich ein längeres Vorstrafenregister wegen Körperverletzung ausgewirkt. Der erste Eintrag reichte bis zu ihrem zwölften Geburtstag zurück: Da hatte sie auf dem Kopf einer Aushilfslehrerin eine Wodkaflasche zerschmettert, die diese konfiszieren wollte.

Shaz trottete zu einem Tisch am anderen Ende des Raums. Sie hatte den Körperbau eines Sumoringers, und ihr Haar hatte sie über der Stirn so fest zusammengebunden, dass jeder Quadratzentimeter ihres großen Kindergesichts mit den blassblauen Augen zur Geltung kam. Beim Hinsetzen schien sie etwas aus ihrer Tasche zu ziehen. Fran schlüpfte hinter ein Bücherregal und beobachtete, wie sie in ihren Schoß griff und dann mit irgendetwas herumhantierte. Nur kurz war ein traubengroßer brauner Klumpen zu sehen, den sie – offenbar mithilfe von etwas Tesafilm – rasch unter der Tischplatte befestigte.

Erst jetzt bemerkte Fran, dass auch Cindy aufgetaucht war und von der Tür aus den Raum sondierte. Fran hinter dem Bücherregal war für sie unsichtbar.

Shaz stand auf und schlurfte zur Tür, wo Cindy inzwischen verschwunden war. Frans Unbehagen wuchs, als Cindy gleich nach Shaz' Abgang wieder erschien. Schnurstracks marschierte sie zum Tisch, griff unter die Platte und holte den braunen Klumpen hervor.

Um Cindy aus dem Weg zu gehen, verbrachte Fran den restlichen Nachmittag in der Bibliothek und traf sie so erst kurz vor dem Abendessen wieder. Fran lag in der Zelle und grübelte weiter über dem fehlenden Detail, als Cindy in für sie untypischer Hochstimmung hereinkam.

»Hab ein kleines Geschenk für dich.« Stolz streckte sie ihr einen Brocken Haschisch hin. Er wirkte etwas kleiner als der Klumpen in der Bibliothek.

»Los, knabber mal dran. Rauchen kannst du es nicht, das merken die Wärter.«

Fran konnte sich ganz gut vorstellen, dass dies ein bisschen Abwechslung in den Gefängnistrott bringen mochte, aber die Herkunft des Stoffs machte ihr Sorgen, und so lehnte sie höflich ab.

»Warum denn nicht?« Cindy schaltete mal wieder auf trotziges kleines Kind. Fran hatte bereits gelernt, dass es dann am besten war, ruhig, aber entschieden zu reagieren. Damit erstickte man Cindys Launen im Keim, bevor sie richtig aggressiv wurde.

»Weil du's von Shaz hast und ich nichts mit ihr zu tun haben will.«

»Scheiße, woher weißt du das?« Cindy war ehrlich erschrocken.

Fran verriet es ihr und versicherte ihr zugleich, dass es sonst niemand mitgekriegt hatte. Das beruhigte Cindy hinreichend, und sie berichtete, wie sie Shaz im Besuchsraum bei einem intensiven Kuss mit einem jungen Mann erwischt hatte, was seltsam war, da Shaz keinen Hehl daraus machte, lesbisch zu sein.

»Das ist echt der älteste Trick, das machen alle. Bisschen rumknutschen und dann schiebst du's dir in die Möse, wenn die Wächter nicht schauen.«

Dieser letzte Aufbewahrungsort des Haschischs steigerte seine Attraktivität in Frans Augen nicht gerade. Glücklicherweise läutete in dem Augenblick die Glocke zum Abendessen. Auf dem Flur kam ihr Shaz entgegen, deren blassblaue Augen sie drohend anblitzten. »Verpiss dich und bleib weg«, flüsterte sie und rempelte Fran im Vorbeigehen mit der Schulter an. Gleich darauf hörte Fran hinter sich erregte Stimmen und einen Schmerzensschrei. Die Intuition riet ihr weiterzugehen, und doch konnte sie nicht anders, als umzukehren. Schon spürte sie Schweißtropfen an ihrem Körper herunterlaufen.

Shaz hatte Cindy am Haar gepackt und drückte sie an die Wand. In der anderen Hand hielt sie eine Glasscherbe, von der nur die letzten Zentimeter als scharfe Spitze aus mehreren Lagen Küchenpapier hervorblitzten.

»Denkst du, du kannst meinen Stoff verticken, ohne dass ich's mitkriege? Wie scheißdämlich bist du eigentlich?«

Das war wirklich so dämlich, dass Fran es nicht einmal Cindy zugetraut hätte. Während Cindy wimmerte, sie habe das Zeug auf dem Boden gefunden, richtete Shaz das improvisierte Messer auf Fran: »Hab ich nicht gesagt, du sollst dich verpissen?«

Frans innere Stimme riet weiter panisch zum Rückzug, doch stattdessen blieb sie stehen und rief laut um Hilfe. Shaz' Blick wanderte zwischen Fran und Cindy hin und her, und sie wirkte dabei wie ein Nashorn, das sich entscheiden muss, auf welchen von zwei Feinden es sich zuerst stürzen soll. Dann drückte sie die Spitze der Scherbe in das Fleisch unter Cindys Auge. »Wo zum Teufel ist das Zeug?«, bellte sie.

Als ein Tropfen Blut hervorquoll, griff Fran, ohne lange nachzudenken, mit beiden Händen nach Shaz' Handgelenk und zerrte es von Cindys Gesicht, während sie sich zugleich zwischen die beiden Frauen schob. Shaz stieß Fran weg und versetzte ihrem Kopf einen solchen Hieb, dass sie auf den Betonboden fiel. Als sie wegzurollen versuchte, trat Shaz brutal auf sie ein.

Gerade beugte sie sich über Fran und überlegte laut, wo sie die Glasscherbe ansetzen sollte, als ein Gefängniswärter erschien und versuchte, ihr von hinten die Arme zu fesseln. Wild um sich schlagend, befreite sie sich sofort wieder, riss dann einen Arm hoch und rammte ihm die Scherbe in die Innenseite seines Oberschenkels. Sekunden später – er spürte lediglich einen vage stechenden Schmerz in der Leistengegend – kamen zwei weitere Wächter hereingestürmt. Sie mussten all ihre Kraft einsetzen, um die brüllende und um sich tretende Shaz aus der Zelle und den Gang hinunterzerren zu können, vorbei an einer ebenso lauten Menge von Zuschauerinnen, die ihr Abendessen im Stich gelassen hatten, damit ihnen das Spektakel ja nicht entging.

Als Fran sich schwankend aufrichtete, beugte sich Mr. Briggs mit bekümmertem Gesicht über sie. In der oberen Schlafkoje kauerte Cindy.

»Alles okay, Haskell?«, fragte Briggs, offenkundig besorgt. Er war ein großer und geduldiger Mann etwa in ihrem Alter und hatte seit ein paar Tagen Dienst. Als er ihr aufhalf, runzelte er plötzlich die Stirn und legte dann eine Hand auf seinen Oberschenkel. Fran bemerkte, dass sich wie in einem Fall von Inkontinenz ein dunkler Fleck auf seiner Hose ausbreitete. Kurz starrte er sie verständnislos an, während er zu keuchen begann und alle Farbe aus seinem Gesicht wich. Dann öffnete er den Mund, und bevor er noch etwas sagen konnte, kippte er um.

Erst da bemerkte Fran das improvisierte Messer zu seinen Füßen und den Riss in seiner Hose. Der Stoff klebte auf seiner Haut, aus einer Wunde sickerte kontinuierlich Blut. Sie stürzte hinaus auf den Flur und rief erneut um Hilfe, drang jedoch wegen des andauernden Tumults rund um Shaz nicht durch.

Als sie in die Zelle zurückhastete, war Cindy von ihrer Koje heruntergeklettert und glotzte tatenlos auf den verletzten Wärter hinunter. Mit fliegenden Fingern öffnete Fran seinen Gürtel und zog ihm die durchweichte Hose vom Bein.

Aus der verletzten Arterie flossen Unmengen von Blut. Sie schrie Cindy an, sie solle Hilfe holen, zerriss das Laken des unteren Betts und band es fest um die Wunde. Das verlangsamte die Blutung zwar, dennoch breitete sich schnell ein roter Fleck auf dem Stoff aus.

Aus seinem Mund drang ein Rasseln, das schnell verstummte. Fran hielt ihm das Ohr an die Lippen, konnte aber keine Atmung hören. Sie versuchte es mit dem Zifferblatt ihrer Uhr, in der vergeblichen Hoffnung, es würde beschlagen. Auch sein Puls war nicht zu tasten. Sie öffnete seinen Mund weiter, um sicherzustellen, dass seine Zunge nicht in den Rachen gerutscht war. Als sie ihre Lippen auf seine legte, war sie sehr dankbar für seine schönen weißen Zähne. Sie drückte seine Nasenlöcher fest zu und blies ihm fünfmal kräftig Luft in die Lunge, bevor sie seinem Brustkorb fünfzehn Stöße versetzte. Die Maßnahme war ihr vom New Horizons vertraut, wenn sie dort auch nie Erfolg damit gehabt hatte.

Sie verlor das Zeitgefühl, während sie Beatmung und Herzdruckmassage abwechselte und dabei voller Entsetzen beobachtete, wie der rote Fleck sich immer mehr ausbreitete. Selbst als sie die Hoffnung schon aufgegeben hatte, versuchte sie weiter, so viel Sauerstoff wie möglich in sein sterbendes Gehirn zu bekommen. Endlich tauchten zwei Wärter auf, gefolgt vom Gefängnisarzt. Man scheuchte sie und Cindy weg, als der Arzt das Ruder übernahm. Fran war überzeugt davon, Briggs nie wiederzusehen.

Eine Stunde später untersuchte eine Schwester im Gefängniskrankenhaus Frans Prellungen. Der Direktor war vorbeigekommen, hatte sie befragt, ihr gedankt und versichert, dass man in ihrer Verhandlung ausführlich über ihr

Eingreifen berichten würde. Über Briggs erfuhr sie lediglich, dass er am Leben, aber bewusstlos gewesen war, als der Krankenwagen ihn fortbrachte. Eine Wärterin trat herein.

»Fran Haskell?« Der Respekt in ihrer Stimme grenzte fast schon an Bewunderung. »Es tut mir leid, Sie damit behelligen zu müssen, aber wir konnten die Drogen, die Ihre Zellengenossin bei sich hatte, nicht finden.« Fran fragte sich, was sie damit zu tun hatte, als die Wärterin auch schon fortfuhr: »Es handelt sich nur um eine Formalität, aber ich muss Sie leider durchsuchen. Könnten Sie bitte schon mal Ihre Taschen leeren?«

Unter anderen Umständen hätte sie das erschreckt, aber angesichts der bisherigen Tagesereignisse war das nur eine geringfügige Unannehmlichkeit. Während die Wärterin sich abwandte, um sich ein Paar Handschuhe zu nehmen, griff Fran in die Taschen ihrer Strickjacke. Sie kramte ein Taschentuch heraus – und dann ertasteten ihre Finger einen harten Gegenstand von der Größe einer Rosine. Das Triumphgefühl, sich in den Augen ihrer Wächter rehabilitiert zu haben, verflüchtigte sich umgehend. Ihr fiel der Moment ein, als sie sich zwischen Cindy und Shaz geschoben hatte. Cindy musste diese Gelegenheit genutzt haben, um ihr das Haschisch in die Tasche zu stecken, bestimmt nicht nur, damit es nicht gefunden wurde, sondern auch, um es sich für später zu sichern. So revanchierte sie sich also dafür, dass Fran Shaz daran gehindert hatte, ihr das Gesicht zu zerschneiden.

Kurz spielte sie mit dem Gedanken, es fallen zu lassen, wollte aber selbst das leiseste Geräusch auf dem blanken Fußboden nicht riskieren. Also nutzte sie den Augenblick, als die Wärterin ihr noch den Rücken zuwandte, schob es sich in den Mund und schluckte es herunter.

In dieser Nacht hatte sie einen wilden Traum voll greller Farben und plastischer Details. Sie war wieder mit dem Schlagzeuger in Ibiza; sie liebten sich am Strand und wurden dabei von den beifälligen Schreien der Möwen angefeuert. Der Strand verlagerte sich nach Eastbourne, sie sah sich auf Knights Balkon sitzen, wo sie Rauchringe in die Luft blies, die in den Himmel stiegen und sich dabei in Heiligenscheine verwandelten. Dann wieder Ibiza; sie tanzte auf einer Schaumparty. Auch Joan war da, mit einer Schaumflocke am Kinn, die weggewischt werden musste, als die Party in den Speiseraum des New Horizons verlegt wurde. Dort wurde es plötzlich still, und sie folgte einem Heiligenschein aus Rauch hinauf in den ersten Stock. Und da endlich hörte sie von unten das, woran sie sich so verzweifelt zu erinnern versucht hatte: das Knarzen einer Diele.

9

Der junge Mann mit den Dreadlocks starrte ihn unverhohlen an, ein krasser Verstoß gegen das Tabu von Augenkontakt in der U-Bahn. Er deutete mit der Hand auf Knights Gesicht. »Ey, was haben die denn mit Ihnen angestellt?«

Zwei chinesische Mädchen neben ihm sahen verschreckt woanders hin. Knight, selbst nicht abgeneigt, sich über Konventionen hinwegzusetzen, erwiderte den Blick des jungen Mannes, lächelte und zuckte mit den Schultern. »Sagen wir so: Ich hab eines meiner neun Leben verloren.«

Der Mann stand auf und hockte sich auf den leeren Sitz neben Knight. »Sehen Sie das?« Er deutete auf eine Narbe an seiner Wange. »Da habe ich eines von meinen verloren.« Dann stieß er energisch seinen Zeigefinger in die Luft. »Aber dafür wird er bezahlen, verstehen Sie?«

Es war schwer zu sagen, was er genommen hatte. Nach Alkohol roch er nicht, und um stoned zu sein, war er eigentlich zu lebhaft. Vielleicht Acid? Oder eine dieser Mixturen aus dem Labor, die erst nach Knights experimenteller Phase entwickelt worden waren. Die Wirkung des Joints, den er heute Morgen auf dem Weg zum Bahnhof geraucht hatte, war noch stark genug, um eine gewisse Verbundenheit mit dem Mann zu verspüren. »Zeigen Sie mal.« Knight besah sich die Narbe genau. Sie verlief vom rechten Augenwinkel bis unters Ohr. »Das war wirklich knapp. Scheint so, als hätten wir beide Glück gehabt, dass wir noch hier sind.«

Sein Mitreisender grinste breit und entblößte dabei zwei goldene Backenzähne. »Yeah, Bruder, das kannste laut sagen.« Er hob eine geballte Faust.

Knight, der die Londoner Gebräuche nicht vergessen hatte, stieß mit seiner leicht dagegen. Die jungen Chinesinnen beobachteten die beiden mit offenem Mund – diese Stadt mit ihren tausend Facetten verblüffte sie immer wieder von Neuem.

Als der Zug in Mornington Crescent einfuhr, stand der junge Mann schwankend auf und hob wieder die geballte Faust. »Pass auf dich auf, Alter. Verbrauch nicht noch mehr Leben!« Er stolperte hinaus und ließ Knight mit der Einsicht zurück, wie vernünftig doch dieser Rat war. Trotz einer großzügigen Dosis Schmerzmittel litt er zwei Tage nach dem Missgeschick mit dem Whirlpool immer noch unter den Nachwirkungen. Das Wasser hatte seinen Sturz zwar gedämpft, doch als er mit der Brust aufgeprallt war, war sein Kopf nach hinten geschnellt und hatte die Nackenmuskeln gestaucht. Außerdem war er mit dem Ellenbogen gegen den Poolrand geknallt, und nur der dicke Flicken auf dem Jackettärmel hatte einen Bruch des Gelenks verhindert. Dass trotzdem fast sein ganzer rechter Arm grün und blau schillerte, konnte man wenigstens nicht sehen, im Gegensatz zu seinem Gesicht, das ihn deutlich erkennbar zum Opfer stempelte. Von Kemal Abdulis Schlag waren ihm der Kiefer und die gesamte linke Wange schwarzblau angelaufen und geschwollen. Der Gedanke, dass jeder automatisch einen Sturz dahinter vermutete, gefiel ihm gar nicht. Viel besser wäre es gewesen, wenn ein tapferer Kamerad seine Entstellung als Kriegsverletzung identifiziert hätte.

Merv war beim Anblick von Knights Verletzungen geschockt gewesen, und noch mehr darüber, dass er sich geweigert hatte, ins Krankenhaus zurückzukehren. Ebenfalls aus Besorgnis, mehr jedoch, um nicht haftbar gemacht zu werden, hatten die Krankenhausverantwortlichen die Polizei über seinen vorzeitigen Abgang informiert. Der übereifrige Beamte, der daraufhin bei ihm zu Hause vorbeigeschaut hatte, erkundigte sich eindringlich danach, ob er ein Opfer von Gewalt gegen Ältere geworden sei, und wirkte ein bisschen enttäuscht, als Knight verneinte.

Bei der nächsten Haltestelle, Camden Town, musste er aussteigen. Obwohl er erschöpft war, merkte er, wie London ihn aufbaute. Er fuhr hinter einem Trio tadellos frisierter deutscher Punks die Rolltreppe hinauf und tauchte ein in diesen summenden Bienenstock kosmopolitischer Geschäftigkeit. Zwischen einem tibetischen Bio-Imbiss und einem vietnamesischen Tattooshop fand er ein Pub und bestellte einen großen Wodka Red Bull bei einem Barkeeper aus Glasgow, für den sein blau geschlagenes Gesicht anscheinend nichts Ungewöhnliches darstellte.

Zum wiederholten Male spielte er im Geiste ihre Nachricht ab, die er inzwischen auswendig kannte: »Hallo, hier ist Fran. Es tut mir leid, dass ich bisher nicht auf deine Briefe geantwortet habe, aber wenn du mich immer noch besuchen willst, würde ich dich gerne sehen. Ich hab auch ein paar Informationen für dich. Tschüss.«

Ihre Stimme war so nüchtern wie ihre Botschaft, ungefähr als würde sie einen Zahnarzttermin verlegen. Aber dass sie ihn nun doch treffen wollte, musste doch bedeuten, dass sie ihm wenigstens ein bisschen verziehen hatte, oder? Allerdings bedauerte er, dass er ihr noch keine Jagdtrophäe überreichen konnte. Bei der Durchleuchtung der engsten Verwandten war nichts herausgekommen, und er war unentschlossen, welcher Spur er als Nächstes folgen sollte. Es war zum Verzweifeln.

Die Herkunft des Heroins war eine Möglichkeit. Wenn der Mörder es vor Ort besorgt hatte und selbst nicht abhängig war, war in der Drogenszene der Erwerb vielleicht nicht unbemerkt geblieben. Knight ging seine anderen Optionen durch, während das Red Bull Wirkung zu zeigen begann. Es schmeckte ihm zwar nicht, aber er schätzte die gesteigerte Aufmerksamkeit, vor allem in Kombination mit der Gelassenheit, für die der Wodka sorgte. Er musste unbedingt mehr über den Grundriss des New Horizons und seine Eingänge herausfinden. Außerdem musste man auch die anderen Angestellten in Betracht ziehen. Hegte eine von ihnen Groll gegen eines der Opfer oder gegen Fran? Und überhaupt, welche Informationen hatte sie wohl für ihn?

Er hätte Zeit für einen weiteren Drink gehabt, aber er hielt es nicht aus, noch länger zu warten. Er nahm ein Taxi, das ihn die letzten eineinhalb Kilometer zum Holloway-Gefängnis brachte.

Frans Vorfreude war bei Weitem nicht so groß wie die ihres Besuchers. Ihre Tochter hatte darauf bestanden, dass sie mit Knight sprach, nachdem der Anwalt die knarzende Diele als ebenso hilfreich abgetan hatte wie den stummen Wecker und die fehlende Wasserflasche. Er war ihre letzte Hoffnung, und die durfte sie nicht einfach aufgeben.

Die Vollzugsbeamtin brachte sie zum Besuchsraum und bat sie höflich durch eine Stahltür, die sich dröhnend hinter ihnen schloss. In einem Gefängnis gab es so viel Metall, es war fast wie auf einem Schiff, stellte Fran immer wieder erstaunt fest.

»Sie haben Briggs heute Morgen von der Beatmungsmaschine genommen. Sie denken, dass er durchkommt, dank Ihnen.«

Für einen kurzen Moment vergaß sie das unangenehme Wiedersehen, das vor ihr lag. Dass Briggs überlebt hatte, freute sie sehr. Wie ein Magier, der ein Kaninchen aus dem Hut zaubert, wartete das Leben zur Abwechslung mal mit einer positiven Überraschung auf.

»Und wer ist Ihr Freund da?«

Fran brauchte kurz, um zu begreifen, dass die Beamtin Knight meinte.

»Oh, er ist kein Freund, er ist ein …« Tja, was war er? Angesichts der Kürze ihrer Beziehung konnte sie ihn schwerlich als Ex bezeichnen. Andererseits war er keine Zufallsbekanntschaft, und auch eine Geschäftsbeziehung hatten sie nicht, da sie sich seine Dienste gar nicht leisten konnte. Irgendwie schien es nicht das richtige Wort für einen Mann zu geben, der ihr Vertrauen missbraucht hatte und nun ihre letzte Chance auf Rettung darstellte. »Er ist nur jemand, der mir helfen möchte.«

»Na, das würde ich einen Freund nennen. Bitte schön.«

Knight wartete an einem Tisch auf sie. Sie registrierte kaum, wie er Haltung annahm, als sie auf ihn zuging, und auch nicht, dass er einen dunklen Anzug trug, um Kompetenz auszustrahlen. Alles, was sie sah, war die dunkle Schwellung, die sein linkes Auge zu einem Schlitz verengte. Er sah sogar noch schlimmer aus als die groteske Erscheinung, die sie seit dem Abend in seiner Wohnung verfolgte.

Knight hatte den Eindruck, ihr Gesicht sei schmaler geworden, geradezu bezaubernd schmal. Obwohl er seine Verteidigungsrede mehrfach geprobt hatte, war er nun sprachlos, also begann Fran zu reden. »Um Gottes willen, wie ist das denn passiert?«

»Das ist eine lange Geschichte, die sollte ich dir vielleicht ein anderes Mal erzählen. Schau, ich …«

»Bist du sicher, dass du hier sein solltest?«

So hatte er sich den Einstieg nicht vorgestellt. Er ignorierte ihre Frage, sagte seinen Satz auf und kam sich dabei furchtbar hölzern vor. »Glaub mir, es tut mir leid, dass ich dich angelogen habe, das war wirklich eine große Dummheit.«

Fran hatte ebenfalls geprobt, was sie sagen wollte, wenn er sich entschuldigte. Ihre Tochter hatte sie dazu angehalten, ruhig und klar auszudrücken, wie sehr er sie verletzt und enttäuscht hatte, und dann das Thema zu wechseln. Doch in der Realität brachte sie nicht einmal einen milden Tadel zustande. »Ist schon in Ordnung. Erzähl mir, was passiert ist.«

Sie war entsetzt davon, was für Risiken er eingegangen war, und erstaunt darüber, wie viel Zeit er für sie investierte. Es war außerdem tröstlich, dass irgendwer außer ihren Kinder an ihre Unschuld glaubte. Allerdings konnte sie sein Bericht in Verbindung mit seiner körperlichen Verfassung kaum davon überzeugen, dass sie in Kürze ihre Freilassung zu erwarten hatte.

»Also … du bist dir ganz sicher, dass die Familien nichts damit zu tun haben?« Sie wollte es positiv formulieren, um nicht undankbar zu klingen.

»Es sieht nicht so aus, und darum muss ich anderswo suchen. Du hast von Informationen gesprochen, die hilfreich sein könnten?«

Sie ordnete ihre Gedanken und schilderte ihm, was ihrer Ansicht nach passiert war, bevor sie das Knarzen gehört hatte. Je länger sie darüber nachdachte, desto mehr war sie davon überzeugt, dass jemand ihr Betäubungsmittel ins Wasser gegeben hatte, wofür das Geräusch der schlagende Beweis war. Während sie oben unterwegs war, hatte sich jemand durch die Diele ins Büro gestohlen – wenn sie auch nicht sagen konnte, aus welcher Richtung. Beim Zuhören fiel Knight wieder auf, wie sehr er den Klang ihrer Stimme mochte, und er verspürte große Erleichterung. Nach so vielen Zurückweisungen war sie wieder bereit, sich auf ihn einzulassen und ihn wie einen normalen Menschen zu behandeln. Es gab also Grund zur Hoffnung.

»Die Wasserflasche habe ich aus einem Paket in der Küche genommen. Wenn das Betäubungsmittel da schon drin gewesen wäre, hätte man es in alle Flaschen geben müssen, um sicherzugehen, dass es mich erwischt. Und dann hätte es am nächsten Tag alle umhauen müssen, als sie die restlichen Flaschen tranken. Also muss es später passiert sein. Und als einziger Ort, wo die Flasche nach der Küche war, kommt das Büro infrage, und da war Jana lange schon gegangen. Also, wer es auch war, er muss im Büro gewesen sein, als ich nicht drin war.«

»War es abgeschlossen?«

»Nein. So gegen elf bin ich raufgegangen, um meine Runde zu drehen, und da habe ich unten die Dielen knarzen hören. Ich hab mir da nichts dabei gedacht, aber es muss der Moment gewesen sein, als der Mörder ins Büro geschlichen ist. Als ich dann eingeschlafen war, ist er zurückgekehrt, hat sich meine Autoschlüssel geholt und das Heroin unter den Vordersitz gelegt. Und den ganzen Rest … getan.«

Er bewunderte ihre detaillierte Analyse, sah aber auch die Probleme, mit denen selbst der kreativste Jurist konfrontiert sein würde. Ihre Rekonstruktion des Tathergangs beruhte ausschließlich auf Indizien, es gab keinen einzigen echten Beweis, der sie stützen konnte.

»Was ist denn mit dem Schlüssel zum Schrank mit der Überwachungskamera? Wo hing der?«

»An einem Haken im Büro. Er musste nur die Festplatte rausnehmen und den Schlüssel in meine Tasche stecken.«

Es war ziemlich unglaubwürdig, dass Fran die Festplatte erfolgreich beseitigt haben sollte, sich aber zugleich am Ort des Geschehens mit der Tatwaffe erwischen ließ, ein Umstand, der sowohl Bullock als auch dem Anwalt entgangen sein musste.

»Wer hat alles Schlüssel zum Haus?«

»Nur Mrs. Grayling und die diensthabenden Schwestern, in dieser Nacht also Jana und ich.«

»Ist der Eingang vorne der einzige?«

»Nein, hinten im Aufenthaltsraum gibt's eine Tür zum Garten, aber den Schlüssel hat nur Mrs. Grayling.«

Natürlich waren die Schlüssel zu beiden Türen leicht nachzumachen, also konnte prinzipiell jeder einen haben.

»Gibt es einen Mr. Grayling?«

»Nein, sie lebt allein.«

Er befragte Fran noch zu den anderen Pflegerinnen, aber sie konnte ihm wenig über sie sagen. Abgesehen von Jana waren alle Frauen dort zwischen Mitte fünfzig und Mitte sechzig und arbeiteten schon mindestens fünf Jahre im Heim, manche sogar noch viel länger. Es gab weder Missgunst noch Streit. Mrs. Grayling führte ein strenges, aber anscheinend gerechtes Regiment. Auch war es wenig plausibel, dass sie selbst bei den Morden ihre Hand im Spiel hatte. Fran kannte sie lange genug, dass sie ihr zumindest Anzeichen von Lebensüberdruss angemerkt hätte, wenn es denn welche gab. Ansonsten hatte sie als Eigentümerin der Einrichtung keinen Grund, sich selbst um drei zahlende Kundinnen zu bringen. Von den Bewohnerinnen hatten sich an jenem Abend nur Brenda Newham und Susan Hillfield im Erdgeschoss befunden, die beide aufgrund ihres geistigen und körperlichen Zustands nicht infrage kamen.

Die Vollzugsbeamtin, die Fran begleitet hatte, steckte ihren Kopf zur Tür herein, um anzukündigen, dass sie noch fünf Minuten hatten. Knight fand, dass sie den Fakten nun genug Aufmerksamkeit gewidmet hatten; außerdem sehnte er sich nach einem weiteren Beleg dafür, dass er Boden gutgemacht hatte. »Fran, ich meine es wirklich ernst damit, dass es mir leidtut. Ich verspreche dir, dass so was nie wieder vorkommt, und ich verspreche, dass ich alles unternehmen werde, um dich hier rauszuholen.«

Fran zweifelte nicht an der Aufrichtigkeit seiner Worte, war aber wenig überzeugt, dass er mit Letzterem in absehbarer Zeit Erfolg haben würde. Da man einem geschenkten Gaul jedoch nicht ins Maul schaut, verzichtete sie auch jetzt darauf, ihm seine Sünden vorzuhalten.

»Da bin ich mir sicher«, antwortete sie in sanftem Ton. »Und ich bin sehr dankbar für das, was du für mich tust, wirklich. Danke, Tom.« Sie brachte sogar ein kleines Lächeln zustande, das er begierig aufsaugte. Als sie sich erhoben, wollte er sich schon über den Tisch beugen, um sie auf die

Wange zu küssen, besann sich dann allerdings eines Besseren und richtete sich auf. »Ich melde mich.«

Er ging zurück zum Besucherzentrum, unentschieden, ob er durch den Kussverzicht eine Chance vertan oder auf der Skala ihrer Zuneigung eine weitere Stufe erklommen hatte. Doch bereits sein aktueller Status ermutigte ihn. Sie hatte ihn sehen wollen, sie hatte ihm gedankt, sie hatte gelächelt. Das konnte nichts anderes bedeuten, als dass er noch alle Chancen hatte, sie zurückzugewinnen.

10

Bullock saß im Kalibanz in einer diskreten Ecke der Chillout-Lounge und begutachtete die Sekretärinnen und Verkäuferinnen, die unter der Woche hier im Angebot waren. Alles in allem war er sehr zufrieden mit sich. Dank der effizienten Aufklärung der Altenheimmorde waren seine Aktien deutlich gestiegen, wenn auch ausgehend von einem Allzeittief. Kürzlich war er von einem Verteidiger für die Rechtschreibfehler in seinen Berichten zu einem Betrugsfall verspottet worden. Dieser Blamage hatte er noch eins draufgesetzt, indem er den Sohn eines Stadtrats, der auf dem Weg zur Kirche war, mit einem ebenfalls dunkelhäutigen Mann verwechselte, der des Einbruchs verdächtigt wurde. Beides hatte eine wenig schmeichelhafte Berichterstattung in der Lokalpresse nach sich gezogen. Zur Strafe hatte man ihn zum Kontaktbeamten für das Sozialamt ernannt, das eine Untersuchung zum Thema Gewalt gegen Ältere durchführte. Da jedoch seiner Ansicht nach alte Leute generell eine unnötige

Belastung für die Steuerkasse waren und insbesondere ein Albtraum, wenn man im Wagen hinter einem von ihnen herfuhr, stellte diese Aufgabe eine Zeitverschwendung dar, die ihm zutiefst verhasst war.

Egal, von diesem kleinen Makel abgesehen war das Leben schön. Noch schöner wäre es gewesen, wenn er hier mit einer Frau gesessen hätte statt mit einem Informanten, aber rein formal war dieser Abend nun einmal Arbeitszeit. Micky Hanrahan war Pfandleiher und verdiente sich mit Hehlerei ein recht auskömmliches Zubrot. Bullock hatte ihn einmal mit einer Lieferung Rollstühle erwischt, die auf dem Weg zu einer Wohltätigkeitsveranstaltung vom Lkw gefallen waren. Er hatte beide Augen zugedrückt und Hanrahan seither in der Hand. Der versorgte ihn mit Informationen, die gelegentlich zur Lösung eines Falles führten, und was noch besser war, er zahlte Bullocks Zeche.

»Trinkst du noch eines, Steve?«

Bullock nickte huldvoll zu einem vierten Bier und scannte erneut den Raum, während Hanrahan zur Bar ging. Das Kalibanz war seit Jahren ein verlässlicher Jagdgrund, wenn er gerade Single war, und ebenso, wenn er es nicht war. Gerade kamen ein paar vielversprechende Sprachenstudentinnen herein, vermutlich aus wohlhabendem Elternhaus – die sich bei genauerer Inspektion als kaum dem Teenageralter entwachsen erwiesen. Seine bevorzugte Altersgruppe war einundzwanzig bis achtundzwanzig. Bei Jüngeren gab es Eltern im Hintergrund, die Ärger machten, wenn ihre Töchter mit einem Mann Ende dreißig ausgingen, und Ältere waren auf der Suche nach einem Mann zum Kinderkriegen. Seine letzte Freundin hatte er aus genau diesem Grund sitzenlassen müssen, aber davor hatte er immerhin gute sechs Monate das Beste rausgeholt. Er taxierte gerade seine Chancen bei zwei osteuropäischen Mädchen – in der Regel gute Kandidatinnen, außer sie waren religiös –, als seine farbige Kollegin von der Streife auftauchte.

Bev hatte soeben ihre Schicht beendet und am nächsten Tag dienstfrei. Sie sah sich nach ihren Freundinnen um, zwei Krankenschwestern, die die Aussicht auf einen freien Tag mit ihr teilten und entschlossen waren, es mal wieder richtig krachen zu lassen. Im Gegensatz zu Bullock hatte Bevs Liebesleben gerade ein Hoch, dank eines Trainers, den sie im Fitnessstudio kennengelernt hatte. Sie waren nun seit einem Jahr zusammen, und Bev war vorsichtig optimistisch, dass er der Richtige sein könnte.

Zu ihrer Überraschung stand plötzlich Bullock vor ihr. »Wir kennen uns doch, du bist Liz, oder?«

»Nein, Bev.«

»Okay, also, Bev, hast du Lust auf 'nen Drink?« Er lallte zwar nicht, aber Bev entging dennoch nicht dieser selbstbewusste Übermut, den Bier bei hoffnungsvollen Männern hervorruft. Ihr war Bullock nur entfernt als Kriminalpolizist bekannt. Laut Kantinentratsch unter den jüngeren Beamtinnen taugte er für einen One-Night-Stand, wenn man nicht allzu wählerisch war, ansonsten ging man ihm besser aus dem Weg.

»Danke, aber ich warte nur auf meine Freundinnen, danke der Nachfrage.«

»Na, dann kannst du doch beim Warten was trinken.«

»Nein, danke, ich will jetzt nichts.«

»Okay, dann gehen wir eben tanzen. Du kannst doch nicht allein hier rumstehen.« Er deutete auf die Treppe, die zur Tanzfläche führte. Sie war hin- und hergerissen – ihr Bauch sagte ihr, dass es schlauer war, sich nicht von der Stelle zu rühren, zugleich widerstrebte es ihr, einen älteren Kollegen vor den Kopf zu stoßen. Ohne Zweifel hätte sie auf ihren Bauch gehört, wenn sie beobachtet hätte, wie Bullock Hanrahan an der Bar unauffällig einen Wink gab.

Sie landeten mitten in einem Stück mit viel Schlagzeug und Bass. Ohne ihn anzusehen, fing Bev an zu tanzen, gab sich dem eingängigen Rhythmus hin und wurde nach und nach lockerer. Daher schaltete sie zu langsam, um die Gefahr zu erkennen, die das folgende langsame Stück barg. Bullock, der diesen nahtlosen Übergang jahrelang trainiert hatte, legte seine Arme um ihre Taille und zog sie zu sich, gerade so nahe, dass es noch keine Belästigung, aber doch mehr als rein platonisch war.

»Ich denke, ich schau mal oben, ob meine Freundinnen schon da sind.« Sie bemühte sich um einen freundlichen, neutralen Ton.

»Jetzt sei doch nicht so, wir haben doch eben erst angefangen.«

Sie ging davon aus, dass er sie loslassen würde, aber stattdessen hielt er sie noch etwas fester, sodass ihr nur die Wahl blieb, ihn wegzuschieben oder bis zum Ende des Stücks die Zähne zusammenzubeißen. »Okay, noch das Lied, aber dann muss ich hoch.«

Bullock war ein wuchtiger Mann mit kurzen rötlichen Haaren und einer leichten Stupsnase; für Bev hatte er etwas Schweineartiges. Sein Griff war inzwischen so fest, dass sie Körperkontakt von den Schultern bis zu den Knien hatten und sie seiner Bier- und Tabakfahne ausgesetzt war. Nun bewegte er seine Lippen von ihren Haaren zu ihrem Ohr. »Du bist ein kluges Mädchen. Ich könnte einiges für dich deichseln, wenn du willst.«

Sie antwortete lieber nicht. Wenn doch nur das Stück endlich aus wäre! Plötzlich fühlte sie seine Hand auf ihrem Hintern. Es war noch kein Grapschen, aber er würde sicher gleich damit anfangen, wenn sie es nicht unterband.

»Hey!« Sie schrie nicht, sprach aber laut und scharf genug, um keine Zweifel offenzulassen, und schob seine Hand weg.

»Ich wollte doch nur nett sein.«

»Ich hab einen Freund.«

Er ignorierte das und näherte seinen Mund wieder ihrem Ohr. »Und ich hab das ernst gemeint. In unserem Job brauchst du ein bisschen Unterstützung, weißt du, Freunde, die auf dich aufpassen.«

Einen Augenblick lang war Bev aus dem Konzept gebracht: Er hatte absolut recht. Einzelgänger brachten es in der Polizei nicht weit, und sie war fest entschlossen, es so weit zu bringen wie möglich. Bevor ihr eine diplomatische Erwiderung einfallen konnte, hatte er seine Hand wieder auf ihrer Pobacke, und diesmal drückte er sie leicht.

Energisch stieß sie ihn weg, und diesmal wurde sie laut. »Verdammt noch mal, Finger weg! Ich hab deutlich gesagt, dass ich nicht interessiert bin.«

Die Leute starrten sie an, sie drehte sich um und floh von der Tanzfläche, inständig hoffend, dass er ihr nicht folgte. Hätte sie ihn doch nur nicht angeschnauzt! Sie hätte seine Hand ein zweites Mal wegschieben, einen Scherz darüber machen oder ihn einfach auffordern können, sich zu benehmen. Aber er hatte sie plötzlich derart angewidert, dass sie vor ihm zurückgezuckt war wie vor einer offenen Flamme. Immerhin hatte sie ihn nicht geohrfeigt.

Bullock blieb auf der Tanzfläche. Selbst in nüchternem Zustand hätte er sein Vorgehen nicht als nennenswerten Verstoß gegen die Etikette eingestuft, aber betrunken, wie er war, war sein erster Reflex helle Empörung: Diese hochnäsige Kuh, für wen hielt die sich? Noch grün hinter den Ohren und Minderheit obendrein! Was gab ihr das Recht, so mit ihm zu reden? Als er das unverschämte Zielobjekt seiner forschenden Hand in der Menge verschwinden sah, ballten sich seine Wut und Lüsternheit zu einer unheiligen Allianz.

Zu Bevs Erleichterung warteten ihre Freundinnen oben an der Bar. Sie wollte den Vorfall möglichst schnell vergessen und erwähnte ihn gar nicht. Mit den Nachwirkungen würde sie sich ein andermal beschäftigen, und das auch nur, wenn es unbedingt sein musste. Vielleicht konnte sich Bullock schon morgen an nichts mehr erinnern. Weil die Lounge sich nun immer mehr füllte, bemerkte sie nicht, wie er sich seinen Weg durch die Trinkenden zurück an den Tisch in der Ecke bahnte.

Hanrahan registrierte Bullocks Gesichtsausdruck mit insgeheimer Schadenfreude. Die respektlose Herablassung, die der Jüngere ihm entgegenbrachte, schätzte er gar nicht und fand es daher ausgesprochen befriedigend, dass er mal was einstecken musste. »Hat dir 'ne Abfuhr erteilt, was?«, fragte er gut gelaunt.

»Ich krieg keine Abfuhren, Micky, das ist nicht mein Ding.« Bullock klang ganz sachlich.

»Na, dann bist du ja ein Glückspilz. Prost!«

Bullock glotzte in sein Bier. Er würde ihr schon noch klarmachen, wer hier am längeren Hebel saß, und flachlegen würde er sie außerdem.

»Brauchst nur was sagen, dann geh ich hin und mach gut Wetter für dich.«

»Vielleicht hältst du einfach mal die Schnauze.«

Hanrahan lehnte sich zurück und hatte das angenehme Gefühl, noch ein bisschen Salz in Bullocks Wunden gestreut zu haben. Er konnte nicht ahnen, dass er sein Gegenüber durch seine Bemerkung auf eine Idee gebracht hatte.

Bev leerte ihre zweite Margarita, als der Ire in dem abgewetzten grauen Anzug auftauchte. Er war Mitte vierzig, hatte Hängebacken und ein extrem breites Lächeln. Sie fragte sich, was er in einem Laden wie dem Kalibanz zu suchen hatte.

»Kann ich Ihnen vielleicht einen Drink besorgen, junge Dame?«

Der Abend hatte gerade erst angefangen und schon die zweite unerwünschte Anmache – Bev fühlte Wut in sich aufsteigen. »Danke, ich bin mit Freundinnen hier«, erwiderte sie barsch.

»Für mich sehen Sie ganz einsam aus.«

Eine ihrer Freundinnen wartete in der Schlange an der Bar, die andere war auf der Toilette. Das wollte sie ihm gerade mitteilen, genervt davon, dass eine Erklärung überhaupt nötig war, da legte er ihr zu ihrer Verblüffung eine Hand auf den Arm; er packte nicht brutal zu, aber er suchte doch gezielt Körperkontakt.

»Na komm, nur einen auf die Schnelle.«

Sie stand mit dem Rücken zu dem Gedränge an der Bar, was ihr keine Möglichkeit gab zurückzuweichen. Mit einem Déjà-vu-Gefühl stieß sie seine Hand weg. »Ich hab Nein gesagt. Sind Sie bescheuert, oder was?«

»Na hör mal, das ist aber gar nicht nett. Bin ich nicht gut genug für dich, oder wie?«

Ungläubig konstatierte sie, dass er seine Hand erneut auf ihren Arm legte und diesmal fest zudrückte. Unwillkürlich stieß sie ihn weg, gerade entschieden genug, dass er einen Schritt rückwärts machen musste. Erstaunlicherweise taumelte er und fiel mit einem lauten Aufschrei zu Boden.

Hanrahan hatte sich auf das Spielchen zuerst nicht so recht einlassen wollen, bis Bullock ihm anbot, er könne die Heimkinoanlage behalten. Die stammte von einem noch jugendlichen aufstrebenden Einbrecher, den er am frühen Abend übers Ohr gehauen hatte. Nun, da er stöhnend auf dem Boden lag und sich den Kopf hielt, fing die Sache allmählich an, ihm Spaß zu machen. Mit ein paar Minuten Arbeit einen Riesen zu verdienen – solche Deals lagen ihm.

Er heulte noch einmal auf wie ein verwundetes Tier. Einer der Umstehenden, der den Klagelaut hörte, nicht aber die Auseinandersetzung mitbekommen hatte, kniete sich mitfühlend neben ihn. Immer noch mit den Händen seinen Kopf umklammernd, ließ Hanrahan sich auf die Knie ziehen und zeigte dann vorwurfsvoll auf Bev: »Halten Sie mir die Frau vom Leib, die ist ja völlig durchgeknallt!«

Bev war außer sich. »Sie haben mich begrapscht«, schrie sie ihn an.

Das Mitleid der Umstehenden für Hanrahan löste sich umgehend in Luft auf, doch dem jetzt herbeieilenden Barbesitzer klagte er erneut sein Leid: »Die Frau hat mich angegriffen, sie hat mich geschubst, und ich bin mit dem Kopf auf den Boden geschlagen! Sie müssen was unternehmen!«

»Er lügt.« Bev zog ihre Polizeimarke hervor. »Ich bin Polizeibeamtin, und der Mann hat mich belästigt.«

Hanrahan rappelte sich auf und setzte merkwürdigerweise einen triumphierenden Blick auf. »Wenn Sie Cop sind, nur zu, verhaften Sie mich doch. Mal sehen, was ein Richter von den Bildern hält.« Er deutete auf die Überwachungskamera an der Decke über ihnen.

Bev erstarrte vor Schreck: Die Kameras würden ihren Schubs und seinen theatralischen Bodensturz zeigen. Dagegen würde man nicht erkennen können, dass sie ihn alles andere als heftig gestoßen hatte, und seine Hand auf ihrem Arm wäre keine ausreichende Rechtfertigung für Notwehr.

»Ich rufe jetzt den Notruf an!« Hanrahan zog sein Handy hervor und hackte auf die Tasten ein. Die allgemeine Sympathie für Bev schwand wieder, vor allem bei jenen, die verbotene Substanzen bei sich hatten und ihre Gegenwart daher nicht gutheißen konnten. Irgendwer murmelte etwas von »brutaler Polizeigewalt«, und ein besonders Mutiger ganz hinten in der Menge rief sogar »Schwein«.

Bev war in heller Aufregung. Ihre Freundinnen waren inzwischen zurück und wollten wissen, was passiert war, doch sie starrte nur auf Hanrahan, der der Notrufzentrale gut hörbar seinen Namen und Standort mitteilte. Erst als Bullock sich zu ihr durchschlängelte, begriff sie, dass sie in eine Falle getappt war.

»Ich kann das für dich in Ordnung bringen«, sagte er sanft. »Aber dann musst du mir auch was Gutes tun.«

11

Knights Schwäche für Spiderman rührte noch von der Schulzeit her, damals hatte ihm ein amerikanischer Klassenkamerad die Comics ausgeliehen. Wie der Superheld mühelos die Fassaden von Wolkenkratzern hochschnellte, hatte ihn fasziniert und in späteren Jahren motiviert, sich auf dem militärischen Übungsgelände ganz besonders anzustrengen. Als er nun auf das Poster im Zimmer seines Enkels blickte, erschienen ihm Superkräfte erstrebenswerter denn je.

Er hatte die Nacht bei der Familie seines Sohns im Süden Londons verbracht, wo sein Gesicht und seine Geschichte, er sei in der Dusche ausgerutscht, für Bestürzung gesorgt hatten. Man hatte sofort eine Gummibadematte hervorgekramt, um in Zukunft derartige Missgeschicke zu vermeiden, und er musste feststellen, dass das Schutzgitter oben an der Treppe neben seinem Zimmer geschlossen blieb, obwohl der kleine Thomas doch extra ins Erdgeschoss umquartiert worden war, um ihm Platz zu machen. Abgesehen davon war es ein sehr behaglicher Abend im Schoße der Familie gewesen. Fran hatte er nicht erwähnt und stattdessen behauptet, er habe in London einen Termin bei seinem Steuerberater.

Er hatte gut geschlafen und neue Kraft geschöpft, war früh aufgestanden und saß nun fertig angezogen mit dem Handy in der Hand und Spiderman als Gesellschaft auf dem Bett seines Enkelsohns. Um das New Horizons innen genauer inspizieren zu können, hatte er sich einen Plan zurechtgelegt, der keinerlei Kletterei an Gebäuden erforderte. In Absprache mit Jana würde er sich als Energieberater ausgeben und das Haus in Augenschein nehmen, wenn Mrs. Grayling nicht da war. Jana sollte den Termin einfach in den Kalender eintragen, damit er auch den anderen Mitarbeiterinnen glaubwürdig erschien, und wenn möglich sollte sie es sein, die ihn hereinließ. Sobald diese Hürde genommen war, konnte er in aller Ruhe nach Spuren suchen, die der Mörder hinterlassen und die Bullock bei seiner oberflächlichen Ermittlung mit großer Sicherheit übersehen hatte. Angetan von seinem Einfallsreichtum zu so früher Stunde, hatte er Jana gerade zu erreichen versucht, aber ihr Handy war ausgeschaltet.

Inzwischen beschäftigte er sich mit der Herkunft des Heroins. Wo kauften oder konsumierten die Drogenabhängigen? Er wusste von ein paar Kneipen und Sozialsiedlungen im Hinterland, weit weg von der Küste, aber Bev kannte sich da besser aus. Sie hatte ihn kontinuierlich mit Nachrichten versorgt, und soweit sie es mitbekommen hatte, hatten weder Harry und Antonia Baldwin noch Carol O'Brien oder Barbara Dawson seinen Besuch der Polizei gemeldet. Diese Information hatte sie ihm nur widerstrebend weitergegeben, aber gegen eine Ermittlung in Kneipen konnte sie schwerlich etwas einwenden.

Sie hatte kaum abgehoben, da wusste er schon, dass etwas nicht stimmte. Zuerst wollte sie mit der Sprache nicht recht herausrücken, aber schließlich konnte er ihr die Geschichte doch aus der Nase ziehen. In ihrer Panik hatte sie Bullocks Angebot akzeptiert, aber die Gegenleistung zumindest ein paar Tage hinausschieben können, indem sie darauf verwies, dass es bei ihr gerade kein günstiger Zeitpunkt für seinen Wunsch war. Doch sie saß nach wie vor in der Patsche, denn wenn sie ihr Versprechen nicht hielt, konnte er seine Vereinbarung mit Hanrahan, die Sache fallen zu lassen, jederzeit rückgängig machen.

Aus dem Bauch heraus riet Knight ihr, es darauf ankommen zu lassen, auch wenn sie ein ziemliches Risiko einging, falls Bullock nicht einknickte. Sollte der Fall vor Gericht landen und sie ihn gewinnen, würde sie die Publicity vermutlich jahrelang nicht mehr los. Sollte sie verlieren, wäre es das Ende ihrer Laufbahn. Es war schwer vorauszusehen, wie ein Richter oder eine Jury die Bilder der Überwachungskamera interpretieren würde.

Er konnte spüren, dass sie ihrerseits mit dem Gedanken spielte einzulenken – in gewisser Hinsicht eine sehr rationale Entscheidung. Knight selbst hatte schließlich verinnerlicht, dass Erfolg mit gelegentlichen Schmerzen erkauft wurde; da musste man durch, und dann Schwamm drüber. Aber mit Bev war es etwas anderes. Er hatte eine mörderische Wut auf Bullock. Der Kerl war eine miese Ratte, eine Eiterbeule, die man aufstechen musste. Knight versprach, über einen

Ausweg nachzudenken, legte auf und blieb regungslos auf dem Bett sitzen, bis sein Herzschlag sich wieder verlangsamt hatte. Dann fiel ihm ein, dass er Bev nicht nach den Drogensüchtigen gefragt hatte, doch das hatte Zeit. Ihm blieben achtundvierzig Stunden, um Bullock aus dem Verkehr zu ziehen.

»Opa!«

Er hörte Getrappel auf der Treppe. Dann öffnete sich die Tür, und Thomas erschien in seinem momentanen Lieblingsoutfit, bestehend aus Gladiator-Rüstung und Fahrradhelm.

Knight musterte ihn ernst. »Gut, dass du kommst, Tom, ich hatte gerade eine Auseinandersetzung mit Doc Octopus, aber Spiderman hat mich gerettet.«

Der Junge musste grinsen und hüpfte auf seinen Schoß, was in seinem Knie so etwas wie einen Elektroschock auslöste.

»Ach Quatsch, das ist doch gar nicht wahr. Können wir wieder fechten?«

»Nicht bevor ich dir gezeigt habe, was Doc Octopus mit mir gemacht hat.«

Knights Arme wurden zu Tentakeln, die er um den fröhlich quietschenden Jungen schlang, um ihn unter den Achseln zu kitzeln. Einen lebendigen Menschen zu spüren verlieh ihm neuen Schwung, und wieder einmal nahm er sich fest vor, öfter zu Besuch zu kommen.

Beim Duell stellte Knight dann befriedigt fest, dass Tom seine Lektion aus dem letzten Kampf gelernt hatte: Coupé, Parade, Stoß – der Junge war clever und ein Energiebündel. Er wünschte, Roz könnte ihn so sehen. Seit einiger Zeit bemerkte er bei Tom die Ähnlichkeit zu ihr, vor allem um den Mund und im boshaften Blitzen der Augen, wenn er lachte.

Plötzlich musste er an den Abend denken, als es passiert war. Er war damals für ein paar Wochen aus seinem Quasi-Ruhestand ins Arbeitsleben zurückgekehrt, um einen Fall für einen Klienten zu übernehmen, der größtmögliche Diskretion verlangte. Nach dem triumphalen Abschluss war er früher nach Hause geflogen, um Roz die guten Nachrichten überbringen zu können, gleich wenn sie von ihrer Schwester aus Bristol zurückkam. Stattdessen hatten zwei Polizisten mit ernsten Gesichtern von einem Großbrand auf der Autobahn berichtet, und in seinem Leben war die Eiszeit ausgebrochen.

»Touché!«

Es war schwer zu sagen, was ihn mehr beeindruckte: dass der Junge sich den Begriff gemerkt hatte oder dass es ihm gelungen war, die Spitze des Degens auf seiner Brust zu landen. Hatte er den Kleinen so gut trainiert? Oder waren seine Reflexe noch schwächer als befürchtet?

Es war Samstag, und niemand musste zur Arbeit oder in den Kindergarten hetzen. Nach einem ausgiebigen Frühstück und einem Revanchekampf, den er gewann, machte sich Knight auf den Weg zur Victoria Station. Sie bestanden darauf, dass er ein Taxi nahm. Während es an den prächtigen Reihenhausfassaden von Clapham und Wandsworth vorbeifuhr, wanderten seine Gedanken zwischen Roz, Bev und Fran hin und her. Zwei Frauen, die seine Hilfe brauchten, und eine, die er nicht vor dem Tod hatte bewahren können. Wieder dachte er an den Fall, den er an jenem schrecklichen Tag abgeschlossen hatte und der ihm aus unerfindlichem Grund nicht aus dem Kopf wollte. Als ihm jetzt mit einem Mal klar wurde, warum, tätigte er einen Anruf und dirigierte das Taxi zurück nach Chelsea.

Claire van Zyl war eine Dame mit Niveau, die in ihrer Wohnung in der Sloane Avenue einen Escort-Service betrieb. Das Niveau bezog sich ausschließlich auf die Tatsache, dass ihre Kundschaft Vorstandsvorsitzende und ausländische Adelssprosse waren, denen sie Frauen besorgte, die Englands beste Privatschulen und Universitäten besucht hatten oder zumindest so tun konnten, als hätten sie. Sie selbst hatte bescheidenere Wurzeln: Als Revuetänzerin aus Johannesburg hatte sie ihr Glück in London gesucht und es nicht auf der Bühne, sondern in den Betten der edelsten Hotels der Hauptstadt gefunden. Rasch begriff sie, dass die Organisation dieses Geschäfts noch lukrativer war als seine Ausübung, und so häufte sie mit der Zeit ein Vermögen von mehreren hunderttausend Pfund an, das sie aus sentimentalen Gründen in Krügerrand-Münzen anlegte. Ihren einzigen Fehler beging sie bei der Auswahl ihres Ehemanns, eines Grundstücksspekulanten, der sich mit einem ihrer Mädchen und dem gesamten Gold nach Panama absetzte.

In der Stunde ihrer Not wandte sie sich an ihren treuesten Kunden, einen Parlamentsabgeordneten, den Knight einmal aus einer Erpressungsaffäre herausgehauen hatte. Das ehrenwerte Mitglied, wie er von Claires Personal genannt wurde, flehte Knight an, den Fall zu übernehmen, und kam sogar für die Spesen auf. Als vermeintlich ranghoher Agent des MI6 konnte Knight den flüchtigen Ehemann davon überzeugen, dass kolumbianische Drogenbosse ihn entführen und so die Krügerrands von seiner Freundin erpressen wollten – und ob die sich für oder gegen seinen Freikauf entscheiden würde …? Die eilige Abreise des Ehemanns aus Panama wurde unterbunden, als er mit dem Inhalt seines Schließfachs in sein Liebesnest zurückkehrte. Denn im Treppenhaus traf er auf den freundlichen Geheimagenten, der einen Waschlappen mit Chloroform für ihn bereithielt.

Abgesehen von den Münzen hatte das Schließfach auch noch eine große Summe Bargeld enthalten. Dankbar und erleichtert bot Claire an, diesen Überschuss mit Knight zu teilen, aber er akzeptierte nur das vereinbarte Honorar. Eine Entscheidung, die er später bereuen sollte, aber nun hoffte er, sie würde noch wissen, dass sie ihm einen Gefallen schuldete. Er verließ das Taxi vor einem monumentalen Art-déco-Gebäude, in dem ein uniformierter Pförtner ihm den Weg zum Lift zeigte.

Als sie die Tür öffnete, war er perplex, wie sehr sie sich zugleich verändert und nicht verändert hatte. Das dunkelblaue Jerseykleid betonte ihren noch immer extrem wohlgeformten Körper, und sie trug noch immer den gleichen platinblonden Bob. Doch unter ihren Augen waren tiefe, dunkle Ringe, die früher nicht da gewesen waren, und in ihrem Blick lagen Langeweile und Resignation. Nichtsdestotrotz war ihr Verfall nichts gegen den seinen.

»Himmel, Tom, was hast du denn angestellt?«

Er erzählte wieder das Märchen von der Dusche, während sie ihn ins Wohnzimmer bat. Dabei kamen sie an einem Büro vorbei, in dem eine Assistentin am Telefon Stundensätze nannte, die weit über dem lagen, was er selbst auf dem Höhepunkt seiner Karriere verdient hatte. Es war noch nicht elf Uhr, und doch stand auf dem Schreibtisch in der Zimmerecke bereits ein halb geleertes Glas. Er konnte sich nicht daran erinnern, dass sie damals schon so früh am Tag getrunken hatte. Sie schenkte ihm einen Wodka ein, eine selbst für südafrikanische Verhältnisse üppige Menge, und füllte ihr eigenes Glas wieder auf. »Wie du siehst, muss ich inzwischen am Tonic sparen.«

Wenigstens war ihr der Sinn für Humor nicht abhandengekommen. Der Drink und die erholsame Nacht mobilisierten bei Knight den nötigen Mut, sein Anliegen vorzutragen. Da er die Kosten dafür selbst keinesfalls tragen konnte, machte er deutlich, dass er ihr eine abschlägige Antwort nicht verdenken würde. Er hatte eigentlich nicht vor, ihr von Fran zu erzählen, die in dieser Angelegenheit keine Rolle spielte. Doch dann machte er die gleiche Erfahrung wie viele Männer vor ihm: Claire konnte so zuhören, dass man sich seinen Kummer gerne von der Seele redete. Also erzählte er ihr die ganze Geschichte inklusive der Lüge über sein Alter.

Als er fertig war, schüttelte sie langsam den Kopf und musterte ihn beinahe ehrfürchtig. »Du bist ganz schön verrückt, Tom, weißt du das?«

»Ja, wahrscheinlich hast du recht. Du musst nur einen Ton sagen, und ich verdrücke mich. Ich nehme dir das wirklich nicht übel.«

Sie runzelte die Stirn und schien gekränkt. »Für wen hältst du mich? Natürlich mach ich das, und es wird dich keinen Penny kosten.«

Er blieb noch für einen weiteren Drink und war angenehm entspannt, als er sich wieder auf den Weg machte. Vermutlich deshalb entging ihm ihre Wehmut beim Abschied. Vielleicht hätte er es bedauerlich gefunden, dass sie in den letzten zwei Jahren mehrfach mit dem Gedanken gespielt hatte, ihn anzurufen, und nun bereute, es nicht getan zu haben.

Er fuhr ohne weitere Unterbrechungen weiter zur Victoria Station und erwischte einen Mittagszug. Nachdem er ein kühlschrankkaltes Sandwich heruntergewürgt hatte, rief er Bev an, um zu berichten, was er für sie in die Wege geleitet hatte. Anfangs war sie skeptisch, aber dann gefiel ihr der gewagte Plan so gut, dass sie einwilligte, die kleine Rolle zu übernehmen, die er ihr zugedacht hatte. Danach versuchte er es wieder bei Jana, doch ihr Handy war immer noch ausgeschaltet. Schließlich schlief er ein.

Als er wieder aufwachte, fuhr der Zug bereits durch die South Downs. Wieder völlig nüchtern, überlegte er, wie er die Zeit im New Horizons am besten nutzen konnte. Die Zimmer der Opfer zu untersuchen hatte erste Priorität. Das sollte kein Problem sein – unter dem Vorwand, die Fenster auf undichte Stellen und die Leistung der Heizung zu überprüfen, konnte er beliebig viel Zeit dort verbringen.

Die Durchsuchung des Büros war ebenfalls unerlässlich, aber ungleich schwieriger. Die Daten aus dem Computer waren karg und teilweise schlicht unvollständig. Zum Beispiel gab es nichts über Susan Hillfield, vielleicht weil sie ein Neuzugang und im System noch gar nicht erfasst war. Er hoffte, dass er im Büro schriftliche Unterlagen finden würde, über die Krankengeschichte der Bewohnerinnen und vielleicht auch ihren finanziellen Hintergrund. Aber das hing alles von Jana ab. Er hatte sich bereits auf einiges an Auslagen eingestellt.

Sie war immer noch nicht erreichbar, als der Zug in Eastbourne einrollte. Weil er durch einen Besuch oder Anruf im New Horizons nicht unnötig Aufmerksamkeit auf sich ziehen wollte, begab er sich direkt zu ihrer Wohnung, in der schwachen Hoffnung, sie zu Hause anzutreffen. Zu Hause war sie tatsächlich. Ihre Cousine teilte ihm nämlich mit, dass man Jana entlassen hatte und sie mit Milada für längere Zeit zu ihren Eltern zurückgekehrt war, in die tiefste slowakische Provinz.

12

Mrs. Grayling ließ ihren routinierten Blick durch das Zimmer schweifen. Das Waschbecken war makellos, ebenso wie der Teppich, von dem Fleck einmal abgesehen, den ein Putzmittel bei der Beseitigung von Erbrochenem hinterlassen hatte. Das war eben das Problem mit Beige, man sah darauf alles. Die Vorhänge mit Blumenmuster waren für einen Herrn nicht ideal, aber in ihrer augenblicklichen Lage konnte sie es sich beim besten Willen nicht leisten, sie auszutauschen.

Schon vor den Morden hatte das Heim zu kämpfen gehabt, aber inzwischen verloren sie das Geld in Strömen. Nach dem Abgang von vier Bewohnerinnen – in den letzten vierzehn Tagen hatten sie einen weiteren zu verzeichnen gehabt – war sie gezwungen, auf ihre ohnehin kärglichen Reserven zurückzugreifen. Obendrein hatte sie umgehend Ersatz für Fran und Jana finden müssen, weswegen sie derzeit Wucherpreise für das Personal einer Zeitarbeitsfirma zahlte. Lieber hätte sie die Slowakin behalten, trotz ihrer gelegentlichen Ausfälle, denn sie war freundlich und arbeitete hart – kein schlechter Gegenwert für den Mindestlohn. Doch der latent fremdenfeindliche Herr vom Pflegequalitätsausschuss hatte unmissverständlich durchblicken lassen, dass die Zukunft des New Horizons umso gefährdeter war, wenn sie offensichtlich ein Verhalten duldete, das den Vorschriften ihrer Betriebsgenehmigung so vehement entgegenlief.

Daher war es beinahe ein Grund zum Feiern, dass sich ein Mr. Deakin gemeldet hatte, der einen Kurzzeitpflegeplatz für seinen betagten Vater suchte. Der sechsundachtzigjährige Deakin senior fiel häufig hin. Er lebte bei der Familie seines

Sohnes, die betrübt feststellen musste, dass sie ihn in seinem Zustand inzwischen weder mit in den Urlaub nehmen noch allein zu Hause lassen konnte. Sie suchten nach einer sicheren Unterbringung für eine Woche und hofften, dass bei ihr ein Platz frei war.

Mr. Deakin junior war augenscheinlich ein liebevoller Sohn und anspruchsvoller Kunde. Er hatte das New Horizons genau unter die Lupe genommen und jeden Zentimeter mit seiner Videokamera aufgenommen, damit der Vater, ohne seinen Sessel zu verlassen, die Vorzüge der konkurrierenden örtlichen Pflegeheime vergleichen konnte. Zu Mrs. Graylings großer Freude hatte ihres das Rennen gemacht. Eine Woche zum Privatpatiententarif löste zwar nicht all ihre Probleme, aber es war auch Geld. Sie wollten sogar bar bezahlen, gegen einen kleinen Rabatt, den sie gerne einräumte. Sie schätzte sich glücklich, dass ein Barzahler, den sie verloren hatte, so rasch durch einen neuen ersetzt wurde – vor allem einen, der irgendwann vielleicht auf Dauer käme, wenn sein Zustand sich im richtigen Maß verschlechterte und er nicht allzu früh starb. Es überraschte sie nur, dass der Sohn die Morde nicht erwähnte, doch sah sie keinen Grund, ihn von sich aus darauf hinzuweisen.

Skeptisch musterte sie noch einmal die zahllosen rosa Rosensträuße, die den Vorhang zierten. Ach was, das musste so gehen.

Knight legte seine Stirn in Falten und zog den Kajal ganz leicht durch die Furchen. Er wurde langsam richtig gut darin, vielleicht sogar zu gut. Seine ersten Anläufe hatten schlicht lächerlich ausgesehen: ein schwarzes Spinnennetz auf seiner Stirn, wie eine schlechte Halloween-Maskerade. Nun, wo er

Übung hatte, wurden die Linien feiner und gingen an beiden Seiten perfekt in seine Hautfarbe über, ebenso wie das Rouge auf seinen Wangen. Sorgfältig brachte er noch etwas Puder auf und verstärkte so die Blässe seiner schon sehr überzeugenden Totenmaske. Das Gegenüber im Spiegel sah erschreckend reptilienhaft aus; selbst ägyptische Mumien, wie er sie von Abbildungen kannte, wirkten lebendiger.

Es klingelte. Merv kam mit dem Rollator, den er auf eBay ersteigert hatte. Er besah sich Knight ganz genau. »Ich dachte, du wolltest dich schminken.«

»Sehr witzig. Komm rein, mach dich nützlich und dreh uns einen Joint.«

Er war froh, dass Merv seinen Sinn für Humor zurückhatte. Sie hatten gestritten, erst über Knights Arrangement für Bullock, dann über die Kosten für den Heimaufenthalt. Was Bullock betraf, war Knight felsenfest überzeugt davon, dass sein Plan nicht nur wasserdicht war, sondern dass er damit zugleich der Öffentlichkeit einen wichtigen Dienst leistete. Merv dagegen war der Ansicht, er ziehe sich damit den Zorn von Mächten zu, die stärker und skrupelloser waren, als er es sich ausmalen konnte. In der Mitte treffen konnten sie sich nicht, denn Merv fürchtete die Polizei wie der Teufel das Weihwasser, während Knight sie für eine höchstens drittklassige Version der Armee hielt und geneigt war, sie auch so zu behandeln. Am Ende einigten sie sich darauf, sich nicht einigen zu können.

Die Auseinandersetzung über die Kosten war heftiger. Eine Woche im New Horizons kostete fünfhundert Pfund, und auch wenn Merv die finanzielle Situation seines Freundes nicht im Detail kannte, ging er davon aus, dass dieser sich das Geld leihen musste. Damit lag er richtig, was Knights Groll noch steigerte, als sie darauf zu sprechen kamen, und deshalb machte er Merv auch schärfer als beabsichtigt deutlich, dass das nur ihn etwas anginge. Er war selbst besorgt wegen der Summe, die ein sehr unangenehmes Gespräch mit seiner Bank wegen seines Überziehungslimits erforderlich gemacht hatte. Aber da Jana weg war, hatte er keine andere Wahl. Ironischerweise war es Merv, der die Idee aufgebracht hatte, allerdings nur zum Scherz, während Knight sie als Geniestreich bejubelte.

»Und, zeigst du uns jetzt deine Moves mit dem Ding, oder was?«

Knight hatte noch nie einen Rollator benutzt. Es war leichter, als er gedacht hatte, und zu seiner Überraschung bequemer als ein Stock. Sein Knie schmerzte überhaupt nicht, und er kam damit sogar schneller vorwärts. Er marschierte quer durchs Zimmer und vollbrachte eine geschmeidige Wendung. Merv schüttelte ungläubig den Kopf. »Mach mal ein bisschen langsamer. Sonst fällst du dort auf wie ein bunter Hund.«

Knight drosselte auf Schneckentempo. Er verlegte mehr Gewicht auf den Rahmen und zog das Bein ein bisschen nach. Es fühlte sich quälend langsam an. Seiner Schätzung nach war so kein Kilometer pro Stunde zu schaffen.

»Viel besser. So bewegt sich ein Scheintoter.«

Knight fand die Aussicht eines Lebens auf der Kriechspur befremdlich. Wenn er auf der Lauer lag, konnte er so geduldig stillhalten wie eine Katze auf Mäusejagd, aber beim profanen Akt der Fortbewegung von A nach B fand er Verzögerungen unerträglich. »Das ist doch jetzt wirklich völlig überzogen. Die können doch nicht alle so langsam sein!«

»Schau, Mann, es hat schon einen Grund, warum die alten Schachteln da drin sind: Die sind entweder vertrottelt oder verkrüppelt. Für eins von beiden musst du dich entscheiden.«

Die Ausdrucksweise schien Knight unangemessen hart, aber die Logik war bestechend. Eine Enttarnung war nicht allzu wahrscheinlich, aber die goldene Regel für jede Undercover-Operation war Risikominimierung, und wenn das bedeutete, dass er durch die Gegend driften musste wie ein greiser Seestern, dann würde er das auch tun.

»Lass uns mal dein Gedächtnis checken. Wer wohnt noch mal wo?«

Sie gingen die Namen und Zimmer der Bewohnerinnen durch. Im Dachgeschoss waren fünf Damen untergebracht: Penelope Savage, Amy Brown, Gwyneth Williams, Sheila Tovey und Dorothy Flowers. Im ersten Stock lagen die sogenannten großen Zimmer, was bedeutete, dass sie einfach nur eng waren und nicht regelrechte Abstellkammern wie die drüber. Davon gab es nur drei, von denen er sich für das ehemalige Zimmer von Joan Baldwin entschieden hatte. Da die anderen beiden noch frei waren, würde er auf dem Stockwerk der Alleinherrscher sein. Im Erdgeschoss wohnten Brenda Newham und Susan Hillfield. Im Keller befanden sich Küche, Vorratsräume und Waschküche.

»Und der Sicherungskasten?«, fragte Merv. »Das ganze Unternehmen geht den Bach runter, wenn du den nicht findest.«

Der Sicherungskasten war das Einzige, was Merv nicht hatte lokalisieren können. Sie hatten das Video mehrfach angesehen, aber keinen Schrank und kein Fach entdeckt, wo er sich befinden konnte. Merv wollte noch eine zweite Inspektion durchführen, aber Knight hatte sein Veto eingelegt: Ab einem gewissen Punkt mochte die Fürsorglichkeit eines Sohnes wie Besessenheit wirken.

»Irgendwo muss er ja sein. Ich schau mich einfach um, bis ich ihn entdecke.«

»Ich denke nach wie vor, dass du auch einen Plan B haben solltest.«

»Den erarbeite ich mir, wenn ich dort bin. Jetzt hör auf, dir Sorgen zu machen, und lass mich mal ziehen, bevor du alles weggeraucht hast.«

Merv reichte ihm den Joint, wider besseres Wissen. Er empfand jetzt viel mehr Verantwortung für seinen Freund als früher. Ihre bisherige Zusammenarbeit war nie besonders ernst gewesen: schlichte Fälle ohne Gefahr für Leib und Leben. Knight hatte offensichtlich alles unter Kontrolle gehabt und stets auf die Schnelle noch ein Kaninchen aus dem Hut gezaubert. Inzwischen jedoch hatte er seine Risikofreude nicht mehr im Griff. Sein Wahnsinn hatte Methode, ohne Zweifel, aber Merv fand ihn langsam beängstigend. Nach dem Zwischenfall im Whirlpool war Merv plötzlich aufgegangen, dass Knight bei dieser Ermittlung tatsächlich ums Leben kommen könnte. Dass sein Äußeres gerade jetzt perfekt auf einen Seziertisch passen würde, machte die Sache auch nicht besser. Merv holte sich den Joint zurück, inhalierte tief und drückte ihn dann aus, auch wenn noch ein Zentimeter übrig war. »Na los, Daddy, Zeit zu gehen.«

Im New Horizons herrschte nicht direkt Vorfreude, aber doch eine gespannte Erwartung, als sich die Stunde von Mr. Deakins Ankunft näherte.

Seit beim Mittagessen die Aufnahme eines Herrn verkündet worden war, blühten vornehm-zurückhaltende bis hin zu äußerst derben Spekulationen. Amy, die nie ein Blatt vor den Mund nahm, befand, dass ein Sechsundachtzigjähriger beim besten Willen zu nichts mehr taugte, weswegen sie die ganze Aufregung nicht verstand. Penelope betonte daraufhin ein bisschen zu nachdrücklich ihre Hoffnung, man könne mit dem Neuankömmling geistreiche Konversation machen. Wie von ihr beabsichtigt, war Amy beleidigt, weswegen Mrs. Grayling wieder einmal die Wogen glätten musste. Brenda äußerte kurz die Vermutung, dass der Neue ein Liebhaber sei, den sie für die Nacht eingeladen hatte, vergaß ihn dann aber gleich wieder.

Es war nicht überraschend, dass Mrs. Grayling den Wagen vorfahren sah, da sie schon seit zwanzig Minuten von der Fensterbank im ersten Stock Ausschau danach hielt. Sie eilte die Treppen hinab, um ihre neue Einkommensquelle zu begrüßen.

Voller Tatendrang hatte Knight bereits die Wagentür geöffnet, als Merv Mrs. Grayling am Fenster erspähte. »Halt dich zurück, die Hausherrin hat dich im Blick.«

Er tat so, als müsste er Knight aus dem Auto helfen, indem er zuerst seine Beine heraushob und ihn dann unter den Achseln fasste, um ihn auf die Füße zu stellen.

Während Merv den Rollator herausholte, betrachtete Knight das Gebäude mit gemischten Gefühlen. Es war ein Ansporn, dass er auf die Weise näher an Fran herankam, nicht nur, indem er Fortschritte bei seiner Ermittlung machte, sondern auch, weil er ihr Territorium betrat, Räume, deren Luft sie geatmet, deren Möbel sie berührt hatte. Doch zugleich jagte das Heim ihm auch Angst ein. Selbst wenn er sich nicht mehr für jung hielt, wollte er sich doch auch nicht vorstellen, dass er zu den Alten gehörte. Das Alter war ein fremdes Land, an das er nicht denken und in das er ganz bestimmt nicht einreisen wollte.

»Und jetzt renn nicht über die Straße wie ein wild gewordener Terrier.«

»Glücklicherweise bin ich sehr gut in der Lage, die Straße zu überqueren.«

»Nicht, wenn es so aussehen soll, als wärst du halb tot. Achtung, sie kommt raus.«

Glückselig lächelnd wartete Mrs. Grayling am Bordstein, als Vater und Sohn gemeinsam die Straße überquerten – ein bewegender Anblick. Sie wusste aus Erfahrung, dass es nicht viele Söhne wie Deakin junior gab, doch genauso wusste sie, dass es schlecht für ihr Geschäft wäre, wenn es mehr davon gäbe. »Albert, ich freue mich, Sie kennenzulernen. Ihr Sohn hat mir schon viel von Ihnen erzählt.«

Knight erwiderte ihr Strahlen und streckte ihr höflich die Hand hin. Albert hatte sein Urgroßvater geheißen, ein Vorname, den er angemessen ehrwürdig fand. Mrs. Grayling sah gar nicht schlecht aus. Ein bisschen rund um die Taille, aber ansonsten wohlgeformte Kurven weit entfernt von Rubens-Ausmaßen.

»Ach ja? Ich hoffe, auch Gutes. Es ist sehr nett von Ihnen, dass Sie mich beherbergen.«

»Mit Vergnügen. Soll ich Sie hineinführen, und Ihr Sohn holt den Koffer?«

Knight hatte nicht damit gerechnet, so schnell auf Merv verzichten zu müssen, aber Mrs. Grayling hatte schon seinen Unterarm gepackt und lenkte ihn über den kleinen, gekiesten Parkplatz zur Eingangstür. Er kalkulierte, dass es keine dreißig Sekunden gedauert hatte, rauszukommen, das Heroin in Frans Wagen unterzubringen und wieder reinzuschlüpfen.

»Haben Sie beim Gehen starke Schmerzen in den Beinen?«

In Wahrheit tat ihm momentan gar nichts weh. Der eben gerauchte Joint in Kombination mit Mrs. Graylings Unterstützung ließen ihn praktisch schweben. »Es ist das rechte Knie«, antwortete er halb ehrlich. »Es triezt mich manchmal ein bisschen, aber das ist keine große Sache.«

»Na, das ist die Einstellung, die wir sehen wollen. Man muss nur positiv denken, nicht wahr? So, jetzt geht's hinauf.«

Eine mobile Rampe ersparte ihm die Stufen zur Eingangstür. Weder wirklich notwendig noch Standard, aber Mrs. Grayling wusste, dass der erste Eindruck entscheidend war. Und der erste Eindruck, den dieser Mann hinterließ, gefiel ihr. Er gehörte zu dem Typus, der möglichst viel allein machte und dem Personal damit Zeit und Mühe ersparte.

Als sie über die Schwelle traten, suchte Knight schnell nach Bestätigung für das, was er auf dem Video beobachtet hatte. Rechts war das Büro mit der Glasfront, von dem die eine Tür zur Diele und die andere zum dahinterliegenden Speiseraum führte. Direkt vor ihm ragte ein faltbarer Raumteiler auf, durch den man ebenfalls in den Speiseraum gelangte, während es links hinten über einen Flur zu den beiden Zimmern im Erdgeschoss und deren Gemeinschaftsbadezimmer ging. Gleich links neben ihm führte die Treppe zum ersten Stock und in den Keller.

»Wollen Sie vielleicht gleich mit uns zu Abend essen?«

Bevor er antworten konnte, wurde die Falttür aufgeschoben, und Brenda kam heraus. Auf ihrem Gehstock schaffte sie eine gleichmäßige Geschwindigkeit von zwei Knoten. Sie blieb stehen und musterte ihn. »Sind Sie der Ehemann?«

Mrs. Grayling schob sich instinktiv vor ihn. Ihr war nur zu bewusst, dass Brenda den positiven ersten Eindruck, die ihr neuer Kunde gewinnen sollte, zunichtemachen konnte. »Brenda, das ist Albert.« Sie artikulierte jedes Wort sehr deutlich. »Er wird bei uns wohnen.«

Erneut streckte Knight seine Hand aus. Mrs. Grayling hatte angesichts des drohenden Körperkontakts zwischen den beiden ein ungutes Gefühl, aber ausnahmsweise ging alles gut. Brendas kokettes Strahlen hatte etwas von »Hungriger

Vogel entdeckt einen Wurm«, als sie Knights ausgestreckte Hand ergriff.

»Hallo, Brenda, sehr erfreut.«

»Guten Tag, freut mich auch.« Sie zog das »mich« ein bisschen in die Länge. Sie war groß, und ihre Körperfülle war auf drei voneinander abgegrenzte Ringe verteilt, wie bei einem etwas erschlafften Michelin-Männchen. Auf ihrem ausgeprägten Kinn sprossen ein paar graugelockte Haare. Eines davon leuchtete in einem Sonnenstrahl auf, sodass Knight es unwillkürlich anstarrte.

»Brenda war früher Schriftstellerin, stimmt's?«

Brenda ignorierte Mrs. Grayling und richtete ihren bohrenden Blick weiter auf Knight. In ihren Augen blitzte eine ungestüme, aber irgendwie gebrochene Intelligenz, was ihn verstörte.

»Haben Sie den Jungen mitgebracht?« Sie hielt noch immer seine Hand fest, obwohl er durch ein leichtes Ziehen deutlich machte, dass er losgelassen werden wollte.

»Leider nein. Sie müssen wohl mit meiner Wenigkeit vorliebnehmen, Brenda.«

Begeistert von seiner Eloquenz, verstärkte sie noch ihren Griff. Mrs. Grayling wollte schon einschreiten, als eine ihrer neuen Angestellten durch die Falttür kam und Brenda wegbrachte. Knight war hinsichtlich der Schriftstellerin vorgewarnt gewesen und nicht übermäßig aus der Fassung gebracht, aber die Begegnung mit ihr trug auch nicht dazu bei, seine Stimmung zu heben. Mrs. Grayling dagegen war erleichtert, dass Brenda sich für ihre Verhältnisse gut benommen hatte.

Sie betraten durch die Falttür den Speiseraum. Knight konnte die Anspannung in seinem Bauch spüren, wie immer, wenn er in Aktion trat.

13

In früher Kindheit war Knight einmal der einzige Junge auf einem Kindergeburtstag gewesen, bei dem sich die Mädchen einen Spaß daraus machten, ihn mit der Wäscheleine zu fesseln und durch den Garten zu zerren. Abgesehen davon war er als Mann nie in der Minderheit gewesen und hatte manchmal sogar die Abwesenheit von Frauen in seinem männerdominierten Kosmos bedauert. Nun jedoch, als sich ihm synchron die Gesichter von fünf alten Frauen zuwandten, lastete seine männliche Alleinstellung schwer auf ihm, ganz ähnlich wie damals das Trauma mit der Wäscheleine.

»Meine Damen, ich möchte Ihnen Albert Deakin vorstellen. Er ist für eine Woche hier, und ich bin sicher, Sie alle werden sich schnell mit ihm anfreunden.«

Eine plumpe dunkelhaarige Frau mit einem Muttermal am Kinn durchbrach die Stille. »Ich hab euch doch gesagt, dass er ein Klappergestell sein wird.«

»Bitte, Amy, so begrüßen wir doch keine Neuankömmlinge.« Mrs. Grayling schaute besorgt zu Knight, der glücklicherweise nicht gekränkt schien.

Er erinnerte sich an Frans Beschreibungen von Amy, deren schlechte Umgangsformen regelmäßig zu Konflikten führten. Er beschloss, ihre Bemerkung als Kompliment für seine Visagistenkünste zu nehmen, war aber dennoch froh, dass Mrs. Grayling ihm einen Platz am anderen Ende des Tisches zugedacht hatte. Die schmale Dame mit dem bläulichen Schimmer im Haar, die neben dem leeren Platz saß, identifizierte er als Penelope, während die stark gekrümmt Sitzende auf der anderen Seite Dorothy sein musste. Mrs. Grayling nahm ihm den Rollator ab, und er ließ sich zwischen den beiden nieder, wobei er auffällig nach dem Gleichgewicht suchte, bevor er sich auf das Polster sinken ließ.

»Mr. Deakin, es freut mich sehr, Sie kennenzulernen. Möchten Sie ein Sandwich?« Mit zitternden Fingern reichte Penelope ihm eine Platte, die dabei bedenklich wackelte. Er nahm das nächstliegende Sandwich, aus dem ein blasser Streifen heraushing, vermutlich Lachs.

»Danke, sehr nett von Ihnen. Ich freue mich auch.«

»Ich heiße Penelope Savage. Darf ich Ihnen sagen, wie schön es ist, einen Mann im Haus zu haben?« Sie hatte eine zarte, vornehme Stimme, die ihn ein wenig an die der Queen erinnerte.

»Hört euch das an, die ist ja schlimmer als Brenda!«

In Abwesenheit von Mrs. Grayling, die in die Küche verschwunden war, hatte Amy anscheinend erneut den nötigen Mut gefasst, um sich in den Vordergrund zu drängen. Penelope verzog das Gesicht. »Hören Sie nicht auf diese schreckliche Frau, Mr. Deakin, ich fürchte, Sie müssen sie einfach ignorieren.« Sie legte Wert darauf, so laut zu sprechen, dass Amy es mitbekam.

»Ach, rutsch mir doch den Buckel runter, blöde Kuh.«

Durch ihre Goldrandbrille blitzte Penelope Amy böse an und zischte dann wie eine wütende Mamba: »Deine Wortwahl ist ekelhaft, und du selbst bist es auch. Überleg dir doch freundlicherweise, wo du dich befindest, oder geh einfach zurück in die Gosse, wo du herkommst.« Sie strahlte die fürchterliche Autorität einer Klassenlehrerin aus, die sich drohend einem ungezogenen Kind nähert, und Amy ließ sich augenblicklich einschüchtern. Sie lehnte sich abrupt zurück, verschränkte die Arme und senkte den Kopf. Betroffen nahm Knight Zuflucht zu seinem Sandwich, das er immer noch in der Hand hielt – zu seiner Bestürzung war es mit Marmelade. Die anderen schienen überhaupt nichts mitbekommen zu haben.

Penelope wandte sich ihm wieder zu, als wäre überhaupt nichts geschehen. »Nun denn, die Dame an Ihrer anderen Seite ist Dorothy Flowers.«

Dorothy trug einen lila Kittel und darunter eine schwarze Trainingshose. Ihr Haar war zum Dutt gebunden, und ihr Kopf hing im rechten Winkel über ihrer Brust. Sie machte damit eine Vierteldrehung Richtung Knight – offenbar war das ihr maximaler Bewegungsradius – und blinzelte ihn mit trüben Augen von der Seite an. »Hallo«, sagte sie schüchtern.

»Es ist schön, Sie kennenzulernen«, erwiderte Knight charmant. »Darf ich Ihnen etwas Tee nachschenken?«

Sie nickte einmal und drehte ihren Kopf dann wieder zurück, sodass ihr Gesicht nicht mehr zu sehen war. Knight füllte ihre Tasse unter den anerkennenden Blicken der gesamten Runde, mit Ausnahme von Amy, die weiter in ihren Schoß starrte.

»Wie reizend, ein richtiger Gentleman!« Das war Sheila, die zwei Plätze weiter neben Gwyneth saß. Penelope stellte ihm beide vor. Offensichtlich hielt sie es für ihre Pflicht, in Abwesenheit von Mrs. Grayling die Gastgeberin zu spielen. Knight fiel auf, dass Susan Hillfield fehlte. Sie musste die Frau sein, die gerade das Heim verlassen hatte, als er gekommen war, um Jana zu treffen.

»Sind das alle, Mrs. Savage? Oder soll ich Penelope sagen?«

»Oh, bitte Penelope. Und darf ich Sie Albert nennen?«

»Aber natürlich.«

Ihr bezauberndes Lächeln machte ihr Auftreten kurz zuvor umso erstaunlicher. Ihr Blick schweifte in die Runde. »Nein, eine fehlt noch.«

Die Falttür öffnete sich, und Brenda kam wieder herein. Penelope seufzte. »Und hier ist sie schon.« Leise fügte sie hinzu: »Das ist leider auch eine von denen, die Sie vielleicht besser ignorieren.«

Brenda ging zu dem leeren Platz Knight gegenüber. Sie bewegte sich recht leichtfüßig und stabil mit ihrem Stock. Verunsichert blickte sie auf Knight, als sie sich setzte. »Wer sind Sie?«, fragte sie mit gerunzelter Stirn.

Knight stellte sich noch einmal vor und wies darauf hin, dass sie sich schon im Flur begegnet waren. Sie schien sich an dieses Ereignis nicht in Gänze zu erinnern, aber irgendetwas dämmerte ihr. »Ach ja, Sie sind der Ehemann.«

Penelope lächelte geduldig. »Nein, Brenda, er ist nicht dein Ehemann.«

Brenda musterte sie, als wäre sie völlig minderbemittelt. »Nicht *mein* Ehemann, *ihrer*, der von der Frau. Wie heißt sie noch mal?«

Am Tisch herrschte allgemeine Resignation, keine der Damen machte sich die Mühe zu erklären, wer die Besitzerin des Ehemanns sein mochte.

»Manchmal«, erläuterte Penelope diplomatisch, »denkt Brenda noch an die Geschichten, die sie früher geschrieben hat.«

Brenda starrte ihn weiter an, was ihn nervös, aber auch neugierig machte. »Wer war der Ehemann in Ihrer Geschichte, Brenda?«

»Na, *ihr* Ehemann«, antwortete sie, als sei alles sonnenklar.

Freundlich hakte er nach: »Ach so. Und wen gab es da noch?«

Brendas Gesicht erhellte sich. »Den Jungen!«, rief sie, als hätte sie eine Vision. »Diesen wundervollen Jungen. Den sie gevögelt hat.«

Missfallendes Gemurmel von verschiedenen Seiten ließ Knight von weiteren Nachforschungen absehen. Er registrierte aber, dass Penelope nicht versucht hatte, Brenda so wie Amy den Mund zu verbieten, wahrscheinlich, weil es sinnlos war. Stattdessen schüttelte sie traurig den Kopf und wandte sich wieder an Knight. »Leider geht es hier manchmal recht deftig zu, aber ich gehe davon aus, dass Sie selbst in Ihrem Leben schon einiges mitgemacht haben.«

»Na bitte, jetzt baggert sie ihn schon wieder an!« Amy hatte sich ausreichend erholt, um eine weitere Bosheit loszulassen. In diesem Augenblick erschien Mrs. Grayling, um ihm mitzuteilen, dass Mr. Deakin junior ihn oben erwartete. Knight war dankbar, sich entschuldigen zu können, da er annahm, dass nun eine neue Runde von Beschimpfungen und Beschuldigungen folgen würde. Wieder vereint mit seinem Rollator und am Arm der Hauswirtin, schlurfte er aus dem Raum, in der unangenehmen Gewissheit, dass Brendas Blick ihn auf Schritt und Tritt verfolgte.

Sie gingen durch die Diele zur Treppe. Noch aufgewühlt von seiner ersten Begegnung mit den Mitbewohnerinnen, ließ Knights Konzentration kurz nach, und er hatte schon die erste Stufe erklommen, bevor Mrs. Grayling ihn zurückhalten konnte.

»Vorsicht, mein Lieber, wir wollen doch nicht, dass Sie hinfallen.«

Er überwand den Widerwillen gegen jegliche Einschränkung seiner Bewegungsfreiheit und ließ es zu, dass sie ihn wieder von der Stufe herunterzog.

»Haben Sie so etwas schon mal benutzt?« Sie stellte den Rollator zur Seite, legte eine Hand auf seinen unteren Rücken und griff mit der anderen nach seiner Schulter, als würde sie mit ihm Tango tanzen und fürchten, er könnte nach hinten kippen. Er nahm etwas Zitroniges wahr, vielleicht ihr Eau de Toilette oder Shampoo. Bevor er sich festlegen konnte, saß er schon im Treppenlift, der an einer Metallschiene am Treppengeländer montiert war. Sie zog den Sicherheitsgurt fest und setzte den Lift in Bewegung. Der machte zuerst einen Ruck, fuhr dann aber gleichmäßig nach oben, wenn auch im Tempo einer siechen Schnecke. Mrs. Grayling folgte mit dem Rollator.

Anfangs war es eine sehr angenehme Erfahrung, wie ein Skilift in Zeitlupe. Der Sitz war gut gepolstert, ergonomisch vielleicht nicht so perfekt wie seine Businessclass-Sessel, aber dennoch bequem. Auch war er erleichtert, dass er von der Front weg war, auch wenn er nur ein paar Minuten dort verbracht hatte. Dieser erste Abstecher hatte ihn völlig aus dem Konzept gebracht und in seiner Auffassung bestätigt, dass die Alten eine ganz eigene Spezies waren, zu der er einfach nicht gehörte.

Der einzige Trost war Penelope, mit der man zumindest eine vernünftige Unterhaltung führen konnte. Sie mochte sich noch als nützliche Informationsquelle entpuppen. Während der Lift nach oben kroch, fiel ihm auf, dass sie ihn an die Springreiterin erinnerte, an die er schon Monate oder gar Jahre nicht mehr gedacht hatte. Sie legte die gleiche gebieterische Autorität und jene untergründige Wildheit an den Tag, die ihn als jungen Mann so fasziniert hatte. Es hatte ihn sehr getroffen, dass sie, gelangweilt vom Leben einer Soldatenfrau, ihn für einen anderen Mann verlassen hatte. Mit der eit und vor allem, als Roz auftauchte, war seine Enttäuschung der Erleichterung gewichen, gerade noch davongekommen zu sein. Sie hatten keine Kinder und nur wenige gemeinsame Freunde und sich deshalb schnell aus den Augen verloren. Er fragte sich, wie sie jetzt wohl aussah, ob sie noch diese raue Herzlichkeit hatte oder ob das Leben sie gebrochen hatte.

Der Lift hatte in der Zwischenzeit gerade einmal die Hälfte geschafft und zockelte um die Kurve auf den Treppenabsatz zu. Nicht, dass er in besonderer Eile war, aber der Reiz des Neuen hatte bereits nachgelassen, und damit wurde das Schneckentempo zur Qual. Wie konnte man nur ein Leben in so extremer Verlangsamung ertragen? Mrs. Grayling schien es jedenfalls nicht zu stören, sie folgte geduldig mit dem Rollator.

»Sie sind schon fast da«, rief sie fröhlich unter offensichtlicher Missachtung der Tatsachen. »Und schauen Sie, dort oben wartet Ihr Sohn.«

Merv stand oben an der Treppe und grinste. »Alles in Butter, Dad?«, fragte er beflissen und genoss den Klang seiner Wörte hörbar.

Ihre unterschiedliche Redeweise kam Mrs. Grayling seltsam vor. Welche Wechselfälle des Schicksals mochten wohl hinter dieser Familie liegen? Hatte der Sohn irgendeine Phase seines Lebens gezwungenermaßen in einem bescheideneren sozialen Milieu verbracht? Das war gar nicht so selten, ihr Neffe war auch so ein Fall. Und letztlich spielte das natürlich keine Rolle. Alles, was zählte, war der dicke Umschlag mit den fünfhundert Pfund, der so tröstlich gegen ihren Oberschenkel drückte. Sie vermutete steuerliche Gründe hinter der Barzahlung, ähnlich wie auch sie die Einnahme ihrem Steuerberater verschweigen würde.

Endlich erreichte der Treppenlift die oberste Stufe und kam mit einem erneuten Ruck zum Stehen.

»Das hat dir gefallen, was, Dad?«

»Und wie. Ich wette, du kannst es gar nicht erwarten, bis du so was mal selbst ausprobieren darfst.«

Wieder am Rollator, stand er am Ende eines Flurs, von dem zu beiden Seiten Türen abgingen. Zur Straße hin lag eines der drei Zimmer und die Nische mit der Fensterbank, von der aus Mrs. Grayling ihre Ankunft beobachtet hatte. Am anderen Ende war ein Badezimmer. Joan Baldwins ehemaliges Zimmer war eines von zweien, die nach hinten rausgingen. Unterstützt von seinen zwei Begleitern, näherte sich Knight seiner neuen Behausung.

»Es ist ein sehr schönes Zimmer. Und ich habe um einen Toilettenstuhl gebeten, damit du nachts nicht zum Klo laufen musst.«

Er konnte leider absolut nichts dagegen tun, dass Merv ihn derartig verarschte. Mrs. Grayling öffnete die Tür und gab den Blick frei auf ein Willkommenskomitee aus rosa Rosen.

»Jetzt schau dir das an!«, rief Knight begeistert. »Die sind genau wie die Vorhänge, die du als Junge hattest!«

»Tatsächlich?«, fragte Mrs. Grayling freundlich. »Wie alt war er denn da?«

»Achtzehn«, antwortete Knight. »Timmy hat Rosa immer gemocht.«

14

Das Zimmer war etwa zehn Quadratmeter groß und mit einem Bett, einem Stuhl und einem kleinen Kleiderschrank ausgestattet. Knight versuchte es positiv zu sehen: Immerhin war es nicht kleiner als die Stube, die er in Sandhurst mit einem Kameraden hatte teilen müssen, und als Operationsbasis deutlich bequemer als Mervs Transporter. Wenn man einmal vom Dekor absah, war das Störendste die trostlose Symbolik des Toilettenstuhls.

Merv und er hatten zusammen jeden Quadratzentimeter des Raums unter die Lupe genommen, die Schrankschubladen herausgezogen und die Ecken des Teppichs hochgeklappt. Wenn der Mörder hier irgendeine Spur seiner Anwesenheit hinterlassen hatte, dann war sie jetzt nicht mehr vorhanden, denn Mrs. Grayling hatte vor Knights Ankunft jede Ecke und Ritze blitzblank putzen lassen. Während Merv auf der Treppe Schmiere stand, hatte Knight auch die Zimmer durchsucht, in denen Denise und Lotty gestorben waren, aber auch die waren gründlich gereinigt worden.

Als Merv sich auf den Weg machte, wurde er wieder ernst. »Es ist mir furzegal, ob deine Tarnung auffliegt – wenn was schiefläuft, rufst du an, okay? Ich will nicht, dass du wieder in dem Scheißkrankenhaus landest!«

Knight war es nicht gewohnt, von Merv Anweisungen zu bekommen, beschloss jedoch, es ins Scherzhafte zu wenden. »Sei unbesorgt, mein Finger wird allzeit unerschütterlich auf der Wahltaste ruhen.«

»Okay, dann drück das Drecksding aber auch! Versprichst du mir das?« Bevor Knight etwas einwenden konnte, nahm Merv ihn in den Arm und presste ihn an sich. »Pass einfach auf dich auf, du bekloppter Mistkerl!«

Und weg war er. Knight war einerseits gerührt von Mervs offensichtlicher Besorgnis, andererseits genervt, dass er so ein Aufheben um ihn machte. Unter den gegebenen Umständen schien es ihm besonders unangemessen: Was konnte in einem Altenheim schon groß passieren?

Es klopfte an der Tür, und herein kam eine Frau Ende vierzig. Sie hatte einen Pferdeschwanz und kaute Kaugummi.

»Alles klar, Albert? Wollen Sie runterkommen und ein bisschen fernsehen?«

Es war Dawn, die sich vorhin um Brenda gekümmert hatte. Er verspürte nicht gerade brennendes Verlangen, die anderen Insassinnen wiederzusehen, und schob es schon seit einer halben Stunde vor sich her. Er war sehr zufrieden damit gewesen, sein Make-up auffrischen und in dem kunststoffbezogenen Sessel herumhängen zu können, während er über sein weiteres Vorgehen nachdachte. Seine Hauptaufgabe war es, den Sicherungskasten zu finden, aber das musste bis zu den frühen Morgenstunden warten. Die Zeit davor konnte er nutzen, um möglichst viel Brauchbares aus Penelope herauszuholen.

Er war schon wieder unkonzentriert und sprang auf, bevor Dawn ihn stützen konnte. Glücklicherweise schien sie einfach froh, dass er ohne Hilfe seinen Rollator nehmen und zur Tür gehen konnte.

»Schon eingewöhnt?«

»Sehr gut, danke. Alle sind sehr nett zu mir.«

»Dann bring ich Sie mal runter in den Aufenthaltsraum.« Das kam in routiniertem Tonfall und signalisierte das Ende der Unterhaltung. Sie bekundete kein näheres Interesse an ihm und seinem Befinden, während sie zum Treppenlift gingen. Dort mussten sie warten, bis Amy den ersten Teil ihrer Odyssee ins oberste Stockwerk bewältigt hatte und auf ihren Stock gestützt zu einem weiteren Lift an der Treppe ins Obergeschoss taperte. Knights eigener Stock lag ungenutzt in seinem Zimmer. Ohne ihn fühlte er sich irgendwie nackt. Als Amy an ihm vorbeihinkte, zeigte sie mit einem arthritischen Finger auf ihn. »Sie sollten sich vor Penelope in Acht nehmen, das ist eine ganz gemeine Kuh.«

Er hielt es für das Beste, nicht darauf zu reagieren. Dawn ihrerseits rollte mit den Augen. »Schon recht, Amy.« Es war weniger eine Zurechtweisung als ein Ausdruck von Desinteresse. Sie bot Amy für ihren Weg nach oben keine Hilfe an und ließ Knight auch allein in den frei gewordenen Sitz des Lifts steigen, nachdem sie ihm den Rollator abgenommen hatte. Ihre Gleichgültigkeit wertete er als Vorteil. Er würde sich schon eine äußerst grobe Unbesonnenheit leisten müssen, um ihr Interesse oder gar ihren Verdacht zu wecken.

Während der Lift sich auf seinen endlosen Weg nach unten machte, sann er über Amys Worte nach. Bis jetzt gab es keinen Grund, Penelope von der Liste der Verdächtigen zu streichen. Sie war zwar gebrechlich, aber geistig hellwach und überdies sehr scharfzüngig.

Dawn folgte ihm und kaute dabei geistesabwesend vor sich hin, glücklich über jede Minute, die bis zum Feierabend verstrich. Der Alte hier schien ihr völlig unproblematisch im Vergleich zu manch anderen. Sie dachte über das Abendessen nach und schwankte gerade zwischen Tiefkühlpizza und fettreduzierter Lasagne, als sie mitkriegte, dass er sie etwas gefragt hatte. »Hm, was?«

»Ich fragte, was mit dem Ding bei einem Stromausfall passiert.«

Da sie frisch aus einer Umschulung für Langzeitarbeitslose kam, war ihr so ein Fall noch nicht untergekommen. »Keine Ahnung. Hält vermutlich an.«

Knight hatte mit einem gewissen Maß an Stumpfheit gerechnet, aber ein wenig mehr Eifer hatte er sich schon erhofft.

»Ich hab gehört, dass das mal jemandem passiert ist«, hakte er nach. »Und der steckte da Stunden fest, weil niemand den Sicherungskasten finden konnte.«

Sie revidierte ihre Meinung über ihn. Nicht zum ersten Mal fiel ihr auf, wie leicht alte Leute sich an irgendetwas klammerten, worüber sie sich Sorgen machen konnten, und dann einfach keine Ruhe gaben – eines der vielen Dinge, die sie an ihrer neuen Beschäftigung nervten. Sie hätte es vorgezogen, am Strand zu liegen oder die Nachmittage mit ihrem Freund im Bett zu verbringen. Dem war es jedenfalls entschieden besser gelungen, den Behörden klarzumachen, dass er unvermittelbar war.

»Ich weiß immer, wo in meiner Wohnung der Sicherungskasten ist. Wissen Sie denn, wo er sich hier befindet?«

Wen interessierte, wo der Sicherungskasten war? Sie kam sich vor, als müsste sie die Prüfung noch mal machen. »Keine Sorge, Ihnen passiert schon nichts.«

Normalerweise hätte er auf eine solche Unverschämtheit sehr scharf geantwortet, aber selbst Dawn konnte es auffallen, wenn er auf diesem Detail herumritt, also ließ er es.

Unten folgte er ihr durch die Diele zur Falttür. Er warf nun einen genaueren Blick auf das verglaste Büro, das den Raum zwischen Diele und leerem Speiseraum ausfüllte. Von den zwei Schreibtischen aus, einer davon mit Computer, sah man durch die Glasfront. Die Regale an der hinteren Wand waren mit Ablageboxen vollgestopft, darüber hing der Schrank mit der Überwachungskamera. Für eine erste Sichtung der Unterlagen rechnete er mit etwa zwanzig Minuten.

Am anderen Ende des Speiseraums befand sich ein weiterer faltbarer Raumteiler, diesmal aus transparenten Kunststoffelementen, durch die er etwa ein Dutzend Sessel sehen konnte, die um einen großen Fernseher gruppiert waren.

Als Dawn die Verbindungstür öffnete, ploppte in ihr kurz ein sinnvoller Gedanke auf, der sich in den Windungen ihres weitgehend unbeschäftigten Hirns geformt hatte, und sie sprach ihn laut aus: »Jetzt weiß ich, wo ich den Sicherungskasten gesehen habe. Im Keller, bei der Tiefkühltruhe.« Sie ließ ihn stehen und marschierte ins Büro, um ihren Mantel zu holen. Ihre Ablösung für die Nachtschicht war zwar noch nicht da, aber sie wollte jederzeit bereit zum Absprung sein.

Knights Freude darüber, etwas Brauchbares aus einer so unergiebigen Quelle geschöpft zu haben, bekam einen Dämpfer, als er bemerkte, dass sein Zielobjekt nicht unter den Damen war, die es sich in den Sesseln bequem gemacht hatten. Glücklicherweise auch Brenda nicht. Dorothy war eingeschlafen, sodass er zwischen Sheila und Gwyneth wählen konnte. Weil Sheila am weitesten vom Fernseher entfernt saß und diesem nicht viel Aufmerksamkeit zu schenken schien, entschied er sich für sie. »Ach, Sheila, darf ich mich zu Ihnen gesellen?«

Die Brille baumelte an einer Schnur um ihren Hals. Sie hielt sie sich vor die Augen und blickte ihn eine Zeit lang prüfend an, bevor sie ihn wissend anstrahlte. »Ach, hallo, da ist ja der Neue. Ja, klar, nehmen Sie Platz.« Sie ließ ihre Brille wieder sinken.

Angespornt davon, dass sie ihn wiedererkannte, sank er neben ihr in die Polster. »Es ist wirklich nett hier.« Das war vielleicht nicht die geistreichste Gesprächsanbahnung, aber er stand ja noch am Anfang.

»Ja, wirklich, ganz entzückend.« Sie stimmte ihm mit einer Inbrunst zu, als hätte er eine tiefe Wahrheit enthüllt.

»Wohnen Sie schon lange hier?« Er kam sich ein bisschen vor wie die Queen bei einer ihrer Besuchsrunden.

Sheila, die eben noch so enthusiastisch genickt hatte, hielt nun inne und sah nachdenklich drein. »Hier?«, fragte sie. »Wohne ich hier?«

Knight fühlte sich auf der Stelle überfordert, und am liebsten hätte er schleunigst den Rückzug angetreten, aber das wäre feige gewesen, denn was für einen Grund hätte es dazu gegeben? »Ich denke schon, Sheila. Ich glaube, Sie wohnen schon acht Jahre hier.« Es war immerhin ein kleiner Triumph, dass er sich das gemerkt hatte. Oder waren es erst fünf?

Sie wirkte verwundert. »Tatsächlich?« Sie nahm wieder ihre Brille und schaute sich im Zimmer um. »Na dann – nicht schlecht, oder?« Sie lachte gackernd, wie ein Huhn, das ein Korn entdeckt hat, und beugte sich dann zu ihm, als hätte sie wichtige Neuigkeiten. »Ich bin gerade von einer Schulung im Innenministerium zurückgekommen, dort arbeite ich nämlich, müssen Sie wissen.«

Das erschien ihm äußerst fragwürdig, sie musste immerhin Mitte achtzig sein.

»Aber jetzt gehe ich in Rente, lege die Füße hoch. Wenn sie mich das nächste Mal fragen, sage ich ›Sorry, Leute, da müsst ihr euch jemand anderes suchen‹.«

Wieder ihr gackerndes Lachen – es gefiel ihr augenscheinlich, Autoritäten infrage zu stellen. Trotz ihres Realitätsverlusts hatte sie etwas, das er mochte, eine unschuldige Freude am Hier und Jetzt, die ihn ansteckte – bis zu einem gewissen Punkt.

Er hätte seine Hand nicht dafür ins Feuer gelegt, dass sie irgendetwas Brauchbares wusste, aber ein Versuch konnte ja nicht schaden. »Diese Morde allerdings, sehr traurig. Ich habe in der Zeitung davon gelesen.«

Ihre gute Laune war plötzlich verflogen. »Welche Morde? Wurde wer ermordet?«

Er bedauerte schon, es angesprochen zu haben, konnte nun jedoch nicht mehr zurück. »Na hier, vor zwei Wochen. Vielleicht erinnern Sie sich nicht mehr daran?«

Er sagte das so ruhig wie möglich, aber ihr klappte die Kinnlade herunter, als hörte sie es zum ersten Mal, was in gewisser Weise auch zutraf. Sichtlich erschrocken legte sie die Hand vor den Mund. »Was, hier? O Gott, wirklich?«

Wieder sah sie sich um, und diesmal war ihre Angst deutlich spürbar. Erst nachdem sie keine Anzeichen tödlicher Gewaltausübung entdecken konnte, beruhigte sie sich wieder. »Haben sie ihn gefasst?«

Er wollte sie nicht noch mehr beunruhigen und entschied sich für eine Art kindgerechte Lüge, auch wenn sie eine grobe Verharmlosung darstellte. »Ja, die Sache ist erledigt. Am besten, man vergisst es ganz schnell.«

Das erwies sich als unschwierig. Eine kurze Unterhaltung über das Essen im Heim, und schon war ihr deplatzierter Frohsinn zurück. Auf einer Cocktailparty hätte man sie in diesem Stadium nun stehen lassen können, ohne unhöflich zu sein. Aber er war unsicher, welche Anstandsregeln bei Platzwechseln im Aufenthaltsraum anzuwenden waren, wenn es denn welche gab. Sheila schien es ihm glücklicherweise nicht im Mindesten übel zu nehmen, dass er sich verabschiedete. »War schön, mit Ihnen zu plaudern, mein Lieber, machen Sie's gut!« Sie winkte ihm und kicherte in sich hinein, als er zu Gwyneth wechselte. Es war gerade Werbepause, weswegen sie den Fernseher vernünftigerweise auf stumm geschaltet hatte.

»Hallo, Gwyneth, ist der Platz besetzt?«

Beim Abendessen hatte sie nicht viel kleiner als die anderen ausgesehen, doch in dem Sessel wirkte sie wie ein Gnom. Sie war kaum einen Meter fünfzig groß, sodass ihre Füße den Boden nicht berührten. Sie beäugte ihn mit der Wachsamkeit eines Vögelchens und nickte. »Er wird alles abblasen«, erklärte sie mit heiserer Stimme, als Knight sich setzte. Er diagnostizierte die ruinierten Stimmbänder einer starken Raucherin und war insofern positiv überrascht, dass sie überhaupt noch am Leben war. »Ich fürchte, ich kann Ihnen hier nicht ganz folgen. Wer wird was abblasen?«

»Die Hochzeit. Er hat rausgefunden, was sie vorhat.«

Kurz fragte er sich, ob sie und Brenda das gleiche Leiden teilten, doch in diesem Moment endete die Werbung, und die nächste Sequenz brachte Licht in ihre Aussage. Knight hatte die Serie nie verfolgt und war nun von den vielen Figuren erst verwirrt, dann schnell gelangweilt von ihren Sorgen. Zumindest bekam er mit, dass die erwähnte Hochzeit ein Rohrkrepierer war. Er verspürte einen Hauch von Interesse, als der gehörnte Verlobte seinen Rivalen mit einem Spaten angriff, musste dann aber fachlich enttäuscht feststellen, dass er statt der Spatenkante die Fläche einsetzte. Und so berührte es ihn herzlich wenig, dass der inkompetente Angreifer kurze Zeit später einen Herzinfarkt erlitt.

Im Gegensatz zu ihm schien Gwyneth ganz genau zu verstehen, was vor sich ging. Sie folgte dem Geschehen mit halb geöffnetem Mund, wiederholte hin und wieder leise eine Äußerung und presste in Momenten, die wohl spannend sein sollten, die Lippen zusammen. Mit der Zeit fand er ihren Anblick unterhaltsamer als den Bildschirm. Nachdem die Folge zu Ende war, drückte sie die Stumm-Taste. »Das war's mit ihm«, krächzte sie. »Sie hat ihm ja immer in den Ohren gelegen damit, dass er zum Arzt gehen soll, aber er hat nicht auf sie gehört.«

Zum zweiten Mal an diesem Abend sah Knight ein mühsames Gespräch auf sich zukommen. »Tja, leider sind Männer oft so. Ich selbst bin auch nicht so wild darauf, zum Arzt zu gehen.« Damit sagte er zur Abwechslung einmal die Wahrheit.

»Er hat gedacht, dass der Arzt ihr Liebhaber ist, drum wollte er nicht hin. Dann, als der Arzt mitgekriegt hat, dass er ihn deswegen bei allen anschwärzte, fand er heraus, wer es wirklich war, und verriet es ihm.«

Bevor Knight ein passender Einwurf in den Sinn kam, war sie schon mitten in der Nacherzählung der Seifenoper, die sich durch ein Labyrinth von Handlungssträngen und eine unüberschaubare Fülle an Personal auszeichnete. Es verstörte und wunderte ihn gleichermaßen, wie detailliert sie sich selbst an Vorgänge erinnerte, die Monate, wenn nicht Jahre zurücklagen. In einem solchen Gedächtnis mussten doch auch noch ein paar Bruchstücke der Ereignisse von vor zwei Wochen vorhanden sein. Die Frage war nur, ob er zu Wort kam.

Die Werbepause war zu Ende, und entsetzt musste er feststellen, dass mehrere Folgen am Stück wiederholt wurden, was bedeutete, dass er mindestens noch weitere zehn Minuten aussitzen musste. Die Ex-Braut saß schluchzend am Bett ihres leidenden Verlobten, hypnotisiert vom Piepen der lebenserhaltenden Apparate. Knight wünschte, sie würde sie abschalten. Bei der nächsten Werbepause ergriff er seine Chance. »Sie haben ja ein beneidenswertes Gedächtnis, Gwyneth. Ich wette, Sie erinnern sich sogar an alles, was an dem Tag passierte, als diese armen Damen hier starben.«

Er war darauf gefasst, auch sie in Unruhe zu versetzen, aber über ihr Gesicht huschte bestenfalls ein Hauch von Unbehagen. Sie betrachtete ihn wieder mit ihrem wachsamen Vogelblick. »O ja, ich erinnere mich an alles.« Sie machte eine Pause, rief sich den Tag wieder ins Gedächtnis. »Wir mussten den ganzen Vormittag in unseren Zimmern bleiben. Zum Frühstück gab es nur ein bisschen Toast, den Mrs. Grayling uns brachte, der war aber schon kalt. Und wenn wir zur Toilette mussten, brachte sie uns hin. Aber sie wollte uns nicht sagen, was los war, und wir erfuhren auch nichts, bis der dicke Detektiv kam und es uns erzählte.« Angewidert zog sie die Nase kraus. »Ich mochte ihn nicht, der war völlig unfähig.« Das war nun beileibe keine Neuigkeit für Knight, das Folgende dafür umso mehr: »Der war richtig arrogant, ein furchtbarer Mann. Darum wollte ich ihm auch nichts davon erzählen.«

Knight nickte und fragte dann ganz beiläufig, als wäre es das Normalste von der Welt: »Wovon erzählen?«

»Von dem Streit. Er wollte wissen, ob es hier irgendwelchen Streit gegeben hat.«

Aus dem Augenwinkel nahm er wahr, dass auf die Werbung nun die Ankündigung einer Promi-Spieleshow folgte, was hieß, dass ihm bis zur Fortsetzung der Serie nur noch Sekunden blieben. Schon griff sie nach der Fernbedienung, die auf dem kleinen Tisch zwischen ihren Sesseln lag.

»Hier, ich gebe sie Ihnen.« Er stellte sich so glaubwürdig ungeschickt an, dass sie außerhalb ihrer Reichweite auf den Boden fiel. Er entschuldigte sich und lehnte sich nach vorne, um sie aufzuheben. »Wer hat denn mit wem gestritten?«

»Mrs. Grayling und ihr Neffe, draußen im Garten.«

»Haben Sie auch gehört, worüber sie gestritten haben?«

»Sie wollte ihm kein Geld geben. Haben Sie sie gefunden?«

»Ich glaube, sie ist unter den Stuhl gerutscht. Gleich hab ich sie …«

Sie wurde nun unruhig, versuchte gleichzeitig über die Armlehne des Sessels und zum Bildschirm zu linsen, wo die nächste Szene schon im Gange war.

»Wie heißt denn der Neffe?«

»Ryan! Was interessiert Sie sein Name?«, zischte sie ungeduldig.

Es war genau der richtige Augenblick, um das Gespräch zu beenden. Er schaltete den Ton wieder ein, und sie vergaß seine Gegenwart sofort. Er war ein bisschen enttäuscht. Einen Augenblick lang hatte er auf eine bedeutsame Enthüllung gehofft, vielleicht eine Auseinandersetzung, an der eines oder mehrere der Opfer beteiligt waren. Ein Familienzwist dagegen war nicht die gleiche Liga. Er verbuchte ihn unter Nebensächlichkeiten und stand auf, erleichtert, dass er so der leidenschaftlichen Vereinigung der zwei sündigen Liebenden in einer Besenkammer des Krankenhauses entkam.

Hinter dem Fernseher hing ein Vorhang, der eine Verandatür zum Garten verbarg. Es war erst sieben Uhr, und der ausgebleichte braune Stoff wurde von dünnen goldenen Strahlen umrahmt. Da er leicht in der sanften Brise flatterte, schloss er, dass die Tür geöffnet war.

Das war die unkomplizierteste Form des Rückzugs. Dorothy schlief noch, Gwyneth hockte gebannt vor dem Fernseher und Sheila starrte nach wie vor ins Nichts. Es fühlte sich seltsam befreiend an, auf diese Weise unsichtbar zu sein. Er hätte einen Kopfstand machen oder einen Stepptanz vorführen können, niemand hätte es bemerkt. Er entschied sich für das einfachere Kunststück, den Vorhang mit seinem Rollator beiseitezuschieben und diskret hinauszuschlüpfen, wobei er zugleich feststellen konnte, dass die Tür keine Spuren eines gewaltsamen Eindringens aufwies.

15

Ein fleckiger Rasen erstreckte sich etwa zehn Meter von der Hausrückseite bis zu einem Holzzaun. Rechts in der Ecke stand eine Kastanie; sie wirkte deplatziert, wie das Relikt einer früheren Epoche. In der gegenüberliegenden Ecke lagerten hinter einer Betonplatte ein paar billige Gartenmöbel. Er schleppte sich nach links auf die Hecke zu, die das Grundstück vom Nachbaranwesen trennte.

Nicht, dass er erwartete, dort das Laufwerk der Überwachungskamera zu finden, aber es stand auf seiner To-do-Liste und kam seinem aufgestauten Bewegungsbedürfnis entgegen. Er wandte sich nochmals nach links, zu der Lücke zwischen Hecke und Haus. Statt Gras bedeckten hier Holzschnitzel den Boden, bis nach vorne zum gekiesten Parkplatz vor dem Haus. Systematisch arbeitete er sich nach vorne und schob dabei immer wieder mithilfe des Rollators die Heckenzweige zur Seite, um besser sehen zu können, ob sich vielleicht etwas dahinter verbarg.

Nach der halben Hauslänge kam er zum Fenster des Badezimmers im Erdgeschoss. Es stand einen Spalt offen, und ganz automatisch warf er einen Blick hinein. Eine Mitarbeiterin, die er noch nicht kannte, stand über die Wanne gebeugt; Brendas Kopf und Schultern ragten aus einem Schaumgebirge. Sie stieß einen Schrei aus, als sie ihn entdeckte.

Knight drückte sich gegen die Mauer. Drinnen hörte er, wie Brenda aufgeregt behauptete, da draußen lauere »der Ehemann«, der sie nackt sehen wolle, während die Pflegerin ihr klarzumachen versuchte, wie unwahrscheinlich das war. Um ihre Fantasie nicht weiter zu beflügeln, wurde das Fenster geschlossen.

Knight atmete auf. Zerknirscht ob seiner Unvorsichtigkeit und zugleich voll diebischer Freude, nicht ertappt worden zu sein, setzte er die Inspektion der Hecke fort. An der Vorderseite des Hauses angelangt, bog er abermals nach links auf den Parkplatz, der vom Bürgersteig durch ein niedriges Mäuerchen getrennt war. Ein karges Terrain, wo nichts wuchs außer ein paar Gräsern, die sich heldenhaft aus dem Kies gekämpft hatten, nur um sich dann in einer unfruchtbaren Wüste wiederzufinden. Hier gab es keine Verstecke, also machte er an der Hecke auf der anderen Seite des Gebäudes weiter.

Sehnsüchtig spähte er hinüber zu dem offenen Tor und der dahinterliegenden Straße, wo die Bäume lange Schatten warfen. Es wäre ein idealer Abend gewesen, um auf seinem Balkon zu essen, ein Glas roten Burgunder zu trinken und die Stare über dem Pier bei ihren Formationsflügen zu beobachten. Während er sich – nun wieder auf Holzschnitzeln – durch den anderen schmalen Korridor zwischen Hecke und Haus kämpfte, überlegte er, was er Fran beim nächsten Mal vorsetzen könnte. Er stellte sich vor, wie ein Spieß Langostinos auf dem Grill hellrosa wurde, auf dem Tisch eine Schüssel Panzanella wartete und Fran faulenzte, während er kochte.

Danach würden sie hineingehen, er würde ein Gitarrenkonzert oder einen Raga auflegen. Die Musik würde sie beide in einen Zustand träumerischer Entspanntheit versetzen, ihre Gedanken und dann auch ihre Körper zusammenführen, bis sie schließlich den Flur entlangschlendern würden, Arm in Arm wie Teenager, die nach einem heißen Tag vom Strand kommen. Diesmal würden sie das Schlafzimmer gemeinsam betreten, am Fuß des Bettes stehen und sich küssen, ganz ohne Hast, dann würde sie langsam sein Hemd aufknöpfen. Und dann …

»Albert! Haben Sie etwas verloren?«

Als er nach draußen getreten war, hatte er Penelope übersehen, die verdeckt hinter der Kastanie saß. Nun, nach Vollendung seines Rundgangs, konnte er sie aus seinem Blickwinkel gut erkennen. Sie hatte sich offenbar einen Stuhl aus dem Betonverschlag geholt.

»Äh, nein.« Er suchte nach einer tauglichen Erklärung. Warum sonst sollte man mit einem Rollator in einer Hecke herumstochern? »Ich habe da so einen, äh, Tick, ich muss immer rumlaufen und nachschauen, ob irgendwo Abfall liegt.« Er wusste nicht, welche Vorstellung er schlimmer fand, dass sie ihm glaubte – oder dass nicht. Die sichtliche Enttäuschung in ihrem Blick bewies, dass er erfolgreich gewesen war, doch genauso erfolgreich zauberte sie ein höflich-beifälliges Lächeln auf ihr Gesicht. »Es ist ja schön, wenn sich jemand darum kümmert. Soll ich Ihnen einen Stuhl holen?«

»Danke sehr, ich komme schon zurecht.« Er hatte registriert, dass auch sie einen Rollator hatte, der neben ihr auf dem Rasen stand, und da erschien es ihm nicht sehr galant, ihr Angebot anzunehmen. Außerdem wollte er unbedingt den Eindruck schwindender Zurechnungsfähigkeit durch den Beweis moderater Leistungsfähigkeit ersetzen.

Als er die Betonwand erreichte, war er sehr unschlüssig. Am einfachsten wäre es gewesen, den Stuhl in der einen und den Rollator in der anderen Hand zu halten, aber dann hätte er nicht mehr so schön mühsam schlurfen können, was für seine Tarnung unerlässlich war. Zumal sie ihn genau beobachtete. Irgendwie musste er den Stuhl transportieren und dabei beide Hände am Rollator haben.

Dann schien sich mit einem Mal die richtige Lösung von selbst aufzudrängen. Er schob den Rollator genau hinter den Stuhl, froh, dass beides die gleiche Breite hatte. Wenn er den Rollator an beiden Seiten umklammerte, konnte er seine Finger um die Stuhlkanten legen und beides zusammen bewegen. So machte er sich auf den Weg zurück zum Baum. Leider musste er feststellen, dass ihm der Stuhl ständig aus den Fingern rutschte. Er versuchte, ihn auf dem Boden voranzuschieben, aber auf die Art gruben sich die Stuhlbeine in den unebenen Rasen.

Vor radikalen Maßnahmen war er noch nie zurückgeschreckt, wenn die Umstände es erforderten, und so hob er den Stuhl hoch, balancierte die Sitzfläche auf dem Kopf und hatte dabei die Lehne vor seinem Gesicht. Er tat ein paar Schritte, aber es zeigte sich sofort, dass sein Kopf zu klein war, um ein Objekt dieser Größe und Form zu balancieren. Gebannt beobachtete Penelope, wie der Stuhl erst hin- und herschaukelte und dann auf den Rasen fiel.

»Albert, bitte, lassen Sie mich helfen!« Das war mehr Befehl als Bitte. Ein wenig mühsam stützte sie sich auf ihren Rollator und kam ihm die paar Meter entgegen. Kurz darauf zog sie den Stuhl mit einer Hand hinter sich her, während sie sich mit der anderen auf den Rollator stützte. Sie legte eine nüchterne Entschlossenheit, ja geradezu die Effizienz einer Maschine an den Tag, während Rollator und Stuhlbeine über den unebenen Rasen hoppelten. Bekümmert musste Knight feststellen, dass sie außer Atem war, als sie den Baum erreichte. Sie schob den Rollator beiseite, deutete freundlich auf den Stuhl und hielt ihn für ihn fest. »Sie kennen noch nicht alle Tricks im Umgang mit diesen Ungetümen, was? Haben Sie Ihren schon lange?«

Knight verneinte. Er kam sich wie ein Idiot vor, konnte sich aber zumindest damit trösten, dass er seine Tarnung nicht in Gefahr gebracht hatte – wenn überhaupt, hatte er an Glaubwürdigkeit gewonnen. Wenn er nun seltsame Fragen stellte, würde das sicher nur ihre Überzeugung festigen, dass er ein komischer Kauz war.

»Ich überlege gerade«, sagte er, nachdem er sich bedankt hatte, »das ist doch nicht etwa das Heim, wo diese Morde geschehen sind, oder?«

Sie starrte ihn ungläubig an. »Wollen Sie damit sagen, dass Sie das nicht wussten?«

»Nein. Also, ich habe es natürlich in der Zeitung gelesen, aber ich hatte den Namen des Heims vergessen, bis jetzt. Das ist schon ulkig!« Er gluckste belustigt.

Penelope schien über eine derartige Sorglosigkeit erstaunt. »Macht Ihnen das gar nichts aus?«

Knight zuckte mit den Schultern. »Na, Sie wissen ja, es heißt doch, der Blitz schlägt nie zweimal an der gleichen Stelle ein. Also dürften wir hier doch sehr sicher sein, meinen Sie nicht?«

So hatte sie es bisher noch nicht betrachtet, musste sie zugeben.

»Aber natürlich muss das ein traumatisches Erlebnis für Sie gewesen sein. Ich wollte mich keinesfalls darüber lustig machen.«

Er stieg wieder ein wenig in ihrem Ansehen. Er mochte merkwürdige Angewohnheiten haben und sich mit Stühlen hoffnungslos dumm anstellen, aber aus seinen Äußerungen sprachen eine gewisse Intelligenz und ohne Zweifel Höflichkeit. »Nicht so schlimm. Als es passierte, war ich glücklicherweise gar nicht hier.«

»Ach so. Und wo waren Sie?« Das war vielleicht ein bisschen, aber nicht unverzeihlich indiskret.

Sie lächelte resigniert. »Oh, wie üblich im Krankenhaus. Ich habe ein sehr lästiges Herzleiden, und sie müssen mich immer wieder mal einliefern.«

Knight bekundete sein Mitgefühl. Sie vertiefte das Thema nicht weiter, und er fragte nicht nach. Gegen die detaillierte Schilderung medizinischer Symptome hatte sie offenbar eine altmodische Abneigung, die er teilte. Abgesehen davon war er erleichtert, dass er sie von der Liste der Verdächtigen streichen konnte.

»Natürlich habe ich mit dem Gedanken gespielt, hier wegzugehen. Eine der anderen Damen hat das Heim verlassen, obwohl sie sowieso nur probeweise hier war. Also habe ich es mir auch überlegt ... Aber dann dachte ich, ich könnte genauso vom Regen in die Traufe kommen, also wozu die Mühe?«

Das erklärte die Abwesenheit von Susan Hillfield. »Kannten Sie die Dame gut, die gegangen ist?«

Sie schüttelte traurig den Kopf. »Nein, aber sie tat mir wirklich leid. Sie war körperlich sehr gebrechlich, und alles um sie herum machte ihr Angst. Offensichtlich eine sehr schwere Depression, die auch ihr Denken beeinträchtigt hat.«

Das passte auf Frans Beschreibung. Es konnte nicht schaden herauszufinden, wo sie jetzt war, aber das hatte keine Priorität.

»Wissen Sie, wer mir irgendwie am meisten leidtut? Das mag jetzt verwerflich klingen, aber es ist die Frau, die die Morde begangen hat.«

Knight vernahm das mit Erstaunen, er hätte ihr eher alttestamentarische Strenge zugetraut. Sie war vielleicht nicht ohne Mitgefühl, aber dass sie für eine kaltblütige Mörderin Partei ergriff? »Warum – meinen Sie denn, es war jemand anderes?«

»Nein, nein, sie war es bestimmt. Aber es ist einfach tragisch, dass eine wunderbare Frau wie sie zu so einer schrecklichen Sache getrieben wird.«

Nun war Knight verwirrt. »Es hat sie etwas dazu getrieben?«

Penelope nickte mit grimmiger Miene. »Ich kenne nicht alle Details, aber wenn ich es richtig verstanden habe, dann hat ein Mann sie sehr schlecht behandelt.«

Knight war auf eine Vertiefung des Themas gar nicht erpicht, aber sie hatte dazu anscheinend mehr zu sagen.

»Soweit ich weiß, hat er sie furchtbar angelogen, und das, glaube ich, hat sie komplett aus der Bahn geworfen. So gemein betrogen zu werden, herauszufinden, dass jemand, dem man vertraut hat, fähig ist, einen so zu täuschen. Das ist …« Sie stockte, suchte nach Worten, die der Dimension des Geschehenen gerecht werden könnten, aber schließlich sagte sie nur leise: »Das ist furchtbar.«

Er war sicher, dass sie aus Erfahrung sprach, aber auch diesmal hielt sie sich mit Details vornehm zurück.

»Ich fürchte, das männliche Geschlecht hat eine ganze Menge auf dem Gewissen«, äußerte Knight mit Unbehagen. »Mea culpa.«

Sie lachte spröde. »Ich fürchte auch, Albert, obgleich ich überzeugt bin, dass Sie ein vollendeter Gentleman sind. Aber jetzt erzählen Sie mir doch etwas von sich. Ich habe so eine Ahnung, dass Sie Soldat waren.«

Eigentlich war er begierig, so viel wie möglich über den Alltag im Heim herauszufinden. Stattdessen lieferte er ihr einen verkürzten, obschon vorwiegend auf Tatsachen beruhenden Abriss seiner militärischen Laufbahn, worauf sie offenbarte, dass auch ihr Mann Offizier gewesen war und es bis zum Oberst gebracht hatte. Da ging Knight ein Licht auf. Er hatte mit dem Oberst Savage nie zu tun gehabt, aber über dessen Absturz war breit berichtet worden, wie er sich erinnerte. Nachdem er die Armee verlassen hatte, hatte er für eine Investment-Firma gearbeitet, die öffentlichkeitswirksam pleitegegangen war. Es war von veruntreuten Geldern und Orgien auf den Cayman-Inseln die Rede, wenn auch Zweifel bestanden, ob Savage zu den Betrügern gehörte oder nur das Bauernopfer war. Keine Zweifel gab es allerdings daran, dass er sich nach seinem persönlichen Bankrott und vor Beginn seines Gerichtsverfahrens mit einem Jagdgewehr erschossen hatte.

Penelope erwähnte weder den Skandal noch seine Folgen, sondern erklärte nur ganz knapp, dass ihr Mann vor rund zwanzig Jahren verstorben war. Taktvoll behauptete Knight, nichts davon mitbekommen zu haben. Zwischen den Zeilen war natürlich herauszuhören, dass ihr kein Penny geblieben war, ein Schicksal, das sie mit bewundernswürdiger Tapferkeit ertrug. Sie hatte viel mehr mitgemacht als er, der zwar Leid, aber keine Schande erfahren hatte.

Die Schilderung seiner Laufbahn ermöglichte es ihm nun, die Unterhaltung wieder zum ursprünglich angepeilten Thema zurückzulenken. »Nun, Penelope, als Soldatengattin sind Sie sicher Expertin darin, sich an immer neuen Orten zurechtzufinden. Vielleicht haben Sie ein paar Tipps, wie ich mich hier schnell eingewöhne?«

Sie lachte in gutmütigem Spott. »Hier gibt's nicht viel zum Eingewöhnen, fürchte ich. Man hangelt sich eben von Tag zu Tag.«

»Gibt es denn keine Bösewichte, vor denen man sich in Acht nehmen muss? Sind keine bedrohlichen Fehden im Gang?«

Wieder lachte sie, diesmal eher freudig-amüsiert. Einen flüchtigen Augenblick war ihm, als säße ihm ein junges Mädchen gegenüber, auf dem Höhepunkt ihrer Anziehungskraft, mit der sie sehr wahrscheinlich reihenweise Männern das Herz gebrochen hatte.

»Also wirklich, Albert, Sie haben vielleicht eine Fantasie! Hier gibt es doch nur einen Haufen bekloppter alter Tanten, wie Sie sicher selbst schon bemerkt haben.«

Er versicherte ihr, dass ihm diese Einschätzung völlig fernläge, insbesondere angesichts der Gesellschaft, in der er sich augenblicklich befand. »Ich habe wirklich mehr ans Personal gedacht. Es ist, als wäre man wieder im Internat und wollte etwas über die Ticks der Lehrer oder Tutoren rausbekommen.«

Sie schüttelte den Kopf, ihre Belustigung war verflogen. »Ach nein, hier ist nichts auch nur annähernd so lustig wie im Internat.« Sie seufzte. »Das Personal ist im Großen und Ganzen in Ordnung, sie tun, was sie können, aber tatsächlich …« Sie zuckte mit den Schultern, als müsste sie eine Niederlage eingestehen. »Lassen Sie es mich so formulieren: Es geht hier doch recht dröge zu.«

Eine Zeit lang schwiegen sie. Dann runzelte sie die Stirn. »Aber einen Rat kann ich Ihnen geben: Wenn Sie Wertsachen haben, dann schließen Sie sie ein.«

Sie streckte die linke Hand aus und zeigte auf ihren bloßen Ringfinger. »Kürzlich ist mein Ehering verschwunden. Natürlich dachten alle, ich hätte ihn irgendwo verloren, aber ich weiß genau, dass das nicht stimmt. Ich habe ihn über Nacht immer auf meinem Nachtkästchen abgelegt und bin sicher, jemand hat ihn von da weggenommen.«

Knight wollte Bedauern äußern, aber sie winkte ab. »Es ist wirklich nicht so wichtig«, meinte sie und seufzte resigniert. »Um ehrlich zu sein, ich weiß gar nicht, warum ich ihn immer noch getragen habe.« Elegant vermied sie jeden Eindruck von Selbstmitleid, indem sie ihn ernst ansah: »Aber seien Sie vorsichtig. Ich bin sicher nicht die Einzige, der das passiert ist.«

16

Es war schon das zweite Mal, dass die kleine Dunkelhaarige ihm zulächelte und dann ihrer Freundin etwas ins Ohr flüsterte. Bullock konnte sich kaum entscheiden, welche der beiden er schärfer fand. Die Dunkelhaarige hatte den besseren Hintern, dafür hätten die Möpse von der Großen mit den blonden Locken direkt aus einem Porno stammen können.

Noch keine Spur von Bev. Ursprünglich hätte sie direkt zu ihm kommen sollen, sie hatte jedoch darauf bestanden, sich zuerst im Kalibanz zu treffen. Es war merkwürdig, dass sie an den Ort ihrer Erniedrigung zurückkehren wollte, aber sie hatte scherzhaft behauptet, sie bräuchte erst ein paar Drinks, um den Anblick seiner zweifellos versifften Wohnung zu ertragen, und das, hatte er eingesehen, war gar keine so schlechte Idee.

Als die Dunkelhaarige ihm ein drittes Mal zulächelte, war es um seine Zurückhaltung geschehen. Diese Nacht würde zwar nichts draus, doch die goldene Regel lautete, immer rechtzeitig für Nachschub zu sorgen. Und wenn Bev ausgerechnet dann aufkreuzte, wenn er mit der Dunkelhaarigen redete, war das ihr Problem, sie hatte ja keine Wahl.

»Ganz allein hier? Da kann doch was nicht stimmen!« Er brachte den Spruch mit einem Selbstvertrauen, das sich erst nach langjährigem Training einstellt.

Die beiden sahen sich an, als würden sie überlegen, ob sie ihn in ein Geheimnis einweihen sollten. »Tja, da stimmt tatsächlich was nicht, wir wurden nämlich sitzen gelassen. Ich bin übrigens Caro.« Das sagte die Blonde. Sie klang irgendwie vornehm, war eigentlich eine Nummer zu groß für ihn, dennoch musterte sie ihn mit Interesse. Genau wie die Dunkelhaarige. »Ich heiße Lucy. Spendierst du uns einen Drink?«

Er kalkulierte kurz: Es wäre natürlich eine Geldverschwendung, wenn er ihnen etwas zu trinken holte und genau dann Bev hereinschneite. Ihm war klar, dass die Chance, ihre Nummern zu kriegen, in Gegenwart seines Dates gering war. Andererseits wäre es eine viel größere Verschwendung gewesen, die Gelegenheit auszulassen, und so gesehen machte die Investition doch Sinn.

Anscheinend waren sie aus London zu einem Junggesellinnenabschied gekommen, doch die Junggesellin war krank geworden und hatte ihnen nicht rechtzeitig Bescheid gegeben, dass die Party ausfiel. Statt einfach zurückzufahren, hatten sie beschlossen, trotzdem einen draufzumachen. Caro trug Versace-Jeans und eine knappe Lederjacke über einem weißen T-Shirt, ihre Freundin enge silberne Shorts und ein schwarzes paillettenbesetztes Trägertop. Aus ihrem Ton schloss er, dass sie einer glamouröseren Beschäftigung nachgingen als er, und war nicht überrascht zu hören, dass sie in der Filmbranche arbeiteten. Das gaben sie aber nur widerwillig preis und konnten dabei kaum ein Kichern unterdrücken, so als wollten sie ihm gegenüber nicht taktlos sein. Weitere Nachfragen förderten das gezierte Geständnis zutage, dass sie nicht nur im Sektor Erwachsenenfilme, sondern da auch noch *vor* der Kamera tätig waren. Bullock konnte sein Glück kaum fassen. Er stand zwei waschechten Pornodarstellerinnen gegenüber, eine Erfahrung, die ihn so tief berührte wie einen frommen Hindu die Erleuchtung.

Um nicht für hoffnungslos langweilig gehalten zu werden, gab er sich als Anwalt aus, und auf ihre Nachfrage erklärte er, er vertrete Musiker und Filmstars in Strafverfahren wegen

Drogenmissbrauchs, die Namen seiner Klienten könne er aber selbstverständlich nicht nennen. Inzwischen ein bisschen zu selbstsicher, stolperte er fast über die Behauptung, in Oxford studiert zu haben. Zu seinem Schrecken outeten sich die beiden ebenfalls als Oxford-Absolventinnen und fragten nach dem Namen des Colleges. Er erstarrte vor Schreck und nannte St. Sebastian, das Erste, was ihm in den Sinn kam, weil er mal mit dem Schiff an einem Ort dieses Namens gewesen war, und zu seiner Erleichterung machte das einen immensen Eindruck auf sie. Seine bisherigen Begegnungen mit Luxusweibchen waren alle in die Hose gegangen, manchmal sogar auf erniedrigende Weise, aber bei den beiden konnte er anscheinend nichts falsch machen. Caro lachte unbändig über seine Scherze, und Lucy legte immer, wenn sie mit ihm sprach, eine Hand auf seinen Arm oder einen Finger auf seine Brust und musterte ihn aufmerksam mit ihren dunkelbraunen Augen. Welche sollte er nehmen? Er war wie der pawlowsche Hund, zwischen zwei Glocken hin- und hergerissen.

»Und, Stevie, jetzt sag uns mal, wo steppt hier in Eastbourne der Bär?« Caros hochgezogene Braue signalisierte, dass er bei der weiteren Abendgestaltung durchaus mit von der Partie sein konnte. Die Frage nach alternativen Örtlichkeiten brachte Bullock allerdings in Verlegenheit, da das Kalibanz mehr oder weniger das einzige Highlight in einem ansonsten recht glanzlosen Umfeld war, so jedenfalls musste es diesen überirdischen Wesen aus der Hauptstadt scheinen. Als er ein paar Bars und Clubs beschrieb, sah er auch prompt ihr Interesse schwinden. Lucy wandte sich ausnahmsweise mal nicht an Bullock, sondern an Caro: »Hört sich nicht so verlockend an. Vielleicht sollten wir lieber … an morgen denken.«

Einen Augenblick lang fürchtete er, diese wunderbare Seifenblase würde platzen, doch dann drehte sich Caro mit einem belustigten Augenzwinkern zu ihm. »Stimmt, wir müssen noch ein paar Szenen proben. Vielleicht magst du mit ins Hotel kommen und uns assistieren?«

Es war, als würde das Schicksal persönlich an seine Tür klopfen. Er hatte immer gewusst, dass das einmal passieren würde, dass irgendwann einmal wunderschöne Fremde auftauchen und ihn entführen würden, dass Frauen von genau den Websites, die sein spirituelles Zuhause darstellten, in seine Realität eintreten würden, wo sie eigentlich hingehörten. Das Gefühl, dass es die Vorsehung verdientermaßen gut mit ihm meinte, wurde noch untermauert durch eine SMS von Bev, die ihr Ausbleiben mit einer Magenverstimmung entschuldigte.

Seine Euphorie hätte zweifelsohne einen argen Dämpfer erlitten, wenn er Merv entdeckt hätte, der hinter einer Säule am anderen Ende des Raums stand. Und bitter enttäuscht wäre er gewesen, hätte er gewusst, dass Merv bis eben mit Bev telefoniert hatte. Merv sah die drei zusammen weggehen und simste die gute Nachricht dann an Knight.

Dieser nahm sie mit Befriedigung zur Kenntnis. Er war zuversichtlich gewesen, dass Bullock den Köder schlucken würde. Knights einziger Wermutstropfen war die Tatsache, dass die Leckerbissen, die er angerichtet hatte, für den Kerl viel zu gut waren, auch wenn sie sich als sehr kurzes Vergnügen herausstellen würden. Doch besser, man war auf der sicheren Seite.

Er überprüfte den Batteriestatus seines Scanners und versenkte ihn in den erfreulich tiefen Taschen seines Morgenmantels. Es war ein eigenartiges Gefühl, im Pyjama zu arbeiten, aber man hatte sich eben den Erfordernissen der jeweiligen Operation anzupassen. Wenn man ihn ertappte, was er für unwahrscheinlich hielt, konnte er immer behaupten, er habe sich auf dem Weg zur Toilette verlaufen. Er zog das Band seiner Stirnlampe fest und schnappte sich auf dem Weg zur Tür noch seinen Stock.

Geräuschlos stieg er die Treppe hinunter, heilfroh, sich nicht in den verhassten Lift setzen zu müssen, auch wenn sein Knie ein paarmal zwickte. An der Biegung lugte er über das Geländer Richtung Büro. Eine unbekannte Frau starrte, ihm zugewandt, auf einen Computerbildschirm. Sobald sie hochsah, musste sie ihn entdecken, also bewegte er sich auf dem Hintern voran, Stufe für Stufe, wie ein ängstliches Kleinkind. Als er in der Diele ankam, schaute er wieder zu ihr hinüber und stellte fest, dass ihr Gesicht aus diesem Winkel komplett vom Bildschirm verdeckt wurde. Auf allen vieren kroch er zur Kellertreppe.

In die Küche fiel ein wenig Licht von einer Lampe in der Waschküche hinten rechts. Unter einem Mauerbogen hindurch schlich er darauf zu. Aus der Waschküche drang gedämpft ein Fernsehdialog. Unten an der Tür war ein flackernder Lichtstreifen zu erkennen. In diesem Raum hätte sich in jener Nacht Jana befinden sollen, denn nach inoffizieller Regelung musste die eine Pflegerin oben im Büro bleiben, während die andere hier unten fernschauen oder einfach schlafen konnte.

Links von ihm stand unter mehreren Hängeschränken eine Kühltruhe. Danach folgte der kleine Schrank mit dem Sicherungskasten, den Merv bei seiner flüchtigen Kellerinspektion übersehen hatte. Die Tür quietschte leise beim Öffnen. Er wollte schon die Stirnlampe einschalten, als die Klinke an der Tür zur Waschküche gedrückt wurde. Er ging neben der Kühltruhe in die Knie, nur Sekundenbruchteile, bevor das Licht anging und ihn kurzzeitig blendete. Ein stechender Schmerz fuhr ihm in Nacken und Rücken, als er sich zusammenkauerte. Er lauschte den sich nähernden Schritten, die nur Zentimeter von seinem Versteck entfernt stoppten. Die Klappe der Kühltruhe öffnete sich knarzend. Nach endlos scheinenden zwanzig Sekunden wurde die Klappe wieder geschlossen, und die Schritte entfernten sich Richtung Küche, wo eine Mikrowelle zu summen begann. Dann kehrten sie in die Waschküche zurück. Das Licht ging aus, die Tür wurde geschlossen.

Knight atmete tief durch, um das wilde Trommeln in seiner Brust zum Verstummen zu bringen. Schließlich hievte er sich hoch auf seinen Stock, wobei er Arme und Schultern belastete, um sein Knie zu schonen. Lautlos öffnete er das Schränkchen. Der Hauptschalter befand sich über einer Reihe von ordentlich mit der jeweiligen Funktion beschrifteten Sicherungen. Nachdem er sich genau gemerkt hatte, welche diejenigen für den Keller waren, weil er die zuletzt rausnehmen wollte, drückte er alle anderen. Dann zog er einen Knallfrosch aus der Tasche und zündete die Schnur an.

Im Hotelzimmer schenkte Caro gerade den Champagner ein, während Lucy den Plot des geplanten Films erklärte. Ein gut aussehender junger Reisender wird von zwei Zollbeamtinnen für eine Leibesvisitation zur Seite genommen, was schnell dazu führt, dass sich alle drei ihrer Kleider entledigen. Ohne Frage ziemlicher Schrott, aber auch nicht schlechter als die anderen Filme, in denen sie schon mitgespielt hatten, um ihr Einkommen aufzustocken, das dank Claires Aufträgen ohnehin nicht unerheblich war. Soviel sie von Knight wussten, drückten sie mit dieser Story bei Bullock die richtigen Knöpfe. Der männliche Protagonist verfügte über eine so übermächtige erotische Ausstrahlung, dass die beiden devoten weiblichen Figuren ihren sexuellen Appetit nicht mehr zügeln konnten und sich beglückt allen seinen Launen und Wünschen beugten. Caro warf Lucy immer vor, die Drehbücher intellektuell zu überfrachten, aber Caro hatte schließlich auch kein Englischstudium bis fast zum Abschluss geschafft. Caro war fürs Geld zuständig, sie hatte nämlich Wirtschaft studiert.

Bullock hörte ihnen mit dem Gesichtsausdruck eines Hundes zu, der auf sein Fressen wartet. Dass Männer, die auf schnellen Sex hofften, leichtgläubig waren, konnte sie kaum überraschen. Aber ein derart naiver Trottel war ihnen lange nicht untergekommen.

»Bei der Szene, an der wir gerade arbeiten, besorgt er es der einen von hinten, und die andere besorgt es ihm von unten. Wir wissen noch nicht genau, wie das funktionieren soll, also müssen wir ein bisschen improvisieren.«

Caro drückte ihm ein Glas Champagner in die Hand und nahm einen Schluck von ihrem. »Lass uns Stevie erst mal in Stimmung bringen.« Sie baute sich vor ihm auf und legte einen lässigen Striptease hin. Bullocks Eindruck, seinem rechtmäßigen Schicksal zugeführt zu werden, wich völliger Verzückung, denn nun jagte ein Wunder das nächste. Auch Lucy zog sich nämlich aus, und dann entkleideten sie zu zweit ihn und geleiteten ihn zum Bett, vorbei an einer Frisierkommode, auf der eine Schäferin aus Porzellan den Ereignissen mit einem Ausdruck unschuldiger Freude folgte. Nach einer ausgiebigen Massage arrangierten sie seinen Körper zwischen den ihren in immer komplizierteren Figuren, ohne dass er dem nun so dringend gebotenen Vollzug auch nur einen Schritt näherkam. Sie versicherten ihm, dass es nicht mehr lange dauern würde.

»Wir müssen nur rausfinden, was du mit dem Koks machst.« Caro stand vom Bett auf und holte eine kleine Tüte aus ihrer Handtasche. Lucy machte eine Brücke, sodass ihr Rumpf eine vollkommen waagrechte Fläche bildete. Caro streute etwas weißes Pulver zwischen ihre Brüste und schob sie mit einer Kreditkarte zu einer geraden Linie zusammen.

»Schnupf das bloß nicht wirklich, das ist kein echtes.«

Bullock zog sich im Prinzip ganz gerne mal ein bisschen Stoff rein, wenn er welchen konfiszierte, aber unter diesen Umständen wollte er sich auch nicht beschweren. Er nahm die Zwanzig-Pfund-Note, die Caro für ihn zusammengerollt hatte, und folgte ihrer Anweisung, sich zwischen Lucys Beine zu knien. Caro schob sich zugleich unter Lucys gebogenen Körper, bis sich ihr Kopf in vielversprechender Nähe zu seiner unteren Körperregion befand, aber das Lustversprechen wollte sich noch immer nicht erfüllen.

»Okay, jetzt schau, ob du hinkommst.«

Bullock stützte sich mit einer Hand aufs Bett, steckte sich die Banknote in die Nase und lehnte sich nach vorne über das Pulver. Durch das Tal zwischen ihren Brüsten hindurch grinste Lucy ihn an. Hinter ihr an der Wand hing an merkwürdig unpassender Stelle eine kleine Uhr. Es war 0.30 Uhr, ein Zeitpunkt, an den er sich sein Leben lang erinnern sollte.

»Jetzt tu so, als würdest du es schnupfen.«

Bullock hatte sich zuletzt in seiner Grundschulzeit als Schauspieler versucht, wo er beim Krippenspiel die glanzlose Rolle des Schafs innehatte, aber ermuntert von Lucy, zog er ein paar Grimassen, die höchste Verzückung darstellen sollten.

»Schätzchen, das ist großartig, du bist ja ein Naturtalent«, gurrte sie. Ihr Lob war offensichtlich aufrichtig, da sie bei jedem neuen Gesichtsausdruck wild kicherte, bis sie ihm endlich bescheinigten, dass es reichte. Nun würde ganz sicher die Belohnung folgen. Welche er nehmen sollte, stand nicht mehr zur Debatte, er würde sie natürlich beide kriegen. Er musste sich nur noch entscheiden, wen zuerst. Er wusste, dass sein Leben einen solchen Höhepunkt nicht noch einmal erreichen würde, aber das war ihm egal.

»Ich glaube, wir alle haben uns noch ein Glas verdient.« Caro schenkte Champagner nach und ließ unauffällig eine kleine Zugabe in sein Glas fallen. Wenige Minuten später schlief er wie ein Baby, während sie ihre Sachen zusammenpackten, inklusive der Uhr und der Schäferin, in denen die Kameras versteckt gewesen waren.

Im Büro des Altenheims hob Knight eine weitere Ablagebox herunter und ging den Inhalt durch. Die beiden Nachtschwestern suchten unten im Keller immer noch nach den Sicherungsknöpfen, die er auf dem Boden verstreut hatte, um den Eindruck einer kleinen Explosion zu komplettieren. Bestimmt waren ein paar Überreste des Knallfrosches dazwischen, aber er wettete darauf, dass sie so beschäftigt waren, den Strom wieder zum Laufen zu bringen, dass ihnen das nicht weiter auffallen würde. Sie hatten vermutlich ziemliche Schwierigkeiten, den Hauptschalter zu finden, den er unmittelbar nach dem Knall herausgezogen und hinter der Tiefkühltruhe deponiert hatte. Dann war er durch die Küche zurückgerannt, wohl wissend, dass sich die Tür der Waschküche öffnen würde, wenn er an der Treppe war. Er wusste auch, dass sie eine Taschenlampe hatten. Oben hatte er die Frau im Büro die Schubladen durchwühlen sehen und sich im Flur vor Brendas Zimmer versteckt, als der Lichtstrahl die Diele kreuzte. Sobald die Schwester die Treppe hinunter verschwunden war, war er ins Büro gelaufen und hatte sich an die Arbeit gemacht.

Die ersten paar Kisten waren mit zahllosen Regelwerken und Richtlinien gefüllt, die er schnell beiseitelegen konnte. Darauf folgten Unterlagen der Sozialhilfe, manche mehrere Jahre alt. Mrs. Graylings Effizienz schien sich nicht auf die regelmäßige Ausdünnung ihrer Ablage zu erstrecken. Da ihm die Zeit davonlief, scannte er in aller Eile die Seiten ein, die die Opfer und die aktuellen Bewohnerinnen betrafen. Er rechnete damit, dass die Frauen so lange unten bleiben würden, bis sie auf den Hauptschalter stießen, und den würden sie erst ganz am Schluss finden. Die Schreibtischlampe war sein Warnsystem. Sobald es ihnen gelang, unten im Keller den Strom wieder einzuschalten, würde sie angehen und er sich mit dem, was er bis dahin ergattert hatte, in sein Zimmer verziehen.

Die nächste Abteilung enthielt Unterlagen von Angestellten, die er schon von seinem USB-Stick kannte, aber dann öffnete er eine unbeschriftete Box, in der ganz oben eine Mappe mit seinem Namen lag. Darin befand sich ein Blatt mit Kontaktdaten, die Merv angegeben hatte, alle erfunden bis auf eine nicht registrierte Handynummer. Die Gebrechen, die auf den beiliegenden Patientenunterlagen verzeichnet waren, waren etwas näher an der Wahrheit. Unter seiner Mappe lag die von Susan Hillfield und noch weitere, deren Namen ihm nichts sagten. Er scannte die spärlichen Unterlagen aus ihrer Mappe ein und öffnete stichprobenartig eine der anderen. Der letzte Eintrag war über ein Jahr alt. Irgendwie musste es da eine Art doppelter Buchführung geben, für eine Minderheit von Bewohnern, die von den anderen getrennt erfasst wurden.

Unten in der Box fand er ein Kassenbuch. Gerade als er es öffnete, nahm er ein elektrisches Summen wahr. Er schaute sich nach der Quelle um und bemerkte, dass der Computerbildschirm zum Leben erwacht war. Warum brannte zugleich nicht auch die Schreibtischlampe? Eine genauere Prüfung ergab, dass sie ausgeschaltet war. Die Frau musste an den Schalter gekommen sein, als der Strom ausfiel, und hatte ihn dann natürlich nicht mehr umgelegt.

Er hatte keine Ahnung, wie lange der Computer schon lief. Seine schlimmsten Befürchtungen wurden bestätigt, als er Licht auf der Treppe und dann eine Taschenlampe sah. Er stellte die Box zurück, ging auf die Knie und kroch durch die Tür ins Speisezimmer, um sich in den hinteren Teil des Hauses zurückzuziehen. Er erreichte den Aufenthaltsraum, als das Licht im Büro wieder anging.

Er zog einen Sessel in die nächstgelegene Ecke und kauerte sich dahinter. Er war wütend darüber, dass er vergessen hatte, die Lampe zu prüfen. Vor zwanzig Jahren, auch noch vor zehn, wäre ihm das ganz sicher nicht passiert. Es war zwar kein Weltuntergang, aber nun musste er eine Möglichkeit finden, durch die Diele zur Treppe zu gelangen, ohne vom Büro aus entdeckt zu werden.

Er reckte seinen Hals, um zwischen den Faltelementen, die den Speise- vom Aufenthaltsraum trennten, hindurchspähen zu können. Im Büro öffnete die Frau eine Packung Kekse, offenbar als Belohnung dafür, dass sie mit dem Zwischenfall im Keller fertig geworden war. Irgendwann, so hoffte er, würde sie einschlafen, und bis dahin blieb ihm nichts übrig, als zu warten.

Es war der Sessel, in dem am Abend Sheila gesessen hatte. Er stellte sich vor, wie sie oben schlief, kaum abwesender als im Wachzustand, und fragte sich, was sie wohl träumte. War sie in der Arbeit, unterhielt sie sich mit ihrem Mann, oder spielte sie mit ihren Kindern? Irgendwann würde sie aufwachen und einen weiteren Tag ins Leere starren und sich freuen, aus dem Innenministerium nach Hause gekommen zu sein, genauso wie Gwyneth einen weiteren Tag in ihrem Kosmos aus Seifenopern und Realityshows verbringen würde. Wie wahrscheinlich war es, dass es auch ihm so ergehen würde? Er hatte immer angenommen, dass er einfach so lange auf Hochtouren laufen würde, bis er tot umfiel, aber dafür gab es keine Garantie. Da er seinen Kindern keine Last sein wollte, war es nicht auszuschließen, dass er seine letzten Tage in einem Heim wie diesem fristen würde.

Er versuchte herauszufinden, warum ihn dieser Gedanke so entsetzte. Mit dem körperlichen Verfall konnte er fertigwerden, zumindest glaubte er das. Schon in Kindertagen war er darauf gedrillt worden, Unannehmlichkeiten und Schmerzen zu ertragen, und die würden eben immer mehr werden. Aber niemals hatte er sich ernsthaft damit auseinandergesetzt, dass er einmal ein Universum betreten könnte wie zum Beispiel das von Sheila. Von außen betrachtet schien sie vollauf zufrieden, ja fast glücklich. Was war so schlecht an medikamentös herbeigeführter immerwährender Ausgeglichenheit, als wäre man ständig stoned?

Dann dachte er an Brenda, die verwirrt und abgeschnitten von der Außenwelt durch ihre Geschichten irrte, und an Amy, die eingeschlossen war in einer Blase aus Wut und Verbitterung. *Davor* hatte er Angst, vor einem endlosen Albtraum, den er nicht kontrollieren konnte. So hatte Fran Susan Hillfield beschrieben, gefangen in einem Kerker der Angst, in einer Hölle ohne Schwefeldampf. Wie konnte man dem entgehen? Nur indem man vorbereitet war und sich rechtzeitig davonmachte, solange man noch klar im Kopf war. Alle hier waren zu spät dran.

Ausgenommen vielleicht Penelope. Er überlegte, ob sie wohl irgendwo tief in einer Schublade versteckt eine Spritze bereithielt, und gab sich kurz der Fantasie hin, dass die toten Frauen schon vor langer Zeit einen Selbstmordpakt geschlossen hatten, der vorsah, dass die letzte, die noch bei Sinnen war, den anderen assistierte und dann sich selbst umbrachte. Warum aber sollten sie sich dann die Mühe machen, den Verdacht auf Fran zu lenken?

Der Gedanke an Fran vertrieb seinen Trübsinn. Die Frau im Büro musste es sich doch längst bequem gemacht haben. Gerade als er sich vorbeugte, hörte er ein deutliches Klicken. Rasch duckte er sich wieder und spürte im nächsten Moment einen kalten Luftzug aus dem Garten. Er hob den Kopf über die Sessellehne und sah, wie der Vorhang der Verandatür beiseitegeschoben wurde. Eine dunkle Silhouette tauchte auf und blieb reglos stehen, wie um zu prüfen, ob die Luft rein war. Soweit Knight es erkennen konnte, handelte es sich um einen Mann mit Sturmhaube.

Knight kauerte sich tief hinter den Sessel, während der ungeladene Gast über den Teppich schlich und die Tür zum Speisezimmer öffnete. Das kam Knight recht verwegen vor, aber dann fiel ihm ein, dass vom hell erleuchteten Büro aus alles in völliger Dunkelheit lag. Als er endlich wieder einen Blick riskierte, huschte die Gestalt als verschwommener Umriss ins Speisezimmer. Die Frau im Büro, in ihre Zeitschrift vertieft, merkte überhaupt nichts.

Knight vergegenwärtigte sich das andere Ende des Speisezimmers: Dort befand sich ein Speisenaufzug, der das Essen aus der Küche hochtransportierte, und daneben eine Schranktür. Die schien den Besucher zu interessieren.

Mit einem Mal durchbrach der Klingelton von Knights Handy die Stille, der auch durch den Stoff seiner Tasche noch laut genug war, um den Eindringling aufzuschrecken. Er machte auf dem Absatz kehrt und floh durch die Verandatür zurück in den Garten, wobei er Knight hinter seinem Sessel gar nicht bemerkte. Knight überprüfte blitzschnell, ob aus dem Büro eine Reaktion kam, kroch dann hervor und folgte ihm. Draußen vernahm er, wie die Holzschnitzel an der Hausseite leise unter den Schritten knackten.

Kurz darauf hörte er einen Motor anspringen und dann das laute Röhren eines kleinen Motorrads, das in der Nacht verschwand. Als er den Parkplatz erreichte, war der Lärm bereits verstummt.

Er kehrte zurück zur Verandatür und streckte vorsichtig den Kopf durch den Vorhang. Die Frau hatte sich noch nicht gerührt und würde ihn nicht einmal sehen, wenn sie in seine Richtung schaute. Leise stahl er sich – genau wie zuvor der Eindringling – zum Schrank.

Darin fand er Eimer, Schrubber und zwei Staubsauger. Doch nichts davon interessierte ihn, denn dahinter hatte er eine weitere Tür entdeckt. Behutsam schob er sich zwischen den Gegenständen hindurch – beim kleinsten Missgeschick würde etwas zu Boden krachen.

Die Tür ließ sich lautlos öffnen. Sie führte auf den Flur mit den beiden Erdgeschosszimmern und dem Badezimmer, wo er Brenda erschreckt hatte. Beide Türen hatte er auf dem Video sehen können, aber er war nicht auf die Idee gekommen, dass sie miteinander verbunden waren. Als er aus dem Schrank stieg, knarzte eine Diele. Die Frau im Büro schaute nicht auf. Während er sich im Schutz der Dunkelheit ungestört zur Treppe vortastete, fiel ihm plötzlich ein, dass Fran von einem Geräusch in der Mordnacht berichtet hatte.

Erst in seinem Zimmer dachte er wieder an das Handy, das er noch immer nicht auf stumm geschaltet hatte. Sein Ärger verflog schnell, als er die Nachricht las und das angehängte Foto öffnete: Eingerahmt von zwei immensen Brüsten, mit einer gerollten Zwanzig-Pfund-Note in der Nase, schielte Bullock über einer Linie aus weißem Pulver in die Kamera.

Knight gönnte sich diesen kurzen Augenblick der Genugtuung, bevor er sich wieder den bedeutsamen Entdeckungen dieser Nacht zuwandte. Jeder, der einen Schlüssel zur Verandatür hatte, konnte ungesehen von dort bis fast zur Treppe gelangen. Das musste der Weg sein, den der Mörder genommen hatte.

17

Knight bearbeitete das Mauerwerk energisch mit einem Lappen. Es musste völlig trocken sein, sonst würde der Klebstoff nicht haften. Unbeobachtet, aber durchnässt vom Sprühregen, stand er in dem schmalen Durchgang zwischen Haus und Zaun, trug eine dünne Leimschicht auf und presste dann ein kleines schwarzes Kästchen darauf. Er schätzte diesen Ausrüstungsgegenstand besonders, den ein diskreter und talentierter ehemaliger Kollege für ihn konstruiert hatte. Auf den ersten Blick sah das Teil aus wie eine Telefonanschlussbox, genau wie die, die er an der anderen Hausseite bereits installiert hatte.

Er hatte sich damit abgefunden, dass es keine Spur gab, die ihn zu dem Eindringling führen würde, aber er war felsenfest davon überzeugt, dass er wiederkommen würde. Das überraschende Klingeln eines Telefons konnte einen entschlossenen Mörder nicht dauerhaft abhalten. Es mochte sich um ein Handy handeln, das jemand im Aufenthaltsraum vergessen hatte, das passierte alle naselang. Das würde ihm im Nachhinein klar werden, und er würde zurückkehren. Doch um zur Verandatür zu gelangen, musste er an einer der beiden Hausseiten vorbei, wo der Bewegungsmelder auf ihn wartete. Und gleich darauf würde bei Knight das Handy klingeln.

Die Scans der vergangenen Nacht hatten nichts Neues enthüllt, weder den Hinweis auf die starke Psychose einer Bewohnerin noch eine Verbindung zu Heroin. Er bedauerte, nicht geistesgegenwärtig genug gewesen zu sein, das Kassenbuch mitzunehmen, als er flüchtete. Das allein machte eine zweite Inspektion nötig. Was er sich allerdings im Augenblick am sehnlichsten wünschte, war eine kurze Beurlaubung, um Mäuschen in Bullocks Büro spielen zu können.

Er hätte einen Mann im Zustand existenzieller Verzweiflung erlebt. Bullock war eine Stunde nach Dienstbeginn endlich aufgewacht, nachdem sein Handy mehrfach wegen verpasster Anrufe Alarm geschlagen hatte. Er entschuldigte sich wenig überzeugend mit einer Lebensmittelvergiftung, fuhr schnell in seine Wohnung, um sich zu rasieren, und schleppte sich dann ins Büro. Beim Anblick des Päckchens, das ein Bote schon früher am Empfang abgegeben hatte, dachte er noch an nichts Böses, auch wenn ihm sein sechster Sinn davon abriet, es vor den Augen des Wachtmeisters zu öffnen. Als er die Fotos sah, hätte er sich in seiner Bürozelle fast übergeben. Die beiliegende Nachricht war mehr als deutlich: »Sag Hanrahan, er soll aufhören.« Die Buchstaben waren mithilfe einer Schablone auf die Karte geschrieben worden. Es war klar, dass Bev ihn reingelegt hatte, aber beweisen konnte er das nicht. Während er mit Hanrahan telefonierte, jagte er die Bilder durch den Aktenvernichter.

Derweil kehrte der Verantwortliche für Bullocks Malheur in den Aufenthaltsraum zurück.

»Albert, Sie sind ja ganz nass!« Penelope saß mit dem Rücken zum Fernseher, ein paar Sessel entfernt von Sheila, und hielt ein Buch in der Hand. Gwyneth verfolgte eine Verkaufssendung, Amy und Dorothy waren eingeschlafen. Brenda ließ sich, wie er wusste, gerade die Haare machen.

»Ich dachte, ich schnappe ein bisschen frische Luft, aber der Regen hat mich erwischt.«

Sie bat ihn, ihr Gesellschaft zu leisten. Ob es sich um eine Einladung oder eher einen Befehl handelte, war unklar, aber er akzeptierte so oder so. Sie hatten beim Frühstück nebeneinandergesessen, aber die Konversation war nicht recht in Gang gekommen angesichts einer wilden Mischung aus Missverständnissen und Unmutsbekundungen, die erst verstummt waren, als Dorothy sich still in ihr Müsli erbrach.

Er wechselte ein wenig zu geschmeidig vom Rollator in den Sessel neben ihr. »Ich habe über das nachgedacht, was Sie mir gestern erzählt haben. Der Ring, der verschwunden ist … wie lange ist das her?«

Alarmiert sah sie ihn an. »Jetzt sagen Sie bloß nicht, Ihnen ist auch schon etwas abhandengekommen!«

Er versicherte ihr, dass dem nicht so sei, und fügte noch hinzu, dass er keine Wertsachen im Zimmer habe. »Aber mir sind Zweifel an den Sicherheitsvorkehrungen hier gekommen. Wenn man einen Schlüssel hat, kann man das Haus ganz leicht mitten in der Nacht über den Garten betreten, und niemand würde es bemerken.«

Erschrocken lehnte sie sich zurück. »Daran habe ich nie gedacht, ich bin immer davon ausgegangen, dass es jemand vom Personal war.« Sie schien im Geiste einen Kalender durchzublättern, der arm an einprägsamen Ereignissen war. »Es muss ungefähr sechs Monate her sein.«

»Sie meinten auch, Sie wären vielleicht nicht die Einzige. Wissen Sie noch von jemand anderem?« Er war sich bewusst, dass das, was als harmlose Plauderei begonnen hatte, nun eher einem Verhör glich, aber solange die Antworten sprudelten, würde er dranbleiben.

Sie schauderte. »Ja, eine der Frauen, die gestorben sind. Mrs. Brewer hat Ohrringe vermisst.«

Denise Brewer war die Mutter von Barbara Dawson. Die hatte die Ohrringe nicht erwähnt, aber warum sollte sie auch? Sie war in erster Linie mit ihrem Unmut darüber beschäftigt gewesen, dass er in ihr Leben eingedrungen war. »Und was wurde daraus?«

»Nicht sehr viel. Ihre Tochter hat zwar einen kleinen Aufstand gemacht, aber alle anderen dachten, Denise ist nur eine dumme alte Frau, die ihren Schmuck eben irgendwo verloren hat. Genau wie bei meinem Ring.«

»Und Sie wollten keine Anzeige erstatten?«

»Was hätte die Polizei schon tun sollen?« Sie zuckte resigniert mit den Schultern und runzelte dann die Stirn, als ihr ein neuer Gedanke kam. »Wenn es ein Einbrecher war, dann muss er in der Tat nachts eingedrungen sein, tagsüber sind hier zu viele Leute unterwegs.«

Er merkte, dass sie Angst bekam, und versuchte sie zu beruhigen: Es sei sicher kein Einbrecher gewesen, er spekuliere nur aus Neugier, eine schlechte Angewohnheit aus seiner Zeit beim militärischen Nachrichtendienst. Die Erklärung schien ihr zu genügen, sodass er einen letzten Versuchsballon losließ. »Ich fürchte, ich war auch gegenüber Gwyneth sehr neugierig. Sie hat mir erzählt, dass Mrs. Grayling sich im Garten mit jemandem gestritten hat.« Er ließ seine Äußerung im Raum stehen. Wenn sie den Vorfall mitbekommen hatte, würde sie etwas dazu sagen. Es schien ihm nicht besonders wichtig, er wollte nur einfach nichts übersehen.

»Ja, das stimmt, ich war dort.«

Er wartete darauf, dass sie fortfuhr, aber jetzt wiederum ließ sie sich Zeit – und starrte ihn irgendwie auf eine merkwürdige Art an.

»Tatsächlich?«, fragte er lachend. »Jetzt will ich aber auch wissen, worum es ging. Sie sehen, ich bin unheilbar, eine ganz schreckliche Krankheit.«

Sie fixierte ihn jetzt sehr aufmerksam, blickte ihm allerdings nicht direkt in die Augen, sondern mehr auf einen Punkt an einem Augenwinkel. Es war weniger Misstrauen als Verwunderung, gepaart mit Belustigung. Er hätte schwören können, dass ein Lächeln um ihre Lippen zuckte.

»Sie stritt mit dem Gärtner. Ich saß da, wo Sie mich gestern angetroffen haben. Ich konnte nicht genau hören, was sie sagten, aber es ging, glaube ich, um Geld. Darf jetzt zur Abwechslung ich mal ein klitzekleines bisschen neugierig sein?«

Damit brachte sie Knight leicht aus dem Konzept. Zweifellos war er zu ungestüm vorgegangen, und nun hatte sie Verdacht geschöpft. »Wie könnte ich Ihnen das verwehren?«

»Ich wüsste gerne, warum Sie Make-up tragen. Es ist im Regen nass geworden und läuft Ihnen übers Gesicht.«

Unwillkürlich fasste er sich an die Wange. Seine Hand war schwarz von Kajal. Er hatte eine ungefähre Vorstellung davon, wie verschmiert sein Gesicht sein musste. »Oh … na ja …« Er zog ein Taschentuch hervor und tupfte sich Wange und Schläfe ab, während er verzweifelt nach einer Erklärung suchte und sich zugleich innerlich der totalen Unfähigkeit bezichtigte.

»Das ist leider meine andere kleine Schwäche.« Sein Kopf war völlig leer, und doch brachte er irgendwelche Worte hervor. »Ich bin ein bisschen eitel, verstehen Sie, und das ist meine Art, mir das Alter noch ein wenig vom Leib zu halten.«

»Ach so.« Sie nickte verständnisvoll, woraus er schloss, dass er noch mal davongekommen war. »Soweit ich es beurteilen kann, machen Sie sich damit aber eher älter, als Sie sind, nicht jünger. Ich bin mir gar nicht mehr sicher, dass Sie der sind, der Sie zu sein behaupten, Albert.« In seinen Vornamen legte sie einen ironischen Unterton.

Er begann von einer absonderlichen Zwangshandlung zu faseln, die darin bestand, sich durch die Auseinandersetzung mit den Verfallserscheinungen auf das Ende vorzubereiten, aber sie unterbrach ihn.

»Auch Ihren Rollator brauchen Sie nicht. Ich habe gesehen, wie Sie sich gerade hingesetzt haben, und als Sie gestern den Stuhl holten, hatten Sie keine Probleme, ihn hochzuheben. Wenn Ihre Beine tatsächlich so schwach wären, dann wären Sie umgefallen.«

Er begriff, dass er sie komplett unterschätzt hatte. Hinter ihrer vornehmen Fassade war sie ein Raubvogel, sie erfasste jedes Detail, nichts entging ihr. Doch nachdem sie weder offene Feindseligkeit an den Tag legte noch Anstalten machte, ihn sofort zu verraten, beschloss er spontan, sie ins Vertrauen zu ziehen.

Er erzählte ihr die komplette Geschichte, inklusive der Lüge, die er Fran über sein Alter aufgetischt hatte. An diesem Punkt verhärteten sich ihre Züge, wurden aber gleich wieder weicher, als er beschrieb, welche Spuren er bereits verfolgt und wie wenig das bisher gebracht hatte. Sie war richtiggehend geschockt, als er ihr den wahren Grund seiner Prellung im Gesicht verriet, und als er schließlich die Geschehnisse der letzten Nacht schilderte, musste sie sich das Lachen verkneifen. Ihre Einschätzung, dass er ziemlich verrückt sein musste, revidierte sie indes nicht.

Eine Zeit lang schwieg sie und musterte ihn nur streng, wenn auch nicht ohne Wärme. »Nun, Albert – oder sollte ich Tom sagen –, ich gebe zu, dass Sie sich sehr intensiv darum bemüht haben, die Dinge wieder in Ordnung zu bringen. Natürlich steht es mir auch nicht zu, ein Urteil über Sie zu fällen.«

Knight spürte, dass sie durchaus eines gefällt hatte. Mochte er auch nur ein Befriedigend bekommen, hatte er doch offensichtlich hinreichend gebüßt, um die sofortige Enttarnung zu vermeiden.

»Sie können sich auf meine Verschwiegenheit verlassen«, fügte sie hinzu, als könne sie Gedanken lesen, aber auf das Folgende war er nicht vorbereitet: »Und sagen Sie mir doch bitte, wie ich Sie unterstützen kann.«

Brenda bewunderte im Spiegel ihre frisch getönten und gelegten Haare. Zehn Minuten später würde sie das angenehm warme Wasser auf ihrer Kopfhaut genauso vergessen haben wie die freundlichen Worte der Friseurin, die ins Haus gekommen war. So würde es beim nächsten Mal, in vierzehn Tagen, beinahe eine ganz neue Erfahrung sein. Sie würde die Friseurin nicht wiedererkennen, aber deren fast wortgleiche Kommentare und der Vorgang an sich würden etwas beruhigend Vertrautes haben und vorübergehend wieder zum gleichen Wohlbefinden führen.

Sie saß vor dem Waschbecken im Badezimmer des Erdgeschosses, halb dem Fenster zugewandt, an dem Knight sie nur einen Tag vorher so erschreckt hatte. Sie erinnerte sich nicht mehr an den Vorfall, hatte das Fenster aber als irgendwie bedeutsam abgespeichert. Immer wenn sie hinsah, versuchte sie seine Bedeutung zu entschlüsseln, und immer assoziierte sie damit den Ehemann, gefolgt vom vagen Bild eines jungen Mannes. An diesem Punkt endete dann jedes Mal der Gedankengang, und sie starrte mit leerem Blick weiter auf das Fenster, bis es erneut diese Bedeutung gewann.

Es gab dafür einen Grund, auch wenn sie ihn natürlich nicht benennen konnte. Außenstehenden erschien das Repertoire ihrer explizit erotischen Szenen willkürlich und unzusammenhängend. In Wahrheit aber gehörten sie alle in den letzten Roman, den Brenda geschrieben hatte. Darin ging es, wie meist in ihrem Werk, um eine Dame mittleren Alters, die die sexuelle Anziehungskraft ihrer Jugend wiederentdeckt: Graziella Budd führt eine langweilige Ehe mit einem reichen Geschäftsmann. Als ihre Jacht in einen Tropensturm gerät, wird die Heldin auf eine unbewohnte Insel verschlagen. Der einzige andere Überlebende ist, so scheint es, ein junges, strammes Mitglied der Crew – der Junge mit dem nackten Hintern –, mit dem sie bereits zuvor flirtende Blicke getauscht hat. Sie zieht ihn aus den Wogen, rettet sein Leben durch eine zärtliche Mund-zu-Mund-Beatmung und pflegt ihn gesund, worauf er ihr bewundernder und hingebungsvoller Liebhaber wird. Alles läuft großartig in ihrem Inselparadies, bis der Ehemann wieder auftaucht, der von einem vorbeifahrenden Frachter gerettet worden ist. Die genaueren Umstände seines Überlebens bleiben ein wenig vage, was den Lesern von *Heißer Sand* aufgrund des folgenden dramatischen Höhepunkts sicher nicht aufgefallen wäre. Vor die Wahl zwischen Ehemann und Liebhaber gestellt, bricht Graziella mit den Konventionen und setzt ihren wiedererlangten Sex-Appeal ein, um das Herz beider Männer zu gewinnen. Am Strand entkleidet sie sich und tanzt für sie. Damit versetzt sie sie in ein erotisches Nirwana und macht sie so zu treu ergebenen Partnern in einer lebensbejahenden Dreiecksbeziehung. Sie leben glücklich bis an ihr Ende.

Brenda hatte diesen Roman für ihren Durchbruch gehalten, der sie endlich auf den sonnenbeschienenen Gipfel literarischen Ruhms katapultieren sollte; zumindest verdiente er Anerkennung aufgrund seiner innovativen feministischen Perspektive. Bedauerlicherweise durfte sie das nie erleben. Ihr damaliger Lektor saß vor einem turmhohen Stapel Manuskripte, die zum großen Teil schlimmer waren als Brendas Opus, und blätterte von ihrem kaum die ersten hundert Seiten durch, bevor er den Vertrag unterzeichnete. Der Erste, der bis zum Ende las, war unseligerweise der neue amerikanische Verlagseigentümer, ein frommer Baptist, der Brendas überschäumende Fantasie überhaupt nicht zu würdigen wusste und vielmehr darauf bestand, sie aus dem Verlagsprogramm zu entfernen.

Brenda hatte daraufhin nie wieder ein Wort geschrieben. Die Wunde schwärte jahrelang, bis die Demenz diese Ereignisse aus ihrem Gedächtnis löschte. Was blieb, war das quälende Gefühl, etwas sei unerledigt geblieben, und der dringende Wunsch, zu dem vorzudringen, was ihr auf der Seele lag, ohne dass sie es benennen konnte. Der Ort, zu dem ihr Geist strebte, war der Strand. Immer wieder sah sie einzelne Bilder aufscheinen, Puzzleteile, die aus den Ruinen ihres Gedächtnisses ragten, aber nie zusammenpassten.

Und doch hatte die Gegenwart eines Mannes ihr Denken in eine bestimmte Richtung gelenkt. Je öfter sie Knight über den Weg lief, desto mehr ergriff der Ehemann Besitz von ihren Gedanken und desto öfter blitzte auch das Bild des Jungen auf. Bloß, wo war er?

Dawn begleitete sie zurück in den Aufenthaltsraum und machte ihr dabei ein lustloses Kompliment über ihre Haare. Brenda dachte an ihre Frisur im Spiegel und war hocherfreut. Vielleicht war diese Ausschüttung von Endorphinen dafür verantwortlich, dass zwei weitere Puzzleteile auftauchten, als sie Knight erblickte.

Knight war in sein Gespräch mit Penelope vertieft, als er Brenda auf sich zueilen sah. »Ich weiß, wo der Junge ist!«, platzte sie heraus. »Ich weiß, wo ich ihn finde!«

Bevor Knight etwas erwidern konnte, gab Penelope ein genervtes Zischen von sich. »Und wo, Brenda?«, fragte sie.

»Am Strand!«, rief Brenda freudig. »Er ist am Strand!«

18

Knight wartete, bis das Personal seine Runde gemacht hatte, bevor er sich die Treppe hinunterschlich. Im Büro saß wieder dieselbe Frau, deren komplette Aufmerksamkeit vom Bildschirm vor ihr absorbiert wurde.

Im Badezimmer im Erdgeschoss steckte er den Stöpsel ins Waschbecken und verstopfte den Überlauf mit Klopapier, achtete aber darauf, dass es in der Öffnung nicht zu sehen war. Dann drehte er den Kaltwasserhahn ein klein wenig auf, sodass lediglich ein unhörbares Rinnsal ins Becken lief. Aufgrund eines Experiments tagsüber wusste er, dass es zehn Minuten dauern würde, bis das Becken voll war, dann würde das Wasser an den Seiten herunter auf den Holzfußboden strömen. Etwa gegen vier Uhr morgens müsste dann kontinuierlich Wasser durch die Decke in die darunterliegende

Küche tropfen. Ein Altenheim mutwillig zu beschädigen fiel ihm beileibe nicht leicht, aber die Küchendecke war sowieso in schlechtem Zustand und die Versicherung würde den Schaden zahlen.

Entscheidend jedoch war, dass die Schwester, die in der Waschküche saß, eine gute halbe Stunde beschäftigt sein würde. Zuerst hatte er einfach vorausgesetzt, dass sie die Kollegin aus dem Büro zu Hilfe rufen würde, aber ganz sicher war das nicht, und in dieser Hinsicht war sein Plan alles andere als perfekt. Doch durch Penelopes Mitarbeit waren seine Chancen beträchtlich gestiegen. Um Punkt vier Uhr würde sie den Alarmknopf in ihrem Zimmer drücken und so die Frau aus dem Büro herbeirufen, was es Knight ermöglichen sollte, seine Durchsuchung zu beenden. Bis dahin musste er sich verstecken.

Er öffnete die Badezimmertür und stahl sich zurück in den Flur. Susan Hillfields ehemaliges Zimmer war verschlossen, vermutlich, damit Brenda sich nicht hineinverirrte. Inzwischen verstand Knight auch, warum Mrs. Grayling Merv dieses Zimmer nicht gezeigt hatte: Sie wollte Brenda keinem männlichen Nachbarn zumuten.

Nachdem er sich an den Staubsaugern vorbei durch den Wandschrank gezwängt hatte, verzog er sich wieder auf seinen alten Posten im Aufenthaltsraum, von wo aus er die Verandatür und das Büro im Auge hatte. Er überprüfte, ob sein Handy die Signale der Bewegungsmelder empfing, und machte es sich bequem.

Penelope hatte mit sanftem Druck ihre Mitarbeit durchgesetzt; sie hatte so getan, als wäre das der Preis für ihr Schweigen. Auch wenn er sehr ungern mit Amateuren zusammenarbeitete, hatte er sich verpflichtet gefühlt, sich einen Part für sie zu überlegen, und beim Gedanken an Dorothy, wie sie sich beim Frühstück übergab, war ihm eine Idee gekommen. Penelope hatte sofort zugestimmt und einige Verfeinerungen und Alternativen vorgeschlagen, die ihm sehr vernünftig erschienen. Beim Tee ließ sie eine Serviette voll Kuchen, Tomaten, Obst und – welch glücklicher Zufall – Karottenwürfeln aus der Dose verschwinden, nahm sie später mit auf ihr Zimmer und verarbeitete sie zu Brei. Einem Jungen an Knights Schule war es sage und schreibe drei Mal gelungen, sich mithilfe eines auf diese Weise imitierten Mageninhalts vor dem Sport zu drücken, bevor man den Trick durchschaute.

Um vier Uhr sah er nach, was die Frau im Büro trieb. Sie war eingeschlafen, ihre Füße lagen auf einer Kiste, ihr Kopf war zur Seite gesunken. Wenn er von seinem Posten aus durch die Falttür spähte, hatte er die Alarmleuchten auf dem Tisch neben ihr gerade so im Blick. Es vergingen zehn, zwanzig Sekunden. Er machte sich Gedanken, ob sie ihre Uhren nicht genau genug abgestimmt hatten oder ob Penelope womöglich vergessen hatte, ihren Wecker zu stellen. Er zweifelte schon daran, dass es klug gewesen war, sie einzubinden, als eine der Alarmleuchten zu blinken begann.

Durch die zwei geschlossenen Türen war der dazugehörige Ton nicht zu vernehmen, er konnte aber beobachten, dass er die Frau sofort aus dem Schlaf riss. In einer einzigen fließenden Bewegung richtete sie sich auf, setzte die Füße auf den Boden, schaltete den Alarm aus, sagte kurz etwas in die Sprechanlage und eilte hinaus.

Knight eilte in den Speiseraum und kroch wieder in den Wandschrank. Nun musste jeden Moment die Überschwemmung im Keller ins Spiel kommen. Er streckte seinen Kopf aus der Tür und sah plötzlich einen Lichtschimmer auf der Kellertreppe, als die Küchentür geöffnet wurde. Dann drangen Flüche und das Geräusch von eiligen Schritten herauf.

Er zog sich wieder in den Speiseraum zurück, falls sie auf der Suche nach Wischmopp und Eimer den Schrank öffnete. Weitere Flüche kamen aus dem Badezimmer, dann wurde Brendas Name gerufen, weil die Pflegerin offenbar sie für die Überschwemmung verantwortlich machte. Wieder konnte man ihre Schritte auf der Treppe hören, als sie nach ihrer Kollegin suchte, schließlich rannte sie zurück in den Keller. Das war seine Chance!

Im Büro holte er die Ablagebox herunter, wobei er die Treppe im Auge behielt. Oben waren vermutlich Penelope und ihr Bettzeug gründlich mit der übel aussehenden Pampe eingeschmiert. Leider fehlte der authentische Geruch, was den Erfinder dieser Methode letztlich zu Fall gebracht hatte, aber beim ersten Einsatz war die Gefahr der Überführung gering. Die Pflegerin war sicher genug damit beschäftigt, Penelope zu waschen und das Bett neu zu beziehen.

Er blätterte im Kassenbuch. Der letzte Eintrag bestand aus seinen Initialen und der Summe von fünfhundert Pfund. Davor gab es zwei Einträge für S. H., ebenfalls über fünfhundert Pfund, die zwei beziehungsweise drei Wochen alt waren. Auf den restlichen Seiten, die mehrere Jahre zurückreichten, waren unterschiedliche Initialen zu finden.

Mrs. Grayling hatte also ein schmutziges kleines Geheimnis: Über Barzahlungen führte sie extra Buch und verheimlichte sie dem Finanzamt. Auch Zahlungsausgänge waren hier verzeichnet, vermutlich für Lieferanten, die bei Cash Nachlässe gewährten. Die Initialen R. C. tauchten regelmäßig auf.

Er hatte das sichere Gefühl, vorangekommen zu sein, ohne schon zu wissen, wohin ihn das führte. Minder schwere Steuerhinterziehung konnte für Mrs. Grayling kein Grund zum Morden sein, außer eines der Opfer hatte sie erpresst, was höchst unwahrscheinlich war. Wären diese Frauen dazu überhaupt in der Lage gewesen? Wenn sie auch nur annähernd Penelopes Format gehabt hätten, ja. Aber mit welchem Motiv? Geld?

Er scannte die Seiten ein und durchwühlte die restlichen Boxen auf der Suche nach einer Antwort. Er ging gerade Besucherparkausweise durch, als das Handy in seiner Tasche vibrierte.

Er hatte berechnet, dass man von einem der Bewegungsmelder bis zum Haus etwa dreißig Sekunden brauchte und die gleiche Zeit, bis man auf der Flurseite aus dem Wandschrank kam. Rasch richtete er Stuhl und Fußstütze so aus, dass er mit dem Rücken zum Speiseraum saß, und streckte seine Beine quer durchs Büro. In seinem Morgenmantel ging er bei einem flüchtigen Blick als harmloser Schläfer durch.

Es herrschte Totenstille. Er verlagerte seine Position, damit er den kurzen Flur im Blick hatte, aber der war rabenschwarz. Da fiel Knight ein, dass er Brenda nicht berücksichtigt hatte. Ihre Zimmertür lag praktisch gegenüber dem Wandschrank, aus dem der Eindringling kommen musste, und es war schon mehr als eine Minute her, dass der Bewegungsmelder Alarm geschlagen hatte. Knight war drauf und dran, sein Versteck zu verlassen, als er eine dunkle Silhouette treppauf verschwinden sah.

Er lief vom Büro über den Flur. Seine Knie hielten stand, als er, mit einer Hand aufs Geländer und der anderen auf seinen Stock gestützt, nach oben sprintete. Wenn es sich um den Mörder handelte, fand er seine restlichen Opfer im obersten Stockwerk. Er würde auf Knights leeres Zimmer stoßen, weitergehen und dann Geräusche aus Penelopes Zimmer oder dem Badezimmer hören. Wie letzte Nacht würde er dann umkehren und auf der Flucht Knight genau in die Arme laufen. Nicht dass Knight darauf gesteigerten Wert legte, aber der Überraschungseffekt würde ihm einen klaren Vorteil verschaffen.

Im ersten Stock angelangt, entdeckte er, dass seine Zimmertür angelehnt war. Er drückte sich an die Wand daneben.

Ein vorsichtiger Blick durch den Spalt zeigte ihm den Rücken eines Mannes, der seinen Schrank durchwühlte. Er war schlank und sehnig, ganz ähnlich gebaut wie Colin Boyle. Das Zusammentreffen mit Letzterem im Grand Hotel hatte keinen Kampf erfordert, aber hier würde es sehr wahrscheinlich dazu kommen, wenn er nicht zuerst zuschlug. Glücklicherweise knarzte die Tür nicht. Er machte einen Schritt in den Raum. Die Herausforderung bestand darin, ohne Stock zurechtzukommen, denn den hielt er mit beiden Händen am unteren Ende, wobei er die Knie beugte, als holte er mit einem Baseballschläger aus. Wenn er bis auf einen Meter an sein Opfer herankam, wäre er im Vorteil. Also schlich er sich wagemutig Schritt für Schritt näher an die Gestalt heran, die den Inhalt der Schubladen inspizierte.

»Pssst!« Knight schwang den Stock genau in dem Moment, als der Mann herumfuhr. Der Metallgriff erwischte ihn etwas unterhalb des Brustkorbs. Er taumelte rückwärts in den Schrank, schnappte nach Luft und sackte auf dem Schrankboden zusammen, während Knight sich über ihn beugte, bereit, jederzeit nochmals zuzuschlagen.

»Wenn ich dich auch nur zucken sehe, landet der nächste auf deinem Kopf!«

Der Mann hielt sich die Hände vors Gesicht. »Bitte nicht!«, wimmerte er.

»Nimm die Sturmhaube ab!«

Mit zitternden Fingern gehorchte er und offenbarte das Gesicht eines knapp Zwanzigjährigen. Mit dem spitzen Kinn hatte es etwas Koboldhaftes; eine ganze Kolonie von Pickeln und Herpesbläschen gedieh prächtig darauf. Der Kerl wirkte nach wie vor furchtbar eingeschüchtert, und je länger das so blieb, desto besser.

»Wie heißt du?«

Der Junge zögerte. »John.«

Knight holte wieder aus und verfehlte das Schienbein wie beabsichtigt um nur wenige Zentimeter.

»Schlagen Sie mich nicht!«, rief der Junge. Seiner weinerlichen, näselnden Stimme nach zu schließen war er das Herumjammern gewöhnt.

»Dann sag mir deinen richtigen Namen!«

»Okay, ich heiße Ryan – Ryan Carter. Aber bitte schlagen Sie mich nicht.«

R. C., der Empfänger der vielen Barauszahlungen.

»Warum hast du die Frauen umgebracht? Hat Mrs. Grayling dich dafür bezahlt?«

Der Junge glotzte ihn entgeistert an. »Hä, was soll ich?«

»Du hast mich schon verstanden!« Knight deutete einen weiteren Schlag an.

»Ich hab nie wen umgebracht, ich bin der Gärtner!«

Der Gärtner. Den hatte er in seiner Aufregung über Penelopes Enttarnung ganz vergessen. Er rückte noch ein bisschen näher an ihn heran und hielt den Stock dabei über der Schulter. »Was hast du dann in der Nacht hier gewollt?«

Der Junge zögerte, wie bei seiner Namensnennung, und warf Knight einen flackernden Blick zu. »Ich war gar nicht hier, ich war daheim.«

»Lügner!« Knight schwang wieder seinen Stock, diesmal nur Zentimeter an Ryans Knöchel vorbei. Der zuckte zurück und riss die Füße zu sich heran. Das zwang Knight, sich abermals zu nähern, um in Reichweite zu bleiben. Knights langsame, bedächtige Bewegungen mussten Ryan signalisiert haben, dass die Gelegenheit günstig war, denn überraschend trat er ihm so fest gegen das Schienbein, dass Knight ins Wanken geriet. Davon ermutigt, drückte sich Ryan mit den Armen aus dem Schrank und trat auch noch mit dem anderen Fuß nach ihm. Noch im Fallen gelang es Knight, einen Hieb zu landen, und er spürte, wie sein Stock auf etwas Weiches traf.

Gleich darauf rappelte sich Knight wieder hoch, wohl wissend, dass seine Überlegenheit nur noch an einem seidenen Faden hing. Ryan presste sich halb betäubt die Hände an die Wange. Er musste den Jungen irgendwo einklemmen, damit er das Verhör fortsetzen konnte, ohne dass er weitere Angriffe zu befürchten hatte.

Das Nächste, was Ryan realisierte, war, dass er an Haaren und Gürtel über den Boden geschleift wurde. Bevor er sich losmachen konnte, wurde sein Kopf in die Öffnung des Toilettenstuhls gedrückt, und auf seinen Rücken senkte sich ein schweres Gewicht.

»Also versuchen wir es noch mal: Was hast du hier gewollt?« Knight saß rittlings auf Ryan, wobei er mit einer Hand dessen Nacken festhielt und sich mit der anderen auf seinen Stock stützte, um das Gleichgewicht zu halten. Im Dunkeln sah es vermutlich so aus, als ritte er ein seltsames kopfloses Tier. Die Antwort kam sehr gedämpft, und Ryan musste sie mehrfach wiederholen, damit er sie verstand.

»Ich hab nur ein bisschen Zeug mitgehen lassen. Aber ich hab gesehen, wer es war.«

Knight hatte plötzlich das berauschende Gefühl, kurz vor der Aufklärung zu stehen, aber an dem Punkt war er schon einmal gewesen, mit desaströsen Folgen. Also würde er es diesmal langsamer angehen. »Erzähl von Anfang an. Wenn ich dir nicht glaube, wird sich das nicht angenehm für dich anfühlen.« Er drückte noch stärker auf Ryans Nacken, was einen Schwall unverständlicher Schimpfwörter provozierte, dann lockerte er seinen Griff wieder, damit Ryan deutlich sprechen konnte.

»Ich bin hinten rein, wie immer. Ich hab einen zweiten Schlüssel.«

»Von wem?«

»Von niemandem. Irgendwann hing mal ein Schlüssel mitsamt Schlüsselbund an der Tür, daran war ein Zweitschlüssel, und den hab ich mir geschnappt.«

Das schien halbwegs plausibel, also ließ Knight ihn weiterreden.

»Ich bin durch den Wandschrank im Speiseraum und hab gesehen, dass die Frau im Büro schläft. Ich hab erst die Erdgeschosszimmer gecheckt und bin dann hoch in den ersten Stock.«

»Wer war in den Erdgeschosszimmern?«

»Ich kenn doch die Namen nicht, und eines der Zimmer war sowieso leer. Dann bin ich rauf!«

»In welche Zimmer?«

»Ich weiß nicht mehr! Ich war in einem davon, dann hab ich plötzlich unten die Vordertür gehört und bin wieder runtergerannt. Es war wer im Büro, und als der mich sah, bin ich abgehauen.«

»Mann oder Frau?«

»Ich denke, eine Frau, aber ich weiß es nicht mehr.«

Das klang nach einer weiteren Lüge – Knight erhöhte den Druck.

»Das ist wahr! Sie stand über die andere gebeugt, die schlief, und hatte eine Handtasche in der Hand. Ich dachte, die klaut was, wie ich.«

»Und was ist dann passiert?«

»Hab ich doch gesagt, ich bin abgehauen, durch den Garten.«

Knight bedauerte, dass er den Toilettenstuhl noch nicht seiner Bestimmung gemäß benutzt hatte, denn ihn beschlich das unwiderstehliche Bedürfnis, Ryans Kopf so tief wie möglich hineinzudrücken. Wenn die Geschichte stimmte, hatte Ryan die ganze Zeit gewusst, dass Fran unschuldig war. Wenn er ausgesagt hätte, säße sie nicht im Gefängnis.

Aber was sollte man nun mit ihm machen? Bullock betrachtete den Fall als abgeschlossen und würde sich gegen alles stemmen, was seinen Erfolg infrage stellte. Nur allzu leicht konnte er Ryans Aussage als unglaubwürdig abqualifizieren und unter den Tisch fallen lassen. Es gab nur eine Lösung: Ryan musste vor einem Anwalt aussagen. Aber dafür brauchte er Merv.

Sein Handy steckte in der linken Tasche seines Morgenmantels, weswegen er entweder den Hals seines Gefangenen loslassen oder seinen Stock weglegen musste. Er entschied sich für Letzteres und griff nach links hinüber zur Tasche.

Ryan hatte die ganze Zeit entweder geflucht oder gebettelt, losgelassen zu werden, aber inzwischen verhielt er sich ruhig. Vor einem Klo zu knien war ihm infolge unzähliger Besäufnisse durchaus vertraut – dass es dabei völlig dunkel war, ihm das Gesicht gegen die Schüssel gequetscht und die Nase rechtwinklig weggebogen wurde, war allerdings eine neue Erfahrung.

Versuchsweise zog er einen Fuß nach vorne. Der irre Alte auf seinem Rücken schien es nicht zu bemerken, sodass er ihn immer weiter vorschob, bis sein Oberschenkel wie eine Feder unter seiner Brust klemmte.

Knight wartete sehnlich auf Mervs Rückruf, als er mit einem Mal merkte, dass der Gaul unter ihm buckelte. Da war es auch schon zu spät, Knight wurde abgeworfen, und Ryan landete direkt auf ihm. Er versuchte, ihn am Hals zu erwischen, griff aber daneben. Der Junge sprang auf und trat um sich, wobei sein zweiter Tritt Knights rechtes Knie von der Seite traf wie ein Vorschlaghammer.

Ryan rannte, getrieben von einer schrecklichen Angst, wie sie ihn regelmäßig überfiel. Gerade war es sogar noch schlimmer als damals, als er auf Acid und Ketamin war und mit seinem Fahrrad auf einem Fußgängerüberweg ein Elektromobil gerammt hatte. Prompt verfehlte er auf dem Treppenabsatz eine Stufe, knickte mit dem Knöchel um und stürzte, mit dem Kopf gegen Stufen und Geländer prallend, bis er regungslos unten liegen blieb.

Knight verließ das Zimmer mit unsicheren Schritten. Sein Knie hatte die Mitarbeit nun gänzlich eingestellt und weigerte sich, auch die geringste Last zu tragen, sosehr er auch die Zähne zusammenbiss. Durch den Spalt zwischen den zwei Treppenläufen sah er Ryan liegen. Er schöpfte Hoffnung. Die zwei Pflegerinnen des Nachtdienstes waren nirgends zu sehen. Die, die sich um Penelope kümmerte, musste noch im Badezimmer sein, nur dass die andere im Keller den Sturz nicht gehört hatte, war eigenartig. Er dachte an die Kopfhörer, die sie getragen hatte, als sie ihren Dienst antrat, und hoffte, dass sie sie auch jetzt beim Aufwischen noch aufhatte.

Er stützte sich aufs Geländer, setzte den linken Fuß eine Stufe tiefer und den Stock hinterher. Doch schon beim nächsten Schritt geriet er ins Wanken und musste sich mit beiden Armen ans Geländer klammern, um nicht hinzufallen. Nichts zu machen. Noch vor einer halben Stunde hatte er diese Strecke so gut wie schmerzfrei bewältigt, nun saß er fest. Er hatte schon wieder sein Scheitern vor Augen, da fiel sein Blick auf den Treppenlift. Wenn Ryan noch drei Minuten liegen blieb, hatte er eine Chance.

Die Einzige, die Ryans Sturz gehört hatte, war Brenda. Sie war wach, seit vor geraumer Zeit jemand ihren Namen gerufen hatte. Eine Frau war in der Tür erschienen und hatte ihr vorgeworfen, eine Überschwemmung verursacht zu haben. Das vergaß sie schnell, doch wie so oft quälte sie eine Frage, die sie nicht in Worte fassen konnte. Und das Gepolter draußen war ein guter Anlass, nach einer Antwort zu suchen.

Auf ihren Morgenmantel verzichtete sie, nahm nur den Stock vom Fuß ihres Bettes, öffnete die Tür und spähte hinaus auf den Flur. Jemand stöhnte, und das Stöhnen kam von der Treppe. Als sie Ryan erblickte, schlugen ihre Gedanken sofort den richtigen Pfad ein. Da war ja endlich der Junge! Und dort kam auch der Ehemann, er fuhr mit dem Treppenlift herunter. Zugegeben, sie befanden sich nicht an einem Strand, aber immerhin waren sie zusammen. Und doch lief etwas falsch. Denn nachdem der Ehemann aus dem Lift gestiegen war, band er den Gürtel eines Morgenmantels um die Knöchel des Jungen. Sie hatte zwar nur eine vage Vorstellung, was im Folgenden passieren sollte, doch das hier ganz sicher nicht.

»Lass ihn«, schimpfte sie und stiefelte auf ihn zu.

»Gehen Sie weg!«, schnauzte der Ehemann und bedachte sie mit einem höchst unfreundlichen Blick. Zu ihrer Empörung band er nun das andere Ende des Gürtels um die Handgelenke des Jungen. Ohne auch nur im Geringsten aus dem Gleichgewicht zu geraten, hob sie ihren Stock und zog ihn dem Ehemann ein paarmal über den Kopf. Er knickte ein und kroch von ihr weg, eine Hand auf sein Auge gepresst.

Nun, da beide Männer am Boden lagen, begann das Ganze für sie einen Sinn zu ergeben. Sie ahnte, dass endlich etwas seit langer Zeit Überfälliges passieren würde. Und nach der Erkenntnis kam die Freude. Sie stellte den Stock zur Seite und zog sich das Schlafanzugoberteil aus.

Einer der Hiebe hatte Knight am Augenlid erwischt. Der stechende Schmerz raubte ihm den Atem, dennoch zwang er sich, die Hände vom Gesicht zu nehmen, um die Lage zu sondieren. Was sich seinem heilen Auge darbot, erinnerte an ein Gemälde von Bacon. Brenda hatte inzwischen auch die Pyjamahose ausgezogen und ihren Hängebauch entblößt, über dem wie runzlige Kürbisse ihre Brüste baumelten. Sie begann zu tanzen – oder eher hin und her zu schaukeln – und hob dabei abwechselnd die Füße wie ein dressierter Elefant.

Dieses Bild empfing auch Ryan, als er wieder zu sich kam. Im Gegensatz zu Knight hatte er bisher nur wenige nackte Frauen in natura gesehen, und schon gar keine in diesem Alter und mit dieser Figur. Sein Entsetzen schwang sich zu ganz neuen Höhen auf, und er warf einen wilden Blick hinüber zum Vordereingang, der nur wenige Meter entfernt war. Dummerweise gab sein Knöchel nach, kaum dass er auf den Beinen war, und so robbte er über den Fußboden, in der schrecklichen Gewissheit, dass der irre Alte hinter ihm herrobbte.

Brenda wurde von einer Euphorie erfasst, die sie schon jahrelang nicht mehr verspürt hatte, nicht, seit sie besagte Szene verfasst und in deren Vollkommenheit geschwelgt hatte. Doch schon wieder lief es nicht nach Plan: Ihr Publikum brach zu früh auf.

Knight hatte den nachgeschleiften Fuß des Jungen nur wenige Zentimeter vor sich, bekam ihn aber nicht zu fassen, weil sein Besitzer sich jetzt an der Eingangstür hochzog. Statt des Fußes packte er Ryans Gürtel, nutzte ihn als Stütze, stellte sich auf sein einsatzfähiges Bein und riss die Hände des knienden Jungen vom Türgriff. Der Ärmel von Ryans Sweatshirt rutschte hoch und entblößte zahlreiche entzündete Einstichstellen.

Knight holte aus, doch bevor er Ryan außer Gefecht setzen konnte, hatte er plötzlich etwas Hartes am Hals und wurde brutal nach hinten gerissen. Beim Versuch, das Ding wegzudrücken, ertastete er den Holzgriff von Brendas Stock. Er wankte, Ryan ergriff die Gelegenheit und rammte ihm den Ellbogen in die Brust.

Knight fiel auf den Rücken und blickte hinauf zu Brendas wabbelndem Unterleib und den spitzen Kegeln ihrer Brüste, die im Gleichklang über ihm schwangen. Die zwei angstgeweiteten Augen des Jungen starrten ihn noch einen Moment lang an. Dann schlug die Tür hinter ihm zu.

»Du hast ihn verscheucht!«, klagte Brenda.

Da ging das Licht an.

19

Im Wartesaal der Notaufnahme drängten sich die Pechvögel und Tolpatsche. Der deprimierte Haufen nahm es insbesondere einer jugendlichen Clubbesucherin übel, dass sie sich mitten im Raum gründlich übergeben hatte und zur Belohnung auch noch vorgezogen wurde. Indem man das Mädchen wegführte, brachte man ein Kind mit bandagiertem Kopf um das unterhaltsame Schauspiel, und es fing wieder laut an zu weinen. Das wiederum steigerte noch den Unmut zweier Polizisten, die links und rechts von einem wütenden

Hünen mit Schnittwunde an der Stirn und blutbeflecktem England-Trikot saßen.

Da Knights Ableben nicht unmittelbar bevorzustehen schien, musste er sich in die Warteschlange einreihen. Mit dem Rollstuhl, in den man ihn gesetzt hatte, hatte er sich etwas näher zum Ausgang manövriert. Da hockte er nun in seinem Morgenmantel und dachte darüber nach, wie anders alles hätte laufen können.

Er war schon so nah dran gewesen: Hätte er den Mann geschnappt, hätte er Fran auf Kaution aus dem Gefängnis bekommen. Nachdem man Brenda eilig weggebracht hatte, hatte er einen letzten müßigen Versuch unternommen, zur Tür zu gelangen, doch dabei war ihm schwindlig geworden. Die Pflegerinnen hatten ihn hochgehoben und auf einen Stuhl gesetzt, und er hatte nicht verhindern können, dass sie einen Krankenwagen riefen.

Wenigstens hatte man den Scanner und das Handy in seiner Tasche nicht entdeckt und ihm sofort geglaubt, dass er vom Toilettenstuhl gefallen und heruntergekommen war, weil er Hilfe brauchte. Die Version passte zum Chaos in seinem Zimmer. Brendas Behauptung, er habe versucht, dem Jungen etwas anzutun, ignorierte man selbstverständlich. Auch Mrs. Grayling, die kurz vor dem Krankenwagen eintraf, schöpfte keinen Verdacht. Ihre kaum verhohlene Hauptsorge bestand darin, dass er sie verklagen könnte, und als sich herausstellte, dass er das nicht vorhatte, war sie zutiefst dankbar, umso mehr, als er darauf bestand, ohne Begleitung ins Krankenhaus zu fahren.

Als er hinausgerollt wurde, sah er noch, dass Penelope mit betrübtem Gesicht auf der Treppe stand, bevor sie in scharfem Ton angewiesen wurde, in ihr Zimmer zurückzukehren.

Der wütende Hüne beschimpfte nun lauthals seine Bewacher, wodurch er Knight daran hinderte, seine Gedanken zu ordnen. Es schien ihm unwahrscheinlich, dass Ryan der Mörder war. Er hatte keine Spritze oder andere Mordinstrumente außer seinen bloßen Händen gehabt, und sein Interesse an Knights Besitztümern ließ erahnen, dass er mit den Einbrüchen lediglich seinen Drogenkonsum finanzieren wollte. Viel mehr beschäftigte Knight die Frage, welche der beiden Erdgeschossbewohnerinnen in der Mordnacht nicht in ihrem Zimmer gewesen war, Brenda Newton oder Susan Hillfield? Das war der eine Grund, warum er Ryan finden musste. Der andere waren die Einstiche an seinem Arm, die ihn zu einem sehr plausiblen Bindeglied zwischen dem Heim und der Heroinquelle machten. Nicht unwahrscheinlich, dass die Polizei seine Adresse hatte; Bev hatte er bereits eine entsprechende Nachricht hinterlassen.

Was der Lösung des Falls entgegenstand, war sein Bein, das er im Augenblick überhaupt nicht belasten konnte. Er war auf den Rollstuhl angewiesen, und der war eines jener Modelle, die man nur unten großen Mühen bewegen konnte.

Und dann war da noch ein Problem: Unter den diensthabenden Krankenhausangestellten hatte er bereits ein, zwei Gesichter von seinem früheren Besuch wiedererkannt. Es war nur eine Frage der Zeit, bis jemand sich an ihn erinnerte und begriff, dass er nicht Albert Deakin war.

»Sorry, Eier mit Würstchen waren schon aus.« Merv kam mit Kaffee und Chips vom Automaten zurück. Bedauerlicherweise hatte eine Überschwemmung im Ferienhaus den Familienurlaub vorzeitig beendet, sodass er zu seinem Vater ins Krankenhaus hatte eilen können.

Aus dem Untersuchungsraum hinter dem Empfangstresen tauchte eine Krankenschwester auf. Sie hatte ein blasses, sommersprossiges Gesicht und rote Haare. Sie war ihm wegen ihres fröhlichen irischen Singsangs im Gedächtnis geblieben, von dem er jetzt wieder ein paar Fetzen aufschnappte, als sie mit der Sprechstundenhilfe sprach. Er drehte sich nicht schnell genug weg, als sie zufällig zu ihm herübersah. Er saß gegenüber dem Eingang. Zwischen den zwei Automatiktüren lehnte ein Paar Krücken an der Wand, die niemandem zu gehören schienen. Ein Seitenblick zeigte ihm, dass die Sprechstundenhilfe auf einen Punkt ihres Bildschirms deutete, den die Krankenschwester interessant fand. Nochmals spähte sie zu ihm herüber, runzelte die Stirn und verschwand dann wieder durch die Tür zu den Behandlungsräumen.

»Merv«, sagte er leise, »ich brauch diese Krücken. Du schiebst mich jetzt raus, und auf dem Weg schnappst du sie dir.«

Merv hatte sich bislang verkniffen, Knight wegen seiner neuen Verletzungen Vorhaltungen zu machen. Er wollte nicht nach nörgelnder Ehefrau klingen, nachdem er selbst mehrere Jahre lang eine ertragen hatte, aber Knights Wunsch nach den Krücken brachte ihn nun doch in Rage. »Soll das ein Scheißwitz sein? Wir bleiben jetzt hier, bis feststeht, was du mit deinem Bein angestellt hast.«

Da Knight auf ihn angewiesen war, um den Rollstuhl zu bewegen, konnte er eigentlich nicht viel mehr tun als herummosern. Merv machte sich bereits auf einen Wutausbruch gefasst, aber zu seiner Überraschung antwortete Knight seelenruhig: »Dort drüben sind die Krankenschwester und die Ärztin, die mich kürzlich erst untersucht haben.«

Die Krankenschwester war mit einer jungen Asiatin zurückgekehrt, die nun ebenfalls zu ihnen herüberstarrte.

»Ich gebe denen noch dreißig Sekunden, bis sie rüberkommen, um mit uns zu reden, und dann noch eine Minute, bis sie die zwei Cops dazubitten. Irgendwelche Alternativvorschläge?«

Knight setzte nur ungern auf die Aversion seines Freundes gegen die Polizei, aber er hatte die Gefahr kaum übertrieben. Wenn es tatsächlich zu einer Vernehmung kam, wüsste er nicht, wie er seine zwei Identitäten erklären sollte.

Seine Drohung zeigte die gewünschte Wirkung. Einen Moment lang war die Sicht von der Theke durch die Mutter mit dem bandagierten Kind blockiert, die verlangte, dass auch sie vorgezogen wurden. Ohne weiteren Einwand schob Merv den Rollstuhl schwungvoll zum Ausgang und griff sich dabei die Krücken. Niemand schenkte ihnen Beachtung.

Vor der Tür ließ ein Taxi umständlich seine elektrische Hebebühne herab. Daneben standen der Fahrer und ein Typ im Kapuzenpulli, der wie Knight in einem Rollstuhl saß, zusätzlich aber noch mit einem Gipsbein und einer leichten Alkoholvergiftung geschlagen war. Der Fahrer drehte sich um, als Merv Knight Richtung Parkplatz schob. Es schien ihm nicht seltsam vorzukommen, dass jemand auf diese Art das Krankenhaus verließ. Sein Fahrgast würde mit den gleichen Krücken wegfahren, sobald er ihn eingeladen hatte.

Sie waren knapp fünfzig Meter weit gekommen, als der Fahrer das Verschwinden der Krücken bemerkte. Er schrie ihnen etwas hinterher, und zugleich kamen die Krankenschwester und die Ärztin herausgelaufen. Sie gestikulierten und riefen etwas, bevor sie wieder hineineilten.

Merv bog mit dem Rollstuhl um die Ecke auf den Parkplatz und galoppierte trotz des ansteigenden Wegs in beträchtlichem Tempo auf den Transporter zu, während Knight sich mit beiden Händen festklammerte. »Schieb mich hinten rein!«, rief er. »Vorne schaffst du es nicht schnell genug.«

Das leuchtete Merv ein. Auf den Vordersitz müsste er Knight fast einen Meter senkrecht hochheben, hinten dagegen konnte er ihn hineinhieven wie einen Sack Kartoffeln. Und in seiner augenblicklichen Verfassung wollte er nicht über Arbeitsschutzvorschriften streiten.

Der Transporter stand in der Nähe der Ausfahrt, mit der Front zu einer grasbewachsenen Böschung. Merv öffnete die Hecktür, packte Knight unter den Achseln, zerrte und schob ihn in den Wagen und warf die Krücken hinterher. »Halt dich irgendwo fest!«

Knight zog sich auf einen der Klappsitze, während Merv den Wagen wendete. Mit einer Hand hinten in Mervs Sitz gekrallt, reckte er den Hals, um durch die Windschutzscheibe zu spähen. Vor ihnen war die Schranke, aber durch das Beifahrerfenster konnte er auch den Eingang der Notaufnahme sehen, von dem aus einer der Polizisten zielstrebig in ihre Richtung lief.

Auch Merv hatte den Polizisten entdeckt. Er hielt an der Schranke, zog das Ticket aus der Hemdtasche und schob es mit zitternden Fingern in den Automaten. Der piepte beleidigt, die Schranke blieb unten.

»Wo ist das Problem?«, fragte Knight bemüht ruhig.

»Ich hab vergessen zu zahlen.« Merv prügelte auf das Armaturenbrett ein, als wolle er es zerschmettern. »Wo hast du mich da reingeritten?«, brüllte er. »Jetzt kommen wir nicht raus, und der Mistkerl wird uns hopsnehmen.«

Der Polizist signalisierte ihnen zu warten und setzte sich in Trab.

»Fahr durch!«

»Wie bitte? Bist du wahnsinnig?«

Der Polizist war noch knapp hundert Meter entfernt. Das hintere Nummernschild des Transporters machte Merv extra für solche Gelegenheiten nicht sauber, aber aus einem Abstand von etwa zwanzig Metern konnte man genug erkennen, um den Halter herauszufinden.

»Stoß zurück und fahr durch. Ich bezahl dir den Schaden!«

Merv fügte sich in sein Schicksal und legte den Rückwärtsgang ein. Im nächsten Moment hörte Knight ein Krachen und spürte einen heftigen Ruck. »Was war das denn?«, rief er.

»Ich hab den Scheißrollstuhl gerammt!«

Im Seitenspiegel konnte Knight beobachten, wie der Rollstuhl langsam Richtung Böschung trudelte. Merv fuhr jetzt auf die Schranke zu, die sich beim Aufprall zwar zurückbog, aber nicht so weit, dass sie durchkamen.

Jetzt rannte der Polizist. Er wirkte stocksauer, vielleicht weil er sich kurz vor Ende einer besonders unangenehmen Schicht auch noch mit einem so anstrengenden Vorfall befassen musste. Der Transporter quetschte sich an der malträtierten Schranke vorbei, die an seiner Flanke entlangschrammte. Wenn er gleich rechts auf die Hauptstraße einbog, würde ihr Verfolger das hintere Nummernschild sehen können. Schon zückte der Polizist Stift und Notizbuch, als er ein Rattern von rechts hörte. Er sah sich um, doch es war zu spät, um dem zwanzig Kilo schweren Rollstuhl noch ausweichen zu können, der auf ihn zugerast kam.

Angewidert musterte Bullock die Rezeption des Norfolk Terrace. Im Widerspruch zu seinem pompösen Namen handelte es sich um ein eher kleines Hotel. Es lag am Meer jenseits des Piers; seine Gäste konnten hinter einer verglasten Front sitzen und die vorbeifahrenden Autos beobachten. Gerade war eine ganze Busladung Rentner angekommen, dem Tonfall nach aus Wales, und hatte alles mit billigen Koffern zugemüllt. Er mochte die Waliser nicht. Die Schotten und die Iren mochte er auch nicht. Genau genommen gab es nur sehr wenige Nationalitäten, auf die er nichts kommen ließ, am ehesten noch die Amerikaner. Er war einmal in Las Vegas gewesen, wo sie saubere Hotels hatten, nicht so was wie diese heruntergekommene Bruchbude.

Er drängelte sich an die Spitze der Schlange und ignorierte den scharfen Protest, den er damit hervorrief. Unverschämtes Pack, diese Waliser. Konnten die nicht ein bisschen Respekt zeigen in einem fremden Land? Die Frau an der Rezeption schaute höchst mürrisch drein, als er seinen Ausweis vorzeigte. »Hallo, Steve, wie schön, dich mal wieder zu sehen«, sagte sie in unverhohlen sarkastischem Ton. Irgendwie kam sie Bullock bekannt vor, aber er wusste nicht, warum. Als er mit den beiden Mädchen eingetroffen war, hatte er der Umgebung keine Beachtung geschenkt, und sein Abgang am nächsten Morgen lag für ihn nach wie vor im Nebel. Sie hatte einen ausländischen Akzent, aber das war in so einem Laden ja keine Überraschung.

»Es geht um die zwei Frauen in Zimmer 301, die vorletzte Nacht hier waren. Kann ich mal einen Blick auf die Reservierung werfen?«

»Also bist du gar nicht wegen mir hier?«, fragte sie spöttisch.

Jetzt endlich fiel ihm ein, dass er sie vor etwa einem Monat vom Kalibanz in seine Wohnung abgeschleppt hatte. Er hatte ihr das Überziehen des Kondoms überlassen und war dann scharf zurechtgewiesen worden, weil das Verwendungsdatum abgelaufen war. Anschließend hatte sie sich geweigert weiterzumachen.

»Ach ja, hallo, äh …« Er schielte auf ihr Namensschild. »Ivana, wie geht's?«

Sie bedachte ihn mit einem eisigen Blick. »Ich hole den Direktor.« Sie zuckte höchst geringschätzig mit den Achseln, was für die ganze Schlange sichtbar war, und verschwand im Büro.

Er hatte sie mit seiner Wut in jener Nacht sehr verschreckt und sie an die Polizei in ihrer Heimat erinnert. Sie hatte seine Wohnung eiligst verlassen, in Sorge um ihre Sicherheit und auch frustriert, weil sie bei ihrer Suche nach einem brauchbaren englischen Freund einfach nicht vorankam.

Am vorgestrigen Abend hatte Ivana freigehabt, aber sie entsann sich der zwei Mädchen, die am Nachmittag eingecheckt hatten, weil sie einen so nuttigen Eindruck machten.

Als Ivana mit dem Hoteldirektor zurückkehrte, wiederholte Bullock seine Bitte. Dunkel erinnerte er sich an den Mann, vor seinem geistigen Auge sah er ihn verständnisvoll hinter seinem Tresen hervorlächeln.

Da der Direktor nichts gegen den Kriminalbeamten hatte und sich für die gesetzlichen Vorschriften nicht interessierte, entsprach er freundlich seiner Bitte. »Ich habe bemerkt, wie Sie mit den beiden hereinkamen. Die Damen schienen sehr nett zu sein, wenn ich mir die Bemerkung erlauben darf.«

Das beurteilte Ivana ganz anders, und sie nutzte ihre Chance, Bullock zu bestrafen. »Waren das vielleicht Prostituierte?«, fragte sie und gab sich professionell schockiert.

Aus der Schlange drang interessiertes Gemurmel. »Er war mit einer Nutte hier«, sagte eine der Damen missbilligend.

»Na, und du bist mit zwei Stürmern und einem Verteidiger gekommen«, antwortete ihre Freundin und rief damit eine Lachsalve hervor, die Bullock gar nicht gefiel. Es machte ihn nervös, wenn um ihn herum gelacht wurde – außer natürlich er selbst hatte den Witz gemacht. Er drehte sich um und schnauzte sie an: »Ich bin hier in einer polizeilichen Angelegenheit, wenn es Ihnen nichts ausmacht!«

»Die Angelegenheit haben Sie anscheinend schon erledigt«, rief ein Mann und provozierte damit weiteres Gelächter.

Das Reservierungsbuch gab nichts her. Das Zimmer war bar bezahlt worden, und er bezweifelte, dass die Namen echt waren.

»Haben Sie gesehen, ob sie mit jemandem gesprochen haben?« Er begann zu schwitzen – diese vergreisten Spottdrosseln wurden langsam unerträglich.

»Ich habe beobachtet, wie sie mit einem älteren Herren sprachen«, erläuterte Ivana genüsslich. »War das vielleicht auch ein Kunde?«

Dies wurde quittiert vom anzüglichen Gejohle der wenigen männlichen Rentner, das die Frauen mit empörtem Gezischel erstickten.

»Sie haben einen Rivalen, Junge!«, rief einer der Männer.

»Wenn Sie wollen, können wir Ihnen gern ein paar Tipps geben«, ergänzte ein anderer.

Bullock hielt es nicht länger aus. Er drängte sich zum Ausgang, wobei er demonstrativ einen Koffer wegtrat, der ihm im Weg war. Die Menge buhte ihn aus, und zur Krönung rief Ivana ihm auch noch hinterher: »Er hat gehumpelt und hatte blaue Flecken in Gesicht – warst du das vielleicht, aus Eifersucht?«

Innerlich kochend vor Wut, kehrte Bullock auf die Wache zurück. Er hatte praktisch nichts in der Hand. Dass die Mädchen mit einem alten Mann gesprochen hatten, hatte in einem rentnerverseuchten Drecksloch wie dem Norfolk

Terrace überhaupt nichts zu sagen. Humpeln und blaue Flecken waren auch kein brauchbarer Hinweis, die Alten fielen ja alle naselang hin. Das ganze Pack heute dort hätte er liebend gern mindestens genauso zugerichtet.

Seine Meinung über ältere Mitmenschen wurde nicht besser, als er an seinen Schreibtisch zurückkehrte. Ein Polizist war von einem Rollstuhl verletzt worden, als er zwei Diebe daran hindern wollte, vom Krankenhausparkplatz zu fliehen. Die Neuigkeit hatte sich bereits in den verschiedenen Abteilungen herumgesprochen und war schließlich bei ihm gelandet: Er sei doch mit dieser Untersuchung zur Gewalt gegen Ältere betraut – vielleicht sei einer der beiden Täter darüber aufzuspüren, er habe nämlich Bein- und Gesichtsverletzungen.

20

Bev war auf ihrer Nachmittagsschicht und rief zu Mervs Erleichterung erst weit nach zwei Uhr an. Knight lag noch im Bett und schlief dank einer weiteren Dosis starker Schmerzmittel tief und fest. Merv notierte die Adresse, die Bev ihm durchgab, und wehrte ihre Nachfragen mit dem Versprechen ab, Knight werde sie zurückrufen. Nach dem Ausraster auf dem Parkplatz hatte er seine Fassung wiedererlangt und war der Ansicht, dass es alles in allem gut war, Ryans Adresse zu haben. Wenn sie ihn erwischten, war die ganze furchtbare Angelegenheit vermutlich endlich erledigt.

Seinen alten Freund hatte die Sache mit dieser Fran zwar offensichtlich aus der Bahn geworfen, aber in Stresssituationen funktionierte er tadellos. Wären sie nicht aus dem Parkplatz rausgekommen, säßen sie jetzt in Polizeigewahrsam und hätten Schlimmeres zu erwarten. Im Geiste sah er wieder das Bild im Seitenspiegel, wie der Rollstuhl den Polizisten erfasste, der ihnen auf den Fersen war. Zuerst hatte er furchtbare Gewissensbisse gehabt, doch dann hatte Knight angeregt, sich in den Verfolger hineinzuversetzen: Dessen Chancen, das Nummernschild zu erkennen und sich zu merken, seien sowieso gleich null gewesen. Da verwandelte sich das Bild von einem bösen Omen in eine ergreifende Szene, an die er sich sein Leben lang erinnern würde.

Merv betrat Knights Schlafzimmer und rüttelte ihn behutsam wach. Er war noch bleicher als vorher, obwohl das Make-up zum größten Teil verschwunden war.

Es dauerte eine Weile, bis Knight in die Gänge kam. Erst glaubte er sich im Altenheim, dann im Krankenhaus, bis ihm schließlich die Ereignisse von letzter Nacht und vom frühen Morgen wieder einfielen. So richtig geriet sein Hirn erst in Fahrt, als er hörte, dass Bev geliefert hatte.

Die Krücken lagen neben ihm auf der Bettdecke. Er lehnte Mervs Hilfsangebot ab, nutzte die eine, um sich auf sein gesundes Bein zu stellen, und schob sich die andere schnell unter den rechten Arm. Diese Art der Fortbewegung war ihm nach mehreren Skiunfällen in glücklicheren Zeiten nicht fremd. Solange er seinen Fuß nicht auf den Boden setzte, kam er damit genauso schnell voran wie mit seinem Stock.

»Setz mal Kaffee auf, in fünf Minuten bin ich bereit.«

Merv verzog das Gesicht. »Vielleicht duschst du erst mal – du stinkst wie ein Araber am Sack.«

Die Araber, die Knight kennengelernt hatte, waren immer extrem gepflegt, aber was *ihn* betraf, konnte es durchaus sein, dass er stank. Als sie aus dem Krankenhaus gekommen waren, war er sofort ins Bett gefallen und trug immer noch den Pyjama der letzten Nacht.

»Bist du sicher, dass du's alleine schaffst?«

Erneut wies Knight das Hilfsangebot zurück und schickte Merv in die Küche, allerdings klang er dabei zuversichtlicher, als er tatsächlich war. Der Pyjama war leicht auszuziehen, aber er fragte sich, wie er später in Unterhose und Hose hineinfinden sollte. Während das heiße Wasser ihm auf Kopf und Schultern prasselte, gewann sein Vorhaben eine ganz neue Dringlichkeit. Selbst wenn Bevs Informationen stimmten, hieß das noch lange nicht, dass Ryan unter der angegebenen Adresse anzutreffen war. Diese Spur konnte gerade in diesem Augenblick schon erkalten.

Er rasierte sich und putzte sich die Zähne, wobei er Abstand zu dem Wasserhahn hielt, an dem er sich die Krone herausgebrochen hatte. Kurz schoss ihm die schreiende Fran durch den Kopf.

Auf dem Bett liegend, schob er die Zehen seines gesunden Beins in ein Paar alte Boxershorts und brachte sie durch Herumzappeln bis zum Knöchel. Dann stand er vor der Herausforderung, sie auch über den anderen Fuß zu bekommen. Er verbrachte eine gute Minute mit mehrmaligem Schwungholen, bevor es ihm gelang. Nun setzte er sich auf und wollte sie hochziehen, musste aber feststellen, dass er seinen Rumpf kaum mehr als ein paar Zentimeter vorbeugen konnte.

Er legte sich wieder hin und ruckte und zuckte mit seinem gesunden Bein, damit die Shorts hochrutschten. Es musste wirken wie ein bizarrer nervöser Tick, und für einen Augenblick stellte er sich vor, dass Fran ihn so sah. Wieder einmal zweifelte er daran, ob es klug oder fair war, ihr das rostige Wrack seines Körpers anzudienen, das sich so beharrlich seinem Willen widersetzte. Er schwang sich mit Gewalt nach vorne, was einen stechenden Schmerz vom Steißbein bis hoch zum Nacken verursachte, schaffte es aber endlich, einen Finger in den Gummibund zu schieben. Außer Atem vor Anstrengung, zerrte er die Shorts hoch.

Die Zeit lief ihm davon, und so schluckte er seinen Stolz hinunter und rief nach Merv, damit der ihm beim Rest assistierte. Merv tat es, ohne ein Wort über die zerschlissenen Boxershorts zu verlieren. Er half ihm in die Hose und in frische Socken – mit dem seltsamen Gefühl, Krankenpfleger und Adjutant zugleich zu sein.

Die Pension befand sich in der finstersten Ecke einer heruntergekommenen Häuserreihe östlich des Stadtzentrums, wo Touristen nur dann landeten, wenn sie sich böse verliefen. Der Putz blätterte ab, und eine Fensterscheibe im Obergeschoss war gesprungen. Hier wohnten die, die das Sozialsystem gerade noch davor bewahrte, in Parks und unter Brücken schlafen zu müssen.

»Und wie genau überzeugen wir unseren zugedröhnten Freund davon mitzukommen? Wir können ihn ja nicht an den Eiern rauszerren, während alle zuschauen.«

Sie saßen in Knights Auto auf der anderen Straßenseite, Merv war am Steuer. Ein Anwalt stand bereit, sie mussten Ryan nur dazu kriegen, ihm vor die Augen zu treten.

»Das wird nicht nötig sein«, antwortete Knight. Er nahm die Schutzkappe von der Kameralinse in seinem Stock, den er zusätzlich zu den Krücken dabeihatte. »Ich bringe ihn dazu zu erzählen, was er letzte Nacht getrieben hat, und du nimmst es auf. Dann zeigen wir es ihm und sagen, wir rufen die Polizei, wenn er uns nicht begleitet.«

»Und was, wenn er das tut?«

»Dann bringen wir ihn hinterher zur Polizei.«

Merv grinste. Finten und Tricks mochte er – solange andere das Opfer waren. Er half Knight aus dem Auto, genau wie vor zwei Tagen vor dem New Horizons, nur dass es diesmal nicht gespielt war. Bevor er mit den Krücken zur Stelle war, geriet Knight schon ins Wanken und stöhnte, als sein Fuß versehentlich den Boden berührte.

»Alles klar?«

»Alles in Ordnung«, antwortete Knight knapp zwischen zusammengebissenen Zähnen. »Gib mir die Tüte und den Stock.«

Bevor Merv einschreiten konnte, war er schon über die Straße und schwang sein kaputtes Bein mit der Routine eines Piraten, den Griff der Plastiktüte hatte er dabei um die Finger gewickelt. Die Eingangsstufen waren eine größere Hürde. Merv packte ihn wie ein Rugbyspieler von hinten um die Taille und bugsierte ihn hoch zur Tür.

Erst nach zweimaligem Läuten tauchte ein junger Asiate in Kurta auf und musterte sie skeptisch. Das schmierige Lächeln des Jüngeren mit dem tätowierten Bizeps gefiel ihm gar nicht, und der Alte mit den Krücken sah so gut wie tot aus. Auf keinen Fall wollte er, dass er ausgerechnet hier den Löffel abgab. »Tut mir leid«, sagte er und deutete auf das »Besetzt«-Schild. »Alles voll.«

Knight mimte Verwirrung, gefolgt von Belustigung. »Nein, nein, wir suchen kein Zimmer, sondern Ryan Carter. Ich bin sein Großvater, und das ist sein Cousin.«

Der Mann entspannte sich; intakte Familienstrukturen wie diese beruhigten ihn, denn die waren bei seinen Bewohnern selten. »Der ist nicht da«, sagte er in freundlicherem Ton. »Er ist schon eine Weile weg, ich weiß nicht, wann er zurückkommt.«

Knight frohlockte, weil immerhin die Adresse stimmte, aber nach außen zeigte er Enttäuschung. »Ach je«, seufzte er und zog ein in Geschenkpapier gewickeltes Päckchen aus der Plastiktüte. »Er hat heute Geburtstag, und ich habe so gehofft, ihn zu sehen.«

»Soll ich es ihm geben?«

»Meinen Sie, ich könnte es in seinem Zimmer deponieren? Das habe ich noch nie zu Gesicht bekommen, wissen Sie. Ich heiße übrigens Peter Carter. Freut mich sehr, Sie kennenzulernen.«

Das wohldosierte Pathos hatte den jungen Mann aus dem Konzept gebracht, und so nahm er Knights ungeschickt ausgestreckte Hand und stellte sich als Waheed vor. Zwar hatte sein Onkel unmissverständlich angeordnet, Besucher nur ins Zimmer zu lassen, wenn der Bewohner anwesend war, aber in diesem Fall schienen andere Regeln zu gelten. Was sollte schon groß passieren – abgesehen davon war sein Onkel geschäftlich in Lahore.

Er ließ die beiden herein und schaute zu, wie der Jüngere dem Alten die Treppen hinaufhalf, indem er ihn unter den Armen packte und sich dabei mit bemerkenswerter Geschicklichkeit rückwärtsbewegte. Vermutlich würde ihnen das Zimmer ihres Verwandten nicht gefallen, aber das konnte ihm egal sein, sie waren schließlich nicht *seine* Familie. Er ging den Generalschlüssel holen.

Knights Zimmer im New Horizons war Luxus gegen das, was sich ihm hier darbot. Statt einer einladenden Flut von rosa Rosen hing schlaff ein Fetzen nikotingelber Tüllgardine von einer Schnur. Das eiserne Bettgestell war teilweise verrostet, das Bett ungemacht, der Bezug voller Flecken. Als einzige Dekoration klebte das zerrissene Poster einer Band an der Wand. Knight stellte sich seinen eigenen Enkelsohn in einer solchen Bruchbude vor, und ungewollt überfiel ihn Mitleid mit Ryan.

Waheed trat von einem Bein aufs andere und wartete ungeduldig darauf, dass sie das Geschenk hinterließen und wieder gingen.

»Ganz schöne Unordnung, nicht?«, sagte Knight leise.

»Geputzt wird einmal die Woche«, antwortete Waheed, was die Wahrheit nicht ganz traf. Er drückte den Lichtschalter, aber die einzige Birne im Zimmer hatte schon vor längerer Zeit den Geist aufgegeben. »Die geht immer kaputt, morgen hole ich neue.«

Er merkte, dass sich der alte Mann aufgebracht umsah. Das Schicksal der Hausbewohner war ihm weitgehend egal, aber er begriff, dass es hier um die Familienehre ging. Im Dorf seiner Kindheit war sie immer eine öffentliche Angelegenheit und ein endloses Gesprächsthema. Waheed glaubte genau zu wissen, wie der Besucher sich fühlte.

»Meinen Sie, wir könnten ein paar Minuten bleiben und es ihm ein bisschen nett machen?«

Eine überraschende Bitte, die er allerdings nicht abschlagen konnte. »Bitte, nur zu. Ich bin unten.« Er lehnte die Tür hinter sich nur an.

Für Merv war Selbsterhaltung die oberste Kardinaltugend des Menschen, und insofern war das hier eine Todsünde. »Was für ein Schweinestall!«

»Such nach seinem Heroin!« Knight inspizierte den Raum bereits im Hinblick auf mögliche Verstecke. Ihre Verhandlungsposition würde sich beträchtlich verbessern, wenn sie dem Jungen den Stoff wegnahmen. Der Boden war übersät von Ryans wenigen Besitztümern, vor allem CDs und Computerspiele. Knight schob einen Stapel Kleidung vom einzigen Stuhl und ließ sich darauf nieder. Mit einer Krücke zog er sich eine DVD-Box heran und öffnete die Hüllen, während Merv sich angewidert einer Kommode widmete.

Knight hatte die DVDs zur Hälfte durch, als jemand klopfte. Er konnte sie gerade noch wegschieben, bevor die Tür unaufgefordert geöffnet wurde. Er hatte den Asiaten erwartet, aber es war ein Mädchen in einem schmuddeligen Trainingsanzug. Das Haar hing ihr in fettigen Strähnen herunter, und unter ihren Augen lagen dunkle Ringe. Es dauerte einen Moment, bis er sie als die Prostituierte erkannte, die Colin Boyle ins Grand Hotel mitgebracht hatte.

»Wer sind Sie?«, fragte sie nicht sonderlich neugierig. Nun war Knight froh über die kaputte Glühbirne, denn sie hatte ihn offensichtlich nicht erkannt.

»Ich bin Ryans Großvater«, antwortete er und gab sich demonstrativ erfreut, sie zu sehen. »Sind Sie eine Freundin von ihm?«

Sie ignorierte seine Frage, trat ein paar Schritte ins Zimmer und sah Merv ausdruckslos an.

»Ich bin sein Cousin«, sagte der ein bisschen zu fröhlich, aber sie reagierte nicht. Sie wirkte irgendwie abwesend, auf etwas anderes fokussiert als die Gegenwart.

»Meine Liebe, wissen Sie, wo er steckt?«, fragte Knight großväterlich besorgt.

»Ich dachte, er ist zurück, als ich Sie durch die Wand gehört habe.«

Er hörte Enttäuschung heraus, gepaart mit Ungeduld. »Erwarten Sie ihn auch?«, fragte er. »Ich hoffe, er lässt sich nicht zu viel Zeit.«

»Unser Ryan, Pünktlichkeit war nie seine Stärke«, schob Merv gekünstelt liebevoll nach. Es fiel ihm schwerer als sonst, in seiner Rolle zu bleiben, so abstoßend fand er den Gedanken, ein Mitglied von Ryans Familie zu sein.

Die Aussicht auf eine weitere Verzögerung schien das Mädchen zu beunruhigen. Ihr Blick wanderte nervös zwischen den beiden Männern hin und her. Knight befürchtete schon, sie habe ihn nun doch erkannt. »Gibt es ein Problem?«, fragte er beflissen.

Sie zögerte noch einen Moment. »Könnten Sie mir 'n bisschen Geld leihen?«

Dieses Anliegen war ihm angesichts seiner Finanzen nun wirklich nicht willkommen, aber zugleich eine Chance. Aus dem Augenwinkel nahm er Mervs saures Gesicht wahr und hoffte, dass es ihr nicht auffiel, denn man musste sie mit Samthandschuhen anfassen. »Ich habe leider nicht viel Geld. Was bräuchten Sie denn?«

»Fünfzig Pfund. Ryan gibt's Ihnen zurück, er kriegt jetzt 'n Haufen Geld, wirklich jede Menge.« Das sagte sie schnell, mit erstaunlicher Bestimmtheit.

»Ach wirklich?« Knight gab sich angesichts des Unternehmergeists seines Enkels erfreut. »Wie schön. Er hat also eine Arbeit gefunden?«

»Ja. Also, können Sie es uns leihen? Er zahlt es zurück, sobald er wiederkommt.«

Um Charme bemühte sie sich erst gar nicht, aus ihr sprach die reine Ungeduld, den Deal so schnell wie möglich abzuschließen. Er hatte nicht die Absicht, ihr Geld zu geben, zumindest nicht sofort, aber er musste sie am Haken haben, bevor sie das Interesse verlor. Er vermutete, ihre Arme unter dem Trainingsanzug waren genauso zerstochen wie die von Ryan. »Das wäre schon möglich, aber wir müssten zum Automaten gehen.« Er entdeckte einen Schimmer von Interesse. »Sind Sie seine Freundin?«

»Na ja, sozusagen«, antwortete sie und korrigierte sich dann: »Also ja, ich bin seine Freundin.« Sie versuchte es mit einem Lächeln, aber ihr Gesicht war dieser Herausforderung nicht gewachsen. Knight glaubte ihr kein Wort, bestenfalls schlief sie mit Ryan für einen Schuss als Gegenleistung.

»Ich brauche nur fünfzig Pfund, okay?«

Er musste darauf setzen, dass sie mit sich handeln ließ. Falls sie sich verzog, weil er sich weigerte, das Geld sofort rauszurücken, hatte er nichts gewonnen, aber natürlich wäre sie ebenso schnell weg, wenn sie erst mal das Geld in der Hand hatte. Er zog eine Zehnpfundnote aus der Tasche und reichte sie ihr. »Wissen Sie was?« Er schlug einen Ton an wie bei einem quengelnden Kind. »Das kann ich Ihnen jetzt geben, das ist alles, was ich dabeihabe, aber bevor wir gehen und den Rest besorgen, hätte ich gerne von Ihnen gewusst, was Ryan macht. Das verstehen Sie doch sicher.«

Es stand auf Messers Schneide. Enttäuscht musterte sie den Geldschein und steckte ihn dann schnell in die Tasche. »Er arbeitet in einem Café.«

Das war nicht völlig unmöglich, aber Knight kaufte ihr das nicht ganz ab. Er sah sie betrübt an. »Es tut mir leid, meine Liebe, aber ich möchte die Wahrheit wissen.«

Sie seufzte genervt, ihre Geduld war offensichtlich am Ende. »Also gut: Er trifft sich mit dieser Frau. Er hat sich schon mal mit ihr getroffen und ihr was verkauft, und jetzt trifft er sie wieder. Das ist alles, was ich weiß.«

»Hat er ihr Drogen verkauft?«, fragte Merv.

Knight zuckte angesichts der direkten Frage zusammen und fürchtete, sie würde sofort abhauen. »Egal, ob es Drogen waren«, schaltete er sich ein. »Wir machen uns einfach Sorgen um ihn. Und das Letzte, was wir wollen, ist irgendjemanden in Schwierigkeiten bringen, schon gar nicht seine Freunde. Und ich möchte Ihnen gerne helfen.«

Die Hoffnung auf das Geld gewann die Oberhand. »Könnte schon sein«, sagte sie leise.

»Bitte erzählen Sie es mir.« Er ließ seine Stimme ein wenig zittern.

Häppchenweise zog er ihr eine wirre Zusammenfassung der Aktivitäten seines frisch erkorenen Enkelsohns aus der Nase. Soviel er verstand, war Ryan ein Gelegenheitsdealer, der kleine Mengen kaufte und verkaufte, um seine eigene Abhängigkeit zu finanzieren. Aber er verdiente damit nie genug, daher seine Nebenjobs als Gärtner und Einbrecher.

Knights Besorgnis beim Zuhören war nur zum Teil gespielt. Der Junge schien so ziellos durchs Leben zu driften wie Plastikmüll durch die Ozeane dieser Welt. Das ruinierte Knie konnte er Ryan nicht verzeihen, aber dass er ihm das Gesicht in den Toilettenstuhl gequetscht hatte, tat ihm nun fast ein bisschen leid.

Wie sich herausstellte, hatte es kürzlich in Ryans Leben einen Lichtblick gegeben. Etwa vor drei Wochen hatte er eine – zumindest für seine Verhältnisse – große Menge Heroin verkauft, an eine ihm unbekannte Frau. Er hatte sie in einer Kneipe kennengelernt, die Knight als Treffpunkt für Dealer und Junkies vertraut war. Die Frau war alt und zahlungskräftig. Er war ihrem Wagen mit dem Moped hinterhergefahren, um herauszufinden, ob da noch mehr zu holen war. Sie wohnte in einem feudalen Haus, aber er hatte dem Mädchen nicht verraten, wo.

»Und ist er dort noch mal hingefahren?«

»Ja, aber es gab eine Alarmanlage, deshalb hat er es nicht versucht.«

»Und warum ist er heute wieder hin?«

»Weil ihm das Geld ausgegangen ist. Er hat gesagt, er fährt rüber und holt noch was aus ihr raus.«

»Warum sollte sie ihm welches überlassen?«

»Was weiß ich! Können wir jetzt gehen und meines holen?« Die Aussicht auf einen baldigen Schuss verstärkte sichtlich ihre Entzugserscheinungen, und sie wurde immer reizbarer.

»Nur eines noch: Ich glaube, mir gefällt die Vorstellung von Ryan und dieser seltsamen Frau überhaupt nicht. Meinen Sie, Sie könnten ihn vielleicht einfach anrufen und fragen, wo er ist?«

Sie starrte ihn ungläubig an. »Sie wollen, dass ich ihn *anrufe*?«

»Ich will nur wissen, dass es ihm gut geht. Aber sagen Sie ihm nicht, dass ich hier bin, sonst denkt er nur, ich schnüffle ihm hinterher. Ich weiß, das würde ihm nicht gefallen.« Knight wusste, dass er eine rote Linie überschritten hatte und riskierte, dass sie sich dünnmachte, also fügte er hinzu: »Sie haben mir so geholfen, und ich würde Ihnen gerne auch ein bisschen mehr leihen. Wie wäre es mit hundert?«

Er vermied es, Merv anzusehen, aber hundert Pfund waren ein Klacks, wenn sie dafür Ryan und seine mysteriöse Klientin fanden. Er hatte bereits darauf spekuliert, dass in der Drogenszene ein neues Gesicht aufgetaucht war, und diese Frau war es vermutlich.

Das Mädchen zog ein Handy aus einer rosa Hülle mit gelben Smileys und wählte Ryans Nummer.

»Vielleicht stellen Sie es einfach auf Lautsprecher, ich würde so gerne seine Stimme hören.«

Das Klingeln hallte in dem leeren Zimmer. Ob das Geld gut angelegt war, hing nun ganz davon ab, dass Ryan ranging. Sie konnten nicht viel länger hierbleiben, ohne dass Waheed Verdacht schöpfte, und wenn das Mädchen vor ihnen auf Ryan traf, würde er Reißaus nehmen, sobald er von seinem falschen Großvater hörte.

»Jen? Was willst du?«

Knight fiel ein, dass er sie weder nach ihrem Namen gefragt noch seinen eigenen genannt hatte.

»Ich wollte nur wissen, wie's dir geht. Wo bist du?«

»Im Wald außerhalb von East Dean.«

»Warum bist du nicht in dem Haus?«

»Weil sie nicht dort war, es ist das Haus von ihrer Schwester.« Die Verärgerung in seiner Stimme war unüberhörbar. Knight signalisierte Jen, nach der Adresse des Hauses zu fragen, aber sie achtete nicht auf ihn, anscheinend war ihre eigene Neugier nun geweckt.

»Und was machst du im Wald?«

»Ich warte auf sie. Ihre Schwester hat sie angerufen, und sie hat gesagt, dass sie mich hier treffen will.«

»Also hast du mit ihr gesprochen?«

»Nein, Mann, das hat mir ihre Schwester ausgerichtet. Warum fragst du nach dem ganzen Scheiß?«

Sie sah Knight fragend an. Er formte wieder tonlos die Frage, wo das Haus war.

»Und wo ist das Haus?«

»Scheiße noch mal, Jen. Sie bringt mir Geld, der Rest ist doch egal.« Im nächsten Moment hatte er aufgelegt, und sie zuckte gleichgültig mit den Achseln. »Können wir jetzt gehen?«

Knight stimmte sofort zu. Hier gab es nichts mehr zu holen.

Jen ging in ihr Zimmer, um sich ihre Turnschuhe anzuziehen. Das immer quälendere Bedürfnis nach der Erlösung durch den Rausch machte ihren Kopf langsam klarer. Es störte sie nicht, Geld von Ryans Großvater zu nehmen, dazu waren Eltern und Großeltern schließlich da, wenn man welche hatte. Und Ryan war ihr auch egal, es war nur gelegentlich ganz günstig für sie, wenn er glaubte, sie sei seine Freundin. Es waren schließlich harte Zeiten – Colin Boyle hatte sich in letzter Zeit auch nicht mehr gemeldet.

Die zwei Männer waren schon fast unten, als sie aus ihrem Zimmer kam. Es war nicht der Anblick, wie der Jüngere dem Älteren die Treppe herunterhalf, der plötzlich eine Erinnerung wachrief, sondern der Stock mit dem auffälligen Griff, der dem Jüngeren vom Arm rutschte, als sie den Flur erreichten. Diesen Stock hatte sie schon einmal gesehen, auf dem Boden des Grand Hotel, als der alte Mann vor ihnen hingestürzt war. Mit einem Mal erkannte sie ihn wieder und bekam einen Wutanfall. »Dreckskerl!«, schrie sie von oben. »Sie sind gar nicht Ryans Großvater, Scheiße, Mann, wer sind Sie?«

Knight war vorbereitet und sehr froh, dass es nicht schon früher dazu gekommen war. Er schenkte sich den Ton großväterlicher Anteilnahme und schnauzte zurück: »Wer ich bin, ist egal, junge Dame, mein Angebot steht. Wenn Sie Ihr Geld wollen, dann begleiten Sie mich, und ich verspreche Ihnen, Sie kriegen es.«

»Warum soll ich Ihnen glauben?«, kreischte sie.

»Weil auf mich mehr Verlass ist als auf Ryan. Überlegen Sie selbst: Wer liefert wahrscheinlicher das Versprochene, er oder ich?«

Ihre Wut wich der Verzweiflung. Ja, Ryan war unzuverlässig und versuchte irgendwo in der Pampa ein undurchschaubares Ding zu drehen, während der Alte hier direkt vor ihr stand.

»Ich verspreche Ihnen, dass Sie Ihr Geld kriegen«, wiederholte er. Ihr Magen krampfte sich zusammen; ihr Verlangen verstärkte sich, je ferner die Aussicht auf Erfüllung rückte. Also folgte sie ihnen unter dem verwunderten Blick von Waheed auf die Straße. Nicht zum ersten Mal sah der sie so hysterisch – sie hatte ähnlich reagiert, als er ihr Angebot von Sex statt Miete ablehnte. Er dankte Gott für seinen Beistand und war wieder einmal froh darüber, dass diese Leute ihn nichts angingen.

Knight drehte sich um und warf der wimmernden Gestalt auf dem Rücksitz einen Blick zu. Er konnte sich nur vage vorstellen, was sie durchmachte. Ein Mal, an der Uni Sussex, hatte er Heroin genommen, in Form eines weißen Pulvers, das er geraucht hatte. Auch wenn das bestenfalls die Einsteigervariante gewesen war, hatte es ihn in eine solche Euphorie versetzt, dass er sofort mehr wollte. Jens desaströser Zustand zeigte, wohin das führte. »Ist Ihnen übel?«

Sie stöhnte und schüttelte den Kopf. Auch wenn er sich sagte, dass er für sie nicht verantwortlich war, fühlte er doch das drängende Bedürfnis, irgendetwas zu unternehmen, um ihr wieder auf die Beine zu helfen. Wie Ryan war sie eine Ausgestoßene und wie das schwächste Mitglied einer Herde eine leichte Beute für Raubtiere.

Sie hatte das Oberteil des Trainingsanzugs gegen eine weite Bluse ausgetauscht, in deren Ausschnitt eine feingliedrige Kette baumelte. Mit dem Anhänger in Form eines Blattes wirkte der Schmuck viel zu erwachsen für sie, nicht wie etwas, das sie sich selbst ausgesucht hätte. Er fragte sich, ob sie eine Großmutter oder Tante hatte, der genug an ihr gelegen war, um ihr so etwas zu schenken.

Bisher war es Jen nicht aufgefallen, dass sie schon an mehreren Bankautomaten vorbeigekommen waren, aber jetzt sah sie einen. Sie protestierte mit schriller Stimme, als sie einfach weiterfuhren; dann machte Knight ihr klar, dass sie erst Ryan finden wollten, und sie sackte in dumpfer Verzweiflung auf dem Rücksitz zusammen.

Das Dorf East Dean, das unter anderen Umständen pittoresk erscheinen mochte, lag ein paar Kilometer westlich von Eastbourne im Landesinneren inmitten von ausgedehnten Wiesen, auf denen zwischen Ginsterbüschen Schafe weideten.

Als sie sich dem Wald näherten, hätten sie beinahe eine Frau überfahren. Es war eine ruhige, gerade Straße, fast nur ein Weg, den auf der einen Seite Wiesen und auf der anderen Bäume säumten. Merv war auf Höhe eines Parkplatzes, als sie keine dreißig Meter entfernt rechts aus den Bäumen hervorgestürmt kam. Sie war schon halb über die Straße, als Merv scharf bremste und den Wagen um sie herum auf die Gegenfahrbahn lenkte. Knight, der heftig in den Sicherheitsgurt geschleudert wurde, erhaschte einen flüchtigen Blick auf die Frau, die weiter Richtung Parkplatz rannte. Sie hatte eine Sonnenbrille auf, was an einem sonnigen Tag wie diesem weniger erstaunlich war als der dicke Wintermantel und die groben Arbeitshandschuhe. Im nächsten Augenblick wurde er allerdings von dem Auto abgelenkt, das laut hupend auf sie zuraste.

Es war keine Zeit, um zurückzulenken, also bretterte Merv über das schlammige Bankett zwischen die Bäume, von denen er beinahe einen rammte, während ein Mercedes mit wild blinkender Lichthupe an ihnen vorbeischoss. Damit nicht genug, lag auch noch ein verlassenes Moped auf dem Bankett direkt vor ihnen, sodass Merv hektisch Richtung Fahrbahn zurückkurvte und dabei einen zweiten Wagen nur um Zentimeter verfehlte. Schließlich blieb er mit dem Skoda unter den Bäumen stehen.

»So eine durchgeknallte Ziege!« Mervs Gesicht war schneeweiß, und er zitterte am ganzen Leib. Jen hatte sich zu einem Knäuel zusammengerollt. Obwohl Knight speiübel war, hatte er noch so viel Geistesgegenwart, in den Seitenspiegel zu blicken. Ein kleines Auto bog soeben aus dem Parkplatz und entfernte sich rasch in die entgegengesetzte Richtung. Er glaubte, etwas wegrollen zu sehen, möglicherweise eine Zierfelge.

»Gut gemacht!«, sagte er leise zu Merv und merkte, dass seine Stimme bebte. »Da hätten wir leicht draufgehen können.«

»Da hast du verdammt recht. Und wer lässt so ein Scheißmotorrad im Weg liegen?« Merv atmete ganz langsam aus, sichtlich entschlossen, diesmal nicht die Nerven zu verlieren. Er half Knight aus dem Auto und auf die Krücken und zog dann das schlaffe Mädchen vom Rücksitz. Halb zerrte, halb trug er sie die Straße entlang, und sie leistete symbolisch Widerstand, indem sie ihm kraftlos mit den Fingernägeln durchs Gesicht fuhr. Als Knight die beiden eingeholt hatte, starrte Jen noch immer verständnislos auf das Moped.

»Jen, hör zu, gehört das Ryan?«

Sie nickte schwach. Knight ließ seinen Blick über die Straße und die Landschaft schweifen – keine menschliche Seele, so weit das Auge reichte. Ryan musste irgendwo im Wald hinter ihnen sein.

Sie machten sich auf den Weg, wobei Merv das Mädchen stützte. Knight entfernte sich etwas von ihnen, um den Suchbereich zu vergrößern, und bahnte sich vorsichtig einen Weg durch das spärliche Unterholz. Die Bäume trugen ihr volles Laub, sodass nur wenige Sonnenstrahlen das Halbdunkel durchbrachen.

Dieser Wald war nicht so dicht wie der Dschungel auf Borneo und gab seine Geheimnisse bereitwillig preis. Ein Setzling war von Wild niedergetrampelt worden, darauf deutete jedenfalls die Losung in der Nähe hin. Von den Federn rund um eine Lücke im Gestrüpp konnte man auf einen Fuchsbau schließen. Die Karte, die er sich auf sein Handy geladen hatte, besagte, dass das Waldareal rundum von offenem Gelände umgeben war. Ryan hielt sich mit Sicherheit noch immer hier auf, da dies kein Gebiet war, das man durchqueren musste, um irgendwo hinzugelangen. Die entscheidende Frage war, ob Merv ihn erwischen würde, falls er wegrannte. Nach der letzten Nacht zu schließen, war der Junge ziemlich flott, auch wenn er vermutlich nicht Mervs Ausdauer besaß.

Zuerst hielt er das Ding für einen Pilz, der aus einem vermoderten Baumstumpf wuchs, aber dafür war es zu weiß. Bei näherem Hinsehen entpuppte es sich als Baseballkappe mit der silbernen Aufschrift »NYC«. Ryan hatte bei ihrer letzten Begegnung keine Mütze getragen, aber der kümmerliche Glamourfaktor des Teils würde zu ihm passen. Er winkte Merv und wartete, bis dieser sich mit dem Mädchen herangearbeitet hatte.

Ihr Zustand hatte sich nicht verbessert. Sie röchelte laut, während Merv sie vor sich her um Wurzeln und Äste herumzusteuern versuchte. Indessen schaute Knight sich zwischen den Bäumen besorgt nach Zeichen von Bewegung um. Wenn ihre Geräusche Ryan gewarnt hatten, würde er sich jetzt vielleicht aus seinem Versteck wagen.

Jen identifizierte die Kappe mit einem verstörten Nicken.

»Und wohin jetzt?« Merv wollte es so schnell wie möglich hinter sich bringen.

Die Verbindungslinie zwischen Moped und Mütze gab so etwas wie eine Richtung vor, der sie notgedrungen folgten. Als sie die Brombeerhecke umrundeten, bemerkte Knight plötzlich eine Stelle, wo die Äste umgebogen und abgebrochen waren – nach Hirsch oder Fuchs sah das nicht aus. Er stützte sich auf eine Krücke, während Merv die andere dazu benutzte, die dornigen Ranken zur Seite zu biegen. In dem dunklen Hohlraum lag Ryan mit leicht geöffnetem Mund und starrte sie aus glasigen Augen an. Knight wandte sich ab. Wieder einmal stand er vor den Trümmern seines Falls, und er spürte, wie seine Energie auf einen Schlag verpuffte.

»Merv, kommst du da rein? Aber rühr ihn auf keinen Fall an!« Es war einen Versuch wert, auch wenn er eigentlich das Ergebnis bereits kannte. Merv schob Gestrüpp beiseite, um sich neben Ryans Kopf knien zu können. Um keine Spuren zu hinterlassen, bedeckte er mit einem Blatt seine Finger und fühlte ihm den Puls, dann hielt er seine Uhr an Ryans Mund, um zu prüfen, ob sie beschlug. Er schüttelte den Kopf.

»Was hat er denn?« Jen hatten sie ganz vergessen. Diese war für einen Augenblick von ihren eigenen Problemen abgelenkt und gaffte stumm auf den leblosen Körper. Sie konnte oder wollte nicht begreifen, was sie vor sich hatte.

»Ich fürchte, es ist so, wie es aussieht«, sagte Knight in sanftem Ton. »Er ist tot.«

Er erwartete einen hysterischen Anfall, doch sie stand einfach da und beobachtete schweigend, wie Merv die Leiche mithilfe der Krücke umdrehte. Er untersuchte den Hinterkopf auf Verletzungen, ohne welche zu finden, und griff dann wieder auf die Blatt-Technik zurück, um den Ärmel von Ryans Sweatshirt hochzuschieben. Zwischen den vielen winzigen Einstichen war ein neuer mit noch frischem Blut.

»Hier hast du die Antwort: Überdosis.«

Das war höchst plausibel. Das bleiche Gesicht wirkte so selig wie ein Heiliger auf einem Gemälde, der während seines Martyriums das Antlitz Gottes schaut. Versetzte einen der Herointod in eine ähnliche Ekstase?

Weitere Spekulationen mussten warten; hier wegzukommen hatte erste Priorität. Wenn ein Spaziergänger oder Hundehalter sie sah, würden sie in die polizeiliche Ermittlung hineingezogen, was Knights eigene Nachforschungen gänzlich zunichtemachen konnte.

»Wirf noch einen Blick in seine Taschen, und dann hauen wir ab.«

Sie fanden ein paar Pfund, ein Feuerzeug und Ryans Zimmerschlüssel. Keine Spritze. Merv richtete sich auf und rückte die dornigen Ranken, so gut es ging, wieder zurecht.

»Lassen Sie ihn hier?« Es klang so, als hielte Jen das für keine schlechte Idee, denn inzwischen wurde ihre Aufmerksamkeit schon wieder von ihren eigenen Bedürfnissen beansprucht.

»Vorerst schon. Ich rufe bei der Polizei an, wenn wir hier weg sind.« Knight wollte tröstlich klingen, aber das war ganz unnötig, denn sie antwortete sehr nüchtern: »Ich möchte jetzt mein Geld, oder ich ruf gleich für Sie an.«

Er bezweifelte, dass sie das tun würde, aber er hatte ohnehin nicht vorgehabt, das Geschäft rückgängig zu machen.

Sie erreichten das Auto, ohne gesehen zu werden. Erfolglos versuchte Knight auf der Rückfahrt nach Eastbourne noch ein paar Informationen aus ihr herauszuquetschen: Wer war Ryans Lieferant; war vielleicht Colin Boyle ein Glied der Kette? Sie blieb stumm, einzig fokussiert auf den nahenden Moment der Erlösung.

Knight fehlte die Kraft, um jetzt noch seinen Willen durchzusetzen. Sie suchten einen Automaten, und er zählte ihr das Geld in die Hand. Merv schwieg.

Jen fühlte keine Trauer. Abgesehen von einem baldigen Schuss wünschte sie nichts sehnlicher, als jegliche Verbindung zu der leblosen Gestalt zu kappen, die sie im Wald entdeckt hatten und deren Anblick Angst und Abscheu in ihr hervorgerufen hatte. Schaudernd zog sie sich die Kette mit dem Anhänger vom Hals. »Das Teil hier hat er einer alten Frau geklaut«, sagte sie. »Nehmen Sie's, ich will es nicht.«

Knight steckte den Schmuck in die Tasche, während Jen sich entfernte. Plötzlich fühlte er sich zu Tode erschöpft. Seine Erleichterung, sie endlich von hinten zu sehen, paarte sich mit dem schlechten Gewissen, dass er sie dem gleichen Schicksal überließ wie Ryan. Aber was konnte er schon tun? Wenn er sie in ein Krankenhaus brachte, würde sie bei der erstbesten Gelegenheit wieder abhauen. Diese Bürde wollte er sich nicht auch noch aufladen.

21

Knight inhalierte tief und genoss das heiße Kratzen in seiner Kehle. Was es in seiner Lunge anrichtete, war ihm gerade völlig egal.

Meer und Himmel waren zu einem einheitlichen Tintenschwarz verschmolzen, sodass er vom Balkon aus nichts sah als unregelmäßige Fetzen weißen Schaums, die sich immer wieder ein paar Meter auf ihn zu bewegten, bevor sie erneut aus seinem Blickfeld verschwanden, wie eine verbissen anreitende Kavallerie. Einen Moment lang wünschte er sich, die Schaumkronen würden gerade Linien bilden, damit in dieser Welt wenigstens irgendetwas seine Ordnung hatte.

Er hopste die paar Schritte zur Businessclass und stellte den Sitz fast waagrecht. Von da aus starrte er ins Nichts und grübelte über seine Probleme. Das größte war die Leiche, die zwar etliche Kilometer entfernt im Wald lag, aber so präsent war, als befände sie sich auf dem Sofa in seinem Wohnzimmer. Er hatte noch ein extrem unangenehmes Gespräch vor sich, bevor er den Fund melden konnte.

Zumindest hatte er das Nötigste im Haushalt erledigt. Merv alias Deakin junior hatte Mrs. Grayling angerufen und ihr mitgeteilt, dass sein Vater sich ein paar Tage zu Hause erholen würde. Er selbst hatte Penelope zur Beruhigung einen Brief geschrieben und sogar Mervs Rat befolgt, in einem anderen Krankenhaus sein Bein untersuchen zu lassen.

Am schwierigsten war der Brief an Fran gewesen, in dem er ihr von »Fortschritten« berichtete. Das war genau genommen auch richtig, denn er war auf kriminelle Aktivitäten gestoßen, die in Verbindung zu den Morden stehen mussten. Er war so gut wie sicher, dass die flüchtende Frau Ryans Mörderin war. Wozu hätte sie an einem Sommertag einen Wintermantel und Handschuhe getragen, wenn nicht, um sich beim Verstecken der Leiche vor dem Dornengestrüpp zu schützen? Sie hatte den Tod des Jungen geplant, davon war er überzeugt. Aber wie stand es mit den drei alten Damen?

Er rief sich wieder ihr Gesicht ins Gedächtnis, oder das wenige, was er rund um die Sonnenbrille davon gesehen hatte. Ryan hatte sie – wie vermutlich jeden über vierzig – für alt gehalten. Doch Knight waren keine Falten aufgefallen, und sie hatte volle dunkle Locken. Andererseits, mit Perücke und Make-up konnte sie natürlich für jedes Alter durchgehen.

Was ihn am meisten beschäftigte, war die Art ihrer Beziehung zu Ryan und die Rolle ihrer Schwester. Natürlich konnte man sich eine wohlhabende Familie mit einem schwarzen Schaf vorstellen, das drogenabhängig war. Aber warum sollte sie dann aus dem Nichts auftauchen und eine große Menge Heroin von einer Quelle kaufen, die sie vorher nie genutzt hatte?

Auf der Mauer am anderen Ende des Balkons landete eine schlaflose Möwe, deren Sicht auf Knight wegen des Tisches zwischen ihnen verdeckt war. Mit der ermutigenden Option, das Terrain allein erkunden zu können, hüpfte sie auf den Boden und pickte nach Krümeln, die dort ihrer Erfahrung nach manchmal zu finden waren. Knight drehte sich zur Seite und spähte zwischen den Tischbeinen hindurch. Ihm gefiel, dass der Vogel seine Gegenwart nicht wahrnahm. Es war die gleiche Unsichtbarkeit, die er bei einer Beschattung oder unter einer falschen Identität genoss. Eine solche hatte auch die Frau, da war er sich sicher – bloß wer war sie? Eine höchst raffinierte Person, so viel war klar. Wenn die Geschichte von dem Telefonat zwischen den Schwestern stimmte, dann hatte sie Ryans Ermordung mehr oder weniger kurzfristig in die Wege geleitet.

Die Möwe flatterte jetzt auf den Tisch, wo ein halb aufgegessenes Fertiggericht und der Anblick des auf seinem Sitz ausgestreckten Knight sie erwarteten. Diesem Wesen war sie früher schon begegnet und war auf der Hut. Knight seinerseits fand, dass der Vogel nun eine Grenze überschritt, und fuchtelte mit seinem Stock. Die Möwe verteidigte noch kurz ihr Terrain, indem sie in die Lasagne pickte, dann kreischte sie und flatterte davon.

Diese Aktivität hatte Knights Hirn in Schwung gebracht. Ryan war in der Hoffnung auf Geld in den Wald gefahren, obwohl er nichts zu verkaufen hatte. In dem Fall wäre er nur unter einer Bedingung zu Geld gekommen, die vielleicht auch zu seinem Tod geführt hatte: Erpressung. Hatte er damit gedroht, seine wohlhabende Käuferin auffliegen zu lassen?

Wieder hatte er die Leiche im Wald vor Augen und war froh, als es klingelte. Es war Bev.

»Mein Gott, Tom!« Bev musterte ihn mit wachsender Besorgnis, als ihr aufging, was Ryans Tod für sie bedeutete. »Ich frage nach seiner Adresse, und ein paar Stunden später ist er tot. Wie soll ich das erklären?«

Knight rutschte unbehaglich auf dem Sofa hin und her. »Darum sage ich es dir ja, bevor ich es melde. Es tut mir wirklich leid, Bev; wenn ich das irgendwie vorausgesehen hätte, hätte ich dich da nie mit reingezogen.«

»Aber du hast mich reingezogen!« Er zuckte zusammen, und sie versuchte sich zu beruhigen. »Ich will ja nicht undankbar sein, nach dem, was du für mich getan hast, aber jetzt stecke ich wirklich in der Klemme. Was soll ich bloß tun?«

Er hoffte, er hatte die richtige Idee. Alles hing von ihrer Antwort auf seine nächste Frage ab. »Vielleicht gibt es einen Ausweg. Warst du während deiner letzten Schicht irgendwann allein?«

Sie dachte gründlich nach, und ihm fiel ein Stein vom Herzen, als sie sagte: »Ich saß vielleicht zwanzig Minuten allein im Auto, als mein Kollege sich Pommes kaufen ging und sich mit dem Verkäufer verquatscht hat. Warum?«

»Dann kannst du Folgendes sagen …«

Sie zog eine Augenbraue hoch.

»Ist nur ein Vorschlag: Du hast gesehen, dass Ryan sich verdächtig verhielt, zum Beispiel ein Auto abcheckte, und hast ihn angesprochen. Du hast ihn nicht nach seiner Adresse gefragt, weil er dir harmlos vorkam, aber danach hast du es dir anders überlegt und beschlossen, ihn doch zu überprüfen.«

Sie saß stumm da und brütete über der Geschichte. Bei der betreffenden Gelegenheit waren sie an der Dönerbude vorbei um die Ecke gefahren, um das Polizeiauto zu parken, ihr Kollege konnte ihre Version also nicht widerlegen. Wenn sie gefragt wurde, warum sie es nicht erwähnt hatte, konnte sie sagen, dass sie es in dem Moment für unwichtig gehalten hatte, sie hätten Wichtigeres zu besprechen gehabt. Es klang ein bisschen dünn, sollte aber durchgehen. Glücklicherweise führte keine Spur zu Knight, da er für ihre Telefonate immer eines seiner nicht registrierten Handys benutzte.

»Na gut. Und was wirst du sagen, wenn du es meldest?«

»Ich sage, dass ich ein Junkie bin, der sich mit ihm zusammen zugedröhnt hat. Dann wird es ihnen weniger verdächtig vorkommen, wenn sie mich nicht finden.«

Auch darüber dachte Bev gründlich nach. Sie wusste, dass Knight ein Programm hatte, mit dem er seine Stimme unkenntlich machen konnte; selbst ausgefeilte Analyseprogramme kamen nicht damit zurecht. Man konnte ihn mit dem Anruf also nicht in Verbindung bringen. Und ohne überzeugende Hinweise auf eine Fremdeinwirkung würde es keine Mordermittlung geben, jedenfalls nicht gleich. Der Coroner würde »Todesursache ungeklärt« in seinen Bericht schreiben, und die Angelegenheit würde irgendwann von dringenderen Fällen verdrängt.

»Also musst du einfach die Unschuldige spielen, wenn dich jemand auf die Adresse anspricht. Es gibt keine weitere Verbindung zwischen dir und ihm.«

Ihre Angst legte sich etwas. Ihre Lage war zwar nicht großartig, aber handhabbar. »Also gut. Dann erzähl mir jetzt den Rest. Jedes Detail.«

»Bist du sicher? Je mehr du weißt, desto mehr wirst du in die Sache reinverwickelt.«

Ihre innere Stimme riet ihr zum Rückzug, und nachdem er zu Ende erzählt hatte, wünschte sie, sie hätte darauf gehört.

Wenn sie damit in Verbindung gebracht wurde, war das mehr als genug, um sie den Job zu kosten.

»Okay, um das mal zusammenzufassen: Erst stiehlst du ein paar Krücken und verletzt einen Polizeibeamten, dann unterschlägst du Beweise für einen mutmaßlichen Mord, und zur Krönung beeinflusst du einen Zeugen. Sollte ich sonst noch was wissen?«

»Nein, das ist mehr oder weniger alles.«

»Was, wenn sie mit Jen sprechen? Oder dem Kerl in der Pension?«

»Kommt drauf an, wie sehr sie sich darum bemühen, Ryans Großvater zu finden. Es besteht ein gewisses Risiko, dass sie ihn mit dem Krückendieb im Krankenhaus in Verbindung bringen. In dem Fall werden sie sich natürlich ernsthaft bemühen, ihn aufzuspüren.«

Aus Bevs Sicht war die Lage ziemlich heikel. Schon wenn der Falsche ein Bild einer Überwachungskamera in die Finger bekam, war Knight geliefert. Und noch etwas beschäftigte sie: Wie Knight glaubte auch sie, dass die Frau im Wald Ryan und wahrscheinlich auch die alten Damen getötet hatte. Sie war nicht Polizistin geworden, um einen Mord bewusst zu ignorieren. Ermitteln konnte man aber nicht, ohne Knights und ihre Verwicklung offenzulegen. Beziehungsweise wäre das die Folge einer offiziellen Ermittlung.

Dann traf sie eine weitere für ihre Karriere möglicherweise tödliche Entscheidung. »Okay«, sagte sie. »Du bist also sicher, dass du diese Frau nie zuvor gesehen hast oder eine, die ihr ähnelt?«

Er fasste Mut. Er hatte nicht damit gerechnet, dass sie sich so bereitwillig mit dem Fall identifizierte … auch wenn er noch nicht begriff, wo ihre Frage hinführen sollte.

»Aus meinem Blickwinkel schien sie mir etwa einen Meter siebzig groß und hatte eine ganz normale Figur. Millionen von Frauen passen auf diese Beschreibung.«

»Und die, die dir in letzter Zeit begegnet sind?«

Mehr um sie bei Laune zu halten, ging er im Geiste die Frauen durch, die er seit Beginn seiner Ermittlungen kennengelernt hatte. Barbara Dawson und Mrs. Grayling passten ins Schema. Die Gesichtsform war eine andere, aber das bekam man mit Prothesen hin. Carol O'Brien war viel dicker und Antonia Baldwin viel schlanker, auch wenn der Mantel sehr voluminös gewesen war.

»Nein, tut mir leid, da passt keine.«

»Was ist mit dem Auto?«

»Wie ich gesagt habe, klein, wahrscheinlich blau, vermutlich fehlt eine Zierfelge.«

»Und hast du irgendwo so eines gesehen?«

Knight verlor langsam die Geduld. Sie meinte es ja gut, aber das brachte doch nichts. »Ich würde sagen, Hunderte.« Er versuchte, nicht herablassend zu klingen. »Ich weiß nicht, ob das wirklich weiterhilft, Bev.«

»Man nennt es Polizeihandwerk. Denk nach!«

Weil er fand, dass er ihr das schuldete, bemühte er sich, das kleine blaue Auto vor sein geistiges Auge zu bekommen. Er konnte sich an keines vor der Bank erinnern, wo er Jen bezahlt hatte, und auch nicht vor der Pension oder dem Krankenhaus.

Methodisch ging er die letzten vierzehn Tage durch, bis zurück zur Überwachung von Barbara Dawson und seinen Besuchen bei den anderen Angehörigen. Das Auto, das sie fast gerammt hätte, war ein Mercedes gewesen, daran konnte er sich noch erinnern, aber davor sah er nur verschwommen irgendwelches Metall, keine bestimmten Farben oder

Fabrikate. Gereizt wertete er das als weiteres Zeichen für sein nachlassendes Gedächtnis und wollte schon aufgeben, als ihm die Begegnung mit dem Müllauto einfiel. Das große Auto, das ihm den Seitenspiegel gekostet hatte, war eine Art SUV gewesen, vielleicht ein Range Rover, aber das andere, das er davor geschrammt hatte? Es war auf jeden Fall klein. Und es war … blau.

»Welche Marke, Tom?«

Er versuchte sich das Schild auf der Motorhaube vorzustellen. Irgendein Tier. Ein Löwe.

»Also ein blauer Peugeot? Siehst du jetzt, was ein bisschen Nachbohren bringen kann?« Bev war stolz auf sich. Knight schwankte zwischen Dankbarkeit und Verärgerung darüber, wie sie ihn vorgeführt hatte. Tatsächlich erinnerte er sich nun daran, dass er das Auto nicht mehr gesehen hatte, nachdem er auf der Suche nach den Hillfields nochmals um den Block gefahren war. Vielleicht war es das Auto dieser Frau gewesen.

»Ich muss noch mal dorthin und nach der Zierfelge suchen, bevor ich die Leiche melde. Wenn die Polizei sie findet, nimmt sie sie mit.«

Bev starrte ihn wütend an: »Verdammt noch mal, das ist ein Beweismittel!«

»Ein Beweismittel, das ihnen nichts beweist. Es wandert in die Asservatenkammer und wird vergessen.«

Er hatte recht. Bevor sie nicht mit allem herausrückten, was sie wussten, war die Zierfelge nichts wert. Weswegen sie einen verhängnisvollen Schritt weiter ging: »Also gut, dann fahr ich hin. Du bleibst hier und ruhst dich aus. Bitte, Tom.«

Das klang zwar vernünftig, aber nicht im Geringsten verlockend – sein Jagdinstinkt war wieder geweckt.

Knight fiel auf, wie geschickt sie ihm auf den Beifahrersitz seines Autos half. Im Vergleich zu Merv war sie nur eine halbe Portion, aber als sein ganzes Gewicht auf ihr ruhte und sie ihn sachte abließ, merkte man, dass sie regelmäßig im Fitnessstudio trainierte.

Es war weit nach Mitternacht und die Küstenstraße ruhig. Sie fuhren auf Umwegen hoch in die Downs, um die Stellen zu meiden, wo ihnen Bevs Kollegen mit Alkoholtests auflauern mochten. Trotzdem kamen sie an einem Polizeiauto in einer Parkbucht vorbei und schwitzten Blut und Wasser, bis sie sicher sein konnten, dass es ihnen nicht folgte.

Auf dem Parkplatz gegenüber dem Wald stand ein Volvo-Kombi, aber sein Besitzer war weit und breit nicht zu sehen. Knight beharrte darauf, ohne Hilfe auszusteigen, dann gingen sie zusammen zu den zwei Pfosten, die die Einfahrt markierten. Einen davon hatte das wegfahrende Auto möglicherweise gestreift. Der Pfosten hatte von derartigen Vorfällen zahllose Spuren davongetragen, deren Farben man auch im hellen Schein der kleinen Taschenlampe nur schwer identifizieren konnte.

»Da drüben, Tom!«, sagte Bev leise.

Etwas die Straße hoch, ungefähr da, wo Ryan sein Moped gelassen hatte, näherte sich ihnen ein schwacher Lichtschein. »Setz dich wieder ins Auto, besser, sie sehen mich als dich«, erwiderte er.

»Glaubst du, sie ist es?«

Auf die Idee war er gar nicht gekommen. »Dann steigst du ganz schnell wieder aus, bevor sie mir was tun kann.«

Nun war das schwache Geräusch von Schritten zu hören. Während Bev zum Wagen zurückging, konnte Knight langsam einen Umriss erkennen. Er hatte nicht an seinen Stock gedacht und war somit unbewaffnet, mal abgesehen von dem, was er mit einer Krücke anstellen konnte. Ein kurzer Stoß nach oben wäre möglich, aber dazu musste er noch etwas Abstand zu der Person haben. Sobald sie ihm so nahe war, dass sie ihm eine Spritze in den Arm rammen konnte, war er ihr hilflos ausgeliefert. Er kam sich regelrecht paranoid vor, denn sie konnte doch unmöglich wissen, dass sie hier waren. Oder doch?

Während er noch hin und her überlegte, tauchte ein Irish Setter auf, der an einer langen Leine einen kleinen alten Mann im Tweedjackett hinter sich herzerrte. Der war ziemlich außer Atem und wirkte ausgesprochen spießig. Sein Gesicht mit dem akkurat gestutzten Bart war gerötet, soweit man das im Licht der Taschenlampe erkennen konnte.

»Es tut mir sehr leid«, sagte er mit Piepsstimme. Er wirkte bekümmert, aber auch bemüht, Autorität auszustrahlen. »Ich wollte Sie nicht erschrecken. Sitz, Hector!«

Der Hund war selbst für seine Rasse übermäßig aufgeregt, schnüffelte intensiv an Knights Bein und sprang hektisch an ihm hoch, um ihn zu begrüßen. Der Aufrollmechanismus der Leine schien kaputt, deswegen hatte der Setter so viel Auslauf.

»Ist alles in Ordnung?«, fragte Knight mitfühlend. Der Mann schielte hinüber zum Skoda, aber Bevs Gesicht lag glücklicherweise im Dunkeln.

»Meine Tochter«, erläuterte Knight schnell. »Sie wollte mich nur nach Hause fahren, aber ich musste mal dringend, Sie wissen ja, wie das ist.«

Wenn er gehofft hatte, so eine Art Solidarität unter Greisen würde den Neuankömmling dazu bringen, sich diskret zurückzuziehen, hatte er sich getäuscht.

»Hier ist leider etwas Schreckliches passiert«, verkündete der. »Wir haben im Wald eine Leiche gefunden. Ich habe die Polizei gerufen, ich hatte gehofft, Sie wären es.«

Zuerst dachte Knight daran, sofort zu verschwinden. Aber die Zierfelge, wenn es denn eine war, lag irgendwo auf der anderen Straßenseite bei den Bäumen. Es war mit großer Wahrscheinlichkeit das Risiko nicht wert, und doch wollte er unter keinen Umständen mit leeren Händen zu Bev zurückkehren. Er sah sich unauffällig nach fernem Blaulicht um und lauschte, ob schon Sirenen zu hören waren.

»Das tut mir wirklich leid, Sie müssen ja einen richtigen Schock haben«, sagte er in tröstlichem Ton. »Sind Sie sicher, dass bei Ihnen alles in Ordnung ist?«

Der Mann wollte jetzt Mumm beweisen und versicherte, dass es ihm absolut gut ging.

»Na, wenn Sie meinen, dass Sie allein zurechtkommen, dann sollten wir schnellstmöglich Platz machen. Ich geh nur mal kurz da unter den Bäumen austreten, wenn es Sie nicht stört.« Knight drehte sich um und marschierte entschlossen über die Straße, in der Hoffnung, der Mann würde kehrtmachen. Stattdessen folgte er ihm und wurde dabei von seinem Hund fast umgerissen, der ganz wild darauf war, wieder in den Wald zu kommen.

»Warten Sie, ich helfe Ihnen rüber.«

Bevor Knight ihn abhalten konnte, war der Mann schon an seiner Seite, stützte ihn am Ellenbogen und ignorierte seine Versicherung, dass er es allein schaffte.

»Hier sind immer diese jungen Raser unterwegs, nicht dass noch einer dieser Idioten in Sie reinfährt«, beharrte er, obwohl seit Knights Ankunft kein einziges Auto vorbeigefahren war. Er hatte eigentlich gehofft, den Bereich wenigstens eine Minute lang methodisch absuchen zu können, aber nun blieb ihm nur, sich links und rechts im Gras umzusehen.

Er ging zu einem Baum und tat, als würde er urinieren, während der Mann diskret ein paar Meter entfernt von ihm stehen blieb und sein Kontrollbedürfnis nun dadurch befriedigte, dass er Hector Befehle gab.

In dem Gebiet rund um den Baum war nichts zu holen. Er gab sich geschlagen, drehte um und steuerte zurück Richtung Straße. Prompt stürmte der Hund – dessen Besitzer offensichtlich nicht in der Lage war, die Leine kurz zu halten – auf ihn zu, umrundete Knight und sprang dann zu seinem Herrn zurück, sodass sich Knight unverhofft sehr wirkungsvoll gefesselt sah.

Dann hörte man das entfernte Echo einer Sirene.

Der Mann keuchte und fluchte und brauchte eine Ewigkeit, um das Tier am Halsband zu fassen und festzuhalten. Blinkendes Blaulicht erleuchtete nun den Himmel im Osten.

»Dämlicher Hund«, jammerte der Mann. »Tut mir wirklich leid, gleich hab ich Sie da raus.«

Die Leine saß straff um Knights Knöchel. Während sich die Auseinandersetzung zwischen Herr und Hund fortsetzte, hob er vorsichtig beide Krücken über die Leine, platzierte sie hinter sich und hob seinen linken Fuß, um ihn über die Leine zu schwingen. Genau in diesem Moment beschloss der Hund, sich loszureißen. Der dadurch verursachte starke Ruck brachte Knight aus dem Gleichgewicht. Er kippte nach hinten und versuchte verzweifelt, auf den Krücken rückwärts zu hüpfen, um seinen Schwung zu bremsen. Er machte sich schon auf den unvermeidlichen Sturz gefasst, als er heftig gegen den Baum prallte, an dem er sich vorhin vorgeblich erleichtert hatte.

Er konnte kaum glauben, dass er noch aufrecht stand, und humpelte schnell auf die Straße zu. Die sich nähernden Sirenen schienen den Mann in ähnliche Erregung zu versetzen wie seinen Hund, den er nun beherzt aus dem Unterholz zerrte. Als er erkannte, dass sein anderes Mündel grob fahrlässig auf eigene Faust handelte, nahm er die Verfolgung auf. »Warten Sie!«, schrie er. »Ihnen passiert noch was.«

Bev stieg aus, als Knight sich näherte. Sie wirkte panisch.

»Bleib im Wagen!«, zischte er. Er öffnete die Beifahrertür, warf ihr die Krücken zu und hielt sich am Türrahmen fest. Gerade wollte er sich drehen und vorsichtig auf den Sitz sinken lassen, da war schon wieder der Mann an seiner Seite.

»Das hätten Sie nicht tun sollen«, klagte er mit schriller Stimme. »Lassen Sie mich das machen.«

Bev sah weg, als er Knight unter die Achseln griff. Nun war das Blaulicht bereits an der Biegung am Horizont zu erkennen, keine achthundert Meter entfernt. Da der Mann natürlich der essenziellen Pflicht nachkommen wollte, die Polizeiautos einzuweisen, ließ er einen Augenblick zu früh los. Knight fiel mit Wucht quer über den Sitz, stieß mit der Schulter an die Handbremse und landete mit dem Kopf fast in Bevs Schoß.

»Um Gottes willen, das tut mir so leid.« Doch dem Gesang der Sirenen konnte der Mann keinen Augenblick länger widerstehen und eilte davon. Dabei schrie er seinen Hund an, als trüge der die Schuld für das ganze Missgeschick.

»Scheiße, Tom!« Rasch drückte Bev Knight hoch, lehnte sich über ihn, hievte seine Beine ins Auto und zog die Tür zu.

»Fahr los!«, fauchte er sie an, halb wahnsinnig von dem Schmerz in seinem Knie.

Heldenhaft stand der Mann mitten auf der Straße und winkte den heranfahrenden Wagen. Bev fuhr vorsichtig hinter ihm vorbei und betete, dass das vorderste Auto noch nicht so nah war, dass die Kamera Knights Nummernschild erfasste.

Knight dagegen starrte auf den Hund. Obwohl er vor Schmerz und Angst kaum noch klar denken konnte, registrierte er, dass an ihm etwas anders war: In seiner Schnauze hielt Hector die Trophäe seiner letzten Expedition ins Unterholz. Es war eine Zierfelge von Peugeot.

22

Abwesend kaute Fran auf der Kruste des Nudelauflaufs herum. Ein nachlässiger Koch hatte sie trocken und schwarz werden lassen – ein angemessenes Geburtstagsessen, denn nach Feiern war ihr nicht zumute. Ihre Kinder hatten Karten und Geschenke geschickt, aber das Gefängnis hatte sie natürlich geöffnet und untersucht, bevor man sie überbrachte, was ihr die Freude daran verdorben hatte. Wenigstens war es ihr gelungen, den Geburtstag vor den anderen Insassinnen geheim zu halten.

Cindy, die ihr gegenübersaß, beklagte sich zum wiederholten Mal über die mangelhafte medizinische Versorgung nach dem Angriff. Ihrer Ansicht nach wäre bei der kleinen Stichwunde an ihrem Hals das Krankenhaus angebracht gewesen, nicht nur ein Pflaster, und nun plante sie, die Gefängnisleitung dafür zu verklagen. Ihre larmoyante Litanei machte in ihrer Langweiligkeit dem schweren Essen und dem Nachmittagsfernsehen Konkurrenz. Mit der nutzlos verstreichenden Zeit hatte sogar das Lesen seinen Reiz verloren. Es hatte Fran gutgetan, ihrem Verteidiger gegenüber einmal richtig aus der Haut zu fahren, als er wieder einmal dafür plädierte, sich schuldig zu bekennen, aber abgesehen von diesem kurzen Aufbäumen hatte sich die düstere Aussicht in ihrem, Kopf gegraben, hier für alle Ewigkeit festzusitzen.

Knights Brief hatte wenig zu ihrer Aufmunterung beigetragen. Es war nur allzu verständlich, dass er nicht ins Detail gehen konnte, weil er befürchtete, die Gefängniszensur würde die Polizei über seine Aktivitäten informieren, aber dass sie nicht erfuhr, was er bisher erreicht hatte – wenn er überhaupt etwas erreicht hatte –, verstärkte noch ihr Gefühl der Hilflosigkeit. Umso überraschter und aufgeregter war sie daher, als einen Tag später ein weiterer Brief eintraf, in dem er dringend um ein Gespräch bat.

Ihre Augen wanderten zur Uhr, während Cindys Monolog an ihr vorbeirauschte. Sie fand, dass sich für Plumpudding mit Vanillesoße das Warten nicht lohnte, stand vom Tisch auf und ging zurück zu den Zellen. Auf dem Treppenabsatz kam ihr die Beamtin entgegen, die sie beim letzten Mal in den Besuchsraum gebracht hatte. Fran war verblüfft, weil Knight erst in einer Stunde kommen sollte. Aus unerfindlichen Gründen strahlte die Beamtin sie an. »Sie sind richtig begehrt, Haskell. Sie haben noch eine Besuchsanfrage.«

Sie konnte sich nicht vorstellen, wen die Beamtin meinte, denn die nächsten Besuche ihrer Tochter waren bereits genehmigt, und ihr Anwalt würde erst in zwei Wochen wieder kommen.

»Mr. Briggs ist aus dem Krankenhaus entlassen worden und würde sich gerne bei Ihnen bedanken. Haben Sie Montagnachmittag noch einen Termin frei?«

Wenigstens hatten manche von ihnen Humor. Falls sie nie mehr hier rauskam, war das ein gewisser Trost. »Ich muss erst in meinen Kalender schauen, aber ich denke, das geht in Ordnung.« Sie stellte fest, dass sie beschwingt in ihre Zelle zurückkehrte. Briggs' Besuch war ein unerwartetes Geschenk und eines, das ihr wirklich Freude bereitete.

Der schottische Barkeeper nickte dem Alten mit dem Stock zu, der auf dem Weg zur Herrentoilette war. In der Regel erinnerte er sich nicht an Gäste, außer wenn sie Ärger machten, aber ein Rentner, der Wodka Red Bull trank, war selbst in Camden eine Rarität. Diesmal hatte er den Wodka weggelassen – wahrscheinlich musste er Ende des Monats aufs Geld schauen.

Knight verriegelte die Kabine und knöpfte seine Hose auf. Hier unter der Kneipe war es heiß wie in einer Sauna. Kein Wunder, die Schlagzeilen am Zeitungskiosk oben auf der Straße verkündeten eine Hitzewelle mit dreißig Grad. Er zog ein kleines Kästchen mit einer Spritze hervor und wog sie zögernd in der Hand, schob die unangenehme Aufgabe so lange wie möglich auf.

Die Hillfields waren verschwunden. Ihre Mobilnummer war nicht zurückzuverfolgen, und die Adresse stammte von einer Briefkastenfirma, die nie Post bekommen hatte. Mithilfe eines Freundes, der Kontakte in die Zulassungsstelle hatte, hatte er den Vorbesitzer des Autos aufgespürt, dreißig Kilometer die Küste hoch, in Hastings. Am Telefon hatte er den zwanghaften, zahlungskräftigen Alten gegeben, der unbedingt ein Auto dieses Modells und Baujahrs kaufen wollte. Er hatte angeboten, eine Belohnung für die Kontaktdaten des neuen Besitzers zu bezahlen, aber erfahren, dass dieser keine hinterlassen und überdies bar bezahlt hatte.

Klang logisch. Die Hillfields hatten jeden Berührungspunkt mit der Außenwelt, der zu ihnen führen konnte, getilgt. Viel erfolgreicher als er selbst hatten sie sich ins New Horizons eingeschlichen, ihr Ziel erreicht und waren wieder verschwunden, ohne eine Spur zu hinterlassen.

Nichts davon bewies, dass die Frau, die bei East Dean über die Straße gelaufen war, eine auf wundersame Weise verjüngte Version der gebrechlichen, greisen Gestalt war, die er vor dem Heim beobachtet hatte. Genauso wenig jedoch erschütterte es seine grundlegenden Vermutungen. Das wohldurchdachte Verschwinden der Hillfields nach den Morden deutete nachdrücklich auf ihre Schuld hin. Dennoch wäre es nützlich gewesen zu wissen, ob es sich bei den zwei Frauen tatsächlich um ein und dieselbe handeln konnte. Susan Hillfields Gesicht hatte er kaum gesehen, und er wollte, dass Fran es ihm beschrieb. Das rechtfertigte in seinen Augen einen weiteren Besuch.

Er stellte das Kästchen auf seinen Schoß, holte einen Beutel mit Desinfektionsgel heraus und rieb damit den Bereich unterhalb des Knies ein. Man hatte ihm gesagt, dass die strapazierten Bänder sich nur bei völliger Ruhigstellung und mit Kortison beruhigen würden. Danach bräuchte er eine Operation, um das marode Gelenk durch ein künstliches zu ersetzen. Zur Linderung seiner Schmerzen, die er so stark darstellte, wie sein Stolz es nur zuließ, hatte er eine Spritze mit Schmerzmittel tief ins Gewebe bekommen. Eigentlich nur als Übergangslösung bis zur Behandlung gedacht, entfaltete sie eine segensreiche Wirkung. Er kannte einen Arzt, der ausschließlich Privatpatienten behandelte und ihm, ohne allzu viele Fragen zu stellen, eine Wochendosis besorgte.

Als er die Nadel einstach, fühlte er sich Ryan auf seltsame Weise verbunden. Der Junge lag noch im Leichenschauhaus, ohne dass ihn jemand zu vermissen schien. Von Bev wusste er, dass sich bis jetzt noch niemand bemüht hatte, seine Identität herauszufinden. Über den Leichenfund war auf breiter Front berichtet worden, und so nahm man an, es würde sich schon jemand melden. Solange er nichts Gegenteiliges hörte, konnte Knight also ungehindert weiterermitteln.

Die Nadel war nun weit genug eingedrungen, um den Kolben zu drücken. Knight hatte ein nüchternes Verhältnis zu den Spritzen. Sie waren eine Art Pannenhilfe, so wie man einen Jeep notdürftig reparierte, um ihn zurück zum Stützpunkt zu bekommen. Dennoch stiegen ihm Tränen in die Augen, weil auf den Einstich der Druckschmerz folgte, als die Flüssigkeit sich ins Gewebe verteilte. Liebend gerne hätte er jetzt einen anständigen Drink gehabt, aber das hätte er nur später büßen müssen.

Er packte seine Ausrüstung weg, zog die Hosen hoch und wartete kurz, bevor er seinen Stock nahm. Im Stehen spürte er nichts – also sollte er weitere zwei Stunden durchhalten.

Zuallererst fielen ihm ihr Lächeln und die Wärme in ihrer Stimme auf, als sie sich begrüßten. Er hatte gehofft, dass dieses Treffen viel zu seiner Rehabilitierung beitragen würde, und der erste Schritt schien schon gemacht. Sie hatte abgenommen und sah blass aus, aber nicht weniger anziehend.

»Worüber wolltest du denn mit mir sprechen?«

Er merkte, dass er sie anstarrte. »Tatsächlich über eine ganze Menge.« Er überlegte, was er zuerst erzählen sollte, und entschied sich gegen übertriebene Bescheidenheit. »Ich denke, ich weiß, wer es war.«

Sie war verblüfft, so wie er gehofft hatte. Vielleicht konnte er ihr heute ein paar Geschenke machen.

Noch mehr als bei ihrer letzten Begegnung lauschte Fran ihm immer ungläubiger – reimte er sich da nicht eine abstruse Fantasiegeschichte zusammen? Sie dachte an die schwache, autistische Frau, die sich vor jedem und allem auf der Welt gefürchtet hatte, und dann an die dreiste Mörderin, die über die Straße gerannt war – es konnte sich dabei unmöglich um ein und dieselbe Person handeln! Und doch sprach Susan Hillfields perfekt durchgeführtes Verschwinden für sich.

»Das Problem ist«, schloss Knight, »dass ich ihr Gesicht nur Sekundenbruchteile gesehen habe. Darum möchte ich, dass du es mir so genau wie möglich beschreibst, soweit du dich erinnerst.« Er hatte in seiner Erzählung weder Bev noch Merv erwähnt – niemand sollte je erfahren, dass sie involviert waren, jedenfalls nicht von ihm.

Fran versuchte, sich Susan Hillfields Gesicht ins Gedächtnis zu rufen, aber es fiel ihr schwer, aus den verschwommenen Erinnerungen hilfreiche Details herauszufiltern. Dieses verschlossene, abwesende, ängstliche Gesicht hatte einen immerzu aufgefordert, wegzusehen und es in Ruhe zu lassen. »Ich glaube, ihre Augen waren braun. Aber sie hatte eine starke Brille, da konnte man es nicht genau sagen.«

»Und ihre Haut? War sie faltig oder glatt?«

Fran veranstaltete vor ihrem geistigen Auge eine Gegenüberstellung. Alle Frauen im Heim hatten Falten im Gesicht; manchen waren tiefe Furchen ins Gesicht gegraben, anderen nur feine Linien, wie die Ausläufer eines Flussdeltas. Susan Hillfield gehörte nicht in die erste Gruppe, das wusste sie noch, aber mehr nicht.

»Ich vermute, sie hatte ein paar Falten, aber sie kann sich auch geschminkt haben – so genau habe ich nie hingeschaut.«

Das überraschte Knight nicht sonderlich. Wenn es keinen speziellen Grund für Neugier gab, schaute niemand so genau hin. Niemand hatte *ihn* genau genug angesehen, um festzustellen, dass er Make-up trug, und wenn er sich nicht so dumm angestellt hätte, dann wäre es nicht einmal der wachsamen Penelope aufgefallen.

»Und die Gesichtsform? Eher rund oder mehr eckig?« Das Gesicht, das er im Kopf hatte, hatte schon allein deshalb eine kantige Kontur, weil es nicht so anmutig gerundet war wie das von Fran.

»Ich würde sagen, eher eckig; ein rundes Gesicht hatte sie ganz sicher nicht.«

Eine dürftige Spur war besser als keine, aber sie rechtfertigte wohl kaum dieses dringend erbetene Gespräch. Zeit also für ein weiteres Geschenk. »Ich hab übrigens eine eidesstattliche Erklärung zu Papier gebracht«, sagte er, als wäre ihm das so nebenbei eingefallen. »Darin steht alles, was ich dir erzählt habe, und du kannst es im Gerichtsverfahren als Beweis verwenden. Es reicht noch nicht für eine Freilassung auf Kaution, aber es schwächt die Anklage, wenn sie die Hillfields nicht auftreiben können.« Und mit sehr ernstem Ton fügte er hinzu: »Sie liegt bei meinem Anwalt, falls mir irgendetwas zustößt.«

Diese Eröffnung machte sie sprachlos. Sie hatte wenig Hoffnung in dieses Treffen gesetzt, und nun war sie so gut wie auf freiem Fuß. Doch ihr war auch die finstere Andeutung nicht entgangen. »Was sollte dir denn zustoßen?«

Er saugte die Besorgnis in ihrer Stimme so begierig auf wie eine Biene den Nektar, zuckte aber demonstrativ gleichmütig die Schultern: »Es ist eine übliche Vorsichtsmaßnahme, ich denke nicht, dass mir wirklich was passiert.« In diesem Moment glaubte er, was er sagte, doch tatsächlich hatte er so etwas noch nie zuvor gemacht. Ryans Schicksal hatte ihn dazu gebracht, eine nüchterne Risikoanalyse vorzunehmen, und dabei war er zu dem Schluss gekommen, dass der Täter, wenn nötig, auch ihn umbringen würde.

»Tom, ich will nicht, dass du dein Leben für mich aufs Spiel setzt. Es ist großartig, was du bisher getan hast! Gib ihnen die Erklärung, und ich versuche mein Glück.«

Er hatte damit gerechnet, dass sie das sagen würde, hatte es sich sogar mehrfach ausgemalt – und deshalb seine Erwiderung darauf parat: »Das ist meine Entscheidung. Ich trau der Polizei nicht zu, der Sache auf den Grund zu gehen, selbst wenn sie es will. Wir kriegen dich nur hier raus, wenn ich es selber in die Hand nehme.«

»Aber das ist zu viel verlangt, du schuldest mir doch …«

»Mach dir keine Sorgen um mich«, fiel er ihr ins Wort. »Ich verspreche dir, ich komm schon klar.«

Dieser Entschlossenheit hatte Fran nichts entgegenzusetzen. Vielleicht würde sie sich später doch noch gern an diesen Geburtstag erinnern.

Apropos Geburtstag – da war etwas, irgendwas rumorte in ihrem Gedächtnis, etwas, das zu ihrem Leben vor den Morden gehörte. »Ich hab sie fotografiert!«, rief sie plötzlich.

Knight, der sich noch im Glanze seines Heldentums sonnte, war etwas schwer von Begriff. »Wen fotografiert?«

»Na, Susan Hillfield! Ich habe sie an Lottys Geburtstag alle zusammen mit meinem Handy fotografiert. Die Polizei hat mein Handy konfisziert, aber ich hab das Foto im Heim an die Pinnwand gehängt.«

Knight rief sich die Pinnwand an der Seitenverkleidung der Treppe im Erdgeschoss ins Gedächtnis, eine kleine Korkplatte, auf der Zertifikate und Notfalltelefonnummern hingen. Das Foto wäre ihm bestimmt aufgefallen. »Vermutlich hat es jemand runtergenommen, bevor ich hinkam. Aber wenn du es auf dem Drucker im Büro ausgedruckt hast, dann müsste ich es auf dem USB-Stick haben.«

Das konnte sie bestätigen. Das Bild per se würde den Fall noch nicht lösen, aber dass es in seinem Besitz war, war schon fast ein Coup. Sie strahlte ihn an.

Als es kurz darauf Zeit wurde zu gehen, lehnte sie sich über den Tisch und küsste ihn von sich aus auf die Wange, dankte ihm überschwänglich und bat ihn eindringlich, auf sich aufzupassen. Er schritt durch das Gefängnistor und betrat die Welt draußen wie neugeboren. Er würde Susan Hillfield finden, davon war er überzeugt. Und dann würden sie ganz von vorne anfangen, Fran würde sein wahres Ich erkennen und nie wieder an ihm zweifeln.

Auch Fran schwebte auf Wolke sieben, als sie den Besuchsraum verließ. Selbst wenn sie das Gefängnis nicht sofort verlassen konnte, war ihre Traurigkeit wie weggeblasen. Während sie sich vergegenwärtigte, wie unglaublich schnell sich das Blatt zu ihren Gunsten gewendet hatte, fiel ihr ein, dass sie noch etwas Schönes vor sich hatte: den Besuch von Mr. Briggs.

Die Garagenreihe befand sich auf einem kleinen privaten Parkplatz zwischen einer Kirche und einem Wohnblock. Von hinten überragten sie drei Ulmen und verliehen dem Ort etwas Ordentliches und Gesetztes, womit er ausgezeichnet zur Lagerung von Diebesgut geeignet war.

Bullock saß in seinem Auto auf der gegenüberliegenden Straßenseite und zündete sich eine Zigarette an der anderen an. Sein Konsum war sprunghaft angestiegen, seit er ein Überwachungsfoto von Knight und Merv in der Notaufnahme und ein weiteres von Knight in Begleitung von Barbara Dawson gesehen hatte. Weitere Nachforschungen ergaben, dass Knight sich auch an Carol O'Brien und die Baldwins herangemacht hatte. Antonia Baldwin hatte bei ihnen angerufen und die Verhaftung von Knight verlangt, was seine Kollegen zu derben Kommentaren über seine Chancen bei ihr verleitet hatte. Er stellte sich zum wiederholten Mal den

Fick-mich-Blick aus ihren grünen Augen und ihren großartigen Arsch vor und beschloss, mal bei ihr vorbeizuschauen, wenn er mit Knight fertig war. Im Norfolk Terrace hatte sich die dämliche Ausländerin zuerst geweigert, ihm behilflich zu sein, aber als er gedroht hatte, sie wegen Behinderung polizeilicher Ermittlungen zu verhaften, hatte sie schließlich widerwillig Knight auf dem Krankenhausfoto identifiziert.

Die Erkenntnis, dass Knight ihn nicht nur mit den Mädels reingelegt hatte, sondern sich auch noch in seinen Fall einmischte, schrie förmlich nach einer Reaktion. Mehrere Tage lang war er allerdings zwischen zwei Befürchtungen hin- und hergerissen. Wenn er nichts unternahm, würde Knight noch tiefer in sein Terrain eindringen und irgendwelche Köder konstruieren, die ein Klugscheißer-Anwalt dann der gutgläubigen Jury vorsetzen konnte. *Wenn* er hingegen etwas unternahm, lief er Gefahr, dass diese erniedrigenden Fotos die Runde machten.

Am Ende siegte die Furcht davor, seinen Fall zu verlieren. Aus seiner und der Sicht der Kollegen, deren Meinung zählte, gab es keine größere Sünde, als sich eine bombensichere Verurteilung durch die Lappen gehen zu lassen. Im schlimmsten Fall konnte er die Fotos immer noch auf die perverse Fantasie einer sitzengelassenen Ex schieben. Er würde einfach behaupten, er habe sich im Überschwang der Gefühle zu der Sache hinreißen lassen, und tiefe Enttäuschung über ihren Vertrauensbruch mimen. Entlassen wurde man für so etwas nicht, im Gegenteil, viele seiner Kollegen würden ihn sogar insgeheim beneiden.

Noch hatte er keine genaue Vorstellung von möglichen Vergeltungsmaßnahmen. Den Polizisten im Krankenhaus hatte Knight nicht absichtlich verletzt, also würde dabei nicht viel herauskommen, und eine Verurteilung wegen Diebstahls und Sachbeschädigung würde höchstens eine Geldstrafe nach sich ziehen. Bullock jedoch wollte mehr, er wollte seinen Feind für möglichst lange Zeit aus dem Verkehr ziehen. Er hatte Freunde, die Knight gerne eine Tracht Prügel verpassen würden, als Gegenleistung für vergangene und zukünftige Gefallen, aber er hatte Angst, dass man die Spur zu ihm zurückverfolgen würde, vor allem, wenn Knight dabei draufging.

Endlich kam der Anruf, dass die Zielperson unterwegs war. Er gab den Uniformierten eine Straße weiter Bescheid, lehnte sich zurück und wartete. Er hoffte, dass der Inhalt der Garage genug hergab, um es mit einem ausführlichen Bericht in die Nachrichten zu schaffen. Man hatte Hanrahan eine Ladung Spielkonsolen aus dem Lagerhaus eines Einzelhändlers angeboten. Der hatte eine ausreichende Menge geordert, um das Vertrauen des Diebes zu gewinnen, und dann seinem Herrn und Meister bei einem neuerlichen Treffen im Kalibanz einen Tipp gegeben.

Soeben bog der Transporter eines Bauunternehmers auf den Parkplatz, und der stämmige Fahrer stieg aus; ein Bauernfänger, der schon einmal gesessen hatte, weil er seiner greisen Kundschaft Fantasiepreise für überflüssige Hausreparaturen berechnet hatte. Das nahm Bullock ihm nicht übel, was sich aber ändern mochte, wenn der Garageninhalt sich als unergiebig erwies.

Als der Mann eine der Garagen betrat, rief Bullock die Uniformierten. Bev war nicht dabei. Er hielt sich von ihr fern und hatte dafür gesorgt, dass sie an diesem Einsatz nicht beteiligt war. Lieber wartete er auf eine passende Gelegenheit. Als die Uniformierten Augenblicke später auftauchten, ließ er ihnen den Vortritt, falls es ein bisschen rauer zugehen sollte. Besser, man stieß erst später dazu, wenn sie das Gröbste abbekommen hatten, dafür waren sie schließlich da.

Eine halbe Minute später folgte er ihnen hinein – und fluchte. Das war nicht die Wundertüte, auf die er gehofft hatte, da waren gerade einmal ein Dutzend Schachteln mit Konsolen an einer Wandseite aufgestapelt. Das Lager hatte fünfzig als gestohlen gemeldet. Entweder war der Großteil bereits verschoben, oder sie logen, um die Versicherungssumme zu erhöhen. Im Grunde war ihm das egal, aber jetzt hatte er mehrere Stunden Papierkram zu erledigen für ein Resultat, das niemand zur Kenntnis nehmen würde. Genauso wie der tote Junkie, der noch identifiziert werden musste, auch so eine Zeitverschwendung, die ihm nichts einbrachte. Er hegte keinerlei Hoffnung, dass der Junkie-Freund, der seinen Tod angezeigt hatte, sich noch mal melden würde, und war nicht sonderlich überrascht, dass er von einem nicht registrierten Handy aus angerufen hatte. Mit etwas Glück war auch er bald tot, ein Parasit weniger, den die Gesellschaft durchfüttern musste.

Der Bauunternehmer behauptete unterdessen, dass die Konsolen einem Freund gehörten, der ihn gebeten habe, sie für ihn zu lagern, und dann ins Ausland gegangen war. Doppelt sauer, weil diese Masche häufig funktionierte, nahm Bullock sich vor, beim Verhör besonders unangenehm zu werden, und wies die Uniformierten an, ihn rauszubringen.

Die Konsolen waren die neueste Version eines Systems, das er auch selbst zu Hause hatte. Unter günstigeren Voraussetzungen hätte er sich hier gerne ein Update besorgt, aber er konnte ja schlecht mit einer Schachtel unter der Jacke aus der Garage marschieren. Stattdessen schlenderte er an den hinteren Regalen entlang, in denen Werkzeug und Baumaterial lagerten. Er war kein Heimwerker, aber vielleicht fand er irgendeine wertvolle Kleinigkeit oder mit Glück sogar etwas Bargeld. Man konnte nie wissen, und Kriminelle beschwerten sich nicht, wenn belastendes Material verschwand.

Im obersten Fach stand ein offener Pappkarton, aus dem ein Farbroller ragte. Er holte ihn herunter und durchwühlte den Inhalt. Ein paar Lackdosen, Farbschalen und nagelneue Bürsten. Er nahm eine in die Hand. Der Kopf war nur zehn Zentimeter breit, sodass sie leicht in seine Tasche passen würde. Er wollte sie eigentlich nur aus Prinzip mitnehmen, als ihm plötzlich auffiel, dass der Griff lose war. Aufgebracht, dass ihm nicht einmal diese bescheidene Trophäe vergönnt war, zerrte er den Griff von der Zwinge. Ein kleines Plastiktütchen mit weißem Pulver fiel ihm entgegen. Er prüfte, ob er unbeobachtet war, öffnete das Tütchen und steckte einen Finger hinein. Was er schmeckte, war unzweifelhaft Kokain.

Er öffnete auch die anderen Bürsten und fand insgesamt vier Tütchen, zusammen ein paar hundert Gramm, schätzte er. Entweder ging es dem Baugewerbe gerade sehr gut, oder sein Gefangener diversifizierte in neue Branchen. Das Entscheidende war jedoch, dass er jetzt ein vorzeigbares Resultat hatte.

Er war seinem Delinquenten schon viel freundlicher gesinnt und wollte ihn gerade wieder hereinbeordern, als ihm eine noch schönere Idee kam: Zweihundert Gramm brachten etwa drei Jahre Haft ein, und er kannte jemanden, der es noch viel mehr verdiente, sie abzusitzen.

23

Die Old Admiral Tavern befand sich am Ende einer stillen grauen Häuserreihe, in der Nähe der Pension, in der Ryan gewohnt hatte. Der alte Seemann, der die Szenerie von seinem ramponierten Schild aus überblickte, wäre wohl berechtigterweise zu dem Schluss gekommen, dass er ganz schön auf den Hund gekommen war, hier zwischen einem bereits dichtgemachten Baustoffhandel und einem Hähnchengrill, dem in Kürze das gleiche Schicksal drohte. Hinter dem Pub hätte er ein paar Quadratmeter Beton erblickt, die sich als Biergarten ausgaben, und jenseits davon einen kleinen Abenteuerspielplatz, der sich mit einem Piratenschiff schmückte, das dem Urteil des alten Admirals sicher nicht standgehalten hätte.

Vielleicht hätte er die Kundschaft des Pubs etwas positiver beurteilt, da sie, zumindest teilweise, für eine Zwangsrekrutierung getaugt hätte. Die ehemalige Fischerkneipe war inzwischen zum Lebensraum einer anderen Art von Jägern geworden, zu denen auch Ryan gehört hatte.

Knight hatte schon viele heruntergekommene Spelunken von innen gesehen, aber wenige konnten in Sachen Trostlosigkeit mit dieser mithalten. Ein Pluspunkt war, dass eine allein trinkende Frau auf jeden Fall auffallen würde, vor allem, wenn sie keine Stammkundin war. Er war so gut wie sicher, dass die Frau mit der Sonnenbrille das Heroin hier von Ryan gekauft hatte.

Knight hatte dafür plädiert, dass sie getrennt reingingen, also wartete Merv im Auto, während sein Freund die Straße überquerte. Merv hielt große Stücke auf Knights schauspielerisches Können, aber in diesem Fall, fand er, überspannte Knight den Bogen.

Als Knight eintrat, wandte sich ihm synchron ein halbes Dutzend nachmittäglicher Trinker zu. Drei aggressiv aussehende Jugendliche spielten Billard, während ein paar ältere Herren an der Bar teilnahmslos, aber kontinuierlich ihre Bierbäuche befüllten. Die Wirtin war eine magere Frau unbestimmten Alters, die laut Bev den Laden seit dem Tod ihres Mannes mehr oder weniger allein führte. Sie hatte einen Sohn, der im Gefängnis saß – wegen einer Schlägerei, wie sie behauptete, obwohl jeder wusste, dass es wegen der Bilder auf seinem Computer war. Gerade trank sie einen Schluck Brandy und musterte mit geröteten Augen die verlebte Gestalt in dem verwaschenen Pink-Floyd-Shirt.

»Einen doppelten Wodka, Schätzchen«, sagte Knight mit zittriger Stimme, wobei er hoffte, nicht zu übertreiben. Es war gar nicht so einfach gewesen, die stockende Sprechweise eines alternden Rockers einzustudieren. Er hatte mehrere Stunden auf YouTube verbracht, um eine brauchbare Kopie von Keith Richards abzugeben, der als Modell ebenso gut taugte wie viele andere. Sie jedenfalls schien ihm die Rolle abzunehmen.

»Bitte sehr, Herzchen«, krächzte sie leise. Sie strahlte eine tiefe Traurigkeit, Resignation und Erschöpfung aus, darüber konnte auch die schwärzeste Mascara nicht hinwegtäuschen. Mit der dicken Make-up-Schicht sah sie aus wie eine bemalte Puppe, aber ihre Hände waren knochig und runzelig. Sie zitterten, als sie ihm seinen Drink hinstellte.

»Schönen Laden haben Sie hier«, sagte Knight, bevor sie sich wegdrehen konnte. »'ne Freundin hat mir davon erzählt.«

Er hatte gehofft, dass sie nach der Freundin fragen würde und er die Sprache auf Ryans mysteriöse Kundin bringen konnte, aber stattdessen blickte sie ihn unsicher an und murmelte fast entschuldigend: »Ist nicht mehr das, was er mal war.«

»Mir scheint er ganz in Ordnung.« Er versuchte, aufmunternd zu klingen, wobei er seinen Blick über die vergilbten Drucke von Segelschiffen und den Teppichboden mit den Bierflecken schweifen ließ. »Wie war's denn früher?«

Sie schwieg und dachte an alte Zeiten. Dann schüttelte sie traurig den Kopf und spähte Richtung Billardtisch. »Solche Typen hatten wir früher nicht hier. Abschaum. Haben in ihrem Leben noch keinen einzigen Tag gearbeitet.«

Merv saß inzwischen an einem Fenstertisch am anderen Ende des Raumes, scheinbar vertieft in Sporting Life, aber jederzeit bereit einzugreifen, falls nötig. Gleichzeitig hatte er ein Auge auf den Wagen. In der Nacht hatte jemand eine Scheibe zerbrochen, aber nichts gestohlen, soweit sie das beurteilen konnten, was den Schaden eigentlich noch ärgerlicher machte.

Ein Skinhead im Unterhemd kam die Treppe hinter der Bar herauf. »Das Fass läuft wieder, Oma«, murmelte er, als er durch die Klapptür hinüber zu den Billardspielern schlurfte. Knight hatte sich schon gefragt, wer hier wohl die schweren Sachen hob.

»Netter Junge«, sagte er anerkennend.

Sie verzog den Mund. Es war offensichtlich, dass sie seinen Umgang nicht schätzte, für Knights Zwecke hingegen sahen sie vielversprechend aus. »Die stellen also nur Blödsinn an, was? Machen Ihnen Ärger?«, fragte er mitfühlend.

»Was weiß ich, was die anstellen. Ich frag nicht nach.« Sie leerte ihr Glas und schenkte sich umgehend nach – sie war wohl selbst ihre beste Kundin. Rein instinktiv hätte er darauf getippt, dass sie nichts zu verbergen hatte. Sie war gefangen in ihrem Trott und wappnete sich mit einem gleichbleibenden Alkoholpegel gegen jeden weiteren Schicksalsschlag. Er kam zu dem Schluss, dass bei den Billardspielern mehr zu holen war, und als sie ihm den Rücken zuwandte, nutzte er die Gelegenheit und setzte sich an ihren Tisch. Er wartete, bis ihr Spiel zu Ende war, um sie anzusprechen. »Spielt einer mit mir um ein Bier?« Er lallte gerade genug, um unfähig, aber nicht volltrunken zu wirken. Obwohl sein Angebot scheinbar an die ganze Runde ging, sah er den Enkel an, der die Arme um sich geschlungen hielt, als sei ihm kalt.

Der Skinhead musterte Knight und witterte leichte Beute. Nur ein kompletter Schwachkopf setzte so einen Cowboyhut auf, noch dazu einen derart zerfledderten. »Ja, okay«, sagte er. »Haben Sie 'n Pfund für den Tisch?«

Damit konnte er dienen, und sie begannen zu spielen. Sein Gegner bemühte sich nicht um ein Gespräch und hatte ziemlich schnell einen uneinholbaren Vorsprung. Die anderen beobachteten sie eine Weile belustigt, dann wurde ihnen langweilig, und sie gingen zum Rauchen nach draußen.

»Hab schon 'ne ganze Zeit lang nicht mehr gespielt«, sagte Knight irgendwann. Der Skinhead schenkte ihm keine Beachtung und versenkte schnell hintereinander zwei Kugeln, bevor er eine dritte knapp verfehlte.

Knight hatte bisher noch überhaupt keine versenkt, und auch wenn er nicht vorgehabt hatte zu gewinnen, ärgerte er sich doch darüber, dass es ihm so gar nicht gelang, ins Spiel zu kommen. Sein Knie hielt durch, und er hatte noch eine gute Stunde, bis die nächste Injektion fällig war, aber um den Queue anzulegen, musste er seinen Stock beiseitestellen. Er fühlte sich instabil, als er sich über den Tisch lehnte und mühsam seinen Rücken beugte, um die Augen auf Höhe der Kugeln zu bringen. Es wäre ein leichter Stoß in die mittlere Tasche gewesen, die er in diesem Fall leider um Millimeter verfehlte. Zu allem Überfluss rollte die weiße weiter über den Tisch zur schwarzen. Sie verschwanden gemeinsam in der Ecktasche, wodurch er das Spiel zu einem für ihn unrühmlichen Ende brachte.

»Scheiße«, fluchte er, und das war nicht gespielt. »Lust auf 'n zweites? Ich verdopple!«

Der Sieger, der sich in weniger als fünf Minuten ein Bier verdient hatte, stimmte bereitwillig zu. In einem ungewohnten Anfall von Eifer schlug er vor, gleich weiterzumachen, ohne zuvor seinen Gewinn einzufahren.

»Nette Kneipe hier«, versuchte es Knight noch einmal mit dem gleichen Gesprächseinstieg. »Eine Freundin hat mir davon erzählt.«

Der Jüngere murmelte etwas Unverständliches und spielte einfach weiter.

»'ne alte Freundin aus der Musikbranche.«

Da erwachte nun doch ein Hauch von Interesse: Der Skinhead hielt kurz vor dem Stoß inne und musterte Knight von Neuem. »Sie sind in der Musikbranche?«

»Ich war. Sessionmusiker. Keiner, von dem du gehört hättest.« Er verstummte, weil er keine detaillierten Nachfragen über seine Karriere provozieren wollte.

»Welches Instrument?«

»Bassgitarre.« Knight prostete ihm zu. »War 'ne schöne Zeit.«

Zum ersten Mal lächelte der Skinhead. »Bass, cool.«

Ja, es fühlte sich auch cool an. Diese selbstgefällig-hedonistische Haltung gefiel ihm, sie war eine schöne Abwechslung zu der Unruhe, die ihn nach seiner Rückkehr aus London überfallen hatte. So optimistisch er auch Fran gegenüber gewesen war, wusste er doch, dass sein Erfolg an einem seidenen Faden hing. Er musste in dieser Kneipe irgendwie eine

Spur zu Ryans mysteriöser Kundin finden, sonst war er de facto am Ende.

»Spielen Sie noch?«

»Nein, nicht mehr, seit meine Finger sich verabschiedet haben.«

Der Junge musterte ihn tatsächlich mit einem erkennbaren Funken Mitgefühl. Knight versuchte dranzubleiben: »Du bist hier wohl oft und hilfst deiner Großmutter?«

Der Skin beugte sich vor, um weiterzuspielen. »Ja, fast jeden Tag.«

Das weckte Knights Optimismus. Die Wahrscheinlichkeit, dass der Junge Ryans Mörderin gesehen hatte, war damit beträchtlich gestiegen. Aber er musste sich sehr vorsichtig und auf Umwegen herantasten. Er schaute sich um, als wollte er sichergehen, dass niemand in Hörweite war, und sagte dann leise: »Meine Freundin hat gemeint, dass man hier guten Stoff bekommt. Ich hab Geld, falls du wen kennst.«

Kurz fürchtete er, es übertrieben zu haben, denn der Skinhead verfehlte die Kugel und musterte ihn misstrauisch. »Warum denken Sie, ich kenne wen?«, fragte er und sah sich ebenfalls um.

»Das hab ich nicht gesagt, mein Junge. Nur …« Er machte eine Pause und sprach noch leiser weiter. »Die Bullen greifen grade hart durch in Brighton, wo ich herkomme. Meinen Dealer hat's erwischt.«

Der Skinhead starrte ihn immer noch an – er schien Risiken und Chancen gegeneinander abzuwägen. »Sie müssen später wiederkommen«, sagte er. »Hängt davon ab, ob sich's für mich lohnt.«

Das zog eine Diskussion über eine beträchtliche Vorauszahlung nach sich, die Knight schließlich damit beendete, dass er zwanzig als Anzahlung auf die Provision hinlegte und mehr versprach. Dann war er dran und verfehlte die Tasche erneut, aber das war ihm jetzt egal. Er hatte gerade noch die Kurve gekratzt.

Als es dunkel wurde, wartete Bullock in seinem Auto in einer Seitenstraße bei Knights Wohnblock. Seine Augen brannten immer noch.

Der Tag hatte schon schlecht angefangen. Weit vor Sonnenaufgang hatte er mit einem Ziegelstein den Anwohnerparkplatz hinter dem Gebäude betreten. Sein Plan war ganz einfach. Er würde Knights Autoscheibe einschlagen und das Kokain unter den Sitzen verstecken. Das war eine Sache von dreißig Sekunden. Es wäre auch alles gut gegangen, wenn nicht in dem Moment, als er ausholte, eine Frau, die nicht schlafen konnte, mit ihrem Hund um die Ecke gebogen wäre. An guten Tagen war sie einfach nur griesgrämig, aber zu diesem Zeitpunkt schleppte sie schon einen Tag lang eine Mordswut über eine verschobene Darmoperation mit sich herum. Seit dem frühen Morgen hatte sie mehrere Stunden in der Praxis gewartet, bis ihr eine ungerührte Sprechstundenhilfe mitteilte, dass sie wieder nach Hause gehen solle – und das passierte nun schon zum zweiten Mal! Ein Gangster mit Sturmhaube, der dabei war, ein Autofenster einzuwerfen, brachte das Fass zum Überlaufen – und war genau das, was sie in dem Moment brauchte. Ohne Rücksicht auf die Gebrechlichkeit ihrer achtundsiebzig Jahre schnauzte sie ihn wütend an. Als er zurückpöbelte, sprühte sie ihn verschwenderisch mit Pfefferspray ein. Das trug sie seit Jahren ungeöffnet mit sich herum und hatte es insgeheim schon längst einmal einsetzen wollen. Es gelang ihr sogar, ihn in den Unterleib zu treten, trotz der Missempfindung, die das in ihrem unteren Verdauungstrakt hervorrief. Voller Genugtuung konnte sie dann noch miterleben, wie ihr ebenfalls übellauniger Jack Russell den Kerl auf der Flucht in die Wade biss.

In einem Nebel aus Wut und Schmerzen war Bullock nach Hause gefahren. Er hatte sich mit einem feuchten Handtuch auf dem Gesicht hingelegt, bis es Zeit war, zur Arbeit zu gehen, wo er eine gewisse Befriedigung darin fand, grundlos einen pakistanischen Zimmervermieter herunterzuputzen, der behauptete, den toten Junkie zu kennen. Die Freude währte allerdings nur kurz, denn es stellte sich heraus, dass der Mann außer dem Namen und der Existenz eines Großvaters keine Details liefern konnte, was nur noch mehr Arbeit für Bullock bedeutete. In seinem angegriffenen Zustand kam er nicht auf die Idee, sich den Großvater beschreiben zu lassen. Sobald wie möglich war er zurück zu Knights Wohnung gefahren, um zu warten.

Ein Transporter hatte ein paar Buchten vor ihm geparkt. Dass es Mervyn Watson war, der ausstieg und zur Eingangstür ging, hatte Bullocks Laune gehoben. Einige Minuten später war er mit Knight zusammen zu den Anwohnerparkplätzen gegangen. Zufrieden nahm er zur Kenntnis, dass Knight im Vergleich zu ihrer letzten Begegnung gebrechlich und tatterig wirkte. Aus unerfindlichen Gründen trug er einen Cowboyhut.

»Eins kapier ich noch nicht«, sagte Merv, als sie von der Küstenstraße abbogen, »nämlich ob sie Ryan schon kannte, als sie sich in dem Pub mit ihm traf, oder ob sie einfach reinging, um nach Heroin zu fragen, und er der Erste war, der ihr über den Weg lief.«

Sie hatten alle möglichen Varianten diskutiert, was zwischen Ryan und seiner Mörderin vorgefallen sein konnte, doch über diesen Aspekt hatte Knight noch nicht nachgedacht. »Ich weiß nicht«, sagte er schließlich. »Macht es einen Unterschied?«

»Keine Ahnung. Aber ist es nicht merkwürdig, dass sie sich die ganze Mühe machen mit der falschen Adresse und dem Auto, und am Ende kaufen sie dann den Stoff von jemandem, der eine Verbindung zum Heim hat? War das Absicht, oder hatten sie einfach Pech?«

Mervs Haltung zu der ganzen Sache hatte sich verändert. Vielleicht war es der Anblick von Ryans Leiche, die indirekt auch auf Knights Gefährdung hinwies, oder die unwillkommene Konkurrenz in Form von Bev – so oder so hatte der Fall eine derart finstere, unwiderstehliche Dynamik entwickelt, dass er sich immer stärker damit identifizierte.

Knight brütete über dem Rätsel. Es war wirklich nicht logisch, sich einen Dealer zu suchen, der regelmäßig genau da auftauchte, wo das Verbrechen begangen wurde, außer er war Teil des Komplotts. Wenn er es jedoch war, schien es ebenso unlogisch, den Stoff von ihm an einem öffentlich zugänglichen Ort zu kaufen. Jens Version der Abläufe deutete darauf hin, dass das Zusammentreffen nicht geplant war.

»Du hast recht, das passt nicht zusammen. Vielleicht wussten sie gar nicht, dass er in dem Heim arbeitet, weil sie nie im Garten waren. Susan Hillfield hat die meiste Zeit in ihrem Zimmer verbracht, und ihr Sohn, sofern er das überhaupt war, holte sie nur ein paarmal die Woche für einen Spaziergang aus dem Heim ab.«

»Also wenn das stimmt, dann war das ihr bisschen Pech, an Ryan zu geraten, und unser bisschen Glück, denn ohne den hätten wir bis jetzt null Komma nichts.«

Nicht dass sie bis jetzt viel mehr hatten als das, fand Knight. War es möglich, dass der seidene Faden, von dem die Aufklärung abhing, nur einem völlig unwahrscheinlichen

Zufall zu verdanken war? Wenn ja, nahm er den natürlich dankbar in Kauf, aber es erinnerte ihn auch nachdrücklich daran, wie nah sie dem Scheitern waren.

Er erstickte seine Zweifel, als sie in das Straßengewirr einbogen, in dem sich schon tagsüber kaum Leben geregt hatte und das nun völlig ausgestorben wirkte. Sie fuhren an der Old Admiral Tavern vorbei und parkten gegenüber dem Spielplatz, wo sich geisterhaft die Silhouette des Piratenschiffs in der Dunkelheit abzeichnete.

»Vergiss nicht«, sagte Merv, »du musst sie in den Garten kriegen.«

In der Kneipe war kaum mehr los als vor ein paar Stunden. Der Billardtisch wurde nun von einer wohlgenährten Teenagerin und einem sonnengebräunten Mann mit Spinnentattoo auf dem Hinterkopf belagert. Daneben döste in einem Buggy ein Kleinkind, das einen durchweichten Cracker umklammerte.

Knights Billardgegner vom Nachmittag hockte in der Ecke neben einem kleinen Mann, der vermutlich Philippiner oder Vietnamese war, jedenfalls irgendetwas Östlicheres als Malaye. Ein leerer Stuhl stand da, auf den der Skinhead mit einem diskreten Kopfnicken hinwies. Um nicht übereifrig zu wirken, ging Knight zuerst zur Bar. Die ältliche Wirtin begrüßte ihn zwar nicht gerade begeistert, aber sie stellte auch keine Fragen. Er fühlte ihren Blick auf sich, als er zum Tisch ihres Enkels hinüberging und sich setzte.

»Prost, Jungs, danke, dass ihr gekommen seid.«

»Kein Problem«, sagte der Skinhead mit gleichgültiger Stimme. »Das ist Ramil.«

Also Philippiner – und geschäftlich erfolgreich, nach der Rolex am Handgelenk und der hauchdünnen Lederjacke über der Stuhllehne zu schließen. Er war Mitte dreißig, vielleicht auch etwas älter, wenn man die grauen Strähnen im Haar berücksichtigte.

»Freut mich, Junge«, begrüßte ihn Knight. Er streckte seine Hand aus, und Ramil drückte sie so kurz wie möglich. Er hatte einen Furcht einflößenden Blick aufgesetzt, sicher um frühzeitig klarzumachen, wer bei der bevorstehenden Verhandlung das Sagen hatte.

»Ramil hat ein paar Fragen«, erklärte der Mittelsmann.

»Nur zu, Junge, man kann heute nicht vorsichtig genug sein.«

Knight konnte sehen, dass Ramil es nicht schätzte, »Junge« genannt zu werden. Es untergrub seine Autorität und brachte ihn ein bisschen aus dem Konzept. In leicht vorwurfsvollem Ton fragte er: »Warum kommen Sie hierher, in diese Kneipe?«

»Wie ich dem Knaben hier schon erklärt habe«, antwortete Knight ruhig, »ist eine gute Freundin vor einem Monat mal hier gewesen. Kathy, sieht gut aus – vielleicht haben Sie sie ja gesehen?«

Ramil wandte sich an den Skinhead: »Kennst du sie?«

Wenig überraschend schüttelte der Junge den Kopf. Der Zeitpunkt war nur geraten, und der Name konnte keine Rolle spielen. Man nannte nie seinen echten Namen, wenn man von Unbekannten Stoff kaufte. Knight wusste, dass er nur einen einzigen Trumpf hatte, und fragte sich gerade, wann er ihn ausspielen sollte, als zwei Raucher aus dem Garten hereinkamen und ihn an Mervs Anweisung erinnerten. Zufrieden registrierte er die Nikotinflecken an Ramils Fingern und schlug vor, nach draußen zu gehen.

Der Garten war von einem einfachen Palisadenzaun umgeben.

»Hier drüben.« Mit dem Vorrecht des Alters deutete Knight auf einen Tisch in direkter Sichtachse zur obersten Plattform des Piratenschiffs, das keine zwanzig Meter entfernt aufragte.

Merv war erleichtert, als er ihn sah. Er hatte nicht dadurch auffallen wollen, dass er an einem Tag zweimal hintereinander im gleichen Pub auftauchte, und das Schiff als idealen Beobachtungsposten ausgemacht, von dem aus er überblickte, was vor sich ging, und eingreifen konnte, falls es Ärger gab. Er justierte den Empfang von Knights vorgeblichem Hörgerät, der jetzt, wo sie sich draußen befanden, besser war.

»Ja, also, meine Freundin«, sagte Knight, während sie sich Zigaretten anzündeten. »Hübsche Kleine, Mitte vierzig. Vielleicht haben Sie sie gesehen, sie hat mir erzählt, sie hat den Stoff von so einem jungen Kerl bekommen, wie hieß der noch mal?« Er machte eine nachdenkliche Pause. »Ach ja, Ryan.«

Er hatte Ryan deshalb nicht schon früher erwähnt, weil er den Skinhead nicht abschrecken wollte, bevor er sein Vertrauen gewonnen hatte. Darin fühlte er sich nun bestätigt, als die beiden einander scharf ansahen. Der Junge wollte schon etwas sagen, aber Ramil war schneller. »Ryan nicht da, ist weg«, erklärte er abweisend.

Sie wussten es also. Knight überlegte, ob Jen geredet hatte und wenn ja, mit wem. Wenn das hier Ryans Stammkneipe war, dann kannte der Skinhead sehr wahrscheinlich auch Jen. Natürlich war Knight sich des Risikos bewusst, dass sie auftauchte, aber dagegen war eben nichts zu machen. »Schade«, sagte er. »Was ist passiert, haben sie ihn geschnappt oder was?«

Ramil behielt sein Pokerface. »Nein, der ist umgezogen, nicht mehr in Eastbourne.« Sichtlich nicht zu Smal Talk aufgelegt, fügte er hinzu: »Wenn Sie kaufen wollen, Sie kaufen von mir.«

Knight nickte wissend und fragte sich, wie er Ramil einordnen sollte: als Unbeteiligten oder Mittäter? »Wie ist denn Ihr Preis?«

»Wie viel kaufen Sie?«

»Erst mal ein paar Gramm, mal schauen, wie es ist.«

Der Skinhead wirkte enttäuscht. Wenn er auf eine Provision gehofft hatte, würde sie nicht allzu hoch ausfallen.

»Sechzig pro Gramm«, sagte der Philippiner.

Knight wusste, dass der übliche Preis viel niedriger war. Hier war eine Möglichkeit, das Gespräch wieder auf die Frau zu lenken, ohne Verdacht zu erregen. Er tat, als zuckte er zusammen, und sagte: »Ich bin nicht reich, mein Junge. Kath hat gesagt, sie hat nur fünfunddreißig bezahlt.«

Der Philippiner runzelte verärgert die Stirn: »Sie hat falsch gesagt. Ryan hat mehr verlangt.«

Knight fühlte sein Herz schneller schlagen. »Moment mal«, sagte er, »woher wissen Sie das?«

Ramil verlor langsam die Geduld. »Weil er immer von mir gekauft hat. Er bekam Geld im Voraus, hat eigenen Preis gemacht, vielleicht er sie übers Ohr gehauen. Glück für Sie, dass Sie kommen zu mir.«

Knight spielte weiter den kritischen Konsumenten und wandte sich an den Skinhead: »Was hat er denn von ihr verlangt?«

»Achtzig fürs Gramm.«

Knight mimte Unglauben. »Achtzig? Hast du das tatsächlich gehört?« Jetzt wurde es spannend.

»Klar hab ich. Ich stand für ihn Schmiere an der Tür, falls die Bullen kommen.«

Innerlich frohlockte Knight, stellte aber nach wie vor eine ungläubige Miene zur Schau. »Fuck!«, rief er. »Und Sie haben die beiden auch gesehen?«, fragte er Ramil.

»Nein!«, schnauzte der Dealer ihn an. »Entweder Sie kaufen jetzt, oder ich gehe. Sechzig Pfund.«

»In Ordnung, aber ich habe nur Geld für ein Gramm.« Nicht einmal das konnte er sich leisten und hatte auch nicht das Bedürfnis, seine flüchtige Bekanntschaft mit Heroin wieder aufzufrischen, aber er wollte es sich auch nicht verfrüht mit dem Skinhead verscherzen.

Verstimmt über das mickrige Geschäft, reichte ihm Ramil ein Briefchen und nahm das Geld. »Sie rufen mich auf dieser Nummer an«, erklärte er Knight und gab ihm einen Zettel. Dann fiel ihm ein, dem Skinhead noch einen Zehner zuzustecken, und er verschwand, bevor dieser etwas einwenden konnte.

»Ich dachte, Sie kaufen mehr«, beklagte er sich. »Sie haben gesagt, dass Sie Geld haben.«

Schön wär's. Dennoch zog Knight weitere zwanzig Pfund heraus. »Mach ich vielleicht, wenn es guter Stoff ist. Das hier schulde ich dir.«

Der Skinhead nahm wortlos den Schein und stand auf.

»Wart mal, mein Junge, vielleicht habe ich noch mehr für dich.«

Merv hielt es vor Spannung kaum aus, als der Junge sich wieder setzte. »Es ist nämlich so«, hörte er Knight sagen. »Ich hab mit Kath ein kleines Problem.«

Den Rest bekam Merv nicht mehr mit. Da sie keine Zeit gehabt hatten, das zerbrochene Fenster zu reparieren, geschweige denn, einen Alarm zu installieren, hatte Merv nach wie vor ein Auge auf das Auto. Und der Mann, der vor einer Minute langsam daran vorbeigegangen war, kam nun zurück, das Gesicht unter einer Kapuze versteckt. Er spähte schnell nach links und rechts und begann dann, das Klebeband von der zerbrochenen Scheibe abzuziehen. Merv verließ seinen Posten nur äußerst ungern, aber die Situation im Garten schien ihm keine unmittelbare Gefahr zu bergen. Er kletterte herunter und rannte über die Straße.

Inzwischen hatte der Skinhead die Neuigkeit zu verdauen, dass Kath – an den Namen, den sie ihm genannt hatte, erinnerte er sich nicht – eine Liebesbeziehung zu dem alten Knacker unterhielt, der ihm gegenübersaß. Sie sah für ihr Alter ziemlich gut aus, wie er sich erinnerte, natürlich zu alt für ihn, aber viel zu jung für einen vergreisten Penner mit so einem dämlichen Hut auf dem Kopf. Er hatte bisher noch niemanden aus der Musikbranche kennengelernt, aber so cool, wie es immer hieß, konnte es dort ja nicht zugehen, wenn man so endete.

»Die Sache ist die«, sagte Knight, »ein paar Tage, nachdem sie hier war, ist sie abgehauen, und jetzt geht sie nicht ran, wenn ich anrufe. Ich schätze, sie hat einen anderen Kerl.« Er stockte und senkte scheinbar beschämt den Kopf. »Ich wollte es vorhin nicht sagen, aber in meinem Alter ist das nicht so leicht zu verdauen. Also, wenn du mir sagen kannst, wo ich sie finde, dann soll sich das für dich lohnen.«

Er war nun ganz nah dran an Ryans Mörderin. Falls der Skinhead jetzt zögerte oder Ausflüchte machte, konnte das nur bedeuten, dass er log, und ihre allerletzte Hoffnung würde sich in Luft auflösen.

Zur gleichen Zeit hatte Merv die vor ihm herstolpernde Gestalt fast eingeholt. Ein Ruf hatte genügt, um den Typen zu verjagen, bevor er die Tür aufbekam, weswegen es keinen zwingenden Grund gab, ihm hinterherzurennen. Aber Mervs Nachsicht für den Abschaum dieser Welt war äußerst begrenzt und erst vor Kurzem auf eine harte Probe gestellt worden, daher fand er es durchaus gerechtfertigt, seinem Wachposten noch eine weitere Minute fernzubleiben, wenn er dafür angemessen Rache üben konnte.

Bullock war einem Nervenzusammenbruch nahe. Er hatte sich vor dem entscheidenden Angriff auf das Auto zwar seine Sturmhaube übergezogen, aber wenn sie in einem Kampf auch nur leicht verrutschte, riskierte er, sofort erkannt zu werden. Bei seiner letzten Konfrontation mit Merv hatte er den Kürzeren gezogen und rechnete sich auch bei einer Revanche keine allzu großen Chancen aus. Es trennten sie nur noch etwa zwanzig Meter, als er neben einer hohen Hecke um eine Ecke bog. Er stoppte abrupt, drehte sich um und holte mit der Tüte aus.

Merv hatte insofern Glück, als ein Schlag mit der scharfen Kante des Ziegels ihm den Schädel zertrümmert hätte. So traf nur die glatte Seitenfläche seine Schläfe. Er bemerkte seinen Angreifer kaum, da er praktisch sofort zu Boden ging. Er sah noch einen Stiefel auf seinen Bauch zukommen und wurde bewusstlos.

Bullock begnügte sich mit wenigen Tritten. Er wollte keine Leiche auf der Straße, auch wenn ihm in besserer Verfassung die Vorstellung sicher gefallen hätte, in genau diesem Mordfall zu ermitteln. In seinem Zustand jedoch kam er nicht einmal auf die Idee, erneut zum Wagen zurückzulaufen, um die Sache zu Ende zu bringen. Er warf die Tüte weg und rannte davon.

Knight war jetzt allein im Garten des Pubs. Im Grunde wusste er, dass es aus war. Er versuchte sich einzureden, dass alles halb so schlimm war, dass er die Hillfields auf anderem Weg aufspüren würde, dass er notfalls an jede wohlanständige Tür in Eastbourne klopfen und jede zwielichtige Kneipe der Südküste abklappern würde.

Er hatte es sofort gewusst, als der Skinhead erst verunsichert schwieg, um dann zögernd und schließlich immer hartnäckiger zu behaupten, er kenne Leute, die ganz sicher mit Kath in Kontakt stünden, und er könne ihn gegen eine ansehnliche Vorauszahlung hinbringen. Als Knight fragte, was für Leute das waren und woher er sie kannte, wich er aus und ging in Abwehrhaltung. Je unglaubwürdiger seine Behauptungen wurden, desto aggressiver forderte er seine Bezahlung. Am Schluss hatte er geschäumt vor Wut, Knight wüst wegen seines Alters und seiner sexuellen Neigungen beschimpft und war davongestürmt.

Knight wunderte es kaum, dass Merv nicht ans Telefon ging. Er hatte die Unterhaltung vermutlich mitgehört, war ebenso bekümmert und hatte keine Lust zu reden. Genauso wenig wie Knight selbst.

Er trottete über den Beton zurück zur Hintertür und öffnete sie einen Spalt. Die Wirtin stand mit dem Rücken zu ihm und bediente einen Gast. In der entgegengesetzten Ecke hockte ihr Enkel bei seinen Freunden vom Nachmittag, die eingetroffen sein mussten, als er im Garten gewesen war. Bei ihnen war ein Mädchen in Trainingsjacke, das Knight sofort wiedererkannte: Jen.

Er hatte ein ungutes Gefühl, öffnete die Tür noch etwas weiter und sah sich rasch in der anderen Hälfte des Raums um. Mit der Möglichkeit, dass Jen auftauchte, hatten sie auch die Gefahr einkalkuliert, dass Boyle sie begleiten und sich aufspielen würde. Doch so gestört er auch war, gingen sie nicht davon aus, dass er in der Öffentlichkeit gewalttätig würde; selbst wenn er es versuchen sollte, würde Merv kurzen Prozess mit ihm machen. Zu seiner Erleichterung war Boyle nicht zu entdecken, Merv allerdings auch nicht. Die Tür zur Straße war keine zehn Meter entfernt, und wenn Jen sich nicht umdrehte, war Knight innerhalb von Sekunden draußen.

Er bemerkte seinen Fehler, kaum dass er sich aus der Deckung wagte. Die Wirtin machte einen Schritt zur Seite, um einen Gast zu bedienen, und gab damit den Blick auf den einzigen Winkel des Raums frei, den er nicht überprüft hatte. Boyle stand an der Bar und starrte Knight mit offenem Mund nach, als dieser an ihm vorbeiging.

Knight hastete über den menschenleeren Gehsteig. Auch wenn Merv nicht am Auto war, konnte er sich darin einschließen und Boyle toben lassen. Falls er ihn durch die zerbrochene Scheibe angriff, konnte er einfach losfahren und ihn zur Not hinter sich herschleifen.

Doch das Rennen davor war das Problem – und für ihn nicht zu gewinnen. Boyle holte ihn so leicht ein wie ein Leopard eine Antilope. Er schleuderte Knight gegen einen geparkten Wagen und trat ihm die Beine weg. Dann zog er eine schmale Klinge aus einer Hülle an seinem Handgelenk. »Erkennst du mich wieder?«, fragte er grinsend. Er schniefte geräuschvoll und wischte sich die Nase am Ärmel ab, bevor er Knight mit dem Stiefel in den Brustkorb trat.

»Weißt du, wie viel Kummer du mir gemacht hast, du miese alte Ratte?« Er war so wütend, dass er nicht mehr deutlich artikulieren konnte. »Weißt du, wie sauer ich werde, wenn Leute so was mit mir machen?«, schrie er. »Und willst du wissen, was ich mache, wenn ich sauer bin? Willst du das wissen?«

Während Boyle nach Luft schnappte, fiel es Knight von alleine ein: Er machte was mit den Ohren.

Im nächsten Moment griff Boyle auch schon nach Knights linkem Ohr und stieß mit der Klinge danach, offensichtlich entschlossen, es abzuschneiden. Einen Sekundenbruchteil, bevor die Messerspitze ihn berühren konnte, erwischte Knight Boyle am Handgelenk.

»Lass mich los, du Scheißkerl«, schrie Boyle. »Lass mich los, oder ich mach dich richtig fertig.« Unter einer Flut von Drohungen und Flüchen versuchte Boyle mit der anderen Hand, Knights Griff zu lockern; dabei fuchtelte er so unkontrolliert mit der Klinge herum, dass er Knights Ohr mehrfach touchierte.

Knights Stock lag inzwischen außerhalb seiner Reichweite. Hektisch wühlte er nach den Autoschlüsseln, aber die steckten tief in seiner Hosentasche. In der Jackentasche stießen seine Finger jedoch plötzlich auf etwas Rundes, das unter der Berührung seine Form veränderte. Es war eine zusammengedrückte Kette, von der aus er sich zu einem flachen, gezackten Gegenstand in der Ecke der Tasche tastete. Er hatte sie fast eine Woche lang darin vergessen.

Er fasste den blattförmigen Anhänger so, dass die Spitze wie ein winziger Dolch zwischen seinen Fingern hervorstand. Sein Griff um Boyles Handgelenk hatte sich schon gelockert, und gleich würde er das Armdrücken verlieren. Die Klinge näherte sich seiner Schläfe.

Er hatte nur einen Versuch. Die Augen bildeten ein naheliegendes Ziel, aber Boyles Arme waren im Weg. Der Stich musste seitlich von unten kommen, bloß wohin zielen? Aufs Ohr! Ohr um Ohr. Er stieß mit der Hand nach oben.

Er hätte Boyle verfehlt, wenn dieser sich nicht in dem Augenblick bewegt hätte, um sein volles Gewicht zum Einsatz zu bringen. Fünf Zentimeter edelsteinbesetztes Silber, zu einer dünnen Spitze auslaufend, durchbohrten Boyles Trommelfell.

Boyle zuckte zurück, als hätte er einen Elektroschock bekommen – den er vielleicht sogar vorgezogen hätte. Er taumelte wie ein Betrunkener und presste eine Hand auf sein

Ohr, zu Tode erschrocken von der unerklärlichen Explosion in seinem Kopf. Knight nutzte seine Chance und zog sich am Seitenspiegel des Wagens hoch. Boyle stolperte jetzt wieder auf ihn zu und fuchtelte wild mit dem Messer herum. Ungeschickt holte er aus und erwischte Knight an der Wange.

Knight fasste die Kette mit beiden Händen, schlang sie seinem Angreifer um den Hals und verdrehte die Fäuste, so weit es ging. Eigentlich rechnete er damit, dass die Kettenglieder brechen würden, aber die Kette hielt, selbst als Boyle das Messer fallen ließ und verzweifelt nach Knights Fingern griff. Sie hielt auch noch, als Boyles Kraft nachließ, seine Augen aus den Höhlen traten, er röchelnd auf die Knie sank und ohnmächtig wurde. Knight lockerte seinen Griff nicht. Noch eine Minute, und Boyle wäre tot. Er zählte bis zehn und ließ ihn zu Boden sinken. Keuchend stand er einen Moment lang da, dann fiel ihm etwas ein; er wischte das Briefchen Heroin sauber und schob es Boyle in die Tasche.

Zehn Minuten später merkte Merv, dass ihm jemand ins Gesicht schlug und seinen Namen rief. Er öffnete die Augen und sah Knight mit blutverschmiertem Gesicht über sich knien. Kurz darauf wurde er ins Auto gehievt, Knight befühlte seinen Schädel und leuchtete ihm mit einer Taschenlampe in die Augen. Aus irgendeinem Grund sollte er das Alphabet schnell vorwärts und rückwärts aufsagen, was er tat, und seine motorischen Fähigkeiten testen, indem er das Ladegerät an Knights Handy steckte. Nach und nach kehrte die Erinnerung an einen Mann mit Kapuze zurück, an eine Verfolgungsjagd und einen Schlag mit einem harten Gegenstand in einer Tüte. Endlich schien Knight zufrieden, ja sogar erleichtert, und sie fuhren los.

Erst als sie die Küstenstraße erreichten, kam er auf die Idee, nach dem Blut in Knights Gesicht zu fragen. Er ging davon aus, dass es einen Kampf mit dem Skinhead gegeben hatte und ihre lange Suche nun gescheitert war, und war umso erstaunter über Knights geheimnisvolle Antwort: »Warte, bis wir drinnen sind. Ich will dir was zeigen.«

24

Knight hielt die Lupe unter die Schreibtischlampe. Ein Nachtfalter schwirrte beharrlich um die Birne und ignorierte sämtliche Versuche, ihn zu verscheuchen.

»Da, siehst du?«

Mervs Kopf war jetzt wieder klar, einigermaßen jedenfalls. Er hatte einen großen Bluterguss oberhalb des Wangenknochens, aber der pochende Schmerz darum herum hatte nachgelassen. Er war schon schlimmer zugerichtet gewesen, früher in Aldershot, wenn er sich betrunken geprügelt hatte. Und inzwischen hatte Knight es sogar aufgegeben, ihn zu einem Krankenhausbesuch überreden zu wollen.

Auf der Rückseite des Anhängers waren diverse Zeichen und eine Inschrift eingraviert. Die Bedeutung der Zeichen verstand er nicht, aber die Inschrift konnte er lesen: »In Liebe, Kitty.« Er starrte Knight verständnislos an. »Wer zum Teufel ist Kitty?«

»Kommt darauf an, woher die Kette stammt, aber es könnte sich um eine wohlhabende Dame handeln. Sieh dir die Punzen an.«

Merv blinzelte, um sie zu erkennen.

»Die links bedeutet, dass es sehr reines Platin ist. Die Kette ist auch aus Platin, deshalb ist sie nicht gerissen. Die daneben besagt, dass das Schmuckstück vor zehn Jahren hergestellt wurde, aber das Interessanteste kommt erst danach.«

Merv konnte die kompliziert ineinander verschlungenen Buchstaben F. E. entziffern. Seine Kenntnisse hinsichtlich Schmuck waren auf den Erwerb eines Verlobungsrings beschränkt, den die Empfängerin dann als so dürftig eingestuft hatte, dass sie die Eheringe unbedingt selbst aussuchen wollte. »Und, wofür steht F. E.? Furchtbar edel?«

»Wohl eher für den Juwelier, der den Anhänger gemacht hat, es ist das Herstellersiegel.«

Merv runzelte die Stirn: »Wir haben also eine reiche Tussi, die einer der alten Schachteln ein teures Schmuckstück geschenkt hat. Und wohin führt uns das?«

Darüber grübelte Knight schon, seit er Boyle in ein Gebüsch auf dem Spielplatz gezerrt, sich ins Auto gesetzt und den Anhänger inspiziert hatte. Als er dann auf der Suche nach Merv durch die Gegend fuhr, war er voller Groll gewesen, weil sein nachlassendes Gedächtnis dafür gesorgt hatte, dass er die Kette praktisch eine Woche lang in seiner Tasche vergessen hatte. Es war ein schwacher Trost, dass auch Merv sie vergessen hatte. Aus den Hinweisen, die der Anhänger lieferte, resultierte eine magere Hypothese. »Das Seltsame an dem teuren Stück ist doch, dass Ryan nicht versucht hat, es zu verkaufen. Wir wissen, dass er Geld gebraucht hat, warum also hat er die Kette Jen geschenkt, statt jemanden zu suchen, der sie für ihn verhökert?«

Merv konnte sich nur einen – wenn auch wenig überzeugenden – Grund vorstellen: »Vielleicht war das der Preis, um sie flachzulegen. Dann muss er allerdings wirklich verzweifelt gewesen sein.«

Auch Knight hatte diesen Gedanken gehabt, ihn aber längst verworfen. »Niemals wäre ihm Sex wichtiger als Heroin gewesen. Nehmen wir einfach mal an, er hat sie in der Mordnacht gestohlen. Er war vielleicht nicht der Hellste, aber so dumm oder verzweifelt war er dann doch nicht, eine Spur zu hinterlassen, die ihn zum Hauptverdächtigen gemacht hätte.«

Auch Merv konnte nun den Silberstreifen am Horizont erahnen, der Knight neue Hoffnung gab. »Also, wem hat er sie geklaut?«

»Nicht Brenda. In ihren Unterlagen gibt es einen Vermerk, dass sie keine Wertsachen in ihrem Zimmer aufbewahren soll. Wenn Ryan sie in der bewussten Nacht gestohlen hat, dann nur aus Susan Hillfields Zimmer oder von einer der drei Damen oben.«

Merv studierte den Stempel mit neu erwachtem Interesse. »Also hat ein F. E., wer auch immer das ist, das Ding für Kitty gemacht, wer auch immer sie ist. Und wenn Kitty es Susan Hillfield geschenkt hat, dann muss sie wissen, wer das ist.« Merv lehnte sich zurück und schloss die Augen, denn das Pochen in seiner Schläfe wurde durch das angestrengte Nachdenken wieder stärker. »Und wie finden wir jetzt F. E.?«

»Ich werde ein paar Juweliere abklappern«, sagte Knight leichthin. »Irgendwann finde ich schon einen, der den Stempel kennt.«

Merv musterte ihn misstrauisch an. »Was heißt ›ich‹? Willst du das etwa allein erledigen?«

Knight zögerte und wog seine Worte sorgfältig ab. Er hatte den Augenblick hinausgeschoben, aber nun ging es nicht länger. »Ich glaub nicht, dass es gut ist, wenn du weitermachst.«

»*Wie bitte?*«

»Du hast Glück, dass du von dem Schlag vorhin keinen Hirnschaden davongetragen hast. Es ist nicht richtig, dass du solche Risiken auf dich nimmst.«

Merv starrte ihn ungläubig an. »Und wie willst du das ohne mich durchziehen?«

Knight hörte das Zittern in Mervs Stimme. »Das wird sehr schwierig, das gebe ich gerne zu. Aber das hier ist nicht deine Schlacht, das weißt du.«

Merv explodierte. »Meinst du, *du* kannst entscheiden, was meine Schlacht ist oder nicht? Glaubst du ernsthaft, dass ich jetzt einfach den Schwanz einziehe?«

Er stürmte hinaus, und Knight überlegte, welchen wunden Punkt er da eben getroffen hatte. Zuerst überlegte er, ob sich Merv immer noch für seine Panikattacke im Transporter auf dem Krankenhausparkplatz schämte, aber dann begriff er, dass es tiefer ging. Aus Mervs Sicht waren sie nicht länger nur gelegentliche Komplizen, sondern Brüder im Kampf. Und Knight hatte das infrage gestellt und ihn damit verletzt.

Merv stand rauchend in der Balkontür.

»Tut mir leid«, sagte Knight. »Ich wollte dich nicht kränken.«

Merv nickte, sah ihn aber nicht an. »Ich bin kein Trottel, Tom.« Seine Stimme zitterte immer noch. »Ich kapier schon, dass es um ein bisschen was geht, wenn jemand zweimal an einem Tag das Auto aufzubrechen versucht. Es ist nicht so, dass ich nicht wüsste, was ich tue.«

»Das wollte ich auch gar nicht behaupten, ich …«

Merv brachte ihn mit erhobener Hand zum Schweigen. Er wandte sich Knight zu und musterte ihn so eindringlich, dass dem angst und bange wurde. »Egal, was jetzt weiter passiert, ich steh dir bei. Hast du das kapiert?«

Knight konnte und wollte das nicht infrage stellen. »Hab ich. Und ich bin dir sehr dankbar dafür, glaub mir das bitte.«

Merv schien sich zu entspannen. »In Ordnung. Aber noch mal so was, und ich steck dir deinen Stock sonst wohin, du blöder Scheißkerl.«

Knight lächelte trocken. »Ich hätte nichts anderes von dir erwartet. Und jetzt dreh uns mal einen Gutenachtjoint.«

Als Knight sich an den Couchtisch setzte, fiel ihm auf, dass er noch immer den Anhänger in der Hand hielt. Er ließ einen Finger über die Diamanten und Smaragde gleiten und presste ihn gegen die scharfe Spitze, die ihm das Leben gerettet hatte. Er stimmte Merv zu, dass die zwei Versuche, das Auto aufzubrechen, nicht mehr unter Zufall fielen. Sie befanden sich auf gefährlichem Terrain, und er war froh, dass er da nicht allein unterwegs war.

Vielleicht weckte der Anhänger nur eine kurzlebige falsche Hoffnung. Aber als er die winzigen Steine im Lampenschein funkeln sah, war er versucht zu glauben, dass mehr dahintersteckte.

F. E. war leichter zu finden, als Knight erwartet hatte. Der coole Altrocker hatte sich dank einer gründlichen Rasur und eines Leinenanzugs in ein wohlhabendes, wenn auch etwas begriffsstutziges Mitglied von Eastbournes höherer Gesellschaft verwandelt, das auf der Suche nach einem teuren Geburtstagsgeschenk war. Gleich im ersten Laden witterte der Inhaber ein gutes Geschäft und entsprach bereitwillig der unauffällig ins Gespräch gestreuten Bitte, ein antikes Familienschmuckstück zu schätzen, das sein Kunde von einer kürzlich verstorbenen Schwester geerbt hatte. Eine Datenbank spuckte innerhalb von Sekunden den Stempel von Felix Edelman aus. Gleich danach verlor der vielversprechende Kunde zu seiner Enttäuschung schnell das Interesse an den Armbändern, die er sich angesehen hatte, und ging.

Felix Edelman war nicht nur gesund und munter, er residierte auch direkt in Eastbourne. Hinter einer langen Ladenstraße im Stadtzentrum lag eine Enklave schmaler Straßen und Häuserreihen im georgianischen Stil, die Little Chelsea genannt wurde, auch wenn nicht, wie in der großen Londoner Version, Fußballspieler und Hedgefondsmanager dort wohnten. In einem dieser Häuser befanden sich die nur nach Vereinbarung geöffneten Werk- und Ausstellungsräume von Edelman – ein Meister seiner Zunft und Schöpfer zeitloser Schätze, wie seine Website verkündete.

Als sie auf das Summen des Türöffners warteten, ließ Merv die Finger über die weiße Türoberfläche gleiten. Sie fühlte sich kalt an. »Solider Stahl.« Vorsichtshalber flüsterte er, denn er vermutete, dass die Kamera am Säulenvorbau auch die Stimmen aufzeichnete. »Hier kommt niemand so schnell rein oder raus, wenn unser guter Felix das nicht will.«

Merv trug eine Chauffeuruniform. Neben ihm rückte Knight seine Mitgliedskrawatte des elitären Marylebone Cricket Clubs zurecht und nahm den Panamahut ab. Die Rolle des Superreichen war ihm wie auf den Leib geschneidert.

Nach einer weiteren Stahltür stellte sich ihnen in der Diele eine elegante junge Dame im strengen schwarzen Kleid als Chloe vor. Nachdem Mervs Part in ihrer Inszenierung nun beendet war, schickte Knight ihn mit gebieterischer Miene hinaus und folgte Chloe durch einen kurzen Flur. Im Vorführraum, im Stil eines Salons des 18. Jahrhunderts gehalten, waren antike Möbel geschmackvoll um gläserne Schaukästen arrangiert. Aufmerksam wählte die junge Frau einen Chippendale-Stuhl mit hoher Lehne aus, der bequem für seine Beine war, und ging Tee holen. Sie schien keine Bedenken zu haben, ihn allein zu lassen, und man konnte unschwer erkennen, warum. Jeder Kasten war mit einer Alarmanlage versehen, und im reich verzierten Stuckgesims waren vier Kameras verteilt.

Chloe kam mit feinstem Knochenporzellan auf einem Silbertablett zurück, das sie auf einem Beistelltisch neben Knights Stuhl abstellte. Sie bot ihm Milch und Zucker an, doch er entschied, dass sein anspruchsvolles Alter Ego Zitrone bevorzugte. Er sah zu, wie sie mit einer zierlichen Silberzange geschickt eine Scheibe in seine Tasse gleiten ließ.

»Mr. Edelman wird gleich bei uns sein, aber vielleicht darf ich Ihnen vorab schon einmal ein paar seiner Stücke zeigen. Ich glaube, Sie sagten, dass Sie sich für Colliers interessieren?« Sie hatte eine tiefe, selbstbewusste Stimme, die suggerierte, dass sie im Umgang mit Pferden und Treuhandfonds erfahren war.

Sie begaben sich zu einer Vitrine mit einer Auswahl der Werke des Meisters: goldene Colliers mit eingearbeiteten Diamanten und Saphiren, Ketten aus Platin mit Rubinen und Smaragden, Stränge von Perlen in der Größe von Kichererbsen. Das wenigste davon entsprach seinem Geschmack, aber allein schon weil die Arbeiten so teuer aussahen, versprühten sie eine magische Aura. Eine davon gefiel ihm in der Tat, ein Halsband aus Platin, in das vier Reihen quadratisch geschliffener Diamanten eingearbeitet waren. Er stellte sich Frans Gesichtsausdruck vor, wenn sie es an Weihnachten auf ihrem Kopfkissen fand, und wie sie ihn anschauen würde, wenn er es ihr um den Hals legte und das Häkchen schloss.

»Das hier ist wirklich schön«, murmelte er, wie zu sich selbst. Er hielt es ans Fenster und ließ die Steine im Licht funkeln. »Man sollte bei solchen Dingen nichts überstürzen, aber das könnte genau das Richtige sein. Doch bevor ich mich von meiner Begeisterung davontragen lasse, sollte ich wohl nach dem Preis fragen.«

Als er erfuhr, dass das Schmuckstück etwa so viel kostete wie seine Wohnung, tat er angenehm überrascht. »Ach ja«, sagte er und nickte anerkennend. »Ich wünschte, ich hätte Mr. Edelman früher kennengelernt.«

Er nahm ein Schimmern in Chloes Augen wahr. Sie hatte angebissen, und es wurde Zeit, seine Karte auszuspielen. »Da fällt mir ein, dass ich Sie noch etwas fragen wollte, bevor ich es vergesse.«

Er legte das Halsband zurück in die Vitrine, zog den blattförmigen Anhänger aus der Tasche und reichte ihn ihr. »Das habe ich auf einer Schmuckmesse in London erworben. Ein wundervolles Stück und der eigentliche Grund, warum ich bei der Kette für meine Frau an Sie dachte. Können Sie mir bestätigen, dass er von Ihnen ist?«

Chloe reagierte geschmeidig auf diese überraschende Wendung. »Da bin ich mir sicher«, sagte sie mit einem strahlenden Lächeln nach einem Blick auf die Punzen. »Aber leider vor meiner Zeit. Soll ich es überprüfen?«

»Da wäre ich Ihnen ausgesprochen dankbar. Wissen Sie …«, und dabei senkte er die Stimme, obwohl sie allein waren, »ich bin Schmucksammler im kleinen Stil. Ich rede nicht viel darüber, damit nicht die falschen Leute davon erfahren, wenn Sie wissen, was ich meine. Aber auf Sie kann ich mich doch verlassen, nicht wahr?«

Dahingehend konnte sie ihn beruhigen.

»Die Sache ist die: Ich vermute, nach meinem Tod und dem meiner Frau werden unsere Kinder die Sammlung verkaufen wollen, also ist es mir sehr wichtig, alles genau zu dokumentieren. Und deshalb wüsste ich auch gerne über die Herkunft dieses Stücks Bescheid, wer es in Auftrag gegeben, wer es besessen hat und so weiter. Meinen Sie, das könnten Sie eruieren, während ich nochmals über die Halskette nachdenke?«

Sie zögerte. Nachdem sie ihn eben erst ihrer Diskretion versichert hatte, konnte sie jetzt eigentlich kaum einen Käufernamen preisgeben. Andererseits stand sie kurz vor einem Verkaufsabschluss in sechsstelliger Höhe. Letztlich wusste sie, was sie ihrer teuren Internatsschulerziehung schuldig war, und optierte für den Umsatz.

»Ich kann das sicher für Sie herausfinden. Könnten Sie mir den Anhänger einen Tag hierlassen?«

Knight gab einen leisen Laut des Unmuts von sich und hatte den Eindruck, dass Chloe zusammenzuckte. »Normalerweise wäre das kein Problem, aber wir fahren morgen für ein paar Monate nach Südfrankreich, und ich hatte eigentlich gehofft, den Herkunftsnachweis zusammen mit der Halskette zu bekommen. Zwei Fliegen mit einer Klappe sozusagen …«

Nun gab es kein Zögern mehr. Sie zog einen hauchdünnen Laptop aus einem filigranen Sekretär, öffnete das Firmenarchiv und scrollte durch die Bilder. Er überließ sie ihrer Arbeit und spazierte zwischen den Vitrinen herum.

Dem Preis der ausgewählten Halskette nach zu schließen, musste die Auslage hier Millionen wert sein. Von Anfang an war er davon ausgegangen, dass die Morde mit Geld zusammenhingen, und hier war das Motiv erstmals mit Händen zu greifen. Wer immer mit ernsthaften Absichten hierherkam, musste auch ernsthaft über Geld verfügen. Und vermutlich war es altes Geld, denn an Edelmans Stil war nichts Gewagtes, Modernes. Alles war traditionell und beruhigend opulent gestaltet, immer in der Absicht, so viele wertvolle Steine wie möglich auf der verfügbaren Oberfläche unterzubringen.

Bei Knights bisherigen Verdächtigen gab es allerdings nirgends einen Hinweis auf altes oder überhaupt auf viel Geld. Doch irgendwo *musste* es eine Verbindung geben, und je länger er hier die Aura grenzenlosen Reichtums absorbierte, desto überzeugter war er von dieser Verbindung.

»Ich glaube, ich habe es gefunden.«

Knight durchquerte entschlossen den Raum, während sein Puls sich beschleunigte, aber bevor er den Sekretär erreichte, erschien mit einem Mal Felix Edelman in der Tür: ein kleiner, schmaler Mann Mitte sechzig mit feinen Zügen und so glatter Haut, dass sie nur das Werk eines Schönheitschirurgen sein konnte. Mit seinen dunklen, durchdringenden Augen schien er Knights Gedanken zu lesen.

»Guten Morgen«, sagte er mit seidiger Stimme. »Sie sind Mr. Douglas, nicht wahr? Chloe kümmert sich um Sie?« Er trat auf Knight zu und schüttelte ihm mit überraschend festem Griff die Hand. Dabei bemerkte er den Anhänger, der neben dem Laptop lag. »Oh, der ist von mir, wenn ich mich nicht irre.« Er nahm ihn und betrachtete ihn liebevoll. »Haben Sie ihn zum Schätzen mitgebracht?«

»Mr. Douglas interessiert sich vor allem für das Halsband mit den rechteckigen Diamanten«, erklärte Chloe mit Nachdruck. »Aber er ist auch Sammler, und er hat mich um Angaben zur Herkunft des Stücks gebeten.«

Edelmans fortwährendes Lächeln gefror für einen Augenblick. »Ich verstehe. Ich gehe davon aus, dass Sie den Kunden um Erlaubnis gefragt haben.«

Chloe musste verneinen, erläuterte die Dringlichkeit der Anfrage und wies nochmals auf das Halsband hin.

»Ah.« Edelman war hin- und hergerissen zwischen seiner lebenslang trainierten Unterwürfigkeit gegenüber den Reichen und der ebenso unumstößlichen Regel, nie auch nur die kleinste Information über sie preiszugeben. Nach außen drang kaum ein Hauch seiner Besorgnis. »Ich kann das nachvollziehen«, beruhigte er Knight in routiniertem Ton, der eine Gefügigkeit vermittelte, die gar nicht vorhanden war. »Aber ich gehe davon aus, dass Sie es zu schätzen wissen, dass wir in solchen Fällen immer erst um Erlaubnis fragen. Ich werde den Anruf bei dem Kunden für Sie sehr gerne selbst tätigen.«

Knights Gedanken überschlugen sich. Der Anruf mochte ihm zur gewünschten Information verhelfen, aber wenn der Kunde ablehnte, hatte er keine Möglichkeit, Edelman zur Änderung seiner Meinung zu bewegen. Hinter der beflissenen Fassade wirkte der Juwelier knallhart; er würde seiner Haltung garantiert treu bleiben.

»Da haben Sie völlig recht«, stimmte er zu. »Daran hätte ich selbst denken müssen.« Nun tat ihm Chloe leid, die sich sichtlich unter dem implizierten Tadel wand. »Doch zurück zu den wichtigen Dingen. Ich würde mir gerne auch diese Ohrringe näher ansehen.«

Er deutete mit seinem Stock auf einen Schrank hinter dem Sekretär. Soweit er es mitbekommen hatte, hatte Chloe die Seite auf dem Computer nicht wieder zugemacht. Wenn er zwischen Vitrine und Sekretär gelangen konnte, hatte er einen direkten Blick auf den Bildschirm.

Während sie die Vitrine aufschloss, pries er gegenüber dem Meister die Schönheit ihres Inhalts, um ihn möglichst vom Gedanken an den Anhänger abzubringen.

Seine Taktik schien aufzugehen, denn Edelman strahlte vor Freude angesichts des Lobes, mit dem er ihn überhäufte. Als er ausreichend abgelenkt schien, wagte Knight einen kurzen Blick auf den Bildschirm, aber obwohl er den Anhänger deutlich erkennen konnte, waren die Kundendaten zu klein, als dass er sie hätte lesen können. Er musste bis auf etwa einen Meter herankommen.

»Und? Sticht Ihnen ein Stück besonders ins Auge?«, schnurrte Edelman.

Knight deutete auf ein Paar Rosen mit eingelegten winzigen Rubinen, die zur Farbe des Teppichs passten. Chloe legte sie ihm in die Hand, die nun zitterte, und er hielt sie ins Licht. »Wundervoll«, erklärte er mit begeisterter Stimme. Das Zittern verstärkte sich, als wäre das zu viel der Aufregung für ihn, und die Ohrringe fielen neben dem Sekretär auf den Boden. »Um Gottes willen!«, rief er.

Bevor die beiden reagieren konnten, sank er auf die Knie, wobei er die Hand am Stock entlanggleiten ließ, um das Gleichgewicht zu halten, und tastete auf dem Boden herum. Sein Körper versperrte den Blick auf die Ohrringe, sodass er sie unter den Sekretär schnippen konnte. Als Chloe und Edelman sich neben ihn knieten, deutete er dahin, wo er sie vermutete, überließ ihnen die Suche und entschuldigte sich stattdessen wortreich für seine Unbeholfenheit.

Er zog sich hoch, während sein Knie trotz der doppelten Dosis Schmerzmittel wütend protestierte. Allerdings schien ihm das ein geringer Preis dafür, dass er, als sein Gesicht auf Höhe des Bildschirms war, die Adresse einer gewissen Catherine Elizabeth Cavanagh lesen konnte. Mit gemischten Gefühlen nahm er zur Kenntnis, dass er schon wieder ein Altenheim würde aufsuchen müssen.

25

Carol war bei der letzten Chipstüte angekommen. Es war die Sorte mit Salz und Essig, die sie nicht mochte, aber sie waren in einer Großpackung zum Sparpreis enthalten gewesen. Eigentlich hatte sie die für später aufheben wollen, aber dann stellte sie fest, dass sie die Tüte schon aufgerissen hatte. Bald lag sie leer zusammen mit einem Dutzend anderer auf dem Boden ihres Wagens, auf einer bereits dicken Schicht aus Sandwichverpackungen, Kuchenschachteln und leeren Dosen.

Zuerst hatten die Karten nur bestätigt, was sie ihr bereits nach Knights Besuch offenbart hatten, nämlich dass das Schicksal zu guter Letzt doch noch seine schönste Gabe für sie bereithielt. Das war ein Grund zum Feiern, und in den folgenden Tagen hatte sie sich glücklich auf einer Welle billigen Weißweins dahintragen lassen und sich immer wieder in den Augenblick hineinversetzt, da er seine Arme um sie gelegt hatte. Bald folgten auf ihre erste Begegnung weitere, bei denen sie sich auf den Dächern griechischer Bungalows liebten und im Kaufhaus gemeinsam Möbel aussuchten.

Nur wann er sie wieder aufsuchen würde, dazu hatten die Karten kaum hilfreiche Hinweise geliefert. Ein- oder zweimal hatten sie angezeigt, dass er am folgenden Tag wiederkäme, und als das nicht eintraf, wurmte es sie, dass sie die Zeichen irgendwie falsch gedeutet hatte. Dann plötzlich schlugen sie eine andere Richtung ein: Der Jäger erschien an der Spitze des Kreuzes, und das bei zwei Legungen in Folge – sofern man die nicht mitzählte, die sie abgebrochen hatte, weil ihr die Weinflasche umgekippt war. Die Bedeutung war offensichtlich: Sie war der Jäger, und sie musste hinaus in die Welt, um ihn zu finden.

Die Aussicht auf eine solche Suche hätte vielleicht all jene entmutigt, die mit der Welt des Okkulten weniger vertraut waren – sie aber hatte für solche Fälle ihren Pendelring. Zuletzt hatte sie ihn eingesetzt, als Max verschwunden war, wenn auch mit gewissen Schwierigkeiten. Mehrfach hatte der Ring auf der Karte zu Orten gezeigt, wo Max hätte sein sollen, und als sie hinkam, war er nicht da. Dafür gab sie sich allerdings selbst die Schuld: Entweder beherrschte sie die Technik nur mangelhaft, oder sie hatte zu lange gebraucht. Dennoch hatte der Ring seine Kraft bewiesen, denn Max tauchte drei Tage später durch die Katzenklappe wieder auf.

Diesmal benutzte sie eine amtliche topografische Karte, auf der man selbst ein Gebiet in der Größe eines kleinen Swimmingpools präzise eingrenzen konnte. Die Herausforderung bestand darin, ihre Hand mit der Silberkette, an der der Ring hing, so ruhig wie möglich zu halten und sie mit geschlossenen Augen langsam über das Stadtgebiet zu bewegen. Manchmal äußerte sich die Energie in Form eines Ziehens, manchmal fühlte sie die Kette schwingen, wenn der Ring über etwas schwebte, was ihn interessierte. So wie die Küstenlinie auf der Karte verlief, forderte der Ring sie mehrfach auf, ihre Suche im Meer fortzusetzen, doch fühlte sie sich befugt, dies als Abweichung zu interpretieren. Hatten ihre Versuche, Max zu finden, nicht bewiesen, dass ihre Technik alles andere als perfekt war?

Das sagte sie sich auch, als der Ring sie zum Bahnhof dirigierte und sie der Anweisung folgte. Vielleicht hatte sie ein Ruckeln der Kette falsch verstanden, oder ihr zukünftiger Liebhaber war in einen Zug gestiegen, bevor sie ihn hatte erspähen können. Auch im Arndale-Einkaufszentrum war er nicht greifbar, obwohl sie schon geglaubt hatte, ihn bei Smith's entdeckt zu haben. Sie hatte sich an einer Schlange vorbeigezwängt, dann aber nur einen Großvater erschreckt, der mit seinem Enkel beim Einkaufen war. Das Gleiche war bei Marks and Spencer passiert, nur dass diesmal das Objekt ihrer Begierde gerade eine Umkleidekabine betreten hatte. Der Herr leistete erbitterten Widerstand, als sie den Vorhang zurückziehen wollte, und das Sicherheitspersonal setzte sie umgehend vor die Tür. Statt sich entmutigen zu lassen, hatte sie diese Sichtungen als Beweise dafür gedeutet, dass sie ihm dicht auf den Fersen war. Gleichzeitig hatte sie begriffen, dass sie mit mehr Umsicht handeln musste. Hätte sie in dem Einkaufszentrum weitermachen können, hätte sie ihn bestimmt irgendwo aufgespürt, bei Boots vielleicht oder bei Costa, wo er wahrscheinlich an sie dachte, während er mit der Schlagsahne auf einem Chocolate Mocha Latte herumspielte.

Beim Gedanken an die Sahne bekam sie wieder Hunger. Sie durchwühlte ihre schwindenden Vorräte und stieß auf eine Sparpackung Hotdogs, die sie bisher übersehen haben musste. Die verlangten nach einem weiteren Schluck Wein, trotz des Zwischenfalls am Jachthafen. Dort hatte sie eine ansehnliche Motorjacht bestiegen, die wirkte, als könnte sie es leicht bis nach Griechenland schaffen, war aber auf den steilen Stufen zum Oberdeck, wo sie ihn vermutete, gestolpert. Sie war mehr gerutscht als gefallen, und glücklicherweise hatte ihre Körpermasse als Schutzpolster gedient, als sie auf dem Bauch herunterpolterte, doch Kinn und Knie hatte sie sich trotzdem blau geschlagen. Der russische Besitzer hatte erstaunlich mitfühlend reagiert – wohl, weil er eine verwandte Trinkerseele in ihr erkannte – und ihr vom Boot geholfen, ohne die Polizei zu verständigen.

Erst bei der Kläranlage hatten sie erste Selbstzweifel befallen. Es war schon enttäuschend genug, dass dort keine Spur von ihm war, aber noch mehr beschäftigte sie die Frage, warum er überhaupt da sein sollte. Bestimmt waren die einzigen Leute, die man in einer Kläranlage antraf, die, die dort arbeiteten. Eigentlich hatte sie ihm mehr zugetraut.

Doch die Karten ließen sie nicht im Stich. Das Erscheinen des Sterns konnte gar nichts anderes bedeuten, als dass Wahrheit und Liebe über sie kommen würden, und in der Tat erhielt sie gleich am nächsten Tag den Anruf von Bullock. Die Enthüllung, dass sie auf einen Privatdetektiv hereingefallen sei, kränkte sie kein bisschen, er gewann dadurch sogar noch an Format. Es erklärte auch, warum er so schwer zu fassen war: Wo immer er auch hinging – und das schloss berechtigterweise auch die Kläranlage ein –, bewegte er sich im Schatten, unsichtbar für all jene, denen solche Fähigkeiten nicht gegeben waren. Sie bedrängte Bullock, ihr Namen und Adresse des Mannes zu nennen, und als er sich weigerte, überzog sie ihn mit einer Flut von Beleidigungen.

Zu dem Zeitpunkt, da Bullock wieder aus seiner Wohnung kam, war das Schicksal des dritten Hotdogs schon besiegelt. Sie hatte etwa fünfzig Meter von seinem Auto entfernt geparkt, aber er sah nicht einmal in ihre Richtung, sondern stieg einfach ein und fuhr los. Sie ließ ein paar Sekunden verstreichen, bevor sie ihm folgte, und freute sich dabei an der Vorstellung, dass auch sie auf diese Art lernen würde, sich im Schatten zu bewegen.

Was ihre Suche umso dringlicher machte, war Bullocks Versprechen, der Betrüger würde für seine Taten bezahlen müssen. Die Karten bestätigten, was sie inzwischen stark vermutete, nämlich dass Bullock der Jäger war – womit es ihr zufiel, sich zwischen ihn und seine Beute zu stellen. Und wenn Bullock ihr nicht sagen wollte, wer und wo ihr Liebster war, dann würde er sie eben zu ihm führen.

Dass er zum Meer abbog, wäre ihr beinahe entgangen. Er war mehrere Autos vor ihr, und der lebhafte Freitagabendverkehr hatte noch nicht nachgelassen. In der vergangenen Woche hatte sie schon mehrfach aufgeben und nach Hause fahren müssen, weil es ihr nicht gelungen war, an ihm dranzubleiben. Danach musste sie jedes Mal wieder ganz von vorne anfangen, entweder an der Polizeiwache oder vor seiner Wohnung, zu der sie ihm am ersten Abend ihrer Suche gefolgt war. Dank eines immensen Vorrats an Proviant hing sie an ihm wie eine Klette, die zwar manchmal herunterfiel, sich dann aber gleich wieder an ihn heftete.

Sie schaffte es an die Spitze der Autoschlange und zeigte einem Taxifahrer, der sie nicht hatte einscheren lassen, den Mittelfinger. Zu ihrer Erleichterung entdeckte sie Bullock etwa hundert Meter vor sich, wie er langsam auf den Pier zurollte. Er hatte diese Strecke bereits zuvor genommen, einmal von der Wache und einmal von seiner Wohnung aus, aber in beiden Fällen hatte sie ihn kurz vor Erreichen der Küstenstraße aus den Augen verloren. An diesem Abend jedoch sah sie ihn bei einem gepflegten Wohnblock in eine Seitenstraße fahren. Sie fürchtete schon, ihn erneut verloren zu haben, aber als sie aufgeregt um die Ecke bog, saß er da in seinem geparkten Auto. Ein Stück weiter war auf der anderen Seite eine Parklücke. Sie wendete und parkte mit Blick zu ihm, wobei sie sich auf ihrem Sitz zusammenkauerte, wie sie es aus dem Fernsehen kannte.

Nach den Hotdogs blieben ihr nur noch die Donuts und die kleinen schottischen Eier. Die Aussicht, hungern zu müssen, verstörte sie derart, dass sie sich den letzten Hotdog ganz ungeplant in den Mund stopfte. Unter keinen Umständen jedoch würde sie Bullock auch nur eine Sekunde aus den Augen lassen.

Sie drehte sich auf die Seite, wobei ihre Hüfte mit dem Lenkrad kollidierte, und legte sich auf dem Beifahrersitz die Karten. Sie vertraute fest darauf, dass sie ihr die unmittelbare Nähe ihrer Beute bestätigen würden, und wurde tatsächlich belohnt durch das Erscheinen des Sterns, unmittelbar gefolgt von den Liebenden.

26

Das Montague Hall versorgte eine ganz andere Klientel als das New Horizons. Für fast zehntausend Pfund im Monat verfügten die Montague-Hall-Bewohner über ein ganzes neugotisches Schloss, das in einem ansonsten unbewohnten Teil im Norden der Downs stand. Ein großer Stab hoch qualifizierter Mitarbeiter stillte jedes nur vorstellbare Bedürfnis, und im Krankentrakt sorgte medizinisches Personal dafür, dass Klinikaufenthalte mit Ausnahme komplexerer chirurgischer Eingriffe überflüssig waren. Sollte man es verpassen, sich in eigener Regie von dieser Welt zu verabschieden, bevor einen die Senilität daran hinderte, war dies zumindest kein schlechter Aufenthaltsort – und auch kein schlechter Ort zum Sterben, fand Knight. Aber dazu musste man wirklich stinkreich sein, so reich wie Kitty Cavanagh zum Beispiel.

Es hatte stundenlanger Nachforschungen bedurft, um etwas über sie herauszubekommen, oder zumindest über eine wohlhabende Frau dieses Namens im passenden Alter, die ins Schema zu passen schien. Vor zehn Jahren hatte in Brighton das Cavanagh-Center eröffnet, dessen Aufgabe es war, schwule und lesbische Teenager durch die schwierige Phase des Coming-outs zu begleiten. Es gab ein Bild der namensgebenden Wohltäterin, einer zarten Frau, vermutlich in den Achtzigern. Sie hatte zwei Millionen Pfund zur Verfügung gestellt, womit sie zu den wenigen Glücklichen gehörte, die sich auch Montague Hall leisten konnten. Wie viele Kitty Cavanaghs mit derart viel Geld mochten dort wohl leben? Als Quelle ihres Reichtums nannte derselbe Artikel ihren Großvater, Gründer einer Privatbank, die noch immer seinen Namen trug. Der Rest war einfach. Mithilfe einer genealogischen Website hatte er eine Art Familienstammbaum erstellt und nach ihren nächsten Verwandten gesucht.

Trotz ihres immensen Reichtums war den Cavanaghs kein großes Glück beschieden. Kitty war das jüngste von vier Kindern. Ihre beiden Brüder waren an der Küste der Normandie gefallen, und ihre Schwester war am zweiten Tag ihrer Hochzeitsreise in einem Kleinflugzeug über Kenia abgestürzt. Das Überleben der Linie hing damit ganz allein von Kitty ab, aber diese war hartnäckig Single geblieben.

Knight fragte sich zuerst, warum es keinen Ehemann gab. Hatte sie Angst vor Mitgiftjägern gehabt oder zu lange gewartet und vielleicht geglaubt, dass man sich in ihrer Position mit nichts weniger als dem Vollkommenen zufriedengeben sollte? Wie auch immer, jedenfalls war ein Großteil des Familienvermögens in ihren Händen gelandet und geblieben.

Eine bessere Erklärung für ihre Ehelosigkeit fand sich in einer Anspielung auf einen Vorfall in Hampstead Ponds in London, als sie Mitte zwanzig war. Anscheinend waren sie und eine andere Frau wegen Verstoßes gegen die guten Sitten verhaftet worden. Auch wenn die Anklage fallen gelassen wurde, gab sie damals ihre diversen Posten bei Wohltätigkeitsorganisationen auf und zog sich für mehrere Jahre in eine Villa der Familie in Italien zurück. Zusammen mit der Stiftung des Cavanagh Centers ließ die Geschichte darauf schließen, dass Kitty Cavanagh lesbisch war – was ganz neue Fragen hinsichtlich der Empfängerin der Kette aufwarf.

»Jetzt haben wir also eine mordende Lesbe am Hals. Mal was anderes«, bemerkte Merv.

Sie näherten sich Montague Hall auf einem Kiesweg, der sich zwischen Mammutbäumen und Waldkiefern dahinschlängelte. Nach der letzten Kurve kam das Gebäude in Sicht. Die symmetrische Fassade aus grauem Stein und die Sprossenfenster strahlten Wohlstand und Ordnung aus. Davor erstreckte sich ein makelloser Rasen in der Größe mehrere Tennisplätze, und an einer Seite war in einigem Abstand vom Hauptgebäude in einer restaurierten Orangerie die Hydrotherapie untergebracht.

Es war Samstagmorgen, und der Besucherparkplatz füllte sich bereits. Zwischen einem Jaguar und einem Bentley wirkte der Skoda reichlich deplatziert. Nicht dass das eine Rolle spielte: Der verschwenderische Mr. Douglas und sein Chauffeur waren längst dem bescheidenen Mr. Evans und seinem hingebungsvollen Betreuer gewichen. Um keinesfalls identifiziert zu werden, hatten sie kurz vor dem Grundstück auch noch die Nummernschilder ausgetauscht. Auf privatem Gelände war das Risiko gering, dass eine Polizeistreife sie überprüfen würde.

Ihre Geschichte lautete, dass sie den Anhänger am Strand gefunden hatten und ihn persönlich der rechtmäßigen Besitzerin zurückgeben wollten, da Mr. Evans der Polizei nicht zutraute, dafür eigens herzukommen. Da ein ehrbarer Mann in seinem Alter, der die Polizei so gering schätzte, seltsam wirkte, würde er einen Exzentriker spielen, einen Zwangsneurotiker mit zu viel Zeit. Das würde auch erklären, warum er sich überhaupt die Mühe gemacht hatte, die Herkunft des Schmuckstücks zu klären.

Die Eingangshalle verströmte die Atmosphäre eines gehobenen Landhotels. Bequeme Sofas waren um einen großen Kamin gruppiert, und an den mit Eichenholz verkleideten Wänden hingen ruhige Landschaftsgemälde in wuchtigen Rahmen. Sie steuerten auf die Rezeption zu, wo eine blonde junge Dame im Jackett neben einer großen chinesischen Vase voller Lilien thronte. Einem Emailleschild mit extra großer Schrift war zu entnehmen, dass sie Vilma hieß.

»Guten Morgen. Was kann ich für Sie tun?« Sie hatte einen leichten skandinavischen Akzent.

Knight hatte keinen Termin vereinbart. Falls Kitty Cavanagh in irgendeiner Form Mittäterin war, wollte er sie nicht vorwarnen.

»Auch Ihnen einen guten Morgen«, antwortete er ein wenig geschraubt. »Giles Evans ist mein Name, und ich habe hier ein Schmuckstück, das ich gerne einer Ihrer Bewohnerinnen zurückgeben würde. Das hier ist übrigens mein Pfleger.« Er deutete nachlässig auf Merv, der eigentlich gelangweilt dreinschauen sollte, stattdessen aber traumverloren Vilmas Brüste anstarrte.

Knight zog den Anhänger hervor und zeigte ihr die Inschrift. »Hier, Kitty Cavanagh. Wäre es wohl möglich, sie zu sprechen?«

Sie schien einen Hauch beunruhigt, als er den Namen nannte, aber ihr routiniertes Lächeln war so schnell zurück, dass er sich nichts dabei dachte.

»Bitte warten Sie hier, Mr. Evans. Ich bin gleich wieder bei Ihnen.« Sie trat hinter dem Tresen hervor und ging zwischen zwei Marmorsäulen einen Gang entlang, der von der Halle in den Ostflügel führte. Knight wollte Merv schon vorschlagen, zu den Sofas hinüberzuwechseln, als am anderen Ende der Halle zwischen zwei identischen Säulen ein Bewohner auftauchte, der sich recht zügig auf einem Rollator voranbewegte. Er trug ein elegantes Tweedjackett und Hosen mit messerscharfen Bügelfalten. Als er Knight sah, blieb er stehen und musterte ihn von oben bis unten, als wollte er seinen Wert taxieren. »Planen Sie, hier einzuziehen, oder sind Sie ein Besucher?«, fragte er mit näselnder Stimme, die ein gewisses Maß an Autorität ausstrahlte. Abgesehen von ein paar Leberflecken war sein Gesicht kalkweiß. Hier und da bedeckte ein wenig Mull die Wunden der morgendlichen Rasur.

Knight teilte ihm mit, dass er nur zu Besuch hier war.

»Schade, wir brauchen hier mehr Männer. Außer mir sind es nur zwei weitere, und die sind beide leider völlig übergeschnappt.«

»Sie sind dem schönen Geschlecht also zahlenmäßig unterlegen. Ja, das ist nicht immer von Vorteil.« Die Erinnerung an die Wortgefechte beim Tee im New Horizons war nur allzu frisch.

»Unterlegen und umzingelt. Aber was soll ich machen? Schönen Tag wünsche ich, meine Herren.«

Knight bemerkte, dass er eine Regimentskrawatte trug. Er überlegte noch, wie er von einer Armeepension die Heimgebühren zahlen konnte, als ein wütender Schrei die Stille durchbrach: »Mr. Knight!«

Er brauchte einen Augenblick, um zu begreifen, dass die Nennung seines Namens nur Ärger bedeuten konnte. Eine plumpe Frau mittleren Alters im Twinset und mit Perlenkette stürzte auf sie zu. Ihr Verhalten ließ darauf schließen, dass sie in der Heimhierarchie ganz oben stand.

»Entschuldigen Sie?«, sagte er, und es fiel ihm nicht schwer, erstaunt zu blicken.

»Sie sind Tom Knight, ein Privatdetektiv, vor dem wir gewarnt wurden, und dank der Aufmerksamkeit meiner Mitarbeiter konnten wir Ihnen rechtzeitig das Handwerk legen.«

Knight setzte eine glaubwürdig empörte Miene auf, doch er wusste, dass die Schlacht schon verloren war, ehe sie begonnen hatte. »Welches Handwerk legen? Das ist doch Unsinn, ich habe nie von dem Mann gehört. Wer hat Ihnen denn diesen Quatsch erzählt?«

Sie reckte aggressiv ihr Kinn vor wie ein wütender Pekinese. »Das kann ich Ihnen nicht sagen, Mr. Knight. Aber was ich Ihnen sagen kann, ist, dass Sie exakt auf die Beschreibung passen, und wenn Sie nicht augenblicklich dieses Haus verlassen, rufe ich die Polizei!«

Sie sah ihnen vom Eingang hinterher, als sie die Zufahrtsstraße entlangfuhren. Knight hatte sich wütend aufgeplustert, aber mehr aus Dickköpfigkeit denn in der Hoffnung, das Blatt noch wenden zu können. Eine goldene Regel lautete, es nie zuzugeben, wenn eine Tarnung aufflog, aber die wiederholte Drohung mit der Polizei hatte ihren Rückzug unvermeidlich gemacht.

»Scheiße, wer hat denen denn verraten, dass wir kommen?« Merv hatte die Auseinandersetzung völlig aus der Bahn geworfen. Keine der zahlreichen bisherigen Niederlagen war so plötzlich und unerwartet gekommen. Er hielt das Lenkrad mit den Knien und fummelte aufgebracht nach einer Zigarette. Knight nahm die Packung und zündete für sie beide eine an. Er wünschte, sie hätten etwas Stärkeres zur Hand.

»Ich hab nicht die geringste Ahnung. Die Einzigen, die wissen, was wir treiben, sind Bev und Fran, und selbst die haben keine Ahnung, dass wir hier sind. Auch Bullock nicht, außer jemand hat ihm den Anhänger genau beschrieben, und er ist zu Edelman gegangen, was ich mir nicht vorstellen kann. Und selbst wenn er es war, warum anonym? Wenn sie von der Polizei gewarnt worden wäre, hätte sie es doch gesagt.«

Er glaubte, eine Bewegung zwischen den Bäumen zu erkennen, aber als sie um die Kurve fuhren, geriet die Stelle aus dem Blickfeld.

»Und Edelman?«

Knight dachte an das Ende seines Besuchs. Edelman und seine Assistentin hatten nicht bemerkt, dass er auf den Bildschirm geschaut hatte, auch wenn sie es sich womöglich denken konnten. Aber sie hatten sich freundlich von ihm verabschiedet, da er sie in dem Glauben gelassen hatte, er würde am nächsten Tag wiederkommen, um den Kauf zu tätigen. Abgesehen davon – wie hätte Edelman seinen tatsächlichen Namen herausfinden sollen?

Dann sah er die Bewegung erneut. »Halt an!«

»Spinnst du?«

»Wir sind außer Sicht, fahr rechts ran.« Etwa zwanzig Meter vom Fahrweg entfernt ging der Mann, den sie in der Eingangshalle getroffen hatten, gerade auf eine Bank zu. Er blickte erschrocken auf, als Knight sich näherte, entspannte sich dann jedoch. »Ach, Sie sind's nur, ich dachte schon, die Gestapo.«

Als er Knights verwirrtes Gesicht bemerkte, wies er mit einer Kopfbewegung auf die Zigarette in Knights Hand und holte selbst eine Packung hervor. »Diese Furie hat ihre Spione überall, sie sind mir von früh bis spät auf den Fersen. Würde mich nicht wundern, wenn sie jetzt schon nach mir suchen.«

Knight griff nach seinem Feuerzeug, aber der alte Mann hatte bereits eines parat und sog im nächsten Moment gierig den Rauch ein. »Ich sag denen immer wieder, wenn es mich jetzt noch nicht auf der Lunge erwischt hat, dann wird's mich auch nicht mehr erwischen, und wenn, ist es mir auch egal. Bloß, die hören natürlich nicht auf mich.«

Er inhalierte tief, lehnte sich zurück und starrte in den Baumwipfel, während er einen perfekten Ring aus Rauch nach oben blies.

Er stieg über Knight auf wie ein Heiligenschein, der sich von seinem Träger verabschiedet. »Hab schon lange keinen so schönen mehr gesehen«, sagte er anerkennend. »Aber von einem Pionier der britischen Armee hab ich auch nichts anderes erwartet.«

Der heimliche Raucher lächelte friedlich und genoss den belebenden Effekt des Teers auf seine Lunge. »Nicht schlecht für neunundachtzig, was? Ich denke, dafür sollte man dankbar sein.« Er nahm noch einen Zug. »Das klingt, als wären Sie auch mal Soldat gewesen.«

»Vor allem Spionageabwehr. Malaysia, Deutschland, das Übliche. Und Sie?«

Der Mann ignorierte die Frage und musterte Knight neugierig. »Ach so, einer von denen? Und wonach spionieren Sie bei mir? Sie haben doch nicht nur angehalten, um die Zeit totzuschlagen, nehme ich an.«

Diesem Mann konnte man definitiv nichts vormachen. Knight fand, dass es keinen Grund für Ausflüchte gab, zumal seine Tarnung sowieso schon aufgeflogen war. »Sie liegen richtig, ich arbeite jetzt als Privatdetektiv. Ich hatte gehofft, mit Kitty Cavanagh sprechen zu können, aber Ihre zuvorkommende Direktorin hat mich hochkant rausgeschmissen. Haben Sie eine Idee, wie ich an sie rankommen könnte?«

Er hatte gehofft, sich den Mann durch die Erwähnung der Direktorin zu einer Art Komplizen zu machen. Oder zumindest erwartet, dass er nachfragen würde, warum er rausgeflogen war, doch stattdessen seufzte der Alte bloß. »Ich fürchte, da kann ich Ihnen nicht behilflich sein, Kitty ist vor etwas über einer Woche verstorben.«

Knight hatte das nun schon vertraute Gefühl, gegen eine Wand zu laufen. Erst Ryan, dann sie. Seine letzte Spur in diesem Fall zu sein war offensichtlich tödlich. »Das tut mir sehr leid, das wusste ich nicht. War sie eine Freundin von Ihnen?«

Der Mann sah in die Ferne und schüttelte den Kopf. »Nicht wirklich. Sie war natürlich eine ausgesprochen nette Dame, aber wenn die Leute den Verstand verlieren, kann man sich nicht wirklich mit ihnen unterhalten und auch nicht Freundschaft schließen.« Er zuckte resigniert die Achseln und wandte sich wieder Knight zu. »Was wollten Sie von ihr?«

»Ich habe gehofft, sie könnte mir die Besitzerin eines Schmuckstücks nennen, das sie einmal verschenkt hat.« Er reichte ihm den Anhänger. Der alte Mann hielt ihn in der Handfläche und rieb mit einem Finger sachte über die Steine. »Ja, sieht aus wie etwas, das sie verschenkt haben könnte. Sie war früher äußerst großzügig, habe ich gehört. Und sehr wohlhabend, aber das wissen Sie sicher.« Er gab ihm den Anhänger zurück. »Und warum möchten Sie diese Person finden, oder geht mich das nichts an? Ich heiße übrigens Harding.« Er streckte Knight seine Hand entgegen.

Zu Knights Armeezeit war da einmal ein General Harding bei den Pionieren gewesen, der es bis zum Stabschef gebracht hatte. Persönlich waren sie nie zusammengetroffen, aber er erinnerte sich vage an ein Fernsehinterview. Die Adlernase war noch vorhanden, der Rest seines Gesichts hingegen schien geschrumpft, und von seinem vollen, dunklen Haar waren nur ein paar weiße Strähnen übrig, die akkurat über seinen Kopf gekämmt waren. Einst war spekuliert worden, dass seine adlige Frau die Strippen gezogen habe, um ihm den Posten zu verschaffen. Ob es stimmte oder nicht, es erklärte zumindest, woher das Geld für das Heim kam.

Knight hatte den Eindruck, dass Harding als Gegenleistung nun auch eine Information wollte, nicht um sie gewinnbringend einzusetzen, sondern einfach um ein bisschen mitzuspielen.

»Möglicherweise kann die Person, der sie den Anhänger geschenkt hat, mir helfen, einen Mörder zu finden. Es ist nicht besonders aussichtsreich, aber alles, was ich im Augenblick habe.«

Hardings Augen wurden größer. »Kitty? In einen Mord verwickelt?« Er schüttelte den Kopf. »Das kann ich mir nicht vorstellen, guter Mann, nicht bei dem Zustand, in dem sie war.«

»Tja, das ist eben das Problem, ich weiß so gut wie nichts über sie. Dürfte ich fragen, woran sie gestorben ist?«

Zur Lösung eines Rätsels beitragen zu können brachte den alten General sichtlich in Schwung, und er taute auf. Kitty Cavanagh hatte sieben Jahre lang in Montague Hall gewohnt. Ihre Demenz war schon bemerkbar, als sie einzog, und mit der Zeit raubte sie ihr selbst die schlichtesten kognitiven Fähigkeiten. Sie war an Nierenversagen infolge einer mehrmonatigen Erkrankung gestorben und hatte zu ihrem Glück gar nicht mehr mitbekommen, warum man sie in den Krankentrakt verlegt hatte.

»Waren Sie bei der Beerdigung?«

»Zusammen mit fünf anderen aus dem Heim. Wissen Sie, sie hatte ja keine Familienangehörigen.«

»Hat sie je Besuch bekommen?«

Harding machte ein düsteres Gesicht. »Nicht dass ich wüsste. Und wenn, dann hätte ihr das vermutlich nicht viel gebracht.«

Knight dachte an Brenda und überlegte, ob Kitty wenigstens in einer bunten Fantasiewelt gelebt oder wie Sheila einfach ins Nichts gestarrt hatte.

»Und wen haben Sie im Verdacht?«

Knight fühlte sich wie ein einfacher Soldat, den ein hohes Tier in die Mangel nimmt. »Am meisten interessieren mich Tim und Susan Hillfield. Das sind wahrscheinlich nicht ihre echten Namen, aber sagen sie Ihnen vielleicht etwas?«

Harding dachte lange und intensiv nach. »Das kann ich nicht behaupten, tut mir leid.«

Er war wieder einmal am Ende der Fahnenstange, und der General schien das zu spüren. »Klingt nach einer Sackgasse«, schob er nach. »Wenn Kitty Ihre letzte Hoffnung war und Sie die echten Namen Ihrer Verdächtigen nicht kennen, was können Sie dann noch tun?«

»Ich weiß es nicht. Gibt es noch irgendwas, das Sie mir über sie erzählen können? Egal, was.«

Wieder dachte der General gründlich nach. Hatte er womöglich Gerüchte über ihre sexuelle Orientierung vernommen und war zu taktvoll, um es zu erwähnen? Nicht, dass das weitergeholfen hätte, solange er keine Namen hatte.

»Wie ich schon sagte«, meinte der General schließlich, »man konnte sich nicht wirklich mit ihr unterhalten. Um ehrlich zu sein, war unsere einzige Gemeinsamkeit der gleiche Rechtsanwalt. Ich sah ein-, zweimal Post für sie daliegen und erkannte den Umschlag.«

Bevor Knight antworten konnte, ertönte eine schrille Stimme: »General Harding, sind Sie hier?« Der Befehlston der Direktorin war auch aus der Ferne unverwechselbar.

»Scheiße, sie hat mich aufgespürt.« Er wirkte furchtbar erschrocken, trat die Zigarette aus und sprang auf in der Absicht, tiefer in den Park zu flüchten. Aber er war zu langsam, sie kam bereits zwischen den Bäumen angestürmt und explodierte vor Wut, als sie Knight erblickte. »Ich rufe die Polizei!«, schrie sie. »General Harding, ich muss Sie bitten, nach drinnen zu kommen. Dieser Mann ist unbefugt hier eingedrungen, und Sie dürfen nicht mit ihm sprechen.«

Der General mochte früher über große Autorität verfügt haben, doch diese Frau schien eine tief verwurzelte Angst in ihm wachzurufen. Er schien bereit, ihr zu gehorchen, und schlurfte auf sie zu. Knight entschloss sich zu einem letzten verzweifelten Angriff und legte ihm eine Hand auf den Arm. »Wie viel haben die Ihnen bezahlt?«, fuhr er die Direktorin an. »Warum erzählen Sie dem General nicht, wie man Sie bestochen hat, um einen Mord zu decken?«

Es war eine völlig aus der Luft gegriffene Beschuldigung, dennoch erstarrte sie plötzlich, und er nutzte seinen Vorteil: »Sehr gerne unterhalte ich mich mit der Polizei und bitte sie rauszufinden, wen Sie decken. Also nur zu. Aber in der Zwischenzeit darf ich Sie darauf hinweisen, dass dieser Mann hier nicht ein Leben lang unserem Land gedient hat, damit Leute wie Sie ihm vorschreiben, mit wem er zu sprechen hat.«

Sie schien kurz davor, einen Anfall zu bekommen, schaffte es jedoch, sich von Knights bohrendem Blick zu lösen und an Harding zu wenden. »Sie kommen mit mir«, sagte sie langsam und konnte das Zittern in ihrer Stimme nicht unterdrücken.

Nun hatte Knight es nicht mehr in der Hand. Wenn er den General bedrängte zu bleiben, stand dieser zwischen zwei Tyrannen und würde sich vermutlich für den entscheiden, den er schon kannte.

Doch da straffte Harding seinen bis dahin ausgesprochen krummen Rücken, stemmte sich fest auf seinen Rollator und stand stramm wie bei einer Parade. Ein Schauer überlief ihn, als hätte er einen leichten elektrischen Schlag bekommen. »Nein«, sagte er, »verpissen Sie sich und lassen Sie mich in Frieden.«

Sie starrte ihn ungläubig an. »Was haben Sie gesagt?«

Der General schluckte. »Sind Sie taub? Ich sagte, Sie sollen sich verpissen, also tun Sie es!«

Wortlos drehte sie sich um und ging. Einen Moment lang blieb der General reglos stehen und atmete schwer, als wäre er gerannt, dann wandte er sich an Knight: »Das hätte ich schon vor Jahren tun sollen. Orte wie dieser tun einem nicht gut, man verweichlicht hier.«

Er akzeptierte die Zigarette, die Knight ihm anbot, und hielt sie mit zitternder Hand an die Flamme. Auch Knights Hand zitterte. Es war eine Sache, einen Rekruten zur Sau zu machen, eine ganz andere hingegen, wenn es sich um eine Frau handelte.

Der General nahm ein paar Züge und zwinkerte Knight dann zu. »Also, junger Mann, ich nehme an, Sie möchten den Namen des Anwalts wissen.«

27

Bullock erwachte aus einer leidenschaftlichen Begegnung mit Antonia Baldwin, als eine Möwe ihn durch die Windschutzscheibe beäugte. Enttäuscht und erschrocken zugleich sah er auf die Uhr, aber es war erst kurz nach fünf Uhr morgens, er war nicht länger als zehn Minuten weggedöst. Nachdem er die Möwe mithilfe des Scheibenwischers verscheucht hatte, nahm er noch eine Dexedrine. Das war seine dritte Nacht ohne Schlaf.

Die Fahrt zurück von der Old Admiral Tavern war ein einziger Albtraum gewesen. Die leeren Straßen waren wie eine Vision vom Jenseits an ihm vorbeigerauscht, während er überlegte, wie wahrscheinlich es war, dass er einen Menschen getötet hatte. Zuerst spürte er durchaus etwas wie moralische Bedenken, aber die wurden schnell hinweggefegt von Erwägungen, welche Folgen das für ihn haben mochte. Zurück in der Geborgenheit seiner Wohnung, hatte er eine halbe Flasche Scotch gebraucht, um sich davon zu überzeugen, dass niemand ihn beobachtet hatte.

Der nächste Arbeitstag hatte dann ganz miserabel mit der Nachricht angefangen, dass in der Nähe des Pubs ein Mann mit schweren Kopfverletzungen gefunden worden war. Seine Freude war grenzenlos, als sich herausstellte, dass es sich bei dem Opfer um Colin Boyle handelte, der sich offenbar weigerte auszusagen, was geschehen und wie ein Briefchen Heroin in seine Tasche gekommen war. Mervyn Watson wurde nicht erwähnt, was Bullock ermutigte, am Abend zu Knights Wohnung zurückzukehren. Vom Amphetamin auf Trab gehalten, blieb er die ganze Freitagnacht auf seinem Posten.

Er war zu dem Schluss gekommen, dass es keinen Sinn hatte, erneut einen Ziegel zu benutzen. Wenn Knight nicht schon längst klar war, dass man ihn im Visier hatte, würde er es spätestens bei einem weiteren Einbruch begreifen. Bullock musste einfach zur Stelle sein, wenn Knight das Auto einmal kurz unverschlossen stehen ließ. Früher oder später würde das der Fall sein, man musste nur darauf vertrauen und durchhalten.

Knight und Watson tauchten erst am Samstagmorgen nach zehn Uhr auf. Er folgte ihnen, bis sie schon fast aus der Stadt waren, nur um sie schließlich aus den Augen zu verlieren, weil ein Fahrschüler sich an der Ampel direkt vor ihn stellte. Ihm blieb nichts anderes übrig, als zur Wohnung zurückzukehren und zu warten. Knight kehrte am Mittag zurück und blieb den Rest des Tages zu Hause. Am Montag musste Bullock wieder zur Arbeit, womit ihm sechsunddreißig Stunden blieben, um die Sache endlich anständig über die Bühne zu bringen.

Der Abend schleppte sich ereignislos dahin. Er fühlte sich besser, als die Rentner und Familien mit Kindern den Vergnügungssüchtigen der Samstagnacht wichen, aber ihr Treiben war ihm gleichgültig. Nicht einmal die Sprachstudentinnen konnten sein Interesse wecken. Mit der stumpfen Konzentration eines Bomberpiloten kämpfte er gegen den Schlaf an, zündete sich eine Zigarette an der anderen an und behielt den Skoda bis zum Morgen im Auge.

Nun fuhr ein Transporter mit Sonntagszeitungen vorbei, und ein paar übernächtigte Teenager kamen in ihre Schlafsäcke gehüllt vom Strand. Bullock erleichterte sich zum wiederholten Mal in einer Telefonzelle, einer der letzten in der Stadt, und wünschte sich, er hätte das noch im Dunkeln erledigt – allerdings nicht, weil er sein Verhalten asozial fand, schließlich hatten normale Menschen Handys, nur der Pöbel benutzte noch öffentliche Telefonzellen.

Als er zu seinem Auto zurückwankte, glaubte er, in einem etwas entfernt parkenden verbeulten Fiesta eine Bewegung wahrzunehmen. Irgendwie kam ihm der Wagen bekannt vor. Gerade hatte er es sich wieder bequem gemacht und ließ seine Nachtwache Revue passieren, da tauchte ein Transporter auf. »South East – Maler und Dekorateure« stand darauf, und es entstieg ihm kein anderer als Mervyn Watson.

Knight war schon auf, als Merv klingelte. Im Gegensatz zu Bullock hatte er tief und fest geschlafen, auch wenn er sich von den zwei Spritzen ein wenig benebelt fühlte. Er setzte sich wieder an den Küchentisch und zeigte mit dem Kopf in Richtung Kaffeekanne. »Milch ist im Kühlschrank.«

Merv schwieg. Zu dieser Tageszeit war Konversation überflüssig. Er sah, dass nur noch vier Ampullen des Schmerzmittels im Kühlschrank lagen. Nach seiner Rechnung hätten es noch mindestens ein Dutzend sein müssen. »Wie viele hast du schon genommen? Hast du die Dosis verdoppelt?«

»Das ist kein Problem, ich kann mir morgen noch welche besorgen.«

Merv spürte, dass jeder weitere Kommentar unerwünscht war. Der Kaffee war nur noch lauwarm, er trank ihn in einem Zug aus. »Also, wenn du so weit bist, dann lass uns mal unsere studierten Freunde besuchen.«

Crocker & Sharkey war eine kleine Sozietät von Familienanwälten; sie hatten sich an Klienten gesundgestoßen, denen Vornehmheit wichtiger war als Tatkraft. Auf ihrer Website prangten Referenzen von dankbaren Witwen und Geschiedenen, die zwangsläufig anonym und mit großer Wahrscheinlichkeit erfunden waren. Die Kanzlei residierte in den unteren zwei Stockwerken eines viktorianischen Stadthauses in einer baumbestandenen Straße zwischen Bahnhof und Meer.

Merv fand eine Parklücke in der Nähe des Eingangs und spähte in den Rückspiegel. Vor Kurzem war noch ein schwarzer BMW hinter ihnen gewesen, der jetzt verschwunden war. Dabei entging ihm, dass Knight schon die Beifahrertür geöffnet hatte und seine Beine nach draußen schwang.

»Hey, wo willst du denn hin?«

»Du brauchst Hilfe mit der Leiter.«

»Nein, brauche ich nicht.«

»Na ja, jetzt bin ich sowieso draußen.« Knight ließ sich die letzten Zentimeter hinunterrutschen und landete einigermaßen sanft auf seinem heilen Bein. Merv wollte schon darauf hinweisen, dass er ihn wieder zurück in den Transporter hieven musste, falls sie gezwungen sein sollten, sich rasch zu verdrücken, verkniff sich die Bemerkung jedoch.

Das frei stehende Stadthaus erhob sich etwas zurückgesetzt vom Gehsteig gegenüber einem Pflegeheim. Was früher der Vorgarten gewesen war, bot nun als asphaltierte Fläche einer Handvoll Autos Platz. Auf beiden Seiten des Eingangs war die Sicht zur Straße zum Teil von einem Eisengeländer und einer wohl erst kürzlich gepflanzten und noch nicht sonderlich dichten Hecke versperrt.

Merv platzierte das obere Ende der Leiter zwischen einem Fenster im ersten Stock und der Alarmanlage. Je höher er stieg, desto dankbarer war er, dass Knight die Leiter unten festhielt.

Knight zog sich die Kapuze seines Overalls über und registrierte missbilligend, dass dieser seit der Überwachung von Barbara Dawson nicht gewaschen worden war. Der von Merv roch auch nicht besser, aber das spielte natürlich keine Rolle für die Glaubwürdigkeit ihrer Verkleidung: zwei Handwerker, die ein Fenster ausbesserten, bevor am Montagmorgen die Mitarbeiter wiederkamen. Er fühlte sich jetzt sehr wach und hätte gerne eine Zigarette gehabt. Der Overall sorgte trotz seiner Schmuddeligkeit irgendwie für Wohlbehagen: Er war eine Art Uniform.

Er überlegte, ob der General im Heim von ihrem Interesse an der Kanzlei erzählt hatte. Gefühlsmäßig schätzte er ihn als verschwiegen ein, aber es war schwer zu sagen, wie lange er unter dem Druck des Drachens durchhalten würde. Wenn sie den Mörder benachrichtigt hatte, waren sie ein leichtes Ziel für ihn. Eine beängstigende Vorstellung, die auch eine gute Seite hatte, denn um sie zu kriegen, musste der Mörder sich aus der Deckung wagen.

Soeben näherte sich ein Auto. Durch die Hecke erspähte er undeutlich den Umriss, dem wenige Sekunden später ein zweiter kleinerer folgte. Er konnte die Marken nicht erkennen, aber es waren jedenfalls keine Polizeiautos, und sie hielten nicht an. Er atmete tief durch; jetzt wurde es wirklich Zeit für die Zigarette.

Bullock fuhr langsam um den Block und konnte sich keinen Reim auf das machen, was er gesehen hatte. Natürlich ging er davon aus, dass sie irgendeinen Blödsinn anstellten, und er konnte sie im Handumdrehen verhaften lassen. Aber was sie auch trieben, es würde sie nicht ausreichend lange hinter Gitter bringen. Zudem bestand die entfernte Möglichkeit, dass sich Watson einfach bloß ein bisschen Geld verdiente, aber wenn er dabei auf einen Helfer wie Knight angewiesen war, musste er wirklich aus dem letzten Loch pfeifen.

Als Bullock erneut an dem Haus vorbeikam, wog er kurz seine Chancen ab, das Kokain in dem Transporter unterzubringen. Doch obschon Knights Sicht durch die Hecke beeinträchtigt war, hatte Watson von oben auf der Leiter freien Blick bis zum Gehsteig. Er fuhr bis ans Ende der Straße und wartete auf eine bessere Gelegenheit.

Carol war ebenfalls verblüfft. Als Knight mit dem anderen Mann vor dem Wohnblock aufgetaucht war, hatte sie eigentlich zu ihm hinlaufen und ihn warnen wollen, aber die Karten hatten sie nicht auf den Anblick vorbereitet, den er in einem Overall bot, zumal in einem so schmutzigen. Außerdem sah er zehn Jahre älter aus als zu dem Zeitpunkt, da sie ihn zuletzt gesehen hatte. Während sie noch hin und herüberlegte, waren sie losgefahren, und Bullock war ihnen in kurzem Abstand gefolgt.

Kurz darauf, als sie Knight die Leiter halten sah, überlegte sie wieder, ob sie ihn nicht warnen sollte, und hatte sich schon beinahe dazu entschlossen – doch da erblickte sie ihr verhärmtes Gesicht im Spiegel. In diesem Moment verließ sie der Mut, und mangels Alternative fuhr sie einfach dem BMW hinterher.

Oben auf der Leiter hatte Merv die Autos zwar gehört, sich aber nicht danach umgewandt. Die Jalousien an der Innenseite waren ziemlich mitgenommen, schlossen nicht mehr ganz und ermöglichten den Blick auf ein Großraumbüro, das selbst auch schon bessere Tage gesehen hatte. Unten, wo die Jalousien hochgezogen waren, hatte er einen imposanten Empfangstresen und ein ebenso prunkvolles Einzelbüro bemerkt, das vermutlich einem der Partner gehörte. Hier oben war bei Weitem nicht so viel Geld investiert worden. Die Computer waren uralt, und eine Seite der Wand war von schäbigen grauen Registraturschränken bedeckt. Er konnte sich nicht vorstellen, dass die Klienten der Kanzlei diesen Raum jemals zu Gesicht bekamen.

Eine kurze Erkundung auf dem Rückweg von Montague Hall hatte vermuten lassen, dass die Alarmanlage eine billige Heimwerkerversion war, und diese Einschätzung erwies sich nun als richtig. Die Knauserigkeit der Partner erstreckte sich augenscheinlich auch auf Belange der Sicherheit. Die Alarmanlage war noch älter als die Computer, und soweit er es beurteilen konnte, gab es im Büro auch keine Bewegungsmelder. Die einzige Hürde war ein Vibrationsmelder, der innen an der Fensterscheibe angebracht war und dessen mehrfach überstrichenes Kabel im Holzrahmen verschwand.

Solche hatte er auch an den unteren Fenstern gesehen. Vorausgesetzt, sie funktionierten, dann wurde der Alarm ausgelöst, wenn die Scheibe zerbrach.

Knight beobachtete ängstlich, wie Merv einen Akkubohrer aus seinem Werkzeuggürtel holte. Wieder waren zwei Autos vorbeigefahren, vielleicht die gleichen wie eben, aber er war zu konzentriert auf das, was da oben vor sich ging, als dass er ihnen viel Aufmerksamkeit geschenkt hätte. Wenn der Bohrer den Alarm auslöste, mussten sie abhauen, und er hatte bis jetzt keinen Plan B. Doch es war das Risiko wert. Wenn Ryan den Anhänger von Susan Hillfield gestohlen hatte und sie ihn wiederum von Kitty Cavanagh geschenkt bekommen hatte, bestand die Möglichkeit, dass sie auch eine Begünstigte in deren Testament war. Er schnaubte leise und versuchte, die vielen Wenn und Aber zu verdrängen.

Der Bohrer summte wie ein Schwarm Moskitos, und es schien endlos zu dauern, bis die frühmorgendliche Stille wieder einkehrte, nur durchbrochen von einer Bande Möwen, die sich um ein paar Pommes frites stritt. Die Alarmanlage blieb stumm.

Merv tauschte den Bohrer nun gegen eine Schaumpistole und schob die Düse in das Loch. Der Polyurethanschaum würde das Gehäuse ausfüllen, aushärten und so die Sirene außer Gefecht setzen.

Bald darauf war Merv wieder unten, ignorierte Knights Hilfsangebot, klappte schnell die Leiter zusammen und trug sie zum Transporter. Er schwitzte, obwohl die Luft noch kühl war.

»Steig ein, du bist ja fix und fertig.«

Knight erhob keine Einwände, als Merv ihn hochstemmte, bis er den Sitz erreichen und sich selbst ins Auto hieven konnte. Kommentarlos zog Merv eine große Teppichfliese hinten aus dem Auto und ging rasch zu einem Gartentor zwischen der seitlichen Hauswand und der Grundstücksmauer. Nun brachte er eine elektrische Säge zum Singen, als er ein kleines Stück herausschnitt, um an den Riegel auf der anderen Seite zu gelangen. Laut Google Earth lagen hinter dem Gebäude ein kleiner betonierter Hinterhof und eine hohe Mauer. Jenseits davon nahm ein Hotel die Fläche ein, die früher einmal der Garten gewesen war.

Im Schutz der Mauer begutachtete Merv zwei Schiebefenster. Eines gehörte zu einem Einzelbüro, ähnlich dem auf der Vorderseite, das andere zu einer kleinen Küche. Beide waren durch die gleichen alten Vibrationsmelder mit den dick überstrichenen Kabeln gesichert. Er entschied sich für das Bürofenster, in das er einen Kreis von der Größe einer Orange schnitt, den er mit Panzerband abklebte. Er legte die Teppichfliese darauf und schlug mit einem Hammer dagegen. Auf ein dumpfes Geräusch folgte ein kaum hörbares Klirren, als das Glas auf einen dicken Teppich fiel. Er machte sich auf die Flucht gefasst, weil in seiner Vorstellung schon der Alarm schrillte, aber alles blieb still. Sie würden in der Nacht wiederkommen.

28

Auf Blumen war Fran nicht eingestellt gewesen: ein Strauß aus Gerbera und Nelken – geradezu eine Farbexplosion in der düsteren Zelle –, der einigermaßen teuer aussah.

»Ich hoffe, sie gefallen Ihnen. Bin nicht so gut mit Blumen.«

»Die sind wunderbar, vielen Dank, Mr. Briggs.«

»Bitte sagen Sie Matt.« Er schien plötzlich nervös. »Ich hab gar nicht an eine Vase gedacht, ich sorge dafür, dass Sie eine bekommen.«

Sie hatte das alberne Gefühl, eine schlechte Gastgeberin zu sein. Es fehlte nicht nur die Vase, es gab auch nur einen Stuhl. Nach einigem verlegenen Hin und Her bestand er darauf, dass sie ihn nahm, und quetschte sich recht unbequem in die untere Koje. Briggs stammte aus dem Norden, er war ein großer, schwerer Mann mit kurz geschorenem Haar, und seine Nase sah aus, als wäre sie mehr als einmal gebrochen gewesen. Zusammen mit dem Blumenkohlohr deutete das auf eine Rugby- oder Boxervergangenheit hin.

Er beugte sich vor und räusperte sich. »Sie haben mir das Leben gerettet, Fran. Ich darf doch Fran sagen?«

Sie nickte.

»Ich weiß gar nicht, wie ich das je wiedergutmachen kann. Wenn Sie nicht so entschlossen gehandelt hätten, läge ich jetzt unter der Erde.«

Sie hatte gesehen, wie er mit rebellischen Insassinnen umging, unnachgiebig, wenn sie tobten, aber nie respektlos. Doch dieser Ernst in seiner Stimme war ihr neu.

»Ich freu mich einfach, dass ich was tun konnte. Wie geht's Ihnen denn inzwischen?«

»Nicht schlecht. Die Ärzte sagen, ich soll es noch ein paar Wochen ruhig angehen lassen, und das mach ich.«

Das erklärte die Chino, den Wollpullover und die auf Hochglanz polierten Schuhe. Unwillkürlich fragte sie sich, ob er sich immer so gut anzog oder ob er sich für sie extra Mühe gegeben hatte.

»Und da ist noch etwas.« Er machte eine Pause, als würde gleich ein unanständiges Geständnis folgen. »Ich sollte das vielleicht nicht sagen, aber … Sie sollen wissen, ich habe nie geglaubt, dass Sie das getan haben, weswegen Sie angeklagt sind. Ich mache den Job jetzt seit zwanzig Jahren, und ich liege selten falsch.«

Sie fühlte einen Stimmungsaufschwung wie seit Knights letztem Besuch nicht mehr. Der hatte sich seit fast einer Woche nicht gemeldet, und auch wenn sie nach wie vor glaubte, dass er sein Versprechen hielt, hatte die trostlose Gefängnisroutine ihren Optimismus aufgezehrt.

»Danke. Es tut gut, das immer mal wieder zu hören.«

»Auch das sollte ich vielleicht nicht sagen, und ich will Sie auch nicht aushorchen, aber wenn Sie möchten, erzählen Sie mir doch, was wirklich passiert ist.«

Er hörte aufmerksam zu, während sie ihm ausführlich alles berichtete. Nur Knight erwähnte sie nicht.

Verblüffung malte sich auf seinem Gesicht. Sie konnte schon nicht mehr zählen, wie oft sie diesen ungläubigen Blick geerntet hatte. »Ich würde es Ihnen nicht übel nehmen, wenn Sie Ihre Meinung über mich noch einmal ändern.«

»Nein, keinesfalls! Ich frage mich nur … wer würde Sie so reinreiten wollen?«

Knight hatte sie eigentlich gebeten, mit niemandem über Susan Hillfield zu sprechen, aber Briggs wirkte so vertrauenswürdig, dass sie beschloss, ihn einzuweihen. »Wir glauben zu wissen, wer es war, aber nicht, warum.«

»Wir, sind das Sie und Ihr Rechtsanwalt?«

»Nein, jemand anderes.« Jetzt konnte sie nicht aufhören, er hing ja förmlich an ihren Lippen. Liebend gerne hätte sie sich all die Hoffnungen, Zweifel und Sorgen, die ihr pausenlos im Kopf herumschwirrten, von der Seele geredet, aber sie riss sich zusammen. »Er ist Privatdetektiv.«

Er sah sie mit großen Augen an. »Sie haben einen Privatdetektiv angeheuert?«

»Na ja, angeheuert hab ich ihn nicht, er macht es umsonst. Tut mir leid, aber mehr kann ich Ihnen nicht sagen.«

Er platzte sichtlich vor Neugier, bohrte aber wie versprochen nicht nach. »Na, dann hoffe ich, dass er Sie hier rausbekommt. Ich drücke ihm die Daumen.«

Wieder einmal spürte sie, wie unangenehm es ihr war, so tief in Knights Schuld zu stehen, und wie tief diese Schuld erst sein würde, wenn sie wirklich freikam.

»Doch wie dem auch sei«, sagte er, »ich möchte, dass Sie es so angenehm wie möglich haben, solange Sie hier drin sind. Ich habe auch mit den Kollegen gesprochen, damit sie sich um Sie kümmern. Also, wenn Sie irgendwas brauchen, melden Sie sich. Ich werde für Sie machen, was ich kann – im legalen Rahmen, versteht sich.«

Sie lachten beide. Sie überlegte, wie er reagiert hätte, wenn er sie mit dem Klumpen Haschisch in der Tasche erwischt hätte. »Wann kommen Sie denn zurück?«

Er schaute ein wenig bedauernd drein. »Tja, was das betrifft, gar nicht. Sie haben mir nach diesem Vorfall die Frühverrentung angeboten, und weil es ein gutes Angebot war, hab ich angenommen. Aber wenn Sie ein Problem haben, das meine Freunde hier nicht lösen können, dann rufen Sie mich bitte an.« Er zog einen Zettel mit einer Telefonnummer hervor. »Das verstößt definitiv gegen die Vorschriften, aber dazu sind Vorschriften ja da, oder?«

Wieder lachten sie beide, was ihr auch dazu diente, ihre Enttäuschung zu verbergen. »Ich hoffe, Sie genießen Ihre Rente. Sie haben sie bestimmt verdient.«

Er musterte sie kurz mit einem merkwürdigen Ausdruck und wurde rot. »Das könnte ich nicht, wenn Sie nicht gewesen wären. Ich werde Ihnen das nie vergessen, Fran, bestimmt nicht.«

Sie sah, dass trotz seines Errötens das Blumenkohlohr weiß geblieben war und umso mehr hervorstach: ein wenig attraktives Attribut, ohne Zweifel. Andererseits hatte er wirklich perfekte Zähne.

29

Zu Knights großer Enttäuschung endete sein Traum von einem Stelldichein mit Fran im Dschungel kurz vor der Erfüllung. Sein erster Gedanke war, dass jemand vom Balkon aus in die Wohnung eingedrungen war, aber es war nur der Vorhang, der sich bei einem plötzlichen Windstoß gebläht und ein Glas vom Kaffeetisch gefegt hatte.

Eigentlich hatte er sich nur eine Stunde lang hinlegen wollen, aber nun war es bereits dunkel, und bevor Merv zurückkehrte, musste er noch eine Menge erledigen. Ob ihn die Schmerzmittel so schläfrig machten? Obwohl er heute bereits vier Ampullen intus hatte, meldete sich sein Knie auf dem Weg zur Wohnungstür schon wieder. Er hinkte über den Flur zur Tür seiner Nachbarn und lauschte auf Lebenszeichen. Sie waren wohlhabende Wochenendurlauber aus London, die in der Regel am späten Nachmittag wieder zurückfuhren, und so war es auch heute.

In der Mitte des Flurs befand sich der Lift und daneben, auf Bodenhöhe, der kleine Schrank mit dem Feuerlöscher. Mit gewohnter Vorsicht begab er sich auf alle viere und öffnete die Tür. Der Schrank war in die Wand eingebaut und innen größer, als die Tür vermuten ließ. Er verrückte den Feuerlöscher und tastete an der Innenseite entlang, wobei er ein paar Farbdosen und Teppichfliesen beiseiteschob. Er musste Knie und Schulter in die Öffnung drücken, aber schließlich erreichte er den kleinen Vorsprung. Darauf lag eine Stahlkassette, die er behutsam herauszog. Sein Knie beschwerte sich, als er aus dem Schrank kroch und in die Küche hopste. Es war erschreckend, wie schnell sein Körper sich an die Schmerzmittel gewöhnte.

Der Schlüssel lag in einer Kaffeedose. Er wischte ihn ab und öffnete die Kassette. Darin lag der Lederbeutel mit der Browning. Es war nicht seine Dienstwaffe, die er hatte zurückgeben müssen, als er aus der Armee ausschied. Diese hier stammte aus einem Versteck unter der Jauchegrube eines Bauernhofs in der Grafschaft Armagh. Ein IRA-Spitzel hatte es verraten – sein letzter Verrat, wie sich herausstellte. Die Browning dagegen hatte überlebt und war in gutem Zustand. Er hatte sie immer sorgfältig gepflegt und nie unüberlegt eingesetzt. Zudem bewahrte er sie weit genug weg auf, um notfalls bestreiten zu können, dass sie ihm gehörte. Sie war eine Lebensversicherung, von der kein anderer wusste, nicht einmal Roz hatte er davon erzählt. Während er die Waffe zerlegte und ölte, ging er in Gedanken ihren Plan durch. Sie würden zwei Autos nehmen. Er würde vor dem Haus Wache schieben, während Merv hinten reinging. Diesmal würde er eine leichte Strickleiter mit Enterhaken mitnehmen. Sollte es Ärger geben, konnte er über die hintere Mauer klettern und durch das Hotel flüchten. Dort würde er sich notfalls als Gast ausgeben, der sich verlaufen hat. Knight würde ihn dann mit dem Auto aufsammeln. Nicht der eleganteste, aber ein brauchbarer Fluchtplan.

Als Knight aufstand, um einen Lappen für ein wenig verschüttetes Öl zu holen, protestierte sein Knie noch stärker als vorhin, und er musste sich am Küchentisch festhalten. Es hatte keinen Sinn, das Unvermeidliche noch länger hinauszuschieben, zumal er sich die Spritze nicht in Mervs Gegenwart setzen wollte. Er legte die Waffe hin und nahm die restlichen Ampullen aus dem Kühlschrank. Die Haut rund um sein Knie war inzwischen ebenso übersät von Einstichen wie Ryans Arm, aber schließlich schaffte er es, sich zwei Ampullen zu injizieren. Allerdings fragte er sich allmählich, ob sie reichen würden. Er konnte sich beim Autofahren keinen Aussetzer leisten und musste Merv möglicherweise bei einem schnellen Abgang helfen, falls es im Hotel nicht glatt lief. Unter solchen Umständen konnte Merv keinen Klotz am Bein gebrauchen. Auch wenn seine Augen noch von der letzten Injektion tränten, zog er die letzte Ampulle auf.

Als er die Browning wieder zusammenbaute, wurden seine Finger plötzlich kalt und feucht. Die Feder fiel ihm herunter und rollte über den Boden. Das Knie erhob keine Einwände, als er fluchend aufstand und sich bückte, um sie aufzuheben. Doch als er sich wieder hinsetzte, klingelte es zugleich in seinen Ohren und an der Tür. Er fluchte wieder. Merv war zu früh dran.

»Ich komme!« Dieser Ruf kostete ihn eine solche Anstrengung, dass ihm der Kopf schwirrte. Eilig baute er die Waffe mit einem vollen Magazin zusammen und schob sie in seine Manteltasche. Merv hämmerte bereits gegen die Tür. Das Gehen verursachte ihm Schwindel, und das Klingeln in seinen Ohren wurde immer lauter.

»Um Gottes willen, was ist denn mit dir los?« Merv starrte ihn entsetzt an. Knights Gesicht war leichenblass, blasser noch als kürzlich mit der Schminke.

Wortlos drehte Knight sich um und verschwand ins Badezimmer. Merv folgte ihm voller Schrecken und sah, wie er sich mit den Händen an die Kloschüssel klammerte und heftig übergab.

Für Knight war es zumindest ein schwacher Trost, dass er es rechtzeitig zur Toilette geschafft hatte, aber der Schwindel war noch schlimmer geworden. »Ich glaube, ich muss mich einen Moment hinlegen«, brachte er hervor, bevor er wieder würgen musste.

»Hast du Schmerzen in der Brust?«

»Nein.«

»Sicher?«

»Ja! Könntest du mich einfach ins Bett bringen?«

Es beruhigte Merv nur bedingt, dass noch ein gewisser Befehlston herauszuhören war. Er stützte ihn auf dem Weg ins Schlafzimmer und zum Bett. »Ich ruf den Notarzt.«

»Nein, keinen Krankenwagen, das ist kein Herzinfarkt.«

»Und was, verdammt noch mal, ist es dann?«

Kurz befürchtete Knight, sich erneut übergeben zu müssen, aber das ging vorbei. Merv fummelte an seinem Handgelenk herum und tastete nach seinem Puls.

»Ich glaube, es ist eine Überdosis von dem Schmerzmittel.«

»*Wie bitte*? Ach du Scheiße!«

»Tut mir leid.«

»Egal ob's dir leidtut oder nicht, du brauchst einen Arzt. Sei nicht so stur!«

»Nein!« Diesmal brachte er etwas wie ein Bellen hervor. Wieder befiel ihn Übelkeit, wenn auch nicht so stark wie zuvor. »Mir geht's gut, ich muss mich nur ein paar Minuten ausruhen, bevor wir losgehen.«

Merv fand seinen Puls. Er war schwach, aber regelmäßig. »Wir gehen nirgendwo hin, mein Freund. Wenn du nicht ins Krankenhaus willst, dann bleiben wir eben hier.«

Als der letzte Fetzen einer Wolke den Vollmond freigab, leuchtete das Meer kurz silbern auf. Ein paar Regentropfen fielen auf die Windschutzscheibe des Transporters, als Merv die Küste entlangfuhr.

Mühsam hatten sie einen Kompromiss geschlossen. Die Durchsuchung konnte nicht aufgeschoben werden, in der Hinsicht zumindest waren sie sich einig. Die zerbrochene Scheibe würde am nächsten Morgen entdeckt und das Gebäude verstärkt beobachtet werden. Also willigte Knight ein, zu Hause zu bleiben, und versprach hoch und heilig, sich zu melden, falls sein Zustand sich verschlechterte. Merv fuhr allein hin, während Knight über eine Kamera die Hausvorderseite im Auge behielt.

Letzten Endes war Merv mit dieser Lösung nicht unzufrieden. Auch ohne die Überdosis stellte Knights mangelnde Mobilität eine Komplikation dar, mit der er sich nun nicht beschäftigen musste. Und bei Einbrüchen war er beileibe kein Anfänger. Bei seinem letzten Einsatz hatte er im Auftrag seines Cousins größere Mengen DVDs aus einem Lagerhaus geholt, weil der Kunde nicht gezahlt hatte. Sein Cousin war zwar ein exhibitionistisches Arschloch, das den Pornostar gab, aber das Honorar war üppig gewesen, selbst wenn man den Zwischenfall mit dem Hund einrechnete. Merv hatte vor Hunden fast so viel Angst wie vor der Polizei.

Auf Knights Vorschlag ließ er das Auto in der Straße des Hotels stehen, das sich hinter der Kanzlei Crocker & Sharkey befand: Falls er hinten rausmusste, würde er froh sein, dass es so nah wie möglich geparkt war, und wenn er vorne wieder rauskonnte, dann war davon auszugehen, dass er es nicht eilig hatte.

Die Kamera hatte er in einer Einfahrt gegenüber der Anwaltskanzlei positioniert. Sie war lediglich so groß wie eine

Streichholzschachtel und ruhte unauffällig auf einem steinernen Torpfosten, von wo aus sie die Straße in beiden Richtungen dreißig Meter weit erfasste.

Er schaltete die Verbindung zu seinem Handy ein und marschierte zum Seiteneingang. Das Blatt, das er auf die Türschwelle gelegt hatte, hatte niemand angerührt. Sein Herz klopfte, auch wenn die Dinge besser liefen, als er zu hoffen gewagt hatte.

Er entrollte die Leiter, und es gelang ihm auf Anhieb, sie an der hinteren Mauer zu verankern. Dahinter konnte er die zwei oberen Stockwerke des Hotels sehen, in denen kein Licht brannte. Die Nachbarhäuser auf beiden Seiten waren ebenfalls dunkel, und die Kamera zeigte, dass sich auch die Lage vorne nicht geändert hatte. Zumindest im Augenblick war er unsichtbar.

Das Glas zu zerschneiden, hatte eine fast therapeutische Wirkung. Er machte zügig senkrechte und waagrechte Schnitte in die gesamte Scheibe, nahm dann die Teppichfliese und schlug mit dem Hammer gegen das Glas. Das Klirren war lauter als am Tag, aber es ging kein Licht an, es bewegte sich kein Vorhang, nichts deutete darauf hin, dass jemand etwas gehört hatte. Er entfernte die Scherben vom Fenstersims und kletterte hinein.

Es dauerte etwas, bis er den Computerbildschirm unter den Schreibtisch gestellt hatte, damit das Licht nicht nach außen drang. Auf dem Boden kniend, schaltete er den Rechner ein und lud das Programm von der CD, die Knight ihm mitgegeben hatte. Wie prophezeit, spuckte das altertümliche Gerät innerhalb von Minuten sein Passwort aus und verriet, dass der Computer Sharkey gehörte. Wenn Kitty Cavanagh seine Klientin war, musste ein Dateiordner für sie angelegt sein.

Er sagte sich, dass er alles richtig machte und die Sache im Griff hatte. Allerdings hatte der Job im Lagerhaus auch so gut angefangen: ein bestochener Wachmann, der Schlüssel und der genaue Lagerort der Kisten, rein und wieder raus in neunzig Sekunden, während fruchtlos die Alarmanlage schrillte – das war der Plan. Dummerweise hatte der Wachmann vergessen, den Hund einzusperren. Es war Glück, wenn auch nicht für den Hund, dass in dieser Nacht Jabril mit von der Partie war. Ein Hoch auf Jabril. Er gehörte zu den Saisonarbeitern, die Merv ab und zu für einen der örtlichen Ausbeuter zu ihrem Einsatzort fuhr. Seit Jabril die sonnige Küste Somalias hinter sich gelassen hatte, schlug er sich mit Gelegenheitsarbeiten durch, war aber eigentlich ausgebildeter Metzger und wusste, wie man mit Hunden umging, wenn man sie loswerden wollte. Merv hatte Jabrils Warnung ignoriert, nicht loszurennen, und da hatte Jabril ihn gerettet. Und die Kisten hatte er dann auch noch geholt.

Er fand das Verzeichnis der Klienten und jubilierte, als er einen Ordner mit dem Namen Cavanagh fand. In fünf Minuten wäre er fertig.

Dafür, dass sie hier schon so lange Klientin war, gab es erstaunlich wenig zu lesen. Er stieß auf eine Mitteilung von Sharkey, das Mandat annehmen zu wollen, und eine weitere, die die Rolle der Kanzlei als Testamentsvollstreckerin bestätigte, mit Hinweis auf den im Büro hinterlegten Letzten Willen. Jetzt konnte es nur noch Sekunden dauern.

Aber das Testament war nicht auffindbar.

Er scrollte zurück, weil er annahm, es in der Hektik übersehen zu haben, aber auch der zweite Durchgang blieb ohne Ergebnis, bis auf eines: Ihm fiel plötzlich auf, dass es keine einzige von ihr an Sharkey gerichtete Korrespondenz gab. Alles lief nur in eine Richtung, bis auf die E-Mail eines Steuerberaters, in der es um einen Besprechungstermin wegen Steuerfragen ging.

Kurze Stichproben bei anderen Klienten ließen seine Befürchtung zur Gewissheit werden. Auch hier bestand die eingehende Korrespondenz nur aus E-Mails. Anscheinend war nichts, was auf Papier eingetroffen war, eingescannt worden, was bedeutete, dass das Testament sich in einem der zahllosen Registraturschränke befinden musste. Hatte er Sharkey für den leichten Zugang zu seinem Computer eben noch Wohlwollen entgegengebracht, verfluchte er jetzt ihn und all seine Anwaltskollegen für ihre himmelschreiende Faulheit.

Die Fenster des Hotels blieben dunkel, und das einzige Geräusch war der Regen, der auf den Hinterhof prasselte. Er sah sich um. Außer zwei Sesseln und einem antiken Beistelltisch gab es nur ein Bücherregal, das eine Wand bedeckte. Als der Mond kurz zum Vorschein kam, konnte Merv feststellen, dass die Fächer zwar verstaubte Gesetzbücher, aber keine Klientenakten enthielten. Er wollte das Büro schon verlassen, als sein Blick auf eine kleine Tür in der Ecke hinter dem Schreibtisch fiel. Sie befand sich in Kniehöhe, war vielleicht sechzig mal sechzig Zentimeter groß und besaß einen kunstvoll geschnitzten Rahmen. Er vermutete einen Safe dahinter, wurde aber schnell enttäuscht: Die Tür war mehrfach überstrichen und die Klinke entfernt worden. Schätzungsweise ein alter, ungenutzter Bestandteil dieses Hauses, den man nur aus Bequemlichkeit nicht ganz entfernt hatte.

Langsam verließ ihn der Mut. Es hatte wenig Sinn, Crockers Büro vorne zu durchsuchen, wenn Kitty Cavanagh nicht seine Klientin war. Vielleicht war das Dokument auf einem der Computer im ersten Stock gespeichert, aber eigentlich hielt er die Registraturschränke für wahrscheinlicher. Er stellte Bildschirm und Tastatur wieder genau so hin, wie er sie vorgefunden hatte, brachte Knight mit einer SMS auf den neuesten Stand und ging nach oben.

Die Schränke waren abgeschlossen, ein eher überraschendes Zugeständnis an die Sicherheit. Statt sich auf die Suche nach dem Schlüssel zu machen, holte er ein Brecheisen aus dem Rucksack und schob es in die oberste Schublade. Sie sprang mit einem lauten Knacken auf, und er zuckte zusammen. Mit einem Mal musste er an den stinkenden Atem des Hundes in seinem Gesicht denken und wünschte, Jabril wäre bei ihm.

Mervs Neuigkeiten ließen Knights Stimmung auf einen neuen Tiefpunkt sinken, wenn das überhaupt noch möglich war. Je besser er sich körperlich fühlte, desto frustrierender fand er es, nicht selbst eingreifen zu können. Er war schon drauf und dran, Merv hinterherzufahren, wollte ihn dann aber lieber nicht mit einer Planänderung aus dem Konzept bringen. Er bestätigte den Erhalt der Nachricht und trat hinaus auf den Balkon, weil er in der kühlen Luft besser nachdenken konnte.

Er war überzeugt davon, dass die Frau, die sich Susan Hillfield nannte, hinter seiner Enttarnung in Montague Hall steckte, und wurde zugleich das Gefühl nicht los, dass ihm auch Bullock auf den Fersen war. Bev behielt ihn im Auge, so gut sie konnte, aber sie war natürlich nicht über alle seine Aktionen, geschweige denn über seine Gedankengänge im Bilde. Knight ließ seinen Blick über die Autos schweifen, die an der verlassenen Küstenstraße parkten, aber aus der Entfernung konnte er nicht erkennen, ob in einem davon jemand saß. Dass er langsam paranoid wurde, musste am Gras liegen, er sollte weniger rauchen. Für alle Fälle ging er ins Büro, um das Fernglas zu holen. Er zog gerade die Schublade auf, als das Telefon auf seinem Schreibtisch klingelte.

Es war sein offizieller Apparat, die Nummer, die auf seiner Website stand, also konnten es weder Merv noch Bev sein. Er hoffte, dass sich nicht ausgerechnet mitten in der Nacht ein neuer Kunde meldete und verzweifelt um Aufmerksamkeit bettelte.

»Mr. Knight?« Es war die Stimme eines jungen Mannes, die Nummer war unterdrückt. »Tut mir leid, dass ich so spät anrufe, aber ich habe eine Information, die Sie brauchen können. Bitte legen Sie nicht auf.«

Es war nichts Auffälliges an der Stimme, sie war neutral, nicht schichtspezifisch, und doch hatte er sofort den Eindruck, sie schon einmal gehört zu haben. Er schaltete sein Aufnahmegerät ein. »Wer sind Sie?«

»Ich kann Ihnen meinen Namen nicht sagen. Ich kann Ihnen nur sagen, dass ich ein Freund von Ryan bin und wir das Gleiche wollen.«

Knight lief ein Schauer über den Rücken. »Und was sollte das sein?« Der Schwindel kehrte zurück, er musste sich setzen.

»Ich kann Ihnen sagen, wo Susan Hillfield in dreißig Minuten sein wird. Haben Sie einen Stift?«

30

Er brauchte einen Moment, um zu begreifen, dass er seinen Stift irgendwo verlegt hatte. In seinem Kopf herrschte Chaos, er wühlte in den Schreibtischschubladen, bis er einen Bleistiftstummel fand.

»Fahren Sie zu McDonald's an der Umgehungsstraße bei Uckfield und parken Sie in der Nähe des Eingangs. Gehen Sie rein und setzen Sie sich ganz hinten hin, damit man Sie vom Parkplatz aus nicht sehen kann. Haben Sie verstanden?«

»Ja. Woher kennen Sie mich?« Er erwartete keine Antwort, er wollte den Mann nur so lange im Gespräch halten, bis ihm sein Gesicht einfiel.

»Es ist hier nicht mehr sicher, ich muss gehen.«

Er hatte aufgelegt. Langsam wurde Knights Kopf wieder klar, und er spulte die Aufnahme zurück. Der Anrufer hatte schnell einen vorbereiteten Text aufgesagt und das Gespräch dadurch gelenkt wie ein Verkäufer mit einem Skript. Allerdings war es kein Verkaufsskript. »Ich kann Ihnen meinen Namen nicht sagen. Ich kann Ihnen nur sagen, dass ich ein Freund von Ryan bin und wir das Gleiche wollen.« Die seltsam klischeehafte Ausdrucksweise erinnerte ihn an die endlosen Soaps im New Horizons. »Es ist hier nicht mehr sicher, ich muss gehen.«

Nichts davon verriet ihm, wer es gewesen war. Selbst wenn man die Nummer zurückverfolgen konnte, woran er zweifelte, hatte er dafür keine Zeit. Er hatte schon die Finger auf den Tasten, um Merv anzurufen, hielt dann aber inne. Merv würde nicht wollen, dass er hinfuhr, was zu Streit und Verzögerungen führen würde. Außerdem vergaben sie die Chance, das Testament zu finden, wenn Merv die Suche abbrach – und das würde er sicherlich tun.

Damit blieb Bev. In seiner Lage brauchte er eindeutig Unterstützung, aber so etwas konnte sie keinesfalls auf eigene Faust machen, und er wollte unbedingt vermeiden, dass eine Hundertschaft Polizei anrückte. Falls nötig, konnte er sie ja später noch anrufen. Mit dem guten Gefühl, die Browning in der Tasche zu haben, verließ er die Wohnung.

Auf Geländer und Stock gestützt, schwebte er fast die Treppe zur Straße hinunter. Die Extradosis Schmerzmittel war ihn teuer zu stehen gekommen, aber jetzt zeigte sich wenigstens, dass sie sich rentiert hatte. Erst im Auto merkte er, dass er seine Zigaretten vergessen hatte.

Das ständige Verlangen danach war eine Ablenkung, die er nicht gebrauchen konnte. Er hatte noch dreißig Minuten für eine Strecke, die höchstens zwanzig dauerte, also fuhr er bei dem rund um die Uhr geöffneten Laden in der Straße hinter dem Wohnblock vorbei.

Merv begann wieder zu schwitzen. Das laute Knacken beim Öffnen jeder Schublade zerrte an seinen Nerven, selbst wenn er sich klarmachte, dass man es draußen kaum hören konnte. Auch die undichten Jalousien machten ihn nervös. Er riskierte, dass das Licht seiner Finger-Taschenlampe nach außen drang, auch wenn er sie immer nur anknipste, wenn seine Hand im Schrank war.

Die ersten fünf Schränke hatten nichts außer Personalunterlagen und langweilige Dokumente zu Lieferanten und dem Gericht enthalten. Es war kein System erkennbar, aus dem man hätte schließen können, wo die Klientenakten anfingen. Er warf einen Blick auf sein Handy, um die Hausvorderseite zu überprüfen, und öffnete den sechsten Schrank.

Bullock ignorierte die rote Ampel. Er wusste, dass hier keine Radarfalle stand, und die Ausfallstraße war leer bis auf Knight zweihundert Meter vor ihm und zwei Frontscheinwerfer weit hinter ihm. Es konnte kein Streifenwagen sein – er hörte Polizeifunk, und der nächste war irgendwo ein ganzes Stück westlich von ihm.

Als Knight endlich aus dem Wohnblock trat, war Bullock bereits derart demoralisiert gewesen, dass er kurz zu träumen glaubte. Aber wenn es ein Traum war, dann zumindest kein Albtraum. Er war Knight zu einem Laden gefolgt, den dieser betreten hatte, ohne seinen Wagen abzuschließen. Jetzt durfte er nicht lange fackeln. Er hielt auf einem Behindertenparkplatz, was den Reiz des Traums noch erhöhte, stürzte zur Beifahrertür des Skodas und schob das Päckchen unter den Vordersitz.

Er hatte schon Hanrahan am Apparat, als Knight wieder herauskam. Der Ire war nicht besonders begeistert von der Störung, weil er gerade einen Rausch ausschlief, zögerte dann jedoch keine Sekunde, sein gut bezahltes Versprechen einzulösen. Dank eines anonymen Hinweises wusste die Spätschicht schon Minuten später von dem Skoda und seiner Fracht. Darunter war auch ein ehrgeiziger und ziemlich gelangweilter Wachtmeister, der unter dem Eindruck stand, Bullock wolle ihn dabei unterstützen, zur Kriminalpolizei zu wechseln. Er hatte eben eine SMS mit Knights genauer Position erhalten.

Aus einem Gewirr von Bungalows zu seiner Linken näherte sich Blaulicht. Bullock drosselte sein Tempo, als der Wagen vor ihm einbog, in Richtung Norden fuhr und seine Sirene einschaltete. Ihn ergriff eine Ehrfurcht, die nur vergleichbar war mit den guten Momenten seiner Begegnung mit Caro und Lucy. Er hatte durchgehalten, er war über seine Grenzen hinausgegangen, und er hatte gesiegt. Seine Erschöpfung war verflogen, also bremste er, um sich das Spektakel anzusehen.

Als Knight das Blaulicht hinter sich bemerkte, fiel ihm die Waffe ein, aber um sie loszuwerden, war es zu spät. Sie klebten ihm an der Stoßstange, die Sirene heulte ohrenbetäubend, und kaum hatte er an einem Bushäuschen gestoppt, scherten sie vor ihm ein. Zwei Beamte traten an den Wagen, er kurbelte das Fenster herunter und hörte sich mit wenig überzeugender Selbstsicherheit fragen: »Guten Abend, gibt es ein Problem?«

»Würden Sie bitte aussteigen?« Die Anweisung kam kurz und barsch, als gäbe es nicht den geringsten Zweifel, dass er ihr Folge leisten würde. Knight wies ohne Erfolg auf sein Bein hin. Sie ignorierten seinen Protest, der eine half ihm heraus, der andere ging zur Beifahrertür und wollte sie schon öffnen, als lautes Hupen ihn dazu brachte aufzublicken. Ein Laster näherte sich ihnen von Norden und blinkte mit der Lichthupe ein entgegenkommendes Fahrzeug an.

Carol hatte gar nicht bemerkt, dass sie die Mittelmarkierung überfahren hatte. Sie hatte nach dem Polizeiauto wieder einscheren wollen, und eigentlich war zwischen den Scheinwerfern aus der Gegenrichtung und dem blitzenden Blaulicht auch genug Platz. Aber sie befand sich in einem Delirium nie gekannten Ausmaßes, war ausgehungert, betrunken und sah alles doppelt, weswegen sie, als sie dem Laster auswich, die hintere Ecke des Polizeiautos streifte. Da bremste sie zwar schon, doch durch den Aufprall geriet sie ins Schleudern. Läden, Bäume und die Bushaltestelle schossen an der Windschutzscheibe vorbei, bis sie auf dem gegenüberliegenden Gehsteig zum Stehen kam und sich wunderte, dass sie noch lebte.

Die zwei Polizisten rannten hinüber zu dem verunfallten Fiesta, einer rief schon einen Krankenwagen.

Knight lehnte sich heftig zitternd gegen seinen Wagen. Keuchend sah er sich nach einer Möglichkeit um, seine Waffe verschwinden zu lassen, und erst dabei fiel ihm auf, dass die Streife, die ihn blockiert hatte, inzwischen halb im Bushäuschen stand.

Sie blickten auf, als er den Motor anließ, aber er war schon auf ihrer Höhe, bevor sie reagieren konnten. Sie brüllten etwas und schlugen ihm aufs Dach, doch viel mehr verstörte ihn ein flüchtiger Blick auf die Frau, die ihn durch die Windschutzscheibe des verunglückten Wagens anstarrte. Sie erinnerte ihn merkwürdigerweise an Carol.

Für Bullock verwandelte sich der Traum schnell in einen schrecklichen Albtraum. Er hatte sich nichts dabei gedacht, als das Auto hinter ihm kurz anhielt, um dann an ihm vorbeizufahren. Nun, da er zu den Kollegen am Unfallort getreten war, sah er sich einer voluminösen Hysterikerin gegenüber, die mit dem Finger auf ihn zeigte und schrie, dass sie beobachtet habe, wie er »was ins Auto getan« habe.

»Was soll er ins Auto getan haben?«, fragte Bullocks Protegé sie. Der andere musterte Bullock misstrauisch.

»Ein Päckchen!«, jammerte sie. »Sie müssen ihn aufhalten. Ich hab getan, was ich konnte, jetzt sind Sie dran.«

Bullocks Mund war trocken. »Was haben Sie gefunden?«, raunzte er seinen Protegé an, während die Frau weiter wütete und wilde Anschuldigungen ausstieß. Jetzt konnte er sie einordnen: Das war doch die Irre mit den komischen Karten.

»Wir haben überhaupt nichts gefunden, er war weg, bevor wir das Auto durchsuchen konnten.«

Bullock spürte, wie ihm die Galle hochkam, und er wusste sofort, was er zu tun hatte: Er musste sich das Kokain zurückholen.

Der achte Schrank sprang auf. Merv arbeitete sich durch eine schier endlose Zahl von Versicherungsverträgen und Kontoauszügen, bis er am Ende auf einen Ordner mit der Aufschrift Aaron stieß, gefolgt von Abbey.

Zwei Schränke später fand er die Cs. Cable, Cadwallader, Carey – jetzt war er auf der Zielgeraden. Die nächste Mappe war Cazenove.

Er fing bei C wieder von vorne an und machte dann bis zu den Ds weiter, aber er hatte nichts übersehen. Es gab keine Akte für Kitty Cavanagh.

Das McDonald's teilte sich den Parkplatz mit einer rund um die Uhr geöffneten Tankstelle. Knight fuhr langsam einmal im Kreis, konnte aber den Peugeot nirgends entdecken. Dabei standen nur wenige Pkw und zwei Abschleppfahrzeuge da. Der einsetzende Nieselregen verwandelte das Restaurantschild in ein verschwommenes rotgelbes Schimmern. Dass der Ort von zwei Hauptstraßen aus einsehbar war, bereitete ihm Sorgen, da ein Beobachter oder Polizeiauto ihn nur allzu leicht ausmachen konnte. Entgegen der Anweisung, in der Nähe der Ausfahrt zu parken, stellte er den Skoda zwischen den zwei Abschleppwagen ab, wo man ihn von der Straße aus nicht bemerkte.

Gleich nach der Eingangstür gab es eine Nische mit Münztelefon. Danach kamen überwiegend leere Tische und eine Handvoll nächtlicher Reisender. Keiner von ihnen ähnelte auch nur entfernt den Hillfields, und keiner blickte auf, als Knight zur Theke ging und einen Kaffee orderte.

Wie angewiesen suchte er sich einen Tisch ganz hinten im Gastraum und setzte sich mit dem Rücken zur Wand. Von hier aus hatte er einen ausgezeichneten Blick auf den Eingang und die Nische mit dem Telefon, nicht aber auf den Parkplatz. War das Absicht? Er hatte den Eindruck, dass ihm langsam, aber sicher die Kontrolle entglitt. Die Polizei hatte ganz genau gewusst, wo er war, und konnte ihn jederzeit wiederfinden. Er indessen tanzte nach der Pfeife eines Unbekannten und hatte keine Ahnung, was die nächsten Minuten für ihn bereithielten. Höchste Zeit, Merv anzurufen.

Das Telefon war anderer Ansicht: »Kein Netz« verkündete es ungerührt bei seinen wiederholten Versuchen. Seine Angst verwandelte sich in Wut: Was war das für ein Unternehmen, das nicht in der Lage war, an einer der Hauptausfallstraßen einer Großstadt für ein Netz zu sorgen? Mehrere Teenager ein paar Tische weiter beugten sich über ihre Handys und beklagten das gleiche Problem, ebenso wie zwei Männer in Overalls. Eine fiese Stimme in seinem Kopf flüsterte ihm zu, dass er für all das langsam wirklich zu alt wurde.

»Entschuldigung, heißen Sie Knight?« Er hatte den jungen Mann, der hinter der Theke hervorgetreten war, gar nicht bemerkt. »Das hat jemand für Sie dagelassen.«

Knight nahm den Umschlag und musterte den Überbringer der Botschaft genau. Die Sterne auf seinem Namensschild wiesen ihn als Filialleiter aus, obwohl er nicht mal richtig erwachsen wirkte. Das war nicht die Stimme, die er am Telefon gehört hatte. »Wann war das?«

»Vielleicht vor zwanzig Minuten.«

»Und wie sah er aus?«

Der Junge starrte Knight verständnislos an. Das hatten sie bei der Schulung zur Kundenfreundlichkeit nicht durchgenommen. »Na ja, vielleicht vierzig? Braunes Haar. Er hat gesagt, ich soll nach einem alten Mann Ausschau halten … äh, also, ich meine, einem Herrn mit Stock.«

Knight ließ ihn gehen und öffnete den Umschlag. Der gedruckte Text bestand aus einer Anweisung und einer Telefonnummer: »Es ist zu gefährlich für mich zu kommen. Rufen Sie sofort von dem Münztelefon aus an.«

Nun war er sicher, dass es sich nicht um einen unerwarteten Verbündeten handelte. Wer die Botschaft hinterlassen hatte, wusste, dass er sein Handy nicht benutzen konnte, und wollte ihn aus einem bestimmten Grund in die Nische locken.

Mit der Hand an der Pistole durchquerte er das Restaurant. Von der Nische aus konnte er die Tankstelle und den Parkplatz sehen. Nirgends bewegte sich etwas.

Schon nach dem ersten Klingeln war wieder der junge Mann dran. »Bleiben Sie, wo Sie sind. Sie kommt jetzt«, sagte er nur und legte sofort auf. Und endlich lieferte ihm sein Gedächtnis die nötige Information: Er wusste wieder, woher er die Stimme kannte.

Er wählte noch einmal, doch da sah er Scheinwerfer in der Einfahrt und dann, wie sich ein blauer Peugeot dem Restaurant näherte. Knight war sicher, gerade mit einem der Insassen gesprochen zu haben, aber auch, dass der junge Mann nicht existierte. Er hatte mit verfremdeter Stimme gesprochen, dank einer App, die er selbst schon mehrfach benutzt hatte: preiswert und praktisch, eine Standardstimme, die man nicht individuell anpassen konnte, aber besser als nichts, wenn es schnell gehen musste.

Der Peugeot hielt ein paar Meter vom Restauranteingang entfernt. Das hier war ein öffentlicher Ort, keiner, den Knight selbst für einen Mord gewählt hätte, dennoch schob er seine Hand wieder in die Tasche und entsicherte die Browning. Die Beifahrertür öffnete sich, und Susan Hillfield stieg aus. Mit leeren Händen steuerte sie direkt auf den Eingang zu. Er konnte jetzt den ersten Schritt machen oder warten, bis sie drin war, doch bevor er sich entschieden hatte, entdeckte sie ihn. Sie verzog das Gesicht zur Grimasse und legte in einem Ausdruck gespielten Entsetzens die Hand vor den Mund. Im nächsten Moment, während Knight noch mit der Tür kämpfte, sprang sie zurück in den Wagen.

Als der Peugeot startete, erhaschte er einen Blick auf den vorgeblichen Tim Hillfield am Steuer. Es verwirrte ihn, dass sie so eine dämliche Farce aufführten, nur um dann wieder zu verschwinden. Das Spielchen ging an der Ausfahrt weiter, wo sie anhielten, während Knight zum Skoda hastete. Kaum näherte er sich im Wagen dem Peugeot, fuhr dieser wieder los und bog ohne besondere Eile auf die Hauptstraße Richtung Norden. Eine offensichtliche Einladung, ihnen zu folgen und damit weiter nach ihrer Pfeife zu tanzen. Er konnte nicht widerstehen.

Merv hockte unter dem Fenster am Boden. Am liebsten hätte er sich schon vor Minuten aus dem Staub gemacht, doch noch immer zögerte er, Knight die Nachricht zu überbringen. Das Fehlen der Akte vermittelte ihm das Gefühl, in Gefahr zu schweben. Es konnte nur bedeuten, dass ihr Gegner längst hier gewesen war, und vielleicht war sein Blick genau in diesem Moment auf ihn gerichtet.

Während er noch überlegte, stach ihm der Computer unter dem Schreibtisch neben ihm ins Auge. Vielleicht täuschte er sich ja hinsichtlich der nicht gescannten Unterlagen. Vielleicht gab es sie doch, und sie waren hier oben gespeichert, da, wo wirklich gearbeitet wurde.

Die CD war im Rucksack, den er irgendwo in der Nähe der Registraturschränke gelassen hatte. Er knipste seine Taschenlampe wieder an und kroch über den Fußboden, bis er ihn fand.

Im Pflegeheim gegenüber, in einem Zimmer des ersten Stocks, schaute gerade eine der zahllosen Nachtschwestern dieser Stadt nach einem friedlich dem Tod entgegendämmernden Bewohner. Dieses Licht sah Merv durch die Jalousien schimmern, als er ein Fenster öffnete, um Luft hereinzulassen.

Knight hielt die Augen auf die Rücklichter hundert Meter vor ihm geheftet. Mittlerweile fuhren sie auf einer unbeleuchteten Landstraße nach Norden, vorbei an Bauernhöfen und dichten Wäldern. Dieser Köderversuch hatte so gar nichts Raffiniertes an sich und ließ im Gegensatz zu den clever ausgeführten Morden an Ryan und den drei Frauen sogar auf Verzweiflung schließen. Sie mussten wissen, dass sie durch einen einzigen Anruf bei der Polizei gefasst und identifiziert werden konnten. Aber wussten sie auch, dass er diesen Anruf nicht tätigen konnte? Er hatte immer noch kein Netz, obwohl er eben an einem Sendemast vorbeigekommen war.

Scheinwerfer näherten sich nun in schnellem Tempo, und er bremste geblendet. Als das Auto an ihm vorbeiraste, erkannte er das Blau und Gelb eines Streifenwagens. Im Rückspiegel beobachtete er, wie die Bremslichter aufleuchteten und das Auto auf den Seitenstreifen fuhr, um zu wenden. Derart abgelenkt, übersah er beinahe die vor ihm liegende Kurve, und das Heck des Skoda streifte die Böschung der Gegenfahrbahn, ehe er das Steuer herumreißen konnte. Noch war das Polizeiauto nicht wieder aufgetaucht, aber wenn sie ihn einholten, war alles vorbei. Sie würden ihn festnehmen, und die Hillfields würden sich wieder einmal in Luft auflösen.

Außer er machte sie zu Zeugen. Die gewundene Straße, auf der sie sich befanden, war beidseitig dicht von Bäumen gesäumt. Ja, es war Wahnsinn, dennoch beschleunigte er in der Absicht, sie von der Straße zu drängen.

Genau in diesem Moment wurde der Peugeot langsamer und bog ab. Als er die Stelle erreichte, sah er die Rücklichter in einem Feldweg verschwinden.

Bullock fluchte, als er hörte, wo Knight war. Er hatte seine Kollegen mit der wirr faselnden Carol allein gelassen, war nach Norden gefahren bis zu McDonald's und hatte schnell den Parkplatz umrundet. Kurz darauf gabelte sich die Straße, auf der einen kam man über die Hügel nach Kent, die andere, schnellere führte nach Westen. Er fuhr definitiv auf der falschen. Er hatte praktisch keine Chance, Knight zu erwischen, bevor sie das Auto durchsuchten, dennoch bog er in den nächsten Rastplatz ein und wendete. Er war etwa eineinhalb Kilometer gefahren, als der Polizeifunk etwas bessere Nachrichten vermeldete: Sie hatten ihn verloren.

Der Peugeot hielt am Hügelkamm. Knight hatte sofort sein Licht ausgeschaltet, als er in den Weg einbog, nur Sekunden, bevor ein blauer Blitz hinter ihm vorbeiwischte. Er schaltete es nun gerade rechtzeitig wieder ein, um zwei Gestalten aussteigen und davonhuschen zu sehen.

Er fuhr näher heran. Da, wo die beiden verschwunden waren, wichen die Bäume einer kleinen Wiese. Zuerst bemerkte er nur einen dunklen Umriss, nicht mehr als einen Schatten, bis durch eine Wolkenlücke Mondlicht darauf fiel. Mitten auf der Wiese, an drei Seiten von Bäumen umgeben, erhob sich eine verfallene Hopfendarre.

Der Peugeot stand am Wegrand, etwa fünfzig Meter von den Überresten der Darre entfernt. Knight ignorierte zunächst ihre plumpe Aufforderung, ihm zu folgen, und rollte langsam daran vorbei. In diesem Abstand, in seinem Wagen, war er bestenfalls mit einem Maschinengewehr oder einer Panzerfaust zu treffen, und er bezweifelte, dass sie über derartiges verfügten.

Oder über eine Bombe.

Er trat abrupt auf die Bremse und rutschte nach vorne, als das Auto zum Stehen kam. Er versuchte, durch den Nieselregen Hindernisse auf dem vor ihm liegenden Weg zu erkennen, und zweifelte zum zweiten Mal in zwei Minuten an seiner Zurechnungsfähigkeit. Wie wahrscheinlich war ein selbst gebastelter Sprengsatz in East Sussex? Andererseits, wie unwahrscheinlich? So etwas war leicht zusammenzubauen, ein paar Klicks genügten, und man hatte die Anleitung dafür. Hinter ihm war eine Ausweichstelle. Er stieß zurück und wendete mühsam in mehreren Zügen auf dem schmalen Weg.

Beim Zurückfahren hatte er einen besseren Blick auf die Hopfendarre. Ihr Dach war eingebrochen, wodurch sie dem Stumpf eines runden Turms glich. Knight sah keinen Eingang; der musste wohl auf der Hinterseite zu den Bäumen hin liegen.

Als er außer Sicht war, parkte er das Auto quer zum Weg, um sie am Wegfahren zu hindern. Wieder versuchte er es bei Merv, aber er hatte immer noch kein Netz. Nun kehrte er zurück zu der Stelle, wo der Wald in die Wiese überging.

Dort schlug er sich zwischen die Bäume und starrte lange hinüber zur Darre. Er verwünschte sich dafür, sein Infrarotfernglas vergessen zu haben, aber nun, da sich seine Augen an die Dunkelheit gewöhnt hatten, konnte er zumindest erkennen, dass rund ums Dach Gräser und Kletterpflanzen wucherten, was jemandem, der dort oben postiert war, eine gute Deckung bot. Wenn sie eine Waffe hatten, war er auf dem offenen Gelände rund um das Gebäude die ideale Zielscheibe.

Von seiner Position aus war er noch immer fünfzig Meter von der Hopfendarre entfernt, aber am hinteren Rand der

Wiese erschien ihm der Abstand zwischen dem Gebäude und den Bäumen eher wie zwanzig Meter. Dort wollte er hin.

Bullock öffnete das Fenster, damit der Zigarettenqualm abzog. Laut Navi befand er sich jetzt auf dem Streckenabschnitt, wo Knight zuletzt gesichtet worden war. Nördlich von ihm durchkämmte der Streifenwagen auf beiden Seiten die schmalen Straßen, und er konnte über Funk hören, wie die Beamten ihrem Ärger Luft machten.

Es ergab einfach keinen Sinn. Die nächste Abzweigung war über drei Kilometer entfernt, mehr als genug, um ihn einzuholen. Aber es waren eben Bullen, sie hatten bestimmt irgendwas übersehen. Er drosselte das Tempo fast bis auf Schrittgeschwindigkeit – und entdeckte den Feldweg.

Wie ein Blinder tastete sich Knight mit seinem Stock voran. Eine Taschenlampe würde ihn verraten, deshalb musste er, um im Dunkeln die Orientierung nicht zu verlieren, ganz nah am Waldrand bleiben.

Der Adrenalinstoß, der ihn zum Handeln getrieben hatte, hatte seine Wirkung inzwischen eingebüßt, und er zweifelte am Sinn seines Vorgehens. Es war zwar taktisch richtig, unbemerkt so nahe wie möglich an die Zielpersonen heranzukommen, doch seine Kraft ließ bereits nach. Noch bedrohlicher war das Rumoren in seinem Knie. Wieder einmal war er irrtümlicherweise wie ein junger Mann an die Sache herangegangen, und zur Strafe würde er vielleicht gleich auf allen vieren weiterkriechen.

Links vor ihm konnte er die Baumreihe hinter der Hopfendarre sehen. Er war nicht mehr weit von der Ecke am hinteren Wiesenrand entfernt und schöpfte ein wenig Hoffnung. Er gönnte sich einen Moment Pause und lauschte auf das, was sich um ihn herum im Verborgenen abspielte. In der Ferne schrie eine Eule, in seiner Nähe raschelte ein Fuchs oder Dachs im Unterholz. Von der Hopfendarre kam kein Geräusch, was ihn erneut in Selbstzweifel verfallen ließ. Vielleicht hatte er ihre Absichten komplett falsch verstanden, bereits in diesem Augenblick konnten sie in wenigen Metern Entfernung auf ihn lauern. Die Angst griff mit kalten Klauen nach ihm und raubte ihm auf unerklärliche Weise seine Urteilskraft, bis ihm einfiel, dass er seit Mittag nichts mehr gegessen hatte. In einer Tasche stieß er auf eine angebrochene und längst vergessene Tüte Erdnüsse und schüttete sich ein paar davon in den Mund. Die Klauen schienen lockerzulassen. Am liebsten hätte er alle Nüsse aufgegessen, hielt sich dann aber zurück; die Nacht konnte lang werden.

Langsam und vorsichtig bahnte er sich seinen Weg durch Farn und Brennnesseln. Jetzt war es nicht mehr weit, sagte er sich. Er war noch im Spiel, und die Chancen standen etwa fünfzig zu fünfzig; mit solchen Situationen war er schon öfter fertiggeworden.

Sein Stock stieß gegen die knorrige Wurzel eines Baumes. Als er sich in Zeitlupe darüber hinwegtastete, hörte er entfernt, aber untrüglich einen Motor brummen.

Bullock stand vor dem Heiligen Gral. Er wunderte sich keine Sekunde, warum Knights Wagen den Weg versperrte. Er hatte ihn vor seinen Kollegen gefunden, das war alles, was zählte.

Erst brauchte er eine Minute, um einen passenden Stein zu finden, und fürchtete dabei die ganze Zeit, Knight könne auftauchen. Dann war er einen Augenblick lang wie entfesselt: Er schmetterte den Stein durch die Scheibe, angelte sich die Beutel mit dem Kokain und hielt sie so ehrfürchtig in seinen Händen wie ein Priester eine Reliquie.

Er überlegte nicht lange und gab die Position des Wagens durch – nur um es sofort zu bereuen. Ohne das Kokain gab es keinen Grund für Knights Verhaftung, zumindest nicht, bevor er herausgefunden hatte, was der eigentlich trieb. Doch zu seiner Erleichterung kam seine SMS mangels Netz als unzustellbar zurück. Das kam ihm zwar seltsam vor, da er soeben auf der Straße noch eine SMS bekommen hatte, aber dann deutete er es als weiteres Zeichen dafür, dass das Schicksal es wieder gut mit ihm meinte.

Merv war gerade mit dem vierten Computer beschäftigt, als er draußen Stimmen hörte. In seine Arbeit vertieft und zugleich mit wachsender Besorgnis, weil Knight auf sein letztes Update nicht reagierte, hatte er die Hausvorderseite schon länger nicht mehr kontrolliert. Nun starrte er ungläubig auf das Display seines Handys, auf dem schemenhaft ein Polizeitransporter zu sehen war, und dunkle Umrisse, die sich hinter der Hecke bewegten. Wie um ihre Präsenz zu bestätigen, fiel der Strahl einer Taschenlampe durchs Fenster.

Er warf die CD in den Rucksack und rannte zur Treppe. Auf halbem Weg fiel ihm ein, dass er das Brecheisen vergessen hatte, aber zum Umkehren war es zu spät. Am Fenster schnitt ihm eine der verbliebenen Scherben in die Schulter, was er kaum spürte, als er zur Leiter hinüberrannte. Er war auf der dritten Sprosse, da brach oben ein Stück Wand heraus. Er fiel auf den Betonboden, um ihn prasselten alte Ziegel nieder. Die Stimmen waren am Seitentor zu hören, das nun aufging. Da er auf dieser Hausseite nicht durchkam, blieb ihm nichts übrig, als sich durch das Fenster wieder hineinzuschwingen.

Im nächsten Moment waren die Stimmen im Hinterhof und diskutierten, ob der Einbrecher über die Mauer geflüchtet war, schließlich kamen sie zum Fenster. »Ich geh rein«, hörte er, »und du holst den Hund.«

Merv, der sich unter den Schreibtisch kauerte, war drauf und dran, sich dem Polizisten vor dem Fenster widerstandslos zu ergeben, bevor sein Kollege mit dem Tier zurückkehrte. Doch als er sich hinkniete, waren seine Augen genau in der Höhe des Posteingangskorbs auf dem antiken Tischchen neben dem Schreibtisch. Der Korb enthielt eine Mappe mit einem gedruckten Aufkleber.

Der Name auf dem Aufkleber war Kitty Cavanagh.

Er duckte sich, als der Polizist hereinkletterte. Der Schein der Taschenlampe wanderte durch den Raum und näherte sich. Merv erstarrte und wagte nicht zu atmen. Die Dielen knarzten unter den Schritten des Polizisten. In welche Richtung er sich bewegte, konnte Merv nicht sagen, aber dann hörte er Stiefeltritte auf dem Linoleum der Küche.

Sein Magen krampfte sich zusammen, als er die Mappe in seinen Rucksack stopfte. Die Vordertür hatte ein Einsteckschloss und war aus dickem Glas – kein Durchkommen. Hinten raus war auch keine Option. Während wertvolle Sekunden verrannen, fiel sein Blick auf die kleine Tür mit dem geschnitzten Rahmen in der Zimmerecke.

Lautlos bohrte er das Teppichmesser durch die Farbschicht und hebelte die Tür auf. Dahinter befand sich eine Art Schacht, wie er ihn schon einmal bei einem Malerjob gesehen hatte, wohl ein Wäscheschacht.

Er hielt sich am unteren Türrahmen fest, während er rückwärts seine Hüften in den Hohlraum zwängte. Seine Füße hingen in der Luft, und seine Schultern waren an die Seitenwände gepresst – es war gemütlich wie in einem Sarg. Nun holte er noch seinen Rucksack herein und drückte ihn gegen die Brust, während er die Tür, so gut es ging, wieder zuzog. Vom Hinterhof drangen einsilbige Befehle und das Scharren von Pfoten auf Beton an sein Ohr.

Der Schacht war gerade breit genug, um seine Hände gegen die Wand zu pressen und ein kleines Stück hinunterzurutschen, bis er außer Reichweite war. Mittlerweile konnte er den Hund im Zimmer hören, dann das Fluchen des Hundeführers, der sich an irgendwas geschnitten hatte. Gleich würde sich die Tür öffnen, und der stinkende Atem des Tiers würde ihm ins Gesicht strömen. Er vernahm einen Ruf aus dem ersten Stock. Herr und Hund verließen den Raum, und Merv atmete auf.

Er wollte sich wieder zur Tür hocharbeiten, aber seine Hände rutschten auf dem alten Putz ab, der sich in kleinen Brocken löste und unten auf etwas Festem aufschlug. In einem Anfall von Klaustrophobie scharrte er wie ein Marder in der Falle und versuchte, sich nach unten zu schieben, wobei der Rucksack unangenehm gegen seine Rippen drückte.

Seine Schultern bewegten sich einen Zentimeter, dann noch einen, und langsam schien der Druck von den Seiten nachzulassen. Kaum hatte er begriffen, dass der Schacht sich verbreiterte, fiel er schon wie ein Stein.

Einen Augenblick lang befand er sich im freien Fall – nicht länger, als wenn man gehenkt wird, dachte er hinterher –, dann durchbrachen seine Füße etwas Poröses, und er landete hart auf einem Steinboden. Er lag in völliger Dunkelheit da, schnappte nach Luft und wartete darauf, dass sie ihn holen kamen. Doch alles blieb still.

Schließlich knipste er die Taschenlampe an: um ihn herum die Splitter der morschen Sperrholzplatte, die unter dem Schacht den Boden bedeckte; an den Wänden Flaschenregale; in der entgegengesetzten Ecke eine Steintreppe hoch ins Erdgeschoss. Er kroch darauf zu.

Vom Fuß der Treppe aus sah er eine Tür und einen schwachen Lichtschein an ihrer Schwelle. Er befand sich im hinteren Teil des Hauses, auf der dem Wäscheschacht gegenüberliegenden Seite, was bedeutete, dass er zur Küche hinaufschaute. Wenn die Tür nicht abgeschlossen war, wäre er in Sekunden am offenen Fenster und in Freiheit.

Geräuschlos stieg er hinauf, lauschte und drehte dann den Knauf. Die Tür ging auf, und er war geblendet von Licht. Kurz warten und nachdenken hätte nicht geschadet, aber er war so überwältigt von dem Drang zu entkommen, dass er blindlings durch die Küche stürzte und dabei gegen einen Mülleimer rannte.

Der konnte ihn zwar nicht aufhalten, aber nun waren Stimmen von oben zu vernehmen. Als er vom Fenstersims hüpfte, konnte er schon den Hund in der Küche hören, und als er zum Tor rannte, sprang dieser in den Hinterhof. Er würde es nicht schaffen.

Hektisch tastete er nach dem Teppichmesser, aber das musste er im Keller verloren haben. Stattdessen fanden seine Finger in der Tasche etwas Weiches, Rutschiges: ein Ersatzpaar Latexhandschuhe. Und plötzlich fiel ihm die Geschichte ein, die Jabril erzählt hatte, als er ihn vor dem Hund gerettet hatte.

Merv presste sich gegen die Mauer, und in dem Moment, da der Schäferhund ihn ansprang, steckte er ihm die geballte Faust ins offene Maul. Gegen den Druck des Gebisses auf seinem Handgelenk schob er dem Tier mit seinen Fingern die zusammengeknüllten Latexhandschuhe in den Rachen. Sofort lockerte sich der Biss, und der Hund wich würgend zurück.

Er war bereits an der Straßenecke, als er einen Polizisten schreien hörte. Der Transporter stand hundert Meter entfernt bergauf. Seine Brust war wie zugeschnürt, aber sein restlicher Körper wuchs über sich hinaus.

Wild stocherte er mit dem Schlüssel im Türschloss herum, dann hatte er es irgendwie auf den Fahrersitz geschafft und raste die Straße hinunter, und der Polizist blieb als Silhouette im Seitenspiegel zurück.

31

Von seinem Standort zwischen den Bäumen entdeckte Knight einen neuen Verbündeten: Ein Heuballen in schwarzer PVC-Folie, den er vorher nicht hatte sehen können, lag genau in der Mitte zwischen ihm und der Hopfendarre.

Das Motorengeräusch war vermutlich ein wendendes Fahrzeug. Er hatte sich gewünscht, es wäre die Polizei, aber es kamen keine Befehle, kein Blaulicht, keine rettende Kavallerie. Wieder einmal musste es also das armselige Fußvolk richten.

Er konnte jetzt den Eingang erkennen, ein schwarzes leeres Rechteck, wo einmal eine Tür gewesen war. Wenn er zur Ablenkung seine Waffe abfeuerte, schaffte er vielleicht die zehn Meter ab dem Heuballen und bekam die Türöffnung unter Kontrolle. Von dort aus konnte er ins Dach schießen, sie mit dem ohrenbetäubenden Knall so verängstigen, dass sie aufgaben. Immer ausgehend von der Annahme, dass sie da drin waren und er bis dahin noch am Leben war. Er hantierte nicht gerne mit Wahrscheinlichkeiten.

Endlich dämmerte ihm, dass er es vermasselt hatte. Es wäre viel besser gewesen, er hätte den Wagen beobachtet und sie mit der Waffe in seine Gewalt gebracht, wenn sie – wann auch immer – zum Auto zurückkehrten. Verzagt ließ er den Blick über die Wiese schweifen und dachte an den langen Rückweg. Der Umriss des Peugeots war am Ende des Feldwegs sichtbar. Irgendetwas daran war komisch. Auf der ihm abgewandten Seite, bei der Beifahrertür, ragte etwas über das Dach hinaus. Dieses Etwas bewegte sich, erst noch verschwommen, ehe es bei der Kühlerhaube menschliche Gestalt annahm.

Bullock kannte den Wagen nicht, und das leere Innere sagte nichts über den Besitzer und seine Absichten aus. Er hatte das Kokain in die Brennnesseln am Wegrand geworfen, war den Hügel hinabgelaufen und zu seiner Überraschung auf den Peugeot und die Hopfendarre gestoßen. Für ihn war klar, dass die Insassen des Autos in der Ruine sein mussten, und Knight sehr wahrscheinlich auch.

Da er weder Fenster noch Tür ausmachen konnte, fühlte er sich sicher und lief über die Wiese zu dem Gebäude, wo er sich mit dem Rücken gegen die Mauer drückte, bevor er auf der Suche nach dem Eingang rundherum schlich. Als seine Finger eine Lücke im Mauerwerk ertasteten, ließ er sie daran auf- und abgleiten und identifizierte so den Türrahmen. Von drinnen war zu hören, wie ein Steinchen ganz leise auf eine harte Fläche fiel. Er reckte den Hals und spähte um die Ecke. Das Letzte, woran er sich erinnerte, war ein schrecklicher brennender Schmerz am Kopf.

Knight sah, wie ein kleiner Gegenstand vom Kopf des Eindringlings abprallte und er zusammenbrach. Er konnte nicht verfolgen, wo der Gegenstand landete, denn in diesem Moment tauchten zwei Silhouetten im Eingang auf. Ihre Gesichter lagen im Dunkeln und waren nicht zu erkennen, aber angesichts der Größe und Form konnte es sich nur um Tim und Susan Hillfield handeln. Sie beugten sich über den hingestreckten Körper und leuchteten ihn mit einer Taschenlampe an.

Er konnte hören, wie die Frau mit gedämpfter und dennoch schriller Stimme schimpfte. Auch wenn er die einzelnen Wörter nicht verstand, gab es keinen Zweifel an der Kernaussage: Sie hatten den Falschen erwischt, und Tim Hillfield war schuld. Der reichte ihr nun einen großen Gegenstand und bückte sich. Er griff die Gestalt an den Beinen und zerrte sie über die Wiese, direkt auf Knight zu.

Eine bessere Chance würde er nicht kriegen. Der Plan blieb gleich, Überrumpelung und Einschüchterung, allerdings nun im offenen Gelände. Noch immer hinter den Bäumen versteckt, zielte er über ihre Köpfe hinweg und drückte den Abzug.

Die Browning gab ein folgenloses Klicken von sich.

Das Testament hatte Merv fast schon vergessen. Während er durch die Stadt gerast war, hatten ihn eingebildete Sirenen verfolgt, und hinter jeder Ecke hatte er die Polizei vermutet. Er hatte alles noch schlimmer gemacht, indem er instinktiv zu Knights Wohnung gefahren war, nur um sich dann klarzumachen, dass er den Transporter unmöglich hier auf der Straße stehen lassen konnte. Erst jetzt, in einer stillen Gasse hinter einer Ladenzeile, hatte er das Dokument hervorgezogen.

Er übersprang die Präambel. Zuerst dachte er, sie hätte alles ihrer Stiftung überschrieben, dann jedoch fand er eine weitere Begünstigte. Die Summe war angesichts ihres bereits vermuteten Reichtums nicht besonders überraschend. Es handelte sich um drei Millionen Pfund. Was ihn wirklich nach Luft schnappen ließ, war der Name der Empfängerin und die

Verfügung, dass das Geld, falls sie vor Kitty Cavanagh starb, an deren nächsten Verwandten gehen sollte.

Knight drückte seinen Rücken an eine alte Eiche. Er kochte vor Wut. Völlig unnötig hatte er sich beim Zusammenbauen der Waffe beeilt und deshalb gepfuscht, und nun stand zu befürchten, dass er diesen Fehler mit dem Leben bezahlen musste.

Der Schein einer Taschenlampe tanzte um ihn herum durch die Bäume, während das Schleifgeräusch immer lauter wurde. Er schnappte Bruchstücke einer heftigen Auseinandersetzung im Flüsterton auf: keine Wahl, hättest warten sollen, Knight finden. Dann waren sie nur noch ein paar Meter entfernt und schließlich an ihm vorbei.

Das Gesicht des Opfers blieb ihm verborgen, aber er erhaschte einen Blick auf den Gegenstand, den Susan Hillfield trug: eine Jagdarmbrust mit Zielfernrohr. Es war noch ein Bolzen im Köcher.

Als das Licht der Taschenlampe sich weit genug entfernt hatte, schlich er ihnen nach. Hier ging es bergab, weswegen er sich aus Angst zu stolpern nur im Schneckentempo bewegte, aber die beiden Hillfields kamen auch nicht schneller voran. Während er noch immer um die Browning trauerte, wog er seine gesunkenen Chancen ab: zwei gegen einen, Armbrust gegen Stock.

Das Licht stoppte. Knight schob sich näher heran und machte sich darauf gefasst, dass jeden Augenblick ein zurückschnellender Zweig ihn verraten konnte. Als er an einer Stechpalme vorbeispähte, fiel der Lampenschein auf einen Erdhaufen und ein großes Loch daneben. Ein Grab, das ohne Zweifel für ihn bestimmt war, aber nun auch noch den zusätzlichen Leichnam in Empfang nehmen würde. Kurz wanderte der Lichtstrahl über den schlaffen Körper hinweg, und Knight erkannte Bullocks blutüberströmtes Gesicht.

Sie standen dem Grab zugewandt, mit dem Rücken zu ihm. Wenn er einen von beiden schnell außer Gefecht setzen konnte, waren die Chancen wieder ausgeglichen. Doch genau in dem Moment, als er losschlagen wollte, gab Bullock ein Stöhnen von sich.

Tim Hillfield ließ die Beine fallen und machte einen Satz rückwärts. »Um Gottes willen, der lebt ja noch!«

»Dann unternimm was!«

»Nein! Langsam reicht es!«

Mit einem verächtlichen Zischen legte sie die Armbrust ab und zog etwas aus ihrer Tasche. »Dann mach ich es! Geh mir aus dem Weg!«

Als sie sich neben Bullocks Kopf kniete, sah Knight die Spritze in ihrer Hand.

»Nein!«, brüllte er.

Er hatte die halbe Distanz überwunden, als die Lampe ihn erfasste.

»Schnapp ihn dir!«, schrie sie.

Tim Hillfield hatte plötzlich eine Schaufel in der Hand. Er streckte sie nach vorne, als wollte er ein wildes Tier in Schach halten. Knight verstärkte seinen Griff um den Stock und ließ ihn näher herankommen.

»Jetzt mach, du Idiot, der kann dir doch damit nichts tun!«

Hillfield hob die Schaufel über seinen Kopf und machte einen Schritt nach vorne. Sie schlugen gleichzeitig zu, als würden sie geheimnisvollen Duellregeln folgen. Knights Schlag traf zuerst: Der Metallgriff erwischte seinen Gegner am Brustkorb auf Höhe des Herzens. Die Schaufel flog über Knights Kopf hinweg. Einen Moment lang stand Tim Hillfield mit verblüfftem Gesicht schwankend da, und ein lang gezogenes, furchterregendes Pfeifen entwich seiner Lunge. Als der zweite Schlag ihn an der Schläfe traf, sackte er neben Bullock zusammen.

Susan Hillfield war verschwunden, aber hinter dem Erdhaufen hörte man es mehrfach gedämpft klicken. Ohne Zweifel spannte sie die Armbrust. Knight fuhr herum und humpelte in waghalsigem Tempo zwischen die Bäume, die vom Schein ihrer Taschenlampe erhellt wurden. Er taumelte in genau dem Moment zur Seite, als der Bolzen an seinem Ohr vorbeipfiff. Nun standen die Chancen wieder fünfzig zu fünfzig – oder hätten so gestanden, wenn er nicht über einen herumliegenden Ast gestolpert wäre. Sein Stock fiel ihm aus der Hand, während er eine steile Böschung hinunterrollte. Wurzeln und Steine schossen an ihm vorbei, dann verlor er fast das Bewusstsein, als er durch üppigen Farn brach, dessen Wedel ihm das Gesicht zerkratzten. Er landete auf feuchter Erde.

Er hob den Kopf und sah, dass er im Bett eines schmalen Baches lag, der jetzt im Sommer bis auf wenige mäandernde Rinnsale ausgetrocknet war. Bachabwärts befand sich eine kleine Steinbrücke, und über ihm hing der dunkle Vorhang der Farnwedel, die die steile Böschung bedeckten. Nun leuchtete die Taschenlampe auf und wanderte prüfend an den Bäumen der gegenüberliegenden Seite entlang. Er konnte hören, wie die Frau die Böschung herunterkam.

Erst vor Sekunden war der Bolzen an ihm vorbeigeflogen, und in der kurzen Zeit konnte sie ihn in dem dichten Unterholz nicht wiedergefunden haben. Sie plante also, ihn mit der Spritze zu erledigen, bevor er ihr noch einmal entwischte.

Wenn er hier liegen blieb, hatte er überhaupt keine Chance. Ganz nah an der Böschung, im Schutz der überhängenden Farnwedel, robbte er auf die Brücke zu, während das Licht der Taschenlampe über ihn hinwegwanderte. Als er das Brückengewölbe erreichte, versuchte er aufzustehen und sich gegen die Mauer zu lehnen, damit er ihr wenigstens stehend gegenübertreten konnte, aber der schwere Sturz hatte die endgültige Kapitulation seines Knies herbeigeführt. Der Schmerz, seit der Überdosis dankenswerterweise wie weggeblasen, kehrte nun mit Macht zurück, und schon bei der kleinsten Belastung gab das Knie nach wie ein gebrochener Zweig. Auch sein linkes Bein hatte er in der vergangenen Stunde so überlastet, dass es sein Gewicht nicht mehr allein trug. Verzweifelt suchte er nach einer Ritze im Mauerwerk, um sich mit den Fingern hochzuziehen, fand aber keine. Ihm blieb nichts übrig, als noch tiefer unter die Brücke zu kriechen und sich dicht an die Mauer zu kauern.

Draußen durchkämmte sie langsam den Farn. Er hoffte, dass sie nicht über den verlorenen Stock gestolpert war, denn dann hätte sie gewusst, wie weit sich die Chancen zu ihren Gunsten verschoben hatten. Nun stand es Spritze gegen seine bloßen Hände.

Er tastete umher, in der Hoffnung, einen spitzen Stein zu finden, doch vergeblich. Sein Waffenarsenal beschränkte sich auf seine Schlüssel und sein Handy. Mehr aus Gewohnheit denn aus Zuversicht prüfte er, ob er wieder ein Netz hatte.

Es blinkte – eine eingegangene Nachricht.

Mervs SMS stürzte ihn in ein heftiges Gefühlschaos. Ungläubigkeit war ebenso dabei wie Beschämung und Selbstvorwürfe, weil sie ihn so gründlich übertölpelt und ausmanövriert hatten. Vor allem jedoch verspürte er – selbst im Angesicht seines möglichen Todes – Bewunderung, wie geschickt sie ihre Karten ausgespielt und ihre Trümpfe dabei bis zum Ende im Ärmel behalten hatten.

Es plumpste, als sie ins Bachbett sprang. Sie schwenkte den Lichtstrahl in beide Richtungen und sah ihn sofort.

»Sie sind ein aufdringlicher alter Trottel, Knight. Fast hätten Sie mich um drei Millionen Pfund gebracht.«

Beim Klang ihrer Stimme dachte er an ihre erste Begegnung zurück und konnte kaum glauben, wer hinter dem grässlichen Gespenst steckte, das sich ihm nun mit der Spritze in der Hand näherte. Er hielt den Autoschlüssel bereit.

»Mein Partner weiß, wer Sie sind«, rief er heiser. »Er hat die Polizei schon über das Testament informiert.«

Sie schnappte hörbar nach Luft. Nun stand sie über ihn gebeugt und leuchtete ihm mit der Taschenlampe in die Augen. »Das sollst du mir büßen, du Dreckskerl!«

Sie warf die Lampe beiseite, kniete sich neben ihn und packte ihn am Hals. Er stieß mit dem Schlüssel zu, traf aber nur ihre Schulter, und dann steckte auch schon die Nadel in seinem Fleisch. Er stieß ihr Handgelenk weg, aber sie war kräftig, und kaum flutete das Heroin in seinen Körper, spürte er die sedierende Wirkung. Vor seinem inneren Auge blitzte Colin Boyle auf, dessen Messer an der gleichen Stelle eingedrungen war. Und plötzlich war Roz da, sie schien ihn erfreut zu begrüßen. Da überkam ihn ein gar nicht unangenehmes Gefühl der Akzeptanz, die tröstliche Vorstellung, dass nichts mehr eine Rolle spielte. Auch Fran war da. Sie saß neben ihm auf seinem Sofa, zog ihn an sich. Sagte sie ihm Lebewohl, oder flehte sie ihn an, bei ihr zu bleiben?

Dann konnte er mit einem Mal wieder die Nadelspitze auf der Haut spüren und ihm fiel ein, was er vor Wochen, ja beinahe in einem anderen Leben, über sie gelesen hatte. Er grub eine Handvoll Erdnüsse aus seiner Jackentasche und drückte sie ihr an den Mund, verrieb sie mit der flachen Hand auf ihren Lippen und Zähnen. Er fühlte, wie sie erschauerte, als sie den Geschmack identifizierte. Panik überkam sie, und der Griff ihrer Hand lockerte sich, sodass er sie wegziehen und die Spritze in die Mauer hinter sich rammen konnte. Mit seinem letzten Quäntchen Kraft stieß er ihr den Schlüssel in den Hals, und sie wich zurück.

Er hätte sich die Mühe nicht zu machen brauchen. Ihr Hals schwoll bereits an, ihr Blutdruck fiel ab, sie war schon fast bewusstlos. »Arschloch«, keuchte sie und kippte um.

Knight war es egal, ob sie überlebte oder starb. Er fühlte sich heiter, unbeschwert, frei von Schmerz und Angst. Ihr Kopf lag neben einem Rinnsal, das vom Wasserlauf abzweigte. Als forderte er seine Belohnung ein, wusch er ihr die Schminke ab, und zum Vorschein kam das Gesicht von Antonia Baldwin.

32

Zeit, die Koteletts in der Marinade zu wenden. Knight drückte sich vom Küchentisch hoch und schob sich für die kurze Strecke zum Kühlschrank die Krücke unter den Arm. Eigentlich war es ihm nicht recht, dass sie ihn so sah, aber bevor er wieder laufen konnte, stand ihm eine Operation bevor, dann mehrwöchige Reha, und so lange wollte er nicht warten.

Die Schmerzmittel waren nun streng rationiert. Die Chirurgin in der Orthopädie im Krankenhaus war entsetzt gewesen von den Exzessen seiner Selbstmedikation, die er aufgrund der Einstiche rund um sein Knie nicht verheimlichen konnte. Nicht, dass er der Ärztin viel Aufmerksamkeit geschenkt hatte, mit seinem Heroinspiegel und dem Wissen, dass Antonia und Harry Baldwin unter polizeilicher Bewachung drei Vorhänge weiter lagen und Bullock im CT war.

Er mörserte den Knoblauch zusammen mit dem Salz. Es wirkte beruhigend, die Zehen mit dem Stößel zu Brei zu verarbeiten, eine simple und ursprüngliche Tätigkeit, die ideale Therapie für die Minuten vor ihrem Eintreffen.

Bullock hatte Glück gehabt. Der Bolzen hatte seinen Schädel lediglich gestreift und angebrochen. Nur Millimeter tiefer, und er wäre sofort tot gewesen. Merv hatte ihn gefunden, nachdem er Knight von der Brücke hochgeschleppt hatte. Antonia Baldwin hatte er mit einem Gürtel gefesselt dort liegen lassen. Harry Baldwin war noch bewusstlos gewesen.

Bis Polizei und Krankenwagen eintrafen, war Bullock wieder so weit bei Bewusstsein, dass er die Hauptereignisse erfassen konnte, die in letzter Konsequenz zu seinem aktuellen Zustand geführt hatten. Kitty Cavanagh hatte ihrer kurzzeitigen Geliebten und lebenslangen Freundin Joan Baldwin drei Millionen Pfund hinterlassen. Falls Joan vor ihr starb, sollte das Geld an ihren nächsten Verwandten Harry Baldwin gehen – eine Standardklausel, die ihr Anwalt in das Testament eingefügt und der Kitty keine Beachtung geschenkt hatte, denn drei Millionen waren in ihren Kreisen Peanuts. Harry Baldwin hatte also durchaus nicht gelogen, als er Knight gegenüber behauptete, seine Tante habe ihren Besitz einem Heim für Katzen vermacht. Verschwiegen hatte er dagegen das Vermögen, das seine Tante möglicherweise *erben* würde, wenn sie lange genug lebte.

Antonia Baldwin hatte nicht die Absicht, sich drei Millionen Pfund durch die Lappen gehen zu lassen. Als ihr klar wurde, dass ihrem Mann für diese Aufgabe das Rückgrat fehlte, wurden die Hillfields geboren. Das Täuschungsmanöver war solide geplant. Keiner von beiden war je im New Horizons gewesen, und so konnte Antonia ihre maskenbildnerischen Grundkenntnisse einsetzen, um sich und Harry in

Mutter und Sohn zu verwandeln und sich vor Ryan als heroinabhängig auszugeben. Es sagte einiges über ihre Fähigkeiten aus, dass Ryan sie nicht erkannte, als er für den Erpressungsversuch bei ihr zu Hause auftauchte. Noch mehr verriet es allerdings über seine Verzweiflung und Naivität, dass er ihr die spontan erfundene Geschichte von der drogenabhängigen Schwester glaubte, die im Wald mit einem Bündel Scheinen auf ihn wartete.

Ihr einziges Pech war, dass sie von Ryans Job im New Horizons nichts wusste. Da sie nie zu Besuch dort gewesen war, war sie ihm auch nicht begegnet, und während ihres kurzen Aufenthalts als Susan war sie nie bis in den Garten vorgedrungen. Es hätte auch gar keine Rolle gespielt, wäre ihr Ryan nicht von der Old Admiral Tavern nach Hause gefolgt und hätte später versucht, sie zu erpressen. Er hatte dafür mit seinem Leben bezahlt, aber vorher noch den Anhänger weitergegeben, der Knight schließlich zu Kitty Cavanagh gebracht und beinahe zu seinem Tod geführt hatte. Antonia hatte die Direktorin von Montague Hall gewarnt, dass Knight auftauchen und herumschnüffeln würde, und darum gebeten, darüber informiert zu werden. Das war ihr Warnsystem: Sollte er der Wahrheit so nahe kommen, musste er zum Schweigen gebracht werden.

Er öffnete die Olivenölflasche in dem sicheren Gefühl, die richtige Wahl getroffen zu haben. Aioli hatte nichts Protziges. Als Verführungsversuch konnte sie nicht ausgelegt werden, dafür sorgte schon der Knoblauchatem, den sie verursachte. Die Soße war schlicht ein Geschenk, das er ihr machte, die Empfindung von Schärfe, die sie teilen würden. Nur so weit gingen seine Absichten, bislang jedenfalls. Selbstverständlich gab es heute auch kein Viagra. Beziehungsweise hatte er es nicht bereitgelegt. Er wusste allerdings, wo die Packung im Badezimmerschrank lag, und konnte nicht verhindern, dass seine Gedanken manchmal dort hinwanderten. Er hatte mit dem Gedanken gespielt, sie wegzuwerfen, aber das hätte er als Verschwendung empfunden.

Tropfenweise fügte er das Öl hinzu. Ein einziger Moment der Ungeduld konnte die Soße in eine schlammige Suppe verwandeln, und ihre Magie wäre zerstört. Die Analogie erschien ihm passend: Auch ihm täte es nicht gut zu glauben, er habe sie schon gewonnen, selbst wenn er in ihren Augen zweifellos ein Held war. Er würde langsam und geduldig vorgehen, und sie würde auf ihn zukommen.

Als die Aioli fertig war, trat er auf den Balkon und rauchte eine Zigarette.

Immer mehr Puzzleteile hatten sich mit dem Geständnis der Baldwins zusammengefügt oder damit, was zutage kam, als Harry Baldwin, den man von seiner Frau getrennt hatte, auspackte. Man hatte drei Signalblocker gefunden, einen in der Hopfendarre, einen im Restaurant und einen am Boden von Knights Wagen. Baldwin versuchte verzweifelt, die ganze Schuld Antonia zuzuschieben, indem er behauptete, sie habe auch Fran töten wollen und es nur unterlassen, weil er ein Machtwort gesprochen habe. Mit dem Kompromiss, den Verdacht auf sie zu lenken, habe er ihr Leben gerettet!

Diese abstoßende Behauptung fand Knight in der Tat gar nicht so unglaubwürdig: Wenn Antonia Baldwin zum Mord an drei Frauen bereit gewesen war, warum dann nicht zu einem vierten? Musste er dem Mann also am Ende noch dankbar sein?

Am meisten tat ihm Carol leid, die ihn vor der Verhaftung und einer sicheren Gefängnisstrafe bewahrt hatte. Der Deal, den er noch vor Eintreffen des ersten Polizeiwagens ausgehandelt hatte, beinhaltete, dass Bullock die Meriten für die Lösung des Falls einstrich und im Gegenzug sicherstellte, dass keine Anklage gegen ihn und Merv erhoben wurde. Obwohl er Bullock das Leben gerettet hatte, war die Waffenruhe zwischen ihnen äußerst brüchig, da keiner von beiden geneigt war, die jeweilige Intrige gegen den anderen im vollen Umfang einzugestehen. Was Carol betraf, reichten Bullocks Kompetenzen nicht aus, um die Beschädigung eines Polizeiwagens unter Alkoholeinfluss unter den Teppich zu kehren, und auf Bullocks Vorgesetzte hatte Knight keinen Einfluss. Laut Bev saß Carol in der geschlossenen Abteilung der Psychiatrie und beharrte weiterhin darauf, dass die Wahrheit in den Karten zu finden sei, und auch darauf, dass sie gesehen habe, wie Bullock etwas in Knights Wagen gelegt hatte. Aus Mangel an Beweisen glaubte ihr niemand, bis auf Knight.

Leider konnte er nichts für sie tun. Er würde zwar als Zeuge der Verteidigung aussagen, aber viel helfen würde das wohl nicht. Immerhin konnte er sie besuchen, um sich zu entschuldigen, obschon er die Aussicht nicht gerade verlockend fand. Sie war das Opfer in einem Krieg, den er angezettelt hatte, und sie war beileibe nicht das einzige. Mrs. Grayling war völlig durch den Wind, gab ihm die Schuld am Tod ihres Neffen und weigerte sich, mit ihm zu sprechen. Er fühlte sich für Ryans Schicksal nicht verantwortlich, war allerdings sicher, dass der von ihm vereitelte Diebstahl im Heim Ryan zu seinem dilettantischen Erpressungsversuch getrieben hatte.

Zumindest Merv legte Wert darauf, aus freien Stücken mitgemacht zu haben. Er war peinlich berührt gewesen, als Knight ihm dankte, und höchst amüsiert, als Knight auch noch schwor, ihn nie wieder in so etwas hineinzuziehen. *Sag niemals nie,* hatte er mit einem eigenartigen Lächeln auf den Lippen gesagt. Dennoch plagte Knight die Vorstellung, dass auch Merv zu den Opfern hätte zählen können. Er würde seinen Schwur halten.

Er merkte, dass solche Überlegungen ihm die Stimmung verdarben, und sagte sich, dass heute nicht der Tag für strenge Introspektion war. Wenigstens eine Rechnung würde er ja begleichen können: Er hatte Penelope und General Harding für die kommende Woche zusammen zum Tee ins Grand Hotel eingeladen. Er wolle wohl Amor spielen, hatte Merv ihn aufgezogen, und ganz abstreiten konnte er das nicht. War es dazu denn je zu spät? Er hoffte nicht, denn just in dem Augenblick sah er, wie Fran um die Ecke bog und auf die Eingangstreppe zulief.

Die Zeit, bis es läutete, kam ihm wie eine Ewigkeit vor. Er hatte an der Tür gewartet, ehe ihm klar wurde, wie seltsam es ihr erscheinen musste, dass er in dem Augenblick öffnete, da sie den Finger vom Klingelknopf nahm. Also zog er sich wieder in die Küche zurück, wo ihm einfiel, dass die Paprika noch im Ofen waren. Er holte sie gerade heraus, als sie klingelte. Er verbrannte sich die Finger und hastete, so schnell es die Vorsicht erlaubte, in etwas konfuser Verfassung zurück zur Tür.

Sie hatte einen Lilienstrauß und eine hellrote Papiertüte mit weißen Griffen dabei. »Hallo, Tom«, sagte sie ein bisschen nervös, und ihr Blick huschte zu der Krücke. Als sie ihre Arme um ihn legte und ihn auf die Wange küsste, fühlte er den dringenden Wunsch, sie an sich zu drücken und festzuhalten, aber die Blumen waren im Weg.

»Für dich.« Sie trat zurück und streckte sie ihm entgegen.

»Sie sind wunderschön, danke«, hörte er sich sagen. Das waren sie in der Tat, ganz ausgesprochen schön sogar, aber sie kamen so unerwartet, dass es ihn erneut ein wenig aus dem Konzept brachte.

»Soll ich sie nehmen?«, fragte sie und schaute wieder auf die Krücke.

»Nein, kein Problem, ich stell sie ins Wasser.« Sein ursprünglicher Plan hatte vorgesehen, hinter ihr her auf den Balkon zu gehen, aber nun musste er sich vor ihren Augen um den Küchentisch herummanövrieren. Er drückte den Strauß an sich und schaffte die Strecke bis zur Spüle ohne Zwischenfall, aber hier lauerte ein neues Dilemma in Gestalt der feuerroten Gerbera, die er für sie gekauft hatte. Hatte er übertrieben? Würden seine Blumen ihr die Freude an dem Strauß für ihn verderben? Himmel, sie war noch keine Minute da, und er drehte bereits durch. Er musste sich entspannen!

»Wir hatten wohl beide die gleiche Idee – die hier sind für dich.«

Es wirkte auch ein wenig unbeholfen, dass er ihr die Gerbera erst überreichte und sie anschließend wieder zu den Lilien in die Spüle stellte. Dann endlich konnten sie nach draußen treten.

Der Champagner stand schon auf dem Esstisch, den er in die Ecke des Balkons gerückt hatte, damit er sich beim Öffnen der Flasche an die Wand lehnen konnte. Er hatte Oliven, Mandeln und eine Platte in Schinken gerollten Spargel bereitgestellt. »Ich dachte, wir sollten das feiern. Möchtest du ein Glas?«

»Ja, gerne.« Auch sie schien angespannt. Sie brauchten beide dringend etwas zu trinken.

»Du siehst gut aus.« In Wahrheit machte sie einen müden Eindruck. Sie war blasser, und die Ringe unter ihren Augen waren dunkler als bei ihrer letzten Begegnung. Aber er würde dafür sorgen, dass sich das änderte, wenn sie ihn nur ließ.

»Danke. Was ist mit deinem Bein passiert?«

»Nichts Schlimmes, es muss nur ein bisschen gerichtet werden.«

»Was heißt ein bisschen gerichtet?«

»Eine kleinere Knie-OP, wohl keine große Sache.« Das hatten die Ärzte ihm gegenüber ganz anders dargestellt. Er belog sie schon wieder, aber jetzt kam der Korken raus, und er schenkte ihr Champagner ein.

Fran schaute beeindruckt zu, wie der Schaum genau bis zum Rand und nicht darüber hinaus stieg. Das war offenbar kein Zufall, denn er wiederholte das Kunststück bei seinem eigenen Glas. Doch sein Äußeres fand sie erschreckend, trotz der sorgfältigen Rasur und des offensichtlich nagelneuen, faltenlosen Leinenjacketts. Was nicht nur an der Krücke lag – sein Gesicht war noch zerschrammter und deformierter als beim letzten Mal, und aus seinen Augen, die in tiefen Höhlen lagen, sprach Erschöpfung. Kurz war ihr, als hätte sie einen ihrer Schützlinge aus dem New Horizons vor sich. Sie stießen an und tranken.

Knight hatte eine Art Ansprache vorbereitet, in der er edelmütig erklären wollte, dass sie ihm nichts schulde, um dann seiner Hoffnung Ausdruck zu verleihen, dass er damit seine Unaufrichtigkeit wiedergutgemacht habe. Doch auch sie schien sich vorbereitet zu haben und war schneller. »Ich möchte dir sagen, dass ich dir niemals genug werde danken können«, fing sie an. Natürlich hatte er etwas Derartiges erwartet, und ihre Worte klangen ein wenig steif, dennoch umwehten sie ihn wohltuend wie eine warme, duftende Brise. Nun bekam er seine Belohnung oder zumindest den ersten Teil davon, es war die Morgendämmerung nach einer langen, schrecklichen Nacht. Sie trug einen Jeansrock, der ihre Knie vollständig bedeckte, eine weite Bluse und darüber eine Strickjacke. Ein kritischeres Auge hätte die Kombination als unförmig bezeichnet, aber Knight spürte, wie sein Verlangen erwachte. Schon kam ihm wieder die Schachtel mit den Viagra in den Sinn, doch er wischte den Gedanken beiseite.

Ihr Lob war so überschwänglich gewesen, dass er eigentlich erwartet hatte, sie würde sich danach zu ihm hinüberbeugen und ihn erneut küssen, doch stattdessen hielt sie die Papiertüte hoch. »Das ist auch für dich – ein ganz kleines Zeichen meiner Dankbarkeit.«

In der Tüte lag ein in Seidenpapier gewickeltes Päckchen. Er riss es auf, und zum Vorschein kam eine pompöse Pappschachtel mit dem Logo von Felix Edelman. Sie enthielt einen kleinen versilberten Bierkrug, der sie ein Vermögen gekostet haben musste. Am Innenrand war eine Widmung eingraviert: »Danke für alles, ich werde dich nie vergessen. Alles Liebe, Fran.«

Er war zwar kein Biertrinker, konnte aber dennoch seine Trophäe nur bewundern. Irgendwas an der Widmung klang zwar komisch, aber davon wollte er sich jetzt nicht irritieren lassen. »Er ist großartig. Das wäre doch nicht nötig gewesen, das hab ich wirklich nicht erwartet.«

Als sie lächelte, fühlte er, dass der richtige Moment gekommen war. Er lehnte noch immer an der Wand, die Krücke neben sich, zwischen ihnen vielleicht ein Meter Abstand. In einer geschmeidigen Bewegung griff er nach der Krücke, trat zu ihr und legte seinen Arm um sie. Bereitwillig beugte sie sich vor und wandte dann ihren Kopf, sodass sein Kuss auf ihrer Wange landete. Er hatte genau genommen nichts anderes vorgehabt, dennoch konnte er nicht umhin festzustellen, dass sie ihren Kopf möglichst lange zur Seite gedreht hielt, um zu vermeiden, dass ihre Lippen sich trafen. Und obwohl er sie nicht besonders fest an sich drückte, merkte er, wie ihr Körper sich versteifte. Er hatte sich doch geschworen, es langsam angehen zu lassen. Also ließ er sie los und machte einen Schritt rückwärts.

»Darf ich dir nachschenken?«

»Für mich ist es erst mal genug, aber dich will ich nicht abhalten.« Sie hatte erst einen Schluck Champagner getrunken, während er sein Glas geleert hatte. Er füllte es wieder und schlug vor, mit dem Essen anzufangen.

Der Grill stand auf der anderen Tischseite, die Glut war gerade perfekt. Sie half ihm, das Essen hinauszutragen, sah ihm beim Grillen der Koteletts zu, machte ihm Komplimente für das Festmahl und betonte ein paarmal, dass er sich nicht so viel Mühe hätte machen sollen. Sie hatten vorher nur ein Mal kurz miteinander gesprochen – er lag noch in einem Krankenhausbett, und sie saß im Büro des Gefängnisdirektors und konnte kaum glauben, dass sie schon bald entlassen wurde. Eine ziemlich wirre Unterhaltung, aber zumindest war es ihm gelungen, ihr in groben Zügen die Geschichte zu erzählen, und vor allem hatte sie seine Einladung zum Mittagessen angenommen. Nun, während sie aßen, lieferte er ihr die Details.

Vor eineinhalb Jahren, als Joan Baldwin ins New Horizons gekommen war, hatte die Stadtverwaltung Harry Baldwin aufgefordert, ihr gemietetes Einzimmerappartement auszuräumen. Es war der einzige Dienst, den er seiner Tante je erwies, aber der sollte sich als schicksalhaft herausstellen. Denn in ihren Papieren stieß er auf eine Kopie ihres Testaments, in dem sie eine Bank zur Testamentsvollstreckerin ernannte und ihre mageren Ersparnisse einem Heim für Katzen vermachte. Er hätte die Kopie weggeworfen, hätte er nicht zugleich einen Brief von Kitty Cavanagh gefunden, in dem von ihrem eigenen bei Crocker & Sharkey hinterlegten Testament die Rede war und davon, dass Joan eine Begünstigte war.

Er wusste von der Liebesaffäre und dass seine Tante angeblich eine reiche Freundin hatte, mit der sie gelegentlich in Urlaub fuhr. Sein Vater, nicht gerade ein Freigeist, hatte es vorgezogen, den Lebenswandel seiner Schwester zu verdammen, und jeden Kontakt zu ihr abgebrochen. Dem Briefwechsel der beiden Frauen, der irgendwann zum Erliegen kam, als beide an Demenz erkrankten, entnahm Harry Baldwin zweierlei: Erstens hatte seine Tante, obwohl sie beinahe in Armut lebte, immer wieder die Angebote ihrer Freundin, sie finanziell zu unterstützen, abgelehnt, was in seinen Augen hochgradig dämlich war. Zweitens und viel wichtiger: Kitty Cavanagh hatte eindeutig Geld. Und er brauchte nicht lange, um in Erfahrung zu bringen, dass sie über ein Vermögen im zweistelligen Millionenbereich – oder sogar noch höher – verfügte.

Antonia war fest entschlossen herauszufinden, wie viel Joan erben würde. Es dauerte ein paar Monate, bis sie einen Aushilfsjob bei Crocker & Sharkey bekam, vermutlich unter Einsatz ihres geballten Charmes. Sobald sie das Dokument gefunden hatte, durch das ihr drei Millionen entweder in den Schoß fallen oder entgehen würden, kündigte sie. Ihr Mann würde als nächster Verwandter nur erben, wenn Joan vor Kitty starb.

Urkundenfälschung war keine Option. Es mussten zwangsläufig weitere Abschriften vom Cavanagh-Testament existieren. Joans Testament wiederum lag auf der Bank, und es gab keine realistische Chance, sie zu einer Änderung zu bewegen. Mangels familiärer Unterstützung hatte das Vormundschaftsgericht ihre Angelegenheiten in die Hand genommen, und dieses Gremium würde sicher nicht positiv reagieren, wenn ausgerechnet die Leute eine derartige Bitte äußerten, die Joan Baldwin im Stich gelassen hatten. Also kam es entscheidend darauf an, wer zuerst starb.

Über ein Jahr lang hoffte Harry Baldwin, seine Tante würde ihm von allein den Gefallen tun, doch während ihr Geist sie zunehmend im Stich ließ, bewies ihr Körper ein entmutigendes Stehvermögen. Als absehbar war, dass Kittys Erkrankung zu ihrem baldigen Tod führen würde, kam Antonia zu dem Schluss, dass sie nicht länger warten konnten.

Knights Schilderung hatte Fran für kurze Zeit aufgemuntert und vergessen lassen, was sie noch hinter sich bringen musste. Als sie von Baldwins Behauptung erfuhr, er habe sie durch seine Anschuldigung vor dem Tod bewahrt, war sie allerdings ziemlich schockiert. Wieder einmal stand ihr vor Augen, dass der Plan der Baldwins ebenso gut hätte aufgehen können. Wenn Knight nicht gewesen wäre, hätte sie mehr oder weniger ihr restliches Leben im Gefängnis verbracht.

Nun konnte sie es ihm nicht länger verschweigen. Sie hatte ihm eigentlich nicht alles erzählen wollen, aber ihre Tochter hatte ihr dazu geraten: Fran schulde ihm nichts weniger als größtmögliche Aufrichtigkeit. Und es gab noch einen zweiten zwingenden Grund: Wenn sie es ihm jetzt nicht sagte, würde er nie aufgeben, das belegte die obsessive Hartnäckigkeit, mit der er ihren Fall bis zum Ende weiterverfolgt hatte. Das Timing war entscheidend – zu früh war grausam, zu spät nicht viel besser. Grausam aus Nettigkeit – die Formulierung ihrer Tochter wollte ihr nicht aus dem Kopf, dabei kam sie sich alles andere als nett vor. Immerhin hatte sie bereits ihren Rat befolgt, sich beim Alkohol zurückzuhalten, obwohl ihr durchaus nach mehr zumute war.

Knight seinerseits entspannte sich endlich. Er war schon beim zweiten Glas Brouilly angelangt und sehr geschmeichelt davon, wie sie an seinen Lippen hing. Gut, sie hatte nur ein paar Schluck getrunken und die Aioli praktisch nicht angerührt, aber er hatte nun das beruhigende Gefühl, auf dem richtigen Weg zu sein. Mit Geduld und stiller Beharrlichkeit würde er sein Ziel erreichen.

»Tom, ich muss dir was sagen.«

Knight hatte gerade sein Glas an die Lippen gehoben. Jetzt setzte er es langsam ab, und in seinem Kopf schrillten Alarmglocken. Die Traurigkeit in ihrer Stimme war mit Händen zu greifen, ein Tonfall, den man normalerweise für die Überbringung von Todesnachrichten wählte.

»Ich hab … jemanden kennengelernt.« Endlich – sie hatte es ausgesprochen.

Jetzt blies ihm ein ganz anderer Wind ins Gesicht, ein eiskalter Gifthauch. Er transportierte Formulierungen wie »es sollte nicht sein«, »immer Freunde bleiben«, »nichts passiert«, »in einer frühen Phase« …

»Verstehe«, war alles, was er hervorbrachte, als sie fertig war. Nach wie vor starrte er sie ausdruckslos an, während seine anfängliche Benommenheit der lähmenden Angst wich, dass es sich hier nicht um einen Traum oder eine Wahnvorstellung handelte, sondern dass es wirklich passierte. Natürlich war das nicht das erste Mal, dass jemand mit ihm Schluss machte, aber er hatte es noch nicht so oft erlebt, dass er gegen die unmittelbar verheerenden Auswirkungen immun gewesen wäre. Sein Mund wurde trocken, und seine Eingeweide krampften sich zusammen. Er wollte sie anschreien, dass sie wohl verrückt geworden war, aber er blieb stumm.

»Das ist … eine Überraschung«, schob er schließlich nach. Er wollte fragen, um wen es sich handelte, doch er beherrschte sich, weniger aus Stolz als mehr aus dem instinktiven Bedürfnis heraus, ihr gegenüber einen Rest von Würde zu wahren.

Fran beobachtete ihn angstvoll. Trotz des guten Zuredens ihrer Tochter fühlte sie sich unrein, als hätte sie die schlimmste aller Sünden begangen. Aber sie hatte es hinter sich gebracht, und soweit sie es beurteilen konnte, nahm er es gefasster auf, als sie befürchtet hatte.

Wie ein Ertrinkender an einen Rettungsring klammerte sich Knight an den Gedanken, dass er auf keinen Fall die Fassung verlieren durfte. »Ich kann nicht bestreiten, dass ich enttäuscht bin, aber … na ja, schließlich sind wir kein Paar, also …« Was also genau? Es spielte *also* keine Rolle, dass er sie vor einer langjährigen Gefängnisstrafe bewahrt hatte? Dass er sein Leben für sie aufs Spiel gesetzt hatte? »Also … freu ich mich für dich. Das sind wirklich schöne Neuigkeiten.« Er wusste, dass sie wusste, dass er log, und er wollte, dass sie es zugab, aber den Gefallen tat sie ihm nicht.

»Danke«, sagte sie stattdessen. »Du bist ein wunderbarer Mann, Tom, wirklich. Ich hoffe, du kannst mir verzeihen, auch wenn ich das gar nicht verdient habe.« Ihre Augen füllten sich mit Tränen.

»Da gibt es nichts zu verzeihen«, log er wieder, obwohl er sie doch anbrüllen wollte, wie absurd es war, ihn sitzenzulassen, wenn er wirklich so wunderbar war. Es machte die Sache nicht besser, dass sie in jener unglückseligen Nacht fast die gleichen Worte gebraucht hatte, und auch mit der gleichen Inbrunst.

»Wie du schon sagst, es sollte eben nicht sein, insbesondere angesichts meines Verhaltens.«

Sie brachte es nicht über sich, ihm zu sagen, dass es weniger an seiner Lüge gelegen hatte, sondern dass etwas in ihr zerbrochen war, als sie sein tatsächliches Alter erfahren und ihn mit der Zahnlücke gesehen hatte. Es war doppelt grausam, dass genau das zerbrochen war, was er zuvor in ihr wiedererweckt hatte: die Bereitschaft, sich auf etwas einzulassen. Glücklicherweise war diese Bereitschaft noch nicht erloschen. Sie war weit entfernt vom Sturm und Drang ihrer Jugendzeit, aber da waren frische Triebe, bereit zu wachsen, wenn auch aus einem neuen, anderen Boden. Sie war nicht in Briggs verliebt, doch sie fühlte sich in seiner Gegenwart so angenehm unbeschwert, dass sie mehr wollte – und obendrein fand sie ihn schlicht sexy. All das konnte sie Tom natürlich nicht erzählen. »Tut mir wirklich leid, Tom.«

»Ganz ehrlich, ist schon in Ordnung.« Er merkte, dass sie gehen wollte. Wie ein Fisch, den man vom Haken gelassen hatte, wollte sie schnellstmöglich davonschwimmen, und es wäre gemein gewesen, sie aufzuhalten. Als sie sich an der Tür verabschiedeten, küssten sie sich noch einmal. Diesmal drückte er sie fest an sich, und sie erwiderte die Umarmung. Noch einmal flackerte falsche Hoffnung in ihm auf, aber dann war sie schon im Lift.

In seinen Businessclass-Sitz gekauert, überlegte er erneut, wer sein Rivale war. Er war nach wie vor froh, sich nicht durch Nachfragen gedemütigt zu haben, doch seine mörderischen Gedanken brauchten ein Ziel. Irgendwann lief sich auch dieses Bedürfnis tot. Daraufhin packte ihn die Wut über ihre himmelschreiende Undankbarkeit. Was hatte er nicht alles für sie getan, welche Todesgefahren hatte er nicht auf sich genommen? Verlangte der gegenwärtige Zustand seines Körpers nicht nach mehr als einem Scheiß-Bierkrug?

Das war ein mieser Gedanke, und er verdrängte ihn sofort. Doch eine Frage ließ sich nicht verdrängen: Hätte er all das auf sich genommen, wenn er gewusst hätte, dass es so enden würde? Merv gegenüber hatte er immer wieder beteuert, dass ihn sein Gerechtigkeitssinn antrieb, und daran klammerte sich nun. Gerechtigkeit war sein Lohn, auch wenn sich das nur wenig besser anfühlte als ein Bierkrug.

Er griff nach der Zeitung, die er ihr hatte zeigen wollen. Auf der ersten Seite prangte ein Foto von Bullock vor der Hopfendarre. Er selbst hätte da stehen müssen, und ihn hätten sie fürs Fernsehen interviewen sollen, dachte er verbittert. Warum hatte er nicht darauf bestanden, dass ihm der verdiente Ruhm zuteilwurde? Nun, natürlich weil er an Ruhm überhaupt nicht gedacht hatte. Er hatte an sie gedacht, nur an sie.

Er warf die Zeitung beiseite und spielte mit dem Gedanken, Merv anzurufen, aber er konnte sich schon denken, was der sagen würde, und das wollte er nicht hören. Was er wirklich wollte, war was zu rauchen.

Das war seit geraumer Zeit der erste Gedanke, der ihn aufmunterte, doch leider währte die Freude nicht lange. Sein Vorrat im Schrank war zu Ende, sie hatten den letzten Rest an dem Nachmittag aufgeraucht, als er aus dem Krankenhaus gekommen war. Schon wieder ein Schlag ins Kontor, nur zu! Nach einem Augenblick schmerzlicher Enttäuschung erinnerte er sich vage an einen halb gerauchten Joint, den Merv irgendwo verlegt hatte. Sie hatten die Suche bald aufgegeben, da es schneller gegangen war, einen neuen zu drehen. Wo mochte der sein? Auf wackeligen Beinen machte er sich auf die Suche.

Im Wohnzimmer und in der Küche war er nicht, ebenso wenig im Schlafzimmer oder Bad. Irgendwann musste er sich der Realität stellen: Der Joint war weg.

Da ihm nichts Besseres einfiel, kehrte er auf den Balkon zurück und ließ sich in den zurückgeklappten Sitz sacken. Der Nachmittag hatte sich abgekühlt, graue Wolken zogen auf, schwarz gepunktet von einem verfrühten Schwarm Stare. Nach der Trauer um den verlorenen Joint trauerte er nun wieder um Fran, während er die Vögel über sich bei ihrem vergänglichen Treiben beobachtete.

Da hörte er ein Tippeln. Er richtete den Sitz so weit auf, dass er die Möwe sehen konnte, die auf dem Esstisch gelandet war. Es war dieselbe wie kürzlich, davon war er überzeugt. Ihr

Schnabel steckte in der Aioli. Er fuchtelte mit seinem Stock und schimpfte, aber der Vogel nahm keine Notiz von ihm und machte sich, von der Aioli enttäuscht, über die Reste einer Paprikaschote her. Knight schaute sich nach einem Wurfgeschoss um. Auf dem Boden lag der Champagnerkorken, aber dafür hätte er aufstehen müssen.

Er beobachtete die Möwe dabei, wie sie sich an der Paprika gütlich tat. Immerhin eine Art Gesellschaft, befand er, und ein tröstlicher Gedanke, dass in den Trümmern dieses Nachmittags tatsächlich etwas zu finden war, was für eine andere Kreatur einen Wert darstellte. Doch auch dieser Trost hatte einen bitteren Beigeschmack. War es nicht traurig, dass nun die Gesellschaft einer Möwe seinen Schmerz lindern musste, wo der Nachmittag doch mit der Frau seiner Träume begonnen hatte? Langsam dämmerte ihm, dass sie vielleicht genau das gewesen war, ein Traum, eine Illusion, die er erschaffen und zu seiner Religion erhoben hatte.

Seine neue Gefährtin hatte ihre Aufmerksamkeit inzwischen auf den Boden verlagert und pickte nach zwei verirrten Oliven. Etwa einen Meter vor ihm machte sie halt und starrte ihn aufmerksam an. Knight rührte sich nicht und überlegte, ob er geschmeichelt wegen ihres Vertrauens sein sollte oder vielmehr beleidigt von ihrem mangelnden Respekt. Diese Entscheidung schien ihm wichtig. Im nächsten Augenblick hüpfte sie ohne Vorwarnung unter seinen Sitz, tippelte linkisch wieder hervor und brachte sich flatternd in einen sicheren Abstand.

Was sie dort unten ergattert hatte, fiel ganz offensichtlich nicht zu ihrer Zufriedenheit aus: ein Leckerbissen, den die Möwe im Gegensatz zu dem riesigen Geschöpf ihr gegenüber nicht zu schätzen wusste. Sie ließ den halb gerauchten Joint auf den Balkonboden fallen und flog davon.